Brigitte Melzer
wurde 1971 geboren. Ihr fulminanter Debütroman »Whisper – Königin der Diebe« gehörte zu den drei besten Manuskripten, die für den »Wolfgang-Hohlbein-Preis 2003« eingereicht wurden. Seitdem hat die Autorin mit zahlreichen weiteren Romanen ihr Publikum begeistert. Ob magische Abenteuer in fantastischen Welten oder fesselnder Vampirroman – Brigitte Melzer ist sowohl in der High Fantasy als auch in der Dark Fantasy zu Hause. Die Autorin lebt und arbeitet in München.
Mehr unter www.brigitte-melzer.de

Von Brigitte Melzer im Verlag Carl Ueberreuter erschienen:
Whisper – Königin der Diebe
Im Schatten des Dämons
Vampyr
Vampyr – Die Jägerin
Elyria – Im Visier der Hexenjäger

BRIGITTE MELZER

Vampyr

Die Wiedergeburt

UEBERREUTER

ISBN 978-3-8000-5429-9

Umschlaggestaltung von Nele Schütz Design, München, unter Verwendung eines Fotos von Larry Rostant / Artist Partners

Gedruckt auf Salzer Papier
Druck: Druckerei Theiss GmbH, St. Stefan i. L.
7 6 5 4 3 2 1

Ueberreuter im Internet: www.ueberreuter.at

Edinburgh
April 1733

Aus den persönlichen Aufzeichnungen von Gavril Furdui

Der Unendliche ist Vergangenheit.

Ich weiß noch immer nicht mit Sicherheit, wie es Alexandra gelungen ist, die Existenz dieser verderbten Kreatur auszulöschen, ohne selbst dabei zu Schaden zu kommen. Die wenigen Wunden, die sie aus dem Kampf davontrug, waren allesamt oberflächlicher Natur. Als hätte Gott seine schützende Hand über sie gehalten. Manchmal jedoch glaube ich, dass der Allmächtige nur wenig damit zu tun hat und ihr Überleben jemand – etwas – anderem zu verdanken ist. Wann immer mich dieser Gedanke überkommt, lässt mich die bloße Vorstellung schaudern. Seit dem grausamen Tod ihrer Familie hat Alexandra stets alles darangesetzt, diese Monster zu vernichten. Sie würde sich niemals mit den Mächten der Finsternis verbünden!

Aber hatte sie nicht genau das getan? War es nicht ihrem Bündnis mit zwei Vampyren zu verdanken, dass sie überhaupt in den Besitz des Schwarzen Kreuzes – jenes sagenhaften Artefakts, das mächtig genug war, den Unendlichen zu vernichten – gelangen konnte?

Wieder und wieder fragte ich sie, was sich in jener Nacht in der Kapelle von Rosslyn zugetragen habe. Ihre Antwort war stets dieselbe: »Ich habe den Unendlichen vernichtet.«

Während der ersten Tage nach ihrem Kampf mit dem Unendlichen war ich in großer Sorge um ihr Wohlbefinden. Niemals zuvor habe ich sie derart erschöpft gesehen. Sie verließ kaum ihr Zimmer und schlief die meiste Zeit. Zu meiner Erleichterung er-

holte sie sich rasch – und mit ihrer Erholung hielt auch die Veränderung Einzug in unser aller Leben.

All die Jahre waren Alexandra, Vladimir, Mihail und ich niemals getrennt gewesen, doch bereits vor unserer Ankunft in Edinburgh hatte unser Zusammenhalt erste Risse bekommen. Vladimir zeigte ihr schon damals mit zunehmender Deutlichkeit, wie wenig er von ihr hielt. Mit seinem Verhalten brachte er sie mehr als nur einmal bewusst in Gefahr – auch wenn ich sicher bin, dass er nie etwas anderes beabsichtigte, als ihr eine Lektion zu erteilen. Ich weiß, dass er mich vor einer Enttäuschung bewahren will, doch ich bin kein kleiner Junge mehr, der auf den Schutz seines großen Bruders angewiesen ist! Meine Gefühle für sie lassen sich nicht einfach auslöschen wie eine Kerzenflamme – ich habe es wahrlich oft genug versucht.

Vielleicht hat Vladimir recht und Alexandra ist kein Mensch, der lieben kann. Doch er könnte sich auch irren. Jetzt, nachdem der Unendliche vernichtet und der Mord an ihrer Familie gesühnt ist, wird sich auch ihr Leben verändern. Der Wunsch nach Rache und der Hass, der sie all die Jahre antrieb, werden vergehen. Womöglich wäre sie dann endlich bereit, mich mit anderen Augen zu sehen.

Dass mein Hoffen vergebens war, begriff ich wenige Tage später, als sie kam, um sich zu verabschieden. Ich habe versucht, sie zu halten, doch sie schüttelte nur den Kopf. Vladimir würde sie nicht länger in seiner Nähe akzeptieren, sagte sie. Ebenso wenig wolle sie ihn länger um sich haben. Nur zu verständlich nach allem, was passiert war.

Vielleicht ist es so am besten. Wenn ich sie nicht mehr Tag für Tag sehe, werde ich sie vergessen und mich nicht länger nach ihr sehnen. In dem festen Bestreben, mich endlich von ihr zu lösen, ließ ich sie gehen. Obwohl ich weiß, dass sie noch immer in der

Stadt weilt und sogar den Namen ihrer Pension kenne, habe ich sie bisher nicht aufgesucht.

Vor einigen Tagen schlug Mihail vor, nach Hause zurückzukehren. Doch Vladimir ist noch nicht bereit, Edinburgh den Rücken zu kehren. Er ist der festen Überzeugung, dass unsere Aufgabe hier noch nicht vollendet ist.

Auch ich habe die Kreatur gesehen. Ein Wesen, das vor dem Licht floh und aus dessen Fleisch weißer Rauch aufstieg. Erst später erfuhren wir, dass der Unendliche zu dieser Zeit bereits vernichtet war. Aber wie soll das möglich sein? Nach dem Ende des Unendlichen – des Ersten Vampyrs – waren all seine Geschöpfe erlöst. Es steht außer Frage, dass noch ein weiterer Vampyr existiert – einer, der nicht vom Unendlichen erschaffen wurde. Wir werden ihn jagen und vernichten, so wie wir es immer getan haben. Davor fürchte ich mich nicht, denn darin sind wir geübt. Auch die Vorstellung, dass diese Kreatur vielleicht weitere Menschen in seinesgleichen verwandelt hat, ließ mich eher resignieren denn erzittern. Was mir den Angstschweiß auf die Stirn treibt, ist die Erkenntnis, die mit eisigen Fingern nach mir greift. Vladimirs Silberkugeln haben die flüchtende Kreatur getroffen. Sie hätte zu Staub zerfallen müssen! Dafür, dass dies nicht geschah, gibt es nur eine Erklärung: Dieser Vampyr muss über ähnliche Kräfte verfügen wie der Unendliche!

Ich habe die Leichen in der Kapelle gesehen. Allesamt Menschen. Es war schwer genug hinzunehmen, Alexandra sei allein mit dem Unendlichen fertig geworden. Aber zusätzlich noch mit einem Dutzend seiner Handlanger? Unmöglich! Sie muss Hilfe gehabt haben. Ist das der Grund für ihr beharrliches Schweigen? Versucht sie einen Vampyr vor uns zu schützen? Es fällt mir schwer, das zu glauben, denn Alexandra hasste diese Kreaturen stets am meisten von uns allen.

Vladimir ist fest entschlossen, diesen letzten Vampyr zur Strecke zu bringen, doch dazu müssen wir des Schwarzen Kreuzes habhaft werden, das sich noch immer in Alexandras Besitz befindet. Für sie mag die Jagd vorüber sein – für uns ist sie das noch lange nicht.

1

Dichter Nebel zog durch die engen Gassen Edinburghs und dämpfte jeden Laut. Vereinzelte Laternen erhellten die trübe Nacht. Weder die kalte, regnerische Nacht noch der Mary King's Close waren für einen Spaziergang geeignet. Die hohen Häuserfassaden fingen das dumpfe Echo ihrer Schritte auf und sandten es zurück in den Nebel. Es war noch nicht lange her, da hatte Alexandra in diesem Labyrinth aus schmalen Gassen und finsteren Hinterhöfen gejagt. Jetzt ging sie mit pochendem Herzen an der Seite eines Mannes, dessen Existenz sie vor Kurzem noch ausgelöscht hätte.

Immer wieder wandte sie den Kopf, um Lucian zu betrachten. Obwohl er nach vorn blickte und sein halblanges, schwarzes Haar einen Teil seines Gesichts verbarg, entgingen ihr die verstohlenen Blicke nicht, mit denen er sie von Zeit zu Zeit bedachte. Ein Lächeln nahm seinen Zügen die Schärfe und ließ ihn erschreckend menschlich wirken.

Sie hatte ihm so viel zu verdanken, dass es ihr unmöglich war, ihn zu vernichten – auch wenn sie nur zu gut wusste, dass sie es tun sollte. Sie war die Jägerin und er ihre Beute! Doch so einfach waren die Dinge nicht mehr, denn mit Lucians Erscheinen hatte sie einsehen müssen, dass es selbst unter Vampyren nicht nur bösartige Wesen gab.

Wenn er nur seinem Bruder nicht so erschreckend ähnlich sehen würde. Anfangs hatte sie ihn tatsächlich für den Unendlichen gehalten. Wie hätte sie auch ahnen sollen, dass der Erste Vampyr einen Zwilling hatte! Manchmal konnte er sie vergessen machen, wessen Gesicht er trug. Die meiste Zeit jedoch stand die äußerliche Ähnlichkeit mit seinem Bruder wie ein unüberwindlicher Wall zwischen ihnen. Wie konnte sie sich zu jemandem hingezogen fühlen, dessen Antlitz das des Mörders ihrer Eltern war?

Er griff nach ihrer Hand. Seine Finger fühlten sich kühl an, wie die eines Toten, doch sein Blick war voller Wärme. »Glauben Sie noch immer, ich wäre wie er?«, fragte er so leise, dass sie näher heranrücken musste, um ihn zu verstehen. »Mein Bruder existiert nicht mehr. Er kann weder Ihnen noch sonst jemandem länger etwas anhaben. Der Einzige, den Sie jetzt noch zu fürchten haben, bin ich.«

Zu spät sah sie die eisige Kälte in seinen Augen. Ehe ein Schrei über ihre Lippen kam, schlug er seine Fangzähne in ihren Hals und füllte seinen Mund mit ihrem Blut. Alexandra wollte sich wehren, wollte gegen ihn ankämpfen, doch das Entsetzen darüber, dass sie sich so sehr von ihm hatte täuschen lassen, lähmte sie. Als das Leben aus ihrem Körper entwich, erwachte sie schreiend.

Sie saß kerzengerade in ihrem Bett, schwer atmend und schweißgebadet. Ihr Blick wanderte durch die Dachkammer, suchte nach einem Eindringling oder einer Gefahr. Anfangs fiel es ihr schwer, etwas in der Finsternis auszumachen, doch allmählich gewöhnten sich ihre Augen daran. Die Schwärze wich unterschiedlichen Abstufungen von Grau, in denen sich nichts weiter verbarg als vertraute Möbelstücke. Der kantige Schatten des Wandschranks, der sich in den Raum zu neigen schien, die Pfosten ihres Bettes, die wie stumme Wachen aufrecht in der Dunkelheit standen. Alexandras Blick ging zur Tür – unter der vom

Gang her der sanfte Schimmer eines Nachtlichts in den Raum drang –, streifte dann weiter zum erkalteten Kamin, zu einem Waschtisch und einem Stuhl und schließlich hinüber zum Fenster. Ein Luftzug fuhr durch die Ritzen, bauschte die Vorhänge und ließ sie wie Gespenster umherwogen. Aber nicht dieser geisterhafte Anblick ließ Alexandra erstarren, sondern der eines Schattens dahinter – groß und von nahezu menschlicher Gestalt. Sie griff nach der doppelläufigen Pistole auf ihrem Nachttisch, stand auf und ging langsam zum Fenster. Noch immer glaubte sie, die messerscharfen Zähne zu spüren, die sich in ihren Hals gruben und das Fleisch herausrissen. Doch es waren nicht nur die Nachwirkungen des Albtraums, die sie jetzt nach ihrer Kehle greifen ließen, sondern auch die Erinnerungen an Viktor. Unwillkürlich strich sie über die Narben, die ihr Bruder an ihrem Hals hinterlassen hatte. *Dein Blut ist sein Geschenk an mich.* Aus Viktors Worten hatte die Grausamkeit des Unendlichen gesprochen. Der Erste Vampyr tötete nicht nur, um sich zu ernähren – er tötete aus purem Vergnügen. Wie sonst ließe sich erklären, dass er sie am Leben gelassen und Viktor zu seinesgleichen gemacht hatte.

Eine Diele knarrte unter ihren Füßen. Sie hob die Pistole und riss den Vorhang zurück. Die Nacht drängte gegen die Fensterscheibe, als begehre sie Einlass, doch weder hinter dem Vorhang noch draußen war jemand zu sehen. Alexandra ließ die Waffe sinken und spähte auf die Gasse. Nachdem sie auch dort nicht das Geringste entdecken konnte, öffnete sie das Fenster und steckte den Kopf hinaus. Wenn sie nichts sah, würde sie vielleicht etwas *hören.* Doch es wollte ihr nicht gelingen, etwas anderes zu vernehmen als das entfernte Rattern einer Droschke und das Gelächter trunkener Männer.

Sie war sich nicht mehr sicher, ob sie tatsächlich einen Schatten hinter den Vorhängen gesehen hatte. Womöglich hatte sie sich von den Falten des Stoffes narren lassen. Noch einmal ließ sie ihren Blick durch die dunkle Gasse schweifen, an der gegenüberliegenden Hauswand emporwandern und über die Dächer gleiten. Als sie noch immer nichts Ungewöhnliches entdecken konnte, schloss sie das Fenster und zog die Vorhänge wieder vor.

Diesmal mochte sie sich getäuscht haben, dennoch ließ sich nicht leugnen, dass sie sich seit Tagen beobachtet fühlte. Ein eigenartig warmes Gefühl, das ihre Haut prickeln ließ, als würde ein fremder Blick sie berühren, und das selbst in ihrer Kammer nicht weichen wollte. Doch so sehr sie auch nach einem Ursprung suchte, war es ihr bisher nicht gelungen, einen Verfolger auszumachen. Dennoch hatte Alexandra einen Verdacht. Die Jäger hatten gesehen, wie Lucian die Kapelle verließ. Sie hatten sogar auf ihn geschossen! *Sie wissen von ihm und sie scheinen zu ahnen, dass ihm nur mit dem Schwarzen Kreuz beizukommen ist!* Wie lange würde es dauern, bis Vladimir versuchen würde, das Kreuz an sich zu bringen?

Alexandra kehrte zum Bett zurück, legte die Waffe auf den Nachttisch und kroch unter die Decke. Es dauerte lange, bis der Schlaf wieder zu ihr fand. Unruhig wälzte sie sich von einer Seite zur anderen, als die Nachtmahre an ihr zerrten und sie immer tiefer in ihr finsteres Reich rissen.

Einmal mehr war Lucian an ihrer Seite. Diesmal jedoch waren es Erinnerungen, die sie verfolgten. Lucian, der sie vor den Schergen des Unendlichen bewahrte und sie in einem Keller versteckte. Lucian, der ihr seine tragische Lebensgeschichte offenbarte und ständig in ihrer Nähe zu sein schien. Seine ernste Miene, in der stets mehr Sorge um sie als Angst um seine eigene Existenz zu finden war. *Es gibt nichts, wovor er sich fürchten müsste*, schrie ihr eine Stimme aus der Dunkelheit entgegen. *Der Mann ist ein Monster, dem nichts etwas anhaben kann!* Einen Herzschlag später sah sie die Kreatur, die er war: knurrend, mit messerscharfen Reißzähnen und mörderischen Klauen, die sonst blauen Augen farblos, das Gesicht zu einer Fratze verzerrt. Er schlug nach ihr und versuchte sie in Stücke zu reißen, doch obwohl sie ein leichtes Opfer war, bekam er sie nicht zu fassen. Wieder und wieder durchschnitten seine Klauen die Luft. Erst jetzt bemerkte Alexandra, dass jemand sie festhielt. Ihr Blick fiel auf die beiden Männer an ihrer Seite. Schergen des Unendlichen, die versuchten, sie zu ihrem Meister zu zerren. Auf sie hatte Lucian es abgesehen, nicht auf Alexandra! Der Griff der Männer schwand von ihren Armen, ihre Umrisse verblassten. Im nächsten Moment saß sie auf den Steinfliesen, erschöpft und vollkommen außer Atem. Lucian ging vor ihr in die Hocke – der Mann, nicht die Bestie. Als er den Arm nach ihr ausstreckte, war es seine Hand, die nach ihrer griff, keine Klaue. Das Blau war in seine Augen zurückgekehrt und seine Züge glichen nicht länger einer Fratze.

»Sie sind kein Mensch«, flüsterte Alexandra.

Er bedachte sie mit jenem erschreckend einnehmenden Lächeln, das ihr mit jedem Mal mehr den Atem zu nehmen schien. »Nein, das bin ich nicht«, erwiderte er ruhig. »Doch ich bin auch nicht das Monster, das Sie in mir sehen wollen.«

Ich weiß, wollte sie sagen, doch das Eingeständnis kam ihr nicht über die Lippen. Sie rang noch nach Worten, als sich ein Schatten über Lucian legte und ihn verschlang.

Zum zweiten Mal in dieser Nacht schreckte Alexandra aus dem Schlaf. Diesmal hatte sie nicht geschrien, doch ihr Herz hämmerte mit schmerzhaft schnellen Schlägen gegen ihren Brustkorb. Sie zog die Beine an und schlang die Arme darum. Das Kinn auf den Knien ruhend, blickte sie in den Raum und wartete, dass sich ihr Herzschlag endlich wieder beruhigte.

Beinahe drei Wochen waren vergangen, seit der Unendliche vernichtet worden war. Seitdem verfolgten die Bilder sie in ihren Träumen. Doch es war nicht nur die Erinnerung an jene Nacht, die sich nicht abschütteln lassen wollte, sondern auch an die Tage davor. Wann immer sie aus einem weiteren Traum aufschreckte, tröstete sie sich mit dem Gedanken, dass dies ihre Art war, das Geschehene zu verarbeiten. Die meisten Bilder begannen bereits zu verblassen. Heute jedoch war etwas anders. Dieser Schatten, der Lucian verschlungen hatte, war zuvor noch nie dagewesen.

Er ist in Gefahr!

Obwohl es nichts weiter als ein vager Traum war, spürte sie die Bedrohung mit beinahe schmerzhafter Intensität. Sie musste ihn warnen! Doch wie sollte sie das tun, wenn sie nicht einmal wusste, wo er war? *Wovor* sollte sie ihn überhaupt warnen? Vor einem Traum? Einem Schatten? Das war lächerlich! Abgesehen davon war er noch immer ein Vampyr. Er verdiente es nicht, zu leben! Immer wieder hatte sie sich das einzureden versucht, doch ein Teil von ihr fühlte sich von ihm angezogen wie eine Motte vom Licht.

Lucian Mondragon war auf mehr als nur eine Art gefährlich. Er war ein Vampyr, doch noch beängstigender fand Alexandra, wie viel Raum er in ihrem Leben eingenommen hatte. Durch seine Hartnäckigkeit war er ihr in wenigen Tagen näher gekommen als jeder andere während der letzten zehn Jahre. Umso mehr erleichterte es sie, dass er seit dem Tod des Unendlichen nicht noch einmal zu ihr gekommen war. So musste sie zumindest nicht ständig darum kämpfen, sich seinem Charme und der erschreckenden Anziehungskraft, die er auf sie ausübte, zu entziehen. Obwohl er behauptet hatte, ihre Gefühle nicht durch die Macht seines Blickes beeinflusst zu haben, weigerte sich Alexandra, das zu glauben.

Nach jener Nacht in Rosslyn hatte sie von ihm verlangt, sich künftig von ihr fernzuhalten. Sie hatte versucht, ihm das Versprechen abzunehmen, nicht noch einmal in ihre Nähe zu kommen. *Ich verspreche nichts, was ich nicht halten kann*, hatte er daraufhin erwidert.

Dass er ihr seitdem trotzdem fernblieb, bestätigte sie in ihrer Annahme: Er hatte seine Fähigkeiten eingesetzt, um sie zur Zusammenarbeit zu bewegen. Lucian Mondragon hatte sie nur benutzt. Jetzt, da sein verhasster Bruder vernichtet war, gab es für ihn keinen Grund mehr, länger ihre Nähe zu suchen.

*

Als sich draußen der neue Tag ankündigte, tauschte sie ihr Nachtgewand gegen Hemd und Hose und schürte ein Feuer im Kamin, um die klamme Kälte zu vertreiben, die sich in der Kammer ausgebreitet hatte. Sobald die ersten Flammen emporzüngelten, ging sie zum Fenster und beobachtete, wie die Nacht langsam einem düsteren Morgen wich. Schwere graue Wolken hingen über den Dächern, als trachteten sie danach, sie unter ihrer Last zu erdrücken. Aus dem anfänglichen Nieselregen war ein Wolkenbruch geworden. Wenn sie den Kopf wandte, konnte sie einen Blick auf die Candlemaker Row erhaschen. Die wenigen Menschen, die dort zu dieser frühen Stunde bereits unterwegs waren, hasteten mit eingezogenen Köpfen und hochgeschlagenen Mantelkrägen durch die Straßen. Von Zeit zu Zeit rumpelte ein Fuhrwerk über das Kopfsteinpflaster. Nicht zum ersten Mal fragte sich Alexandra, warum sie noch hier war. Womöglich war es an der Zeit, dass sie ihre Sachen packte. Doch wohin sollte sie gehen?

Als sich Daeron und Catherine von ihr verabschiedeten, hatten sie Alexandra angeboten, mit nach Gwydeon House, dem Landgut von Daerons Familie, zu kommen. Einen Moment lang war sie versucht gewesen, das Angebot anzunehmen, doch sie wollte die innige Zweisamkeit der beiden nicht stören.

Catherine und Daeron wussten zumindest, was sie mit ihrem wiedergewonnenen Leben anfangen würden. Alexandra hingegen hatte nie darüber nachgedacht, was nach der Zeit kommen sollte, wenn der Unendliche und seine Brut zur Strecke gebracht waren. Seit ihrem dreizehnten Lebensjahr jagte sie Vampyre. Zehn Jahre, in denen sie nie etwas anderes getan hatte, als ihrem Wunsch nach Vergeltung zu folgen. Sie hatte ihre Rache gehabt. Nun konnte sie endlich beginnen, ihr eigenes Leben zu leben. Doch was für ein Leben sollte das sein? Sie hatte keine Familie, keine Freunde und kein Zuhause. Es gab keinen

Ort, an den sie gehen konnte, und niemanden, der auf sie wartete.

Ein Klopfen an der Tür schreckte sie aus ihren düsteren Gedanken. »Wer ist da?«

»Ich bin es, Gavril«, erklang die vertraute Stimme.

»Komm herein.«

Er trat ein und schloss die Tür hinter sich. Das kurze braune Haar stand ihm in feuchten Strähnen vom Kopf ab. Regenwasser lief über seinen Mantel und sammelte sich in einer kleinen Lache auf den Holzdielen, trotzdem machte er keine Anstalten, den Mantel abzulegen. Einen Moment musterte er sie unentschlossen. In seinen Augen lag die Frage nach ihrem Befinden, doch sie kam ihm nicht über die Lippen.

»Du bist eine Jägerin«, sagte er stattdessen. »Warum hast du ihn entkommen lassen?«

Alexandra brauchte nicht nachzufragen, wen er meinte. Sie wusste es auch so. »Ich war es ihm schuldig«, sagte sie schlicht.

Gavrils Mantel versprühte Wassertropfen, als er näher kam. »Vladimir ist wütend.«

»Es ist vorbei, Gavril. Packt eure Sachen und geht nach Hause.«

Er schüttelte den Kopf. »Wir werden ihn jagen. Wirst du uns begleiten?« Das Flehen und die Sehnsucht in Gavrils Augen erstaunten sie. Er wusste, dass sie sich mit Vampyren verbündet und einem von ihnen sogar zur Flucht verholfen hatte, und trotzdem wollte die Zuneigung nicht aus seinem Blick weichen.

»Ich hatte meine Rache«, sagte sie. »Dieses Leben liegt jetzt hinter mir.«

»Aber du gehörst zu uns!«, rief er und griff nach ihrer Hand. »Zu *mir*.«

Alexandra zog ihre Hand zurück. »Du bist mein Freund, Gavril, aber zwischen uns wird nie mehr sein als das.«

Er fuhr zurück, als hätte sie ihn geschlagen. Dann machte er plötzlich kehrt. Anstatt jedoch aus der Kammer zu stürmen, wie sie es erwartet hätte, begann er aufgeregt hin und her zu laufen, ehe er abrupt stehen blieb und sie ansah. »Dieses Kreuz ... hast du es noch?«

Alexandra zwang sich, ihren Blick von der Stelle fernzuhalten, an der sie es verborgen hatte. »Ich habe es zerstört.«

Gavrils Blick schweifte durch den Raum, als wolle er sich mit eigenen Augen von der Wahrheit ihrer Worte überzeugen. In diesem Moment wusste Alexandra, dass er nicht aus freien Stücken gekommen war. Vladimir hatte ihn geschickt. Er wusste, dass sein Bruder der Einzige war, dem es womöglich gelang, sie davon zu überzeugen, ihnen das Kreuz zu übergeben. Diese drei Männer, ihre einstigen Gefährten, waren der Schatten, der Lucian in ihrem Albtraum verschlungen hatte! Vladimir würde alles daransetzen, Lucian zu vernichten.

»Hast du mir sonst noch etwas zu sagen?«

Gavril betrachtete sie, als sähe er sie zum ersten Mal. »Ich hatte gehofft, der Tod des Unendlichen würde dich verändern, doch du bist noch immer so kalt wie zuvor.« Er verneigte sich knapp und ging.

Alexandra wartete, bis seine Schritte auf der Treppe verklangen, ehe sie sich dem Bett zuwandte. *So einfach mache ich es euch nicht!* Sie zog ihren Silberdolch aus dem Hosenbund und ließ sich neben dem Bett auf die Knie nieder. Vorsichtig schob sie die Klinge zwischen zwei Bodendielen und hebelte ein loses Brett heraus. Darunter lag das Kästchen mit dem Kreuz. Behutsam nahm sie es heraus und stellte es vor sich ab. Ihr Blick wanderte über die schmucklose Oberfläche, ehe sie den Deckel hob.

Das prachtvolle Ebenholzkreuz ruhte auf einem Futteral aus dunklem Samt. Andächtig strich Alexandra über die goldenen Ornamente, folgte mit den Fingerspitzen den verschlungenen Mustern bis zu jener schimmernden Fassung, die einen verwitterten Holzsplitter von der Länge einer Dolchklinge hielt. Der Legende nach war dieser Splitter ein Stück des Wahren Kreuzes, jenes Kreuzes, an dem einst Jesus gestorben war. Ihm wohnte eine Kraft inne, die selbst die mächtigsten aller Vampyre verwundbar werden ließ.

Ihr Blick fiel auf das spitz zulaufende Ende. Lucian hatte es seinem finsteren Zwilling ins Herz gestoßen und ihn damit vernichtet. Selbst jetzt glaubte sie manchmal noch, das zornige Kreischen des Unendlichen zu hören.

Sie dachte daran, das Kreuz zu verstecken, doch sie bezweifelte, dass es einen Ort gab, an dem die Jäger es nicht finden würden. Solange es existierte, würden sie versuchen, seiner habhaft zu werden. *Lucian wäre in ständiger Gefahr.* Es gab nur eine Möglichkeit, das zu verhindern. Sie nahm das Kreuz aus dem Kästchen und ging damit zum Kamin. Sie musste es zerstören! Aber konnte sie das wirklich riskieren? Was, wenn Lucian eines Tages selbst zur Gefahr wurde? Wenn das Kreuz zerstört war, gab es nichts mehr, das ihm Einhalt gebieten konnte. *Warum will ich ihn überhaupt schützen?* Hatte er nicht selbst gesagt, sie wäre sein Schicksal? Womöglich war es ihr vorherbestimmt, ihn zu töten.

Nachdenklich drehte sie das Kreuz zwischen ihren Fingern. Der Widerschein des Feuers fing sich in den goldenen Verzierungen, wurde davon aufgefangen und zurückgeworfen. Ehe sie es sich anders überlegen konnte, warf sie es ins Feuer. Als die Flammen knisternd daran leckten, trat Alexandra einen Schritt zurück. Sie hätte schockiert sein müssen angesichts ihrer Bereitschaft, ein Relikt von unschätzbarem Wert zu vernichten, um einen Vampyr zu schützen. Doch sie empfand nichts. Reglos stand sie da und beobachtete, wie die Lohen emporschlugen. Dabei wirkten sie, als könnten sie das Kreuz nicht erreichen. Sie griff nach einem Schürhaken und stocherte in der Glut, um die Flammen weiter anzufachen. Dann stieß sie das Relikt tiefer ins Herz des Feuers. Doch selbst hier schien ihm die Hitze nichts anzuhaben. Das Ebenholz entzündete sich nicht, ebenso wenig färbten sich die goldenen Beschläge dunkel oder begannen in der glühenden Hitze zu schmelzen. Sie schürte den Kamin weiter an und beobachtete, wie das Feuer über das Brennholz leckte und es langsam verzehrte.

Als es schließlich heruntergebrannt war und die letzten Feuerzungen erloschen, lag das Kreuz noch immer in der Glut. Alexandra angelte es mit dem Schürhaken aus der Feuerstelle. Hastig schlug sie ein paar Flämmchen aus, die aus vereinzelten Holzsplittern emporzüngelten, die mit dem Kreuz auf die Dielen gefallen waren. Das Schwarze Kreuz war unversehrt. Weder Flammen noch Rauch stiegen von seiner Oberfläche auf. Der Ruß hatte es nicht einmal geschwärzt. Vorsichtig streckte Alexandra die Hand danach aus. Immer näher kamen ihre Finger dem Artefakt, während sie darauf wartete, die Hitze zu spüren, die es ausstrahlen musste. Ihre Hand war nicht einmal mehr einen Zoll entfernt, und noch immer spürte sie nicht das Geringste. Als sie es berührte, fühlte es sich kühl an.

Einige Zeit starrte sie darauf, ehe sie aufstand und die Kammer verließ. Sie eilte die Holztreppe hinab und folgte dem schmalen Gang an der Schankstube vorbei zur Hintertür. Auf der Schwelle hielt sie inne und ließ ihren Blick über den schattigen Innenhof gleiten. Zu ihrer Linken, im Schutze eines Vordaches, waren Holzvorräte aufgeschichtet. Davor stand ein Holzblock, auf dem das Feuerholz geschlagen wurde. Eine große Axt steckte im Holz, daneben lag eine Handaxt, die zum Entfernen kleinerer Äste genutzt wurde. Alexandra nahm sie und kehrte damit in ihre Kammer zurück.

Sie kniete sich vor das Kreuz, holte aus und trieb die Axt hinein. Das Werkzeug prallte so heftig von der Oberfläche zurück, dass ein scharfer Schmerz durch ihr Handgelenk fuhr. Ungläubig legte sie die Axt beiseite und hob das Kreuz hoch, um es sich genauer zu besehen. Es hatte nicht einmal einen Kratzer!

Sie legte es auf den Boden zurück und griff erneut nach dem Beil. Mit aller Kraft schlug sie auf das Kreuz ein, bis ihre Finger taub wurden. Auch diesmal hinterließen ihre Bemühungen nicht die geringste Spur. Die Schneide hätte selbst in den hartnäckigsten Materialien zumindest eine Kerbe hinterlassen müssen – doch da war nichts. Ratlos legte sie die Axt weg und zog ihren Dolch hervor. Vorsichtig schob sie die Spitze unter die Fassung, in der der Splitter befestigt war. Im ersten Moment dachte sie schon, auch hier würde nichts geschehen, doch da gab die Fassung unter dem Druck nach. Da wusste sie, was sie tun würde.

2

Nachdem sie das Kreuz wieder in seinem Versteck verstaut hatte, verließ Alexandra die Pension und machte sich auf den Weg durch das Stadttor am Netherbow, ins angrenzende Canongate. Ihr Ziel war das *White Horse Inn*, von wo aus die Kutschen nach London abfuhren. Tatsächlich hatte sie Glück. Morgen bei Sonnenaufgang würde sie Edinburgh den Rücken kehren.

Als sie Canongate wieder verließ und in die erdrückende Enge der Gassen Edinburghs zurückkehrte, war es beinahe Abend. Froh darüber, dass ihre Untätigkeit endlich ein Ende fand, folgte sie der steil ansteigenden Royal Mile hinauf in Richtung Castle Hill.

Sie war erleichtert, Edinburgh endlich hinter sich lassen zu können, denn abgesehen von der Royal Mile und ein paar angrenzenden Straßen war die Stadt kein angenehmer Ort. Erdrückende Häuserschluchten wuchsen überall aus dem Boden und lehnten sich gegen die Hänge, an denen sie erbaut worden waren. Die Gassen waren eng, die Straßen – zumindest während des Tages – überfüllt, und über all dem hing ein ekelerregender Gestank, abgestanden und faulig, den selbst der stärkste Wind nicht zu vertreiben vermochte.

Heute lagen viele der Häuser hinter bleichen Nebelschwaden verborgen, die durch die Gassen zogen und mit kühlen Fingern über Alexandra hinwegstrichen. Als es zu regnen begann, schlug sie ihren Mantelkragen hoch und zog den Kopf ein. Mit großen Schritten eilte sie weiter, vorbei an den Durchgängen, die unter den Häusern in die engen Closes und Wynds führten.

Der Netherbow lag noch nicht lange hinter ihr, als sie sich einmal mehr beobachtet fühlte. Ohne den Kopf zu drehen, ließ Alexandra ihren Blick über die Umgebung wandern, auf der Suche nach jemandem, der nicht hierher gehörte. Unzählige Menschen waren auf der Royal Mile unterwegs, verwandelten die Straße in ein Gewirr aus Stimmen, Gerüchen und Geräuschen. Männer zogen Karren hinter sich her, beladen mit Feuerholz und Vorräten, Frauen schleppten Körbe voller Gemüse. Immer wieder rumpelten Fuhrwerke über das unebene Pflaster, bahnten sich rücksichtslos ihren Weg zwischen den Leuten hindurch. Von irgendwoher durchdrang eine Stimme den Dunst: »Heißer Eintopf – vertreibt die Kälte und füllt den Magen!« Anderswo pries jemand lautstark Tongeschirr an. Die meisten Stände entlang der Straße waren jedoch bereits geschlossen. Kräftige Männer und Frauen wuchteten die nicht verkauften Waren auf ihre Karren und machten sich damit auf den Heimweg. Morgen Früh würden sie zurückkehren, um sie erneut feilzubieten. Jetzt jedoch wollte ein jeder von ihnen nach Hause, ehe die Dunkelheit über der Stadt Einzug hielt.

Der Nebel machte es schwer, viel zu erkennen, doch wer immer Alexandra beobachtete, musste nah genug an ihr dran sein. Sie hielt vor einem Stand inne, der Fisch anbot. Auch hier wurde bereits zusammengeräumt, trotzdem ließ sie ihre Augen über die wenigen verbliebenen Waren wandern, während sie ihre Sinne auf die Umgebung richtete. Sie war von unzähligen Menschen umgeben. Manche sahen sie an, andere gingen an ihr vorüber, ohne sie eines Blickes zu würdigen. Das Gefühl, beobachtet zu werden, blieb.

»Wollen Sie Schellfisch?«, fragte eine alte Frau und hielt ihr mit zahnlosem Grinsen ein schleimig aussehendes Exemplar entgegen. Ein Geruch, der alles andere als frisch zu nennen war, stieg Alexandra in die Nase und ließ sie zurückweichen.

»Danke«, sagte sie hastig und machte kehrt, um der Zahnlosen zu entgehen. Ohne noch einmal stehen zu bleiben, passierte sie die letzten Buden. Kaum lag der Markt ein Stück hinter ihr, war die Straße nahezu verlassen – und noch immer glaubte sie Blicke in ihrem Nacken zu spüren. Das Gefühl war ein anderes als während der letzten Tage, es fehlten die Wärme und das Prickeln. Doch sie zweifelte nicht daran, *dass* ihr jemand folgte.

Ohne sich umzusehen, beschleunigte sie ihre Schritte. Als sie den kronenförmigen Turm von St. Giles sah, der wie ein gewaltiges Schattengespinst aus dem Nebel ragte, wanderte ihr Blick nach rechts. Ihre Augen streiften über die schmutziggrauen Fassaden, bis sie fand, wonach sie suchte: den Zugang zum Mary King's Close. Wie ein aufgerissener Schlund starrte ihr der Durchgang entgegen, bereit, jeden zu verschlingen, der sich in seinen Rachen wagte.

Ohne innezuhalten, bog Alexandra in die Passage ein. Ein widerwärtiger Gestank, eine Mischung aus menschlichen Ausdünstungen und Tod, nahm ihr den Atem. Nach zwei Schritten schwand das trübe Licht und wich einer zähen Dunkelheit, die mit jedem Herzschlag undurchdringlicher wurde. Alexandra streckte die Hand nach der Wand aus und tastete sich am feuchten Mauerwerk entlang. Jeder ihrer knirschenden Schritte wurde von den Wänden aufgefangen und in zahllosen Echos zurückgeworfen. Immer wieder lauschte sie, versuchte unter ihren eigenen Schritten die eines Verfolgers auszumachen. Sie spielte mit dem Gedanken, stehen zu bleiben. Womöglich würde er dann im Dunkeln an ihr vorübergehen, ohne sie zu bemerken. *Oder er stolpert geradewegs über mich.* Abgesehen davon – was, wenn es ein Vampyr war? Er könnte jetzt neben ihr stehen, ohne dass sie ihn hörte oder seine Nähe spürte. *Es gibt nur noch einen Vampyr!*, schalt sie sich, doch die Vorsicht und das Wissen, das sie sich über die Jahre zu eigen gemacht hatte, ließen sich nicht so leicht abschütteln. Obwohl sie versucht war, innezuhalten und sich davon zu überzeugen, dass wirklich niemand die Dunkelheit mit ihr teilte, ging sie weiter.

Am Ende des Durchgangs wich die Schwärze. Nebelfinger tasteten zwischen den Häusern hindurch, schwebten wabernd über dem Boden und verdichteten sich zunehmend. Vor Alexandra wand sich der Weg einen steilen Abhang hinab, flankiert von schmutzig grauen Häusern, die – zwölf Stockwerke in die Höhe ragend – den Himmel verdunkelten. Die verkommenen Steinbauten stemmten sich gegen den Hang, windschief und baufällig. Die Gasse war so schmal, dass das Tageslicht selbst bei schönem Wetter kaum das Pflaster erreichte. Jetzt war der Weg in tiefe Schatten gehüllt, die nur hin und wieder vom spärlichen Schein einer Laterne durchbrochen wurden. Hier lebten die Ärmsten der Armen, hausten dicht gedrängt in heruntergekommenen Ruinen, deren Fenster größtenteils zugemauert waren, teilten sich Keller und Hinterhöfe mit Ratten und Ungeziefer. Der Gestank von verrottendem Unrat und Kloake, der sich zwischen den Gebäuden und in den schmalen Durchgängen eingenistet hatte, hing wie eine Dunstglocke über dem Close.

Die Nacht war noch nicht vollends hereingebrochen, trotzdem war niemand mehr unterwegs. Zu groß war die Furcht der Menschen davor, dass der *Wahnsinnige Schlächter*, dessen Morde während der vergangenen Wochen die Titelseiten der Gazetten gefüllt hatten, noch immer sein Unwesen trieb. In Wahrheit war es die Ushana gewesen, eine der Kreaturen des Unendlichen, die sich in den engen Wynds und Closes ihre Opfer geholt hatte. Jetzt, da es keine Vampyre mehr gab, die den Menschen nachts das Leben nahmen, würden sie sich bald wieder gegenseitig die Kehlen durchschneiden oder von den Krankheiten dahingerafft werden, die ihnen das Ungeziefer brachte.

Mit raschen Schritten folgte Alexandra der Gasse, tiefer in den nebligen Close hinein. Sie brauchte sich nicht umzudrehen, um zu wissen, dass ihr Verfolger noch da war. Er lauerte in den Schatten des Durchgangs und würde erst heraustreten, wenn sie außer Sichtweite war. *Wer, zum Teufel, bist du?* Konnte es Lucian sein? *Nein, nicht während des Tages.* Im Halbdunkel des Close mochte er sich selbst bei Tag ohne Schwierigkeiten bewegen können, doch ihr Verfolger war bereits auf der Royal Mile hinter ihr gewesen. Dort war es zu hell für einen Vampyr, selbst für einen mit Lucians Fähigkeiten. Womöglich war es einer der Jäger? Nach Gavrils Besuch durchaus denkbar. Wenn Vladimir erfuhr, dass sie weder bereit war, sie bei der Jagd auf Lucian zu unterstützen, noch ihnen das Kreuz zu geben, würde er das als Kriegserklärung auffassen.

Ohne sich umzusehen, ging sie zügig voran und hielt sich an der ersten Abzweigung nach links. Kaum war sie um die Ecke, rannte sie los. Der Regen wurde stärker, schlug ihr ins Gesicht und durchnässte sie binnen weniger

Augenblicke bis auf die Haut. Das Pflaster war nass und rutschig, sodass sie aufpassen musste, wohin sie trat. In einem wilden Zickzackkurs folgte sie immer weiteren Abzweigungen, von denen sie hoffte, sie würden sie nicht in eine Sackgasse führen. Einmal fand sie sich in einem winzigen Hinterhof wieder, der von allen Seiten von hohen Häuserfassaden umgeben war. Hastig machte sie kehrt und folgte dem Mary King's Close tiefer in sein labyrinthartiges Inneres. Inzwischen war es dunkel geworden. Der Nebel hüllte den Close in gespenstische Stille. Lediglich die vereinzelten Laternen trachteten danach, die zähe Suppe zu durchdringen, helle Lichtpunkte, die, sobald sie sich einige Schritte entfernte, rasch von dem grauen Schleier aufgesogen wurden.

Wann immer sie innehielt, um sich zu orientieren oder die Richtung zu wechseln, glaubte sie das leise Echo von Schritten in der Dunkelheit zu vernehmen. Nicht zu nah, aber auch nicht allzu weit entfernt. Alexandra folgte der Gasse um einen Knick und hielt abrupt inne, als sich vor ihr eine Gestalt aus dem Nebel schälte. Ein riesiger Kerl, dessen Schatten über die Gasse fiel und auf der anderen Seite an der Hauswand emporkroch. Der Riese kam ihr entgegen! Sie fürchtete schon, sie wäre im Kreis gelaufen und stehe nun vor ihrem Jäger, doch sie hörte die raschen Schritte ihres Verfolgers noch immer durch die Dunkelheit hallen.

»Mädel«, sagte der Riese mit schwerer Zunge, als er an ihr vorbeitaumelte, »sieh zu, dass du nach Hause kommst, bevor der Schlächter dich holt!«

Sie hätte ihm sagen können, dass es keinen *Wahnsinnigen Schlächter* mehr gab, ihn nie gegeben hatte, doch das hätte ihr der Mann ohnehin nicht geglaubt. Deshalb nickte sie nur und ließ ihn passieren. Sie wollte schon weiter, als sie sah, wie er nach einer Tür tastete und, als diese mit einem Knarren aufschwang, im Inneren eines Hauses verschwand. Zwei schnelle Schritte, dann war Alexandra an der Tür und fing sie auf, ehe sie ins Schloss fallen konnte. Sie hielt sie fest und wartete, bis drinnen die schlurfenden Schritte des betrunkenen Riesen verhallten. Dann schlüpfte sie ins Haus. Hinter der Tür blieb sie stehen, schob ihre Fußspitze in den Türspalt und sah durch die schmale Öffnung auf die Straße. Ihr Blick fiel auf eine Laterne an der gegenüberliegenden Hauswand, die ihr gedämpftes Licht zu ihrem Versteck sandte. Es war jedoch zu spät, sich nach einem anderen Unterschlupf umzusehen, denn in diesem Augenblick tauchte ihr Verfolger auf. Noch konnte sie ihn nicht sehen, doch sie vernahm seine Schritte, die für einen Moment verklangen, ehe sie erneut zu hören waren. Er kam in ihre Richtung. Wenn sie die Tür schloss, wäre sie außer Gefahr. Er konnte sie nicht sehen – sie ihn allerdings auch nicht. Sie musste aber wissen, wer ihr folgte! Langsam zog sie ihren Fuß ein Stück zurück und verkleinerte den Türspalt, bis sie nur noch einen winzigen Straßenausschnitt einsehen konnte. Das musste genügen. Die Schritte näherten sich. Ein Schatten schob sich über das Straßenpflaster, dann kam er in Sichtweite. Sie hätte schwören können, dass es einer der Jäger war, der ihr folgte. Den schlanken Mann, den sie stattdessen erblickte, hatte sie jedoch nie zuvor gesehen. Seine Züge strahlten eine Gelassenheit aus, die Alexandra überraschte. Regen tropfte von seinem Dreispitz, das blonde Haar darunter war im Nacken zu einem Zopf geflochten. Trotz des Regens hatte er seinen Mantel nicht zur Gänze zugeknöpft. Darunter offenbarte sich ihr der Anblick eines Gehrocks aus grünem Samt. Seine Hose und die Stiefel waren nass, aber sauber und muteten ebenso teuer an wie der Rest seiner Gewänder. Die Augen auf die Gasse gerichtet, schritt er flink und entschlossen voran. Ungeachtet seiner edlen Gewänder bewegte er sich, als gehöre er hierher. Dieser Mann wusste, wie man sich unauffällig verhielt. Eine gefährliche Sorte! Wieder und wieder ließ Alexandra ihren Blick über seine Gewänder wandern, suchte nach verborgenen Waffen, doch so sehr sie sich auch bemühte, wollte es ihr nicht gelingen, verdächtige Ausbuchtungen auszumachen. Wer war dieser Kerl?

Sie wartete, bis er ihr Versteck passiert hatte, dann zählte sie bis zwanzig, ehe sie die Tür aufzog und in die Gasse spähte. Der Nebel hüllte ihn ein wie ein Mantel, ließ seine Umrisse verblassen und verschlang ihn bald ganz. Alexandra trat aus dem Hauseingang und folgte ihm. Obwohl sie einen Moment lang fürchtete, er wäre stehen geblieben, verklang der gedämpfte Hall seiner Schritte nicht. Der Blonde bewegte sich mit derartiger Zielstrebigkeit voran, dass sie sich zu fragen begann, ob er tatsächlich hinter ihr her war oder sie sich alles nur einbildete. *Vielleicht haben mich die Jahre übervorsichtig werden lassen und ich sehe Gespenster.* Sie dachte schon daran, sich zurückzuziehen, als ihr bewusst wurde, dass sie sich nicht mehr beobachtet fühlte. Beinahe im selben Augenblick verhallten seine Schritte. Lauerte er ihr doch im Nebel auf? Alexandra hielt inne. Nicht der geringste Laut drang an ihr Ohr. Sie griff unter ihren Mantel und legte die Hand an ihre Pistole. Langsam und beinahe lautlos schob sie sich voran und hielt Ausschau nach dem Blonden. Er stand an einer Wegkreuzung, keine zwanzig Fuß vor ihr. Alexandra wich in den Schatten eines Hauseingangs zurück und tastete nach der Klinke in ihrem Rücken. Die Tür war verschlossen, sodass ihr keine andere Wahl blieb, als sich eng an die Wand zu drängen und zu hoffen, dass er sich nicht allzu genau umsah.

Einen Moment blieb er stehen und sah erst in die eine, dann in die andere Richtung, ehe er sich umwandte und zurück in die Gasse blickte, aus der er gekommen war. Alexandra hielt den Atem an. Der Blonde zögerte. Warum drehte er sich nicht wieder um und folgte einer der Gassen? Hatte er sie gesehen? Erst als er sich erneut dem Weg vor ihm zuwandte, wagte Alexandra wieder zu atmen. Er trat mitten auf die Kreuzung hinaus und ließ seinen Blick noch einmal in alle Richtungen schweifen, ehe er im Laufschritt der linken Abzweigung folgte.

Alexandra löste sich von der Wand und näherte sich der Kreuzung, als sie Schritte vernahm, die rasch näher kamen – aus der Richtung, in die der Blonde gerade verschwunden war. Sie glitt in die Finsternis eines schmalen Durchgangs, der zwischen zwei Häusern in einen Hinterhof führte. Wasser spritzte mit einem gedämpften Plätschern auf, als sie in eine Pfütze trat. Eng an die Wand gepresst verharrte sie, aus Furcht sich zu verraten. Sie schob den Kopf vor und spähte um die Ecke, als der Blonde erneut auf die Kreuzung trat. Er blickte die Gasse entlang an Alexandras Versteck vorbei, ehe er sich der anderen Abzweigung zuwandte. Vorsichtiger geworden, verharrte Alexandra selbst dann noch in ihrem Versteck, als er längst außer Sicht war. Tatsächlich kehrte er kurz darauf zurück. Die Gelassenheit in seinen Zügen war einem missmutigen Ausdruck gewichen. Eine Weile stand er unentschlossen da, ehe er fluchend in die Gasse bog, aus der er ursprünglich gekommen war. Zufrieden darüber, dass er seine Jagd aufgab und nun endgültig selbst zum Gejagten wurde, heftete Alexandra sich ihm an die Fersen. In einigem Abstand folgte sie ihm zurück zur Royal Mile, huschte von Schatten zu Schatten und hielt immer wieder im Schutze einer Mauer oder eines Hauseingangs inne. Ihre Vorsicht war unnötig, denn der Blonde sah sich kein einziges Mal um, blieb nicht stehen und lauschte auch nicht in die Dunkelheit. *Du fühlst dich wohl sehr sicher. Umso besser.* Solange er keinen Verdacht schöpfte, konnte sie ihm unbemerkt folgen. Mit ein wenig Glück würde er sie geradewegs zu seinem Auftraggeber führen.

Noch immer fragte sie sich, wer dieser Kerl war – und wer ihn geschickt haben mochte. Abgesehen von den Jägern gab es niemanden in der Stadt, der es auf sie abgesehen haben könnte. Doch Vladimir würde niemals einen Fremden auf sie ansetzen. Noch drängender als die Frage, wer etwas von ihr wollen könnte, war die Frage nach dem *Warum*.

Alexandra war kein ängstlicher Mensch. Sie war weder klein noch hilflos. In den letzten Wochen jedoch, seit sie wusste, dass es, abgesehen von Lucian, keine Vampyre mehr gab, hatte sie angenommen, dass das Leben voller Kampf und Gefahren nun endlich hinter ihr lag. Sie hatte gerade begonnen, sich mit dem Gedanken anzufreunden, nicht mehr ständig um ihr Leben fürchten und andauernd auf der Hut sein zu müssen. Festzustellen, dass es doch noch eine Gefahr zu geben schien, ohne zu wissen, *worin* diese genau bestand, erfüllte sie mit einer Mischung aus Wut und Sorge.

Als der Blonde den Mary King's Close verließ und auf die Royal Mile zurückkehrte, verharrte Alexandra im Durchgang und beobachtete aus den Schatten heraus, wie er eine Droschke heranwinkte. Er rief dem Kutscher ein Kommando zu, das sie über dem Rauschen des Regens nicht verstehen konnte, und stieg ein. Kaum war die Tür hinter ihm zu, schwang der Kutscher die Peitsche und trieb sein Ross an.

Alexandra trat aus dem Durchgang und sah sich um. Die Royal Mile war nahezu verlassen. Nur wenige Fußgänger, die mit schnellen Schritten ihrem Heim oder einem Pub entgegenstrebten, waren noch unterwegs. Sie brauchte ein Gefährt! Da hier keines zu sehen war, rannte sie los. Sie hetzte die Royal Mile hinunter, der Droschke hinterher. Als die Karosse nach rechts in die Blair Street bog, lief Alexandra geradeaus weiter. Der Wind trieb ihr den Regen ins Gesicht. Wasser spritzte aus Pfützen auf und tränkte Stiefel, Hose und Mantelsaum. Wenn sie schnell genug war und an der St. Marys Street eine Droschke fand, konnte sie ihn noch einholen. Mit einem Sprung setzte sie über einen Haufen Unrat hinweg, den jemand auf die Straße gekippt hatte. Auf der anderen Seite kam sie mit dem Absatz auf und geriet auf dem nassen Pflaster ins Rutschen. Sie schlitterte ein Stück, ehe sie ihr Gleichgewicht zurückerlangte und weiterrannte.

Als sie endlich die St. Marys Street erreichte, war auch dort keine Droschke zu sehen. Triefend vor Nässe und außer Atem, gab sie die Verfolgung auf.

3

Alexandra betrat die Pension durch den Seiteneingang. Ihr Mantel war nass und schwer vom Regen, ebenso wie der Rest ihrer Gewänder, doch erst jetzt, zurück in der stickigen Enge des Gasthauses, wurde ihr bewusst, wie sehr sie fror. Die Kälte würde rasch verfliegen, sobald sie erst in ihrer Kammer war und den Kamin geschürt hatte. Die Unruhe, die sie im Augenblick verspürte, würde wohl noch eine Weile ihr Begleiter bleiben.

Sie blieb vor der Treppe stehen und streifte sich das Regenwasser vom Mantel, während sie sich zum wohl hundertsten Mal fragte, wer der Blonde gewesen sein mochte. *In ein paar Stunden sitze ich in der Kutsche in Richtung London.* Aber was, wenn der Blonde wusste, was sie vorhatte? War er bereits beim *White Horse Inn* in der Nähe gewesen? Sie versuchte sich zu erinnern, wann sie sich zum ersten Mal beobachtet gefühlt hatte, und glaubte, dass es erst auf der Royal Mile gewesen war, ein ganzes Stück, nachdem sie den Netherbow durchschritten hatte. *Was, wenn ich davor zu abgelenkt war, um es zu bemerken?* Ganz bestimmt würde sie wegen einer vagen Vorahnung nicht auf die Reise verzichten und wochenlang auf die nächste Kutsche warten, ehe sie der Stadt – und den Jägern – endlich den Rücken kehren konnte. Hätte der Blonde den Auftrag gehabt, sie umzubringen, wäre es für ihn ein Leichtes gewesen, ihr im Gedränge des Marktes einen Dolch zwischen die Rippen zu stoßen. *Er hat nicht einmal eine sichtbare Waffe getragen.* Dass er ihr nachgestellt hatte, gefiel ihr nicht, doch falls er ihr wirklich nach London folgte, sollte es ihr in der riesigen Stadt nicht schwerfallen, ihn abzuhängen.

Alexandra stieg die Treppe nach oben und ging zu ihrem Zimmer. Ein Nachtlicht verbreitete seinen trüben Schein. Ihre Hand lag schon auf dem Türgriff, als sie von drinnen das Knarren einer Bodendiele vernahm, das sie innehalten ließ. Sie legte das Ohr ans Holz und lauschte, doch es war nichts mehr zu hören. Dennoch verharrte sie. Hatte sie den Blonden unterschätzt? Oder *über*schätzte sie ihn, wenn sie annahm, dass er in ihrer Kammer auf sie wartete? *Woher soll er wissen, wo ich wohne, wenn er mir nicht hierher gefolgt ist?* Aber hatte sie sich nicht sogar in ihrer Kammer beobachtet gefühlt? Das Empfinden dabei war ein anderes gewesen als heute Nachmittag, und doch ... Sie griff unter ihren Mantel und zog die Pistole. Dann drückte sie die Klinke und stieß die Tür auf. Der Lauf ihrer Waffe zielte in die Dunkelheit. Langsam fand der Schein des Nachtlichts seinen Weg in den Raum und offenbarte die Umrisse der kargen Einrichtung. Lediglich in den Ecken hielten sich die Schatten, als hätten sie sich vor dem Licht dorthin zurückgezogen. Auf den ersten Blick wirkte alles normal. Trotzdem blieb sie auf der Schwelle stehen. Ihre Augen glitten durch die Kammer, erfassten jeden Zoll, den sie von ihrem Standort aus einsehen konnte. Wenn wirklich jemand im Raum war, würde er sich hinter oder neben der Tür verbergen – der einzige Ort, den sie nicht einsehen konnte.

Die Pistole im Anschlag, ließ sie ihren Blick durch das Halbdunkel wandern und folgte den Schatten in die Ecken. Aufmerksam lauschte sie in die Dunkelheit, suchte nach dem verdächtigen Rascheln von Stoff oder einem leisen Atmen. Doch da war nichts. Nur Stille. Sie wagte sich einen Schritt vor. Auf der Schwelle schwenkte sie die Waffe nach links, in Richtung der Wand neben der Tür. Da sprang eine schemenhafte Gestalt vor und entriss ihr die Pistole. Alexandra wollte auf den Gang zurück, als sich eine weitere Gestalt aus den Schatten löste, sie packte und in den Raum zerrte. Hinter ihr flog die Tür zu. Die Kammer versank in Dunkelheit. Finger gruben sich schmerzhaft in ihren Oberarm und hielten sie mit einem Klammergriff umfangen, aus dem sie sich trotz aller Gegenwehr nicht befreien konnte.

»Licht!«, zischte Vladimir unmittelbar neben ihr.

Sofort wurde eine Laterne aufgeblendet. Blinzelnd sah sich Alexandra um. Vladimir hielt sie noch immer fest, neben ihm stand Mihail mit ihrer Doppelläufigen in der Hand. Gavril trat hinter der Tür hervor und stellte die Laterne auf den Waschtisch. Seine Miene war ernst, was ihr jedoch mehr Sorgen bereitete, war, dass er ihrem Blick auswich, als wolle er mit dem, was hier geschah, nichts zu tun haben.

»Wo ist er?«, knurrte Vladimir.

Etwas an seiner Frage war erschreckend falsch. Es dauerte jedoch einen Moment, ehe Alexandra begriff, was es war. Er! Warum fragte er nach Lucian? Müsste er nicht zuerst das Kreuz ... Noch ehe sie die aufgehebelten Dielenbretter sah, fiel ihr Blick auf das Kästchen. Es stand neben dem Bett auf dem Boden. Der Deckel war zurückgeklappt und offenbarte die gähnende Leere darin.

»Ich habe nur wenig Geduld!« Vladimir schüttelte sie. »Rede!«

Alexandra versuchte noch einmal, sich seinem Griff zu

entwinden, da verstärkte er den Druck auf ihren Arm so sehr, dass sie glaubte, er würde ihr den Knochen brechen.

»Lass mich los!«, fuhr sie ihn an.

Er zog sie näher heran. Alexandra mochte ihn um einen halben Kopf überragen, doch an Kraft war sie dem bulligen Mann nicht einmal annähernd ebenbürtig. Kälte stand in seinen moosgrünen Augen und seine Züge waren verzerrt. Der buschige Vollbart bebte unter seinen zornigen Atemzügen. »Ich frage dich jetzt noch einmal im Guten: Wo ist er?«

»Ich weiß es nicht.«

»Lüg mich nicht an!«, herrschte er und verstärkte seinen Griff, bis Alexandra vor Schmerz aufkeuchte. »Ich werde die Wahrheit aus dir herausbekommen. Wie unangenehm das wird, liegt bei dir.«

»Ich weiß nicht, wo er ist.« *Und wenn ich es wüsste, wärst du der Letzte, dem ich es sagen würde!*

Mit einem Ruck packte er sie unterhalb des Ellbogens und drehte ihr den Arm auf den Rücken, bis er ihr beinahe die Schulter aus dem Gelenk kugelte.

»Was soll das werden?«, presste sie hervor, bemüht, ihm in die Augen zu sehen. »Wann wirst du mir glauben, dass ich es nicht weiß? Wenn ich tot vor dir liege?«

»*Das* wäre zumindest überzeugend«, sagte er kalt. »Hast du mir etwas zu sagen?«

Alexandra schüttelte den Kopf.

»Wie du meinst.« Er riss sie herum und ließ sie los. Von seinem Schwung getragen, prallte sie gegen die Wand und fiel auf die Knie. Ein wenig benommen hob sie den Kopf und sah, wie Vladimir auf sie zukam.

»Hör mich an, Vladimir«, sagte sie beschwörend. Wenn

er begriff, wie sehr Lucian ihnen geholfen hatte, würde er sich vielleicht davon abbringen lassen, ihn zu jagen. »Er hat den Unendlichen vernichtet. Er allein! Ihm verdanken wir –«

Vladimir blieb stehen und blickte auf sie herab. »Es interessiert mich nicht, was dieses Monster getan hat!«

Ein Blick in seine Züge genügte ihr, um zu erkennen, dass er sich schon aus bloßer Wut nicht von seinem Vorhaben abbringen lassen würde. *Er wird Lucian jagen, weil er ein Vampyr ist – und weil er mich damit bestrafen kann.* Vladimir zürnte ihr schon lange. Er konnte nicht verstehen, dass sie Gavrils Gefühle nicht erwiderte, und hielt sie deswegen für kalt. Noch weniger jedoch konnte er ihr verzeihen, dass sie sich mit Daeron und Catherine – zwei Vampyren – verbündet hatte, um das Schwarze Kreuz zu bekommen. Er fühlte sich hintergangen. *Was hätte ich denn tun sollen?* Sie hatte nicht einmal die Gelegenheit bekommen, ihnen zu sagen, dass sie den Unterschlupf des Unendlichen gefunden hatte. Keiner der drei war da gewesen. Auch nicht, als sie plötzlich dem Unendlichen und seinen Häschern gegenübergestanden hatte. Es war Lucian gewesen, der sie gerettet hatte – keiner der Jäger.

Vladimir wollte nach ihrem Arm greifen, als Mihail ihn zur Seite schob und vor sie trat. Er reichte ihr die Hand und zog sie auf die Beine. Eine Strähne seines glatten, schwarzen Haars hatte sich aus dem Zopf gelöst und hing ihm in die Stirn. Ihm war weder anzusehen, ob er Vladimirs Verhalten befürwortete, noch ließ sich von seinem Gesicht ablesen, ob er ihr grollte. In seinen braunen Augen jedoch stand eine deutliche Warnung. *Zwing uns nicht dazu*, schienen sie zu sagen.

Auch wenn er nicht zu Gewalt greifen wollte, wusste sie, dass er Vladimir nicht mehr lange zurückhalten würde. Auch er wollte *ihn* – den letzten Vampyr.

»Vor zehn Jahren haben wir uns geschworen, jede dieser Kreaturen zu vernichten, die unseren Weg kreuzt«, sagte er ruhig. »Hast du das wirklich vergessen? Nach allem, was deiner Familie zugestoßen ist?«

Niemals würde sie jene Nacht vergessen, in der sie ihren Vater ausgeblutet auf der Schwelle zum Hinterzimmer gefunden und der Unendliche seine Zähne in den Leib ihrer sterbenden Mutter geschlagen hatte. Nie. Aber der Unendliche existierte nicht mehr!

»Lucian hat mir das Leben gerettet – und das nicht nur einmal.«

»Jetzt hat das Vieh auch noch einen Namen!«, fuhr Vladimir von hinten dazwischen.

Alexandra versuchte ihn nicht zu beachten und ihre Aufmerksamkeit ganz auf Mihail zu richten. Wenn es ihr gelänge, ihn auf ihre Seite zu bringen, konnte er sie vor Vladimirs Zorn schützen. Sie legte ihm eine Hand auf den Arm. »Ihr habt Daeron und Catherine doch auch am Leben gelassen. Warum nicht ihn?«

Mihail schüttelte den Kopf. »Die beiden wurden zu Menschen, ehe wir sie töten konnten. Der Teufel allein weiß, warum dieser *Lucian*«, er spie den Namen beinahe aus, »sich nicht ebenfalls zurückverwandelt hat.«

Der Teufel und ich. Sie hätte ihm erklären können, warum die Vernichtung seines Zwillingsbruders ihn nicht wieder zum Menschen hatte werden lassen, doch sie bezweifelte, dass ihr überhaupt einer der Männer zuhören würde. Lucians Fluch interessierte sie nicht – nur sein Tod.

»Um unserer Freundschaft willen gebe ich dir noch eine letzte Gelegenheit, unsere Fragen zu beantworten«, fuhr Mihail fort. »Nutze sie! Andernfalls werde ich dich Vladimir überlassen.«

Alexandra wusste, wie erbarmungslos Vladimir sein konnte, sie hatte es oft genug gesehen, wenn sie auf der Jagd gewesen waren. Diese Mal würde sich seine Erbarmungslosigkeit gegen sie richten.

Nicht, wenn ich es verhindern kann!

Sie stieß Mihail so heftig von sich, dass er gegen Vladimir prallte, und rannte zur Tür. Hinter ihr schrammte etwas über den Boden. Alexandra machte sich nicht die Mühe, sich umzudrehen. Sie musste nur aus dem Zimmer entkommen, dann wäre sie – zumindest für den Augenblick – in Sicherheit. Keiner der Jäger würde es wagen, draußen Hand an sie zu legen. *Nicht, wenn sie fürchten müssen, dass ich das ganze Gasthaus zusammenschreie.* Nur noch zwei Schritte! Sie streckte die Hand nach der Klinke aus. Ehe ihre Finger sie jedoch zu fassen bekamen, wuchs hinter ihr ein Schatten auf. Ein Zischen durchschnitt die Luft, dann traf sie der Stuhl im Rücken. Die Wucht des Aufpralls raubte ihr den Atem und streckte sie nieder. Keuchend rollte sie sich herum und riss schützend die Arme hoch, als ihr der Stuhl ein weiteres Mal entgegenraste. Schmerz explodierte in ihrem Leib. Der Raum verschwamm, Konturen verliefen zu unscharfen Schemen. Irgendwo am Rande ihres Bewusstseins hörte sie, wie jemand etwas rief. War das Gavril, der versuchte, seinen Bruder von einem weiteren Angriff abzuhalten? Ehe sie sehen konnte, woher die Stimme kam, wurde ihr schwarz vor Augen.

Ein Schlag auf die Wange ließ ihre Sinne zurückkehren.

»Sieh mich an!«, drang Vladimirs Stimme durch den Nebel, der ihren Geist umfangen hielt. Sie saß auf dem Stuhl, die Hände auf dem Rücken an die Lehne gefesselt, die Beine an den Knöcheln zusammengebunden. Vladimir packte sie beim Kiefer. Unerbittlich gruben sich seine Finger in ihr Fleisch, pressten gegen den Knochen und renkten ihr fast das Gelenk aus.

Ohne seinen Griff zu lockern, beugte er sich herab, bis seine Nase beinahe die ihre berührte. »Bist du jetzt gesprächiger?« Kleine Speicheltropfen benetzten ihr Gesicht. Das Aroma billigen Weins lag in seinem Atem und mischte sich mit dem derben Schweißgeruch, den er bei jeder Bewegung verströmte.

»Ich weiß nicht, wo er ist!« Der Druck an ihrem Kiefer schmerzte so sehr, dass die Worte ihren Mund nur undeutlich verließen.

»Lüg mich nicht an!«, brüllte Vladimir und fuhr zurück. Alexandra versuchte den Kopf zurückzureißen, als sie sah, wie er mit der Pistole ausholte, doch es war zu spät. Der Kolben traf sie an der Schläfe. Grellrote Blitze explodierten vor ihren Augen und trachteten danach, sie in die Dunkelheit zu stürzen. Blinzelnd kämpfte sie gegen die Schwärze an, konzentrierte sich auf den Schmerz und das warme Blut, das über ihr Gesicht rann. Verschwommen sah sie, wie er erneut ausholte. Sie versuchte den Kopf zur Seite zu drehen, doch mit jeder Bewegung kroch die Finsternis näher.

»Hör auf, Vladimir!« Gavrils Worte rissen Alexandra in die Wirklichkeit zurück. Er packte seinen Bruder am Arm und hinderte ihn daran, erneut zuzuschlagen. »Siehst du nicht, dass sie die Wahrheit sagt!«

Vladimir stieß ihn zurück. »Lässt du dich immer noch von ihr an der Nase herumführen?«

Alexandra wappnete sich gegen den Schlag. Es fiel ihr schwer, die Augen offen zu halten. Als er den Arm hob, fragte sie sich, ob es ihr gelingen würde, zumindest so weit auszuweichen, dass er sie nicht mit voller Härte traf. Sie kniff die Augen zusammen, um besser sehen zu können – und versteinerte, als sie die auf sie gerichtete Pistole sah.

»Hab keine Angst«, sagte er so ruhig, dass es ihr das Blut in den Adern gefrieren ließ. »Ich werde dich nicht erschießen.«

Obwohl sie ihn nur verschwommen wahrnahm, wusste sie, dass er lächelte. Jenes grausame Lächeln, das sie im Laufe der Jahre schon so oft an ihm gesehen hatte. Sie musste es nicht sehen, sie konnte *spüren*, wie es jede Pore ihres Körpers durchdrang und ihr eine Gänsehaut über Rücken und Arme jagte.

»Hier sind die Regeln«, sagte er kalt. »Ich stelle meine Frage. Wenn du sie zu meiner Zufriedenheit beantwortest, sehen wir weiter. Glaub nicht, dass ich dich dann gehen lasse – nicht, solange wir uns nicht davon überzeugt haben, dass du die Wahrheit sagst und nicht nur versuchst, uns hinzuhalten. Mich anzulügen, würde es nur schlimmer machen.«

»Vladimir, lass sie!«, versuchte es Gavril noch einmal. »Sie weiß nicht, wo er ist.«

»Beantwortest du meine Frage nicht«, fuhr Vladimir fort, ohne Gavril zu beachten, »schieße ich dir ins Knie. Dann werde ich noch einmal fragen. Falsche Antwort – anderes Knie. Danach deine Ellbogen. Wenn du mir nicht sagst, was ich wissen will, werde ich jedes Gelenk in deinem Körper zerstören, bis du nichts weiter bist als ein Haufen aus Fleisch und Knochen, der ohne die Hilfe anderer nicht mehr lebensfähig ist.«

»Ihr habt das Kreuz.« Es fiel ihr schwer zu sprechen, Angst und Schmerz lähmten ihre Zunge. Hätte er gedroht, sie zu töten, wäre sie weit weniger entsetzt gewesen. Die Vorstellung jedoch, dass ausgerechnet sie, die nie etwas mit anderen Menschen zu tun haben wollte, für den Rest ihres Lebens von der Gnade anderer abhängig sein sollte, brachte sie beinahe um den Verstand. »Ihr werdet ihn auch ohne meine Hilfe finden.«

Vladimir spannte den Hahn.

»Warte!«, rief sie. »Er hat die Stadt vor einer Woche verlassen!« Wenn es ihr gelang, die Männer zumindest für eine Weile zu beschäftigen, fand sie womöglich einen Weg, ihnen zu entkommen. »Er ist auf dem Weg nach Dover, um von dort aus nach Frankreich überzusetzen.«

»Du bist eine erbärmliche Lügnerin«, sagte er. »Seit Tagen hast du die Pension nicht verlassen. Warum ausgerechnet heute?« Ohne ihr Gelegenheit zur Antwort zu geben, fuhr er fort: »Ich will es dir sagen: Du warst bei *ihm*!«

Alexandra warf Mihail einen Hilfe suchenden Blick zu. Ihm war anzusehen, wie wenig ihm gefiel, was Vladimir tat, doch er würde nicht einschreiten. Nicht mehr. Als Vladimir die Pistole auf ihr Knie richtete, wandte Mihail sich ab.

Gavril sprang an seinem Bruder vorbei und trat Alexandra so heftig in den Bauch, dass sie samt Stuhl nach hinten kippte. Im selben Augenblick schoss Vladimir. Die Kugel zischte an Alexandra vorbei und schlug in die Dielen. Zu ihrer Linken explodierte das Fenster. Scherben regneten in den Raum. Die Jäger riefen sich aufgeregte Befehle zu, als plötzlich ein Schatten vor ihnen aufwuchs. Schüsse peitschten durch die Luft. Ehe Alexandra sah, was die Männer derart in Aufruhr versetzte, fand ihr Sturz ein jähes Ende. Sie prallte mit dem Hinterkopf auf den Boden und verlor endgültig das Bewusstsein.

4

Die Welt war schwarz und leer. Alexandra wusste, dass sich das ändern würde, sobald sie die Augen aufschlug, doch sie fand nicht die Kraft, die Lider zu heben. Warum war es so still? Sie lauschte in die Dunkelheit, versuchte ihr Geräusche abzuringen, doch da war nicht der geringste Laut. Als wäre alles um sie herum ausgelöscht. Nur das Hämmern hinter ihrer Stirn war geblieben und zeigte ihr schmerzhaft, dass sie noch am Leben war.

Der Untergrund hatte sich verändert, sie lag nicht mehr auf harten Holzdielen. Wo waren die Jäger? Warum konnte sie Vladimirs wütendes Geschrei nicht hören?

Obwohl sie sich vor dem, was sie womöglich erblicken würde, fürchtete, zwang sie sich nun doch, die Augen zu öffnen. Sie hatte erwartet, in ihrer Kammer auf dem Bett zu liegen, stattdessen fand sie sich in einem fremden Bett wieder, doppelt so groß wie das in der Pension. Der Himmel war mit kunstvollen Schnitzereien verziert, die geflügelte Engel darzustellen schienen, Rankenmuster schlängelten sich die Pfosten hinab, durchsetzt von Blättern, Blüten und einer Schlange, die sich im sanften Lichtschimmer zu winden schien.

Als ihr bewusst wurde, dass sie sich einmal mehr beobachtet fühlte, setzte sie sich auf. Eine Hand gegen den Kopf gepresst, als könne das den Schmerz lindern, der durch ihren Schädel tobte, sah sie sich um. In einem großen Marmorkamin knisterte ein Feuer, das Licht jedoch stammte von einer Öllampe. Ihr orangenfarbener Schein fing sich im Spiegel der Frisierkommode und wurde von dort in den Raum zurückgeworfen. Obwohl sie sicher war, nicht allein zu sein, war niemand sonst hier.

Das Schlafzimmer war riesig, beinahe dreimal so groß wie die Kammer, die sie in der Pension bewohnte. Vorsichtig, um das wütende Schmerzungetüm hinter ihrer Stirn nicht noch mehr zu verärgern, wandte sie den Kopf. Das Bett stand zwischen zwei Fenstern an einer Wand. Bodenlange Vorhänge aus schwerem Brokat versperrten den Blick nach draußen, durch einen Spalt zwischen den Stoffbahnen drang ein schmaler Streifen Licht herein. Ein weiterer regnerischer Tag war angebrochen.

Wie lange war sie bewusstlos gewesen?

Als sie die Decke zurückschlug, hielt sie erschrocken inne. Statt ihrer nassen Gewänder trug sie ein Nachthemd und ein Paar warmer Wollstrümpfe. Beunruhigt sah sie sich um, doch sie konnte weder ihre Hose noch das Hemd oder den Gehrock entdecken. Entsetzen jagte in heißen Wellen durch ihren Leib. Da fiel ihr Blick auf ihre Stiefel, die sauber poliert neben der Frisierkommode standen. Alexandra sprang aus dem Bett. Viel zu schnell, sodass ihr schlagartig schwindlig wurde. Davon konnte sie sich jetzt nicht aufhalten lassen! Der dicke Teppich dämpfte ihre

Schritte, als sie zur Kommode wankte. Da sie glaubte, ihre zitternden Beine würden sie nicht länger tragen, ließ sie sich auf den Stuhl davor sinken. Sie bückte sich nach dem rechten Stiefel, hob ihn auf und langte hinein. Er war leer! Sie ließ ihn fallen und griff nach dem linken. Nichts. Der Splitter war fort!

Nachdem es ihr gelungen war, den Splitter aus dem Schwarzen Kreuz zu lösen, hatte sie ihn in ein Tuch geschlagen und in ihrem Stiefel versteckt. Ohne ihn, so hoffte sie, wäre das Kreuz nur eine wertvolle, aber harmlose Reliquie, die Lucian nicht mehr Schaden zufügen konnte als jeder andere geweihte Gegenstand. Mit ein wenig Glück würden die Jäger nicht einmal merken, dass es nicht vollständig war. Aber was, wenn sie ihr den Splitter abgenommen hatten?

Von ihrem Entsetzen angestachelt, schwoll der Schmerz in ihrem Kopf zu einem unerträglichen Tosen an. Sie presste die Hände gegen die Schläfen und schloss die Augen, doch es wurde nicht besser. Als sie die Augen wieder öffnete, fiel ihr Blick auf eine halb volle Whiskyflasche, die auf der Frisierkommode stand. Sie war versucht, einen kräftigen Zug zu nehmen, in der Hoffnung, der Alkohol möge den Schmerz vertreiben. Ihre Finger lagen schon auf der Flasche, doch sie zog die Hand wieder zurück. Solange sie nicht wusste, wo sie war und ob sie sich noch in Gefahr befand, wollte sie einen klaren Kopf behalten. Zumindest soweit das bei diesen Schmerzen möglich war. Der Alkohol würde alles nur schlimmer machen. Er betäubte womöglich den Schmerz, doch ebenso würde er ihre Sinne vernebeln. Das konnte sie sich nicht erlauben.

Sie verstand noch immer nicht, warum sie noch am Leben war. Was hatte das Fenster explodieren lassen? Da war ein Schatten gewesen …

Sie stützte sich auf die Kommode und stand auf. Diesmal blieb sie stehen, bis der erste Schwindel verflog. Ihre Finger zitterten, und noch immer hatte sie das Gefühl, nicht allein zu sein. Es fühlte sich an, als stünde jemand unmittelbar hinter ihr, nahe genug, um seinen Atem zu spüren, doch sie musste sich nicht umdrehen, um zu wissen, dass dort niemand war.

Zu gerne hätte sie ihre Angst, beobachtet und verfolgt zu werden, auf die Kopfverletzung geschoben, doch das Gefühl begleitete sie schon weitaus länger – seit sie hier war, hatte es jedoch an Intensität gewonnen.

Noch einmal sah sie sich um. Es gab nur eine Tür und, abgesehen vom Kleiderschrank, keine Möglichkeiten, sich zu verstecken. *Außer* … Ihr Blick heftete sich auf die Vorhänge. Sie boten jemandem, der nicht gesehen werden wollte, ausreichend Schutz. Obwohl sie nicht recht daran glaubte, dass sich dahinter jemand verbarg, ging sie zum ersten Fenster und zog den Vorhang mit einem entschlossenen Ruck zurück. Sie hatte erwartet, draußen andere Häuser und eine von Menschen bevölkerte Straße zu sehen, doch die Stille des Raums setzte sich draußen fort. Ihr Zimmer befand sich im ersten Stock, mit einer atemberaubenden Aussicht auf einen weitläufigen Garten. Die einzigen Gebäude, die sie hinter einer Baumreihe entdecken konnte, gehörten zu den Stallungen. Sie musste weder das Eisentor noch die Auffahrt sehen, um zu wissen, wo sie sich befand. Lauriston House. Der Unterschlupf des Unendlichen. Hier war sie Lucian zum ersten Mal begegnet, wenngleich sie damals noch geglaubt hatte, er sei der Erste Vampyr selbst.

Also hat er mich vor den Jägern gerettet. Jener Teil von ihr, der nicht vom Verstand bestimmt wurde, wünschte sich, ihn wiederzusehen. Die Vernunft jedoch untersagte ihr jede Freude. *Er hat, was er will. Er braucht mich nicht länger.*

Nachdem sie nun wusste, in wessen Haus sie sich befand, konnte sie sich ebenso gut einen Schluck Whisky erlauben. Da sie kein Glas entdecken konnte, zog sie den Korken heraus und setzte die Flasche an die Lippen. Brennend heiß fraß sich der Alkohol ihre Kehle hinab in ihren Magen. Beinahe sofort breitete sich ein eigenartiges Gefühl in ihrem Innersten aus, als rücke die Welt mit all ihrem Schmerz ein Stück von ihr fort. Sie nahm noch einen Schluck, ehe sie die Flasche verschloss und auf den Tisch zurückstellte. Das Hämmern in ihrem Kopf war nun ebenso betäubt wie ihre Sinne. Ein wenig kam es ihr vor, als gehöre ihr Körper nicht mehr zu ihr, als stehe sie einen Schritt neben sich und könne sich von außen betrachten.

Alexandra runzelte die Stirn. Wenn ein paar Schlucke Schnaps ausreichten, sie in einen derart schaurigen Zustand zu versetzen, war es wahrlich nicht gut um ihre Verfassung bestellt.

Es war an der Zeit, mit Lucian zu sprechen. Danach wollte sie so schnell wie möglich von hier fort. *Die Kutsche!* Alexandra blieb abrupt stehen. Ihr Blick schoss noch einmal zum Fenster, als hoffe sie, die Zeit durch bloße Willenskraft zurückdrehen zu können. Es half nichts, der Tag war angebrochen, die Kutsche nach London längst fort. Sie würde sich einen anderen Weg suchen müssen, um Edinburgh zu verlassen.

Sie öffnete die Tür und fand sich auf einer Galerie wieder, die das Stockwerk auf drei Seiten umrundete. Alexandra machte einen wackligen Schritt zum Geländer und blickte nach unten, in eine große Eingangshalle. An einer Garderobe hingen ein paar Mäntel und ein Dreispitz, zu sehen war jedoch niemand. Auf das Holzgeländer gestützt, ging sie zur Treppe und folgte den Stufen nach unten. Mit jedem Schritt wurde ihr deutlicher bewusst, dass ihr die Kopfverletzung mehr zu schaffen machte, als sie zunächst angenommen hatte. Ihre Beine zitterten so sehr, dass sie sich am Geländer abstützen musste. Sie verfluchte sich dafür, den Whisky getrunken zu haben, denn der Alkohol sog ihr zusätzlich die Kraft aus den Gliedern. Jeder Schritt fühlte sich an, als wate sie durch tiefen Morast. Am Fuße der Treppe musste sie erst einmal innehalten und einen Moment zu Atem kommen, ehe sie die Eingangshalle durchquerte. Sie hätte sich nur zu gerne wieder hingelegt, doch sie wollte mit Lucian sprechen. Sie musste wissen, was passiert war. Vor allem aber musste sie herausfinden, was mit dem Splitter geschehen war!

Ein gedämpftes Klirren drang an ihr Ohr, als würde jemand mit Geschirr hantieren. Alexandra wandte sich nach rechts und folgte den Geräuschen durch die Halle in einen Gang hinein. Sie tastete sich an der Wand entlang, an einer Flucht geschlossener Türen vorbei, als sie am Ende eine offen stehende Schwingtür entdeckte, die in eine Küche führte. Der Geruch von Bohnen und Speck kroch dahinter hervor und verstärkte ihre Übelkeit. Alexandra wankte näher. Die schwarzweißen Bodenfliesen flimmerten vor ihren Augen und machten es noch schwerer, etwas zu erkennen. Dann trat der Schemen einen Schritt zur Seite, fort von der Tür, die ihn vor ihrem Blick schützte.

»Lucian«, flüsterte sie.

Doch der Mann war nicht Lucian Mondragon. Ebenso wenig war er ein Fremder. Es war der Blonde, der sie verfolgt hatte!

Mantel und Gehrock hatte er abgelegt und trug jetzt nur ein beiges Hemd mit gerüschten Ärmelaufschlägen und ein Paar dunkelbrauner Hosen. Seine schwarzen Stiefel waren blank poliert.

»Wer sind Sie?«, fragte sie ihn.

Der Blonde wandte sich ihr zu und musterte sie aus dunklen Augen. »Sie sollten nicht hier sein«, sagte er kühl.

Hier? Meinte er damit, dass sie nicht *hier unten* oder nicht *hier im Haus* sein sollte? »Das beantwortet nicht meine Frage.«

»Vielleicht kann ich es Ihnen erklären«, erklang eine vertraute Stimme hinter ihr.

Ihr Herz machte einen Satz. »Lucian.« Alexandra drehte sich so schnell herum, dass ihr schwindlig wurde. Hastig streckte sie die Hand aus, um sich an der Wand abzustützen. Sofort war Lucian bei ihr und griff nach ihrem Arm.

Dann gaben ihre Beine unter ihr nach.

»Langsam!« Lucian hob sie auf seine Arme. Alexandra wollte protestieren, doch ihr kam nicht mehr als ein unverständliches Murmeln über die Lippen. Sie wollte ihm nicht so nah sein! Es war ihr bereits in der Kapelle schwer genug gefallen, ihn gehen zu lassen. Dass er jetzt wieder hier war, machte all ihre Versuche, ihn zu vergessen, mit einem Schlag zunichte. Da sie im Augenblick nichts gegen ihn tun konnte, lehnte sie den Kopf an seine Schulter und schloss die Augen. Ein frischer, leicht salziger Geruch ging von ihm aus, der Alexandra an eine Brise erinnerte, die vom Meer heranwehte. Lucian trug sie die Treppen hoch, zurück in das Schlafzimmer, in dem sie zuvor erwacht war. Erst als er sie aufs Bett legte, fand sie ihre Sprache wieder. »Was ist passiert?«

»Ich werde Ihnen alles erklären«, sagte er ruhig, »aber erst schlafen Sie ein paar Stunden.«

Alexandra schüttelte den Kopf. *Der Splitter!* »Ich muss wissen ... Sie ... die Jäger –«

Lucian legte ihr einen Finger auf die Lippen. »Sie sind in Sicherheit, Alexandra. Ruhen Sie sich aus.«

Sie fuhr hoch. »Sie glauben nicht im Ernst, dass ich in der Gegenwart eines Vampyrs schlafen werde!«

»Warum nicht?« Sein warmes Lächeln war das Erste, was sie deutlich wahrnahm. »Sie haben es schon einmal getan.«

Sogar schon zweimal. Seufzend sank sie in die Kissen, schloss die Augen und schlief sofort ein.

*

Nachdem Lucian die Jägerin fortgebracht hatte, rührte Robert fluchend in der Pfanne und versuchte zu verhindern, dass die Bohnen anbrannten. Schon seit Tagen war es nicht gut um seine Stimmung bestellt. Schuld an seiner Laune war die Jägerin. Er wollte sie nicht in der Stadt haben und schon gar nicht hier im Haus! Diese Frau würde sein Leben für immer verändern. Ein Leben, das erst begonnen hatte, als er bereits zehn Jahre alt gewesen war.

Er war ein Findelkind, als Säugling ausgesetzt von jemandem, der ihn nicht haben wollte. Wer seine Eltern waren und warum sie ihn aussetzten, hatte er nie herausgefunden. Einzig der Name Robert war ihm geblieben, gestickt in die Decke, in der man ihn gefunden und in Mr

Wilkes Waisenhaus in der Londoner Bothwell Road gebracht hatte. Sobald Robert alt genug war, wurde er – wie die anderen auch – zu Arbeiten herangezogen. Jede noch so geringe Verfehlung und jedes Versagen wurden mit dem Rohrstock oder dem Entzug von Essen bestraft. Oft auch mit beidem. Er war so mager, dass er selbst im Sommer ständig fror. Im Winter war die Kälte kaum zu ertragen. Jeden Morgen war er in der Hoffnung erwacht, dass heute jemand kommen würde, um ihn zu adoptieren, doch die Jahre zogen dahin, ohne dass jemand den dürren Jungen mit den blonden Locken gewollt hätte. Da niemand Interesse an ihm hegte, musste er für seinen Unterhalt arbeiten. »Ihr elenden Blagen müsst es euch schon verdienen, dass ich euch durchfüttere«, hatte Mr Wilkes immer gesagt. »Wer das nicht tut, muss hungern. Also strengt euch an!«

In seinem zehnten Sommer hatte Mr Wilkes ihn zum Hafen geschickt. Die meisten der älteren Kinder arbeiteten dort, verrichteten Botengänge, lieferten Frachtgut an die Geschäfte, halfen beim Beladen der Schiffe oder beim Löschen der Ladung.

Als Robert hörte, dass er nun auch zum Hafen sollte, war er überzeugt, dass sein Schicksal damit besiegelt wäre. Wenn er nicht an einer Krankheit starb oder bei einem Unfall sein Leben ließ, würden ihm vermutlich die Straßenräuber den Garaus machen, die seit einiger Zeit nach Einbruch der Dunkelheit ihr Unwesen trieben.

Als damals die Kinder zu verschwinden begannen, machten Gerüchte die Runde. Man hätte ihre Leichen gefunden, bleich und blutleer, und die schreckensweit aufgerissenen Augen kündeten von unermesslichem Grauen. Robert hatte nie eines der toten Kinder zu Gesicht bekommen. Das änderte jedoch nichts daran, *dass* Kinder starben! Jeden Abend, wenn er in der Dunkelheit zum Waisenhaus zurückkehrte, warf er ängstliche Blicke in die Schatten. Er hastete durch die Gassen, lauschte in die Nacht und vernahm doch nur das Echo seiner eigenen Schritte. Eines Abends, als er den Schuppen hinter dem Waisenhaus passierte und ihn nicht einmal mehr fünfzig Schritt von der Tür trennten, hörte er ein Rascheln. Eine Ratte, die im Unrat wühlt, dachte er und erschrak fürchterlich, als eine dunkle Silhouette vor ihm aufwuchs. Robert wollte dem Mann sagen, dass er nichts bei sich trug, das es wert war, gestohlen zu werden, doch er konnte sein Gegenüber nur anstarren. Diese Fratze! Die Züge waren die eines Menschen – und zugleich vollkommen anders. Farblose Augen schimmerten hell im Dunkel der Nacht, und als der Mann die Lippen zu einem Lächeln verzog, entblößte er vier messerscharfe Reißzähne. Endlich fiel die Lähmung von Robert ab. Er machte kehrt und wollte davonlaufen, doch hinter ihm stand noch jemand. Robert hatte ihn nicht einmal kommen hören! Als sie ihn packten, überkam ihn die schreckliche Gewissheit, dass ihm nun dasselbe widerfahren würde wie den anderen Kindern. Einer der Männer zog ihn zu sich heran. Immer näher kamen die Fangzähne Roberts Hals.

»Das reicht!«, drang eine tiefe, männliche Stimme durch die Dunkelheit seines Entsetzens. »Lasst den Jungen los!«

Als die Männer – konnte man sie überhaupt als solche bezeichnen? – keine Anstalten machten, von ihm abzulassen, kam der Fremde näher. Ein Dreispitz bedeckte sein Haupt und verbarg seine Züge. *Er hat nicht einmal eine Waffe!*, schoss es Robert durch den Kopf, dann jedoch erhaschte er einen Blick auf sein Gesicht. Er war einer von *ihnen*! Darüber konnten selbst seine teuer anmutenden Gewänder nicht hinwegtäuschen. Scharfe Fangzähne, farblose Augen und die Hände zu todbringenden Klauen verkrümmt. Taumelnd wich Robert zurück, suchte nach einem Fluchtweg oder einem Versteck – irgendetwas, was ihn vor diesen Kreaturen schützen konnte. Doch der Fremde stürzte sich nicht auf ihn. Stattdessen griff er die beiden anderen an. Seine Klauen durchschnitten die Luft, und ehe Robert überhaupt begriff, dass er einen der Männer damit getroffen hatte, zerfiel dieser vor seinen Augen zu Staub. Er löste sich einfach auf! Plötzlich war nur noch ein Flirren in der Luft, als würde sie vor Hitze flimmern, ehe sich der Staub langsam zu Boden senkte. Von Grauen erfüllt, wich Robert zurück. Er stolperte über ein Holzscheit, fiel hin und schob sich weiter rückwärts. Gelähmt vor Furcht wusste er, dass er nicht die Kraft finden würde, aufzustehen und davonzulaufen. Da er nicht wusste, was er sonst tun sollte, kroch er hinter den Holzstapel, der an der Seite des Schuppens aufgeschichtet war, und schloss die Augen. Die Geräusche waren schrecklich. Fauchen, Knurren, Grollen. Am liebsten hätte er sich die Ohren zugehalten, doch seine Angst, nicht zu bemerken, wenn eine der Kreaturen näher kam, war zu groß. Kampflärm erfüllte die Luft. Einmal fiel scheppernd ein Eimer um. Bei jedem Laut zuckte Robert zusammen und zog sich weiter in sein Versteck zurück.

Plötzlich war es still.

Nur sein eigener angsterfüllter Atem war noch zu hören, dann ertönte wieder die tiefe Stimme von vorhin: »Du kannst jetzt herauskommen.«

Natürlich kam er nicht heraus. Als er plötzlich beim Kragen gepackt wurde, riss er die Augen auf. Der Fremde mit dem Dreispitz zog ihn hoch und stellte ihn auf die Beine. »Du solltest bei Dunkelheit besser nicht mehr nach draußen gehen«, sagte er. »Dies ist kein sicherer Ort.«

Robert, der noch immer nichts anderes tun konnte, als sein Gegenüber anzustarren, machte kehrt und floh ins Haus. Mit großen Sätzen hetzte er die Treppe hinauf in den Schlafsaal, warf sich auf sein Bett und zog sich die durchgescheuerte Decke über den Kopf. Am nächsten Morgen erwachte er in der festen Überzeugung, alles nur geträumt zu haben. Als er jedoch am Abend aus dem Fenster sah, erblickte er den Mann mit dem Dreispitz. Reglos stand der Fremde im Schatten des Schuppens, den Blick in die Nacht gerichtet. Jedes Mal wenn Robert hinaussah, war er noch immer da. Es dauerte drei Nächte, ehe er sich endlich zu ihm wagte.

»Das waren keine Menschen.« Zögernd ging er auf den Fremden zu, bereit, jederzeit davonzulaufen.

»Nein, waren sie nicht«, erklang die dunkle Stimme aus den Schatten. »Und es waren nicht die Einzigen ihrer Art, die hier die Nächte unsicher machen.«

Robert blieb stehen. »Wer sind Sie?«

»Mein Name ist Lucian Mondragon«, stellte sich der Mann vor und lupfte seinen Hut. »Doch viel mehr als das *Wer* sollte dich das *Was* interessieren.«

In dieser Nacht hörte Robert zum ersten Mal in seinem Leben von Vampyren.

Während der nächsten Wochen stand Lucian Mondragon jede Nacht im Schatten des Schuppens Wache. Keines der Kinder fand in dieser Zeit den Tod. Nach jenem ersten

Gespräch vergingen erneut einige Tage, ehe Robert den Mut fand, noch einmal zu dem Mann zu gehen, von dem er nun wusste, dass er kein Mensch war.

»Warum jagen diese Vampyre hier?«

»Ihr Kinder seid eine leichte Beute.«

Niemand scherte sich um das Verschwinden eines Waisenkindes.

»Ich will mich verteidigen können, Mr Mondragon.«

»Wie heißt du, Bursche?«

»Robert.«

»Und weiter?«

»Nur Robert ... aus der Bothwell Road, Herr.«

Lucian Mondragon runzelte die Stirn. »Nun denn, Robert Bothwell, wenn das dein Wunsch ist, werde ich dich lehren, wie du dich eines gefährlichen Feindes erwehren kannst.«

Jeden Abend, wenn sich die anderen Kinder im Schlafsaal in ihren Betten verkrochen, stahl sich Robert aus dem Haus. Lucian lehrte ihn, seine Sinne zu schärfen und zu erkennen, wann ein Vampyr in der Nähe war. Zugleich zeigte er ihm, wie er sich vor ihnen schützen konnte. Seither trug er stets ein geweihtes Holzkreuz und getrockneten Stechginster bei sich, auch wenn er nie begriff, warum der liebliche Pfirsichgeruch des Ginsters Vampyre fernhielt. Roberts ganzer Stolz jedoch war der Silberdolch, den Lucian ihm geschenkt hatte und den er eifersüchtig vor fremden Blicken hütete.

So sehr er sich anfangs vor Lucian Mondragon gefürchtet hatte, sah er doch bald einen Mentor und Freund in ihm. Den einzigen Vertrauten, den er je gehabt hatte. Nachdem Lucian ihn alles über Vampyre gelehrt hatte, ging er dazu über, Robert in einem verlassenen Hinterhof im Kampf zu unterrichten. »Wenn dir ein Vampyr gegenübersteht, ziele immer auf das Herz. Ein normaler Vampyr wird dann zu Staub zerfallen.«

»Normal«, echote Robert. »Sie sind nicht normal?« Sofern man das über einen Vampyr überhaupt sagen konnte.

»Nein, das bin ich nicht.« Lucian deutete auf den Hackstock. »Setz dich, dann werde ich dir davon berichten.«

In dieser Nacht erfuhr Robert zum ersten Mal, wer Lucian Mondragon wirklich war und wie untrennbar seine Geschichte mit dem Schicksal der Vampyre verbunden war.

Voller Erstaunen hörte er, dass Lucian danach trachtete, den Unendlichen zu vernichten. Seinen eigenen Zwillingsbruder! Doch es war nicht so einfach, der Existenz des Ersten Vampyrs ein Ende zu setzen – nicht ohne ein Relikt, auf dessen Spur Lucian bereits seit einiger Zeit war. Im Augenblick jedoch schien ihm Roberts Wohlergehen wichtiger zu sein als die Jagd auf seinen Bruder.

Eines Abends nahm er Robert mit in seine Unterkunft, ein einfaches Zimmer, das nur mit dem Nötigsten ausgestattet war, und befahl ihm, sich zu setzen. »Ich will, dass du lesen und schreiben lernst«, eröffnete er ihm und begann sofort, ihn zu unterrichten. Ein Unterfangen, das Robert weit schwieriger fand als die allabendlichen Kampfübungen. Dennoch erfüllte es ihn mit Stolz, dass Lucian sich Gedanken um sein Wohlergehen machte. Jeden Abend sorgte der Vampyr dafür, dass sein Schützling etwas zu essen bekam, eine vernünftige Mahlzeit, nicht die Wasserbrühe, die es im Waisenhaus gab. Nachdem Robert nun nicht mehr ständig Hunger leiden musste, erschöpfte ihn die Arbeit des Tages weit weniger, sodass er sich in der

Nacht für einige Stunden auf seine Übungen konzentrieren konnte, ohne sofort einzuschlafen.

»Kann ich nicht bei Ihnen bleiben?«, hatte er seinen Mentor eines Nachts gefragt.

Lucian schüttelte den Kopf. »Das ist kein Leben für ein Kind.«

Trotzdem war Lucian während der folgenden beiden Jahre beinahe jeden Abend gekommen, um Robert abzuholen. Selbst nachdem Lucian längst davon überzeugt war, dass Robert künftig imstande sein würde, auf sich aufzupassen, war er noch immer von Zeit zu Zeit gekommen, um nach ihm zu sehen. Fünf Jahre, nachdem Robert dem Vampyr das erste Mal begegnet war, fand er eine zusammengefaltete Nachricht neben dem Hackstock.

Es ist besser so.
Leb wohl, Robert Bothwell.

Robert hatte die Nachricht zerknüllt und war zu Lucians Pension gerannt. Das Zimmer war verlassen, die Habseligkeiten fort. Während der letzten fünf Jahre hatte er gelernt, mit Mr Wilkes Schikanen zu leben und sie zu ignorieren. Das Wissen, dass jeden Abend jemand auf ihn wartete, hatte ihm dabei geholfen. Jetzt war er wieder allein. Ein Zustand, der ihn zutiefst bedrückte.

Als er ein Jahr später zu alt war, um noch länger im Waisenhaus zu leben, ließ Lucian ihm über einen Advokaten eine stattliche Summe zukommen. Ein Betrag, mit dem ihm die Welt offengestanden hätte. Er hätte jeden Ort bereisen, eine Schule besuchen und studieren können. Robert entschied sich jedoch, das Geld zu verwenden, um nach Lucian zu suchen. Zwei Jahre lang folgte er der Spur seines einstigen Mentors durch halb Europa und fand ihn schließlich in Paris. Der Vampyr hatte versucht, ihn fortzuschicken – um ihn zu schützen, wie er sagte –, doch Robert hatte sich geweigert. »Sie sind das wohl beängstigendste Wesen, dem ich je begegnet bin – zugleich sind Sie die einzige Familie, die ich je hatte.«

»Wo ich bin, werden immer andere meinesgleichen sein. In meiner Nähe wärst du in ständiger Gefahr.«

»Das macht mir nichts aus.« Das war die Wahrheit. »Ich weiß, dass Sie nach etwas suchen. Es geht Ihnen nicht nur darum, Ihren Bruder Andrej zu vernichten. Sie treibt noch etwas anderes an – wenngleich ich nicht weiß, was das sein mag. Es gibt Dinge, die Sie trotz Ihrer Fähigkeiten nicht tun können, Nachforschungen im Sonnenlicht zum Beispiel. Abgesehen davon brauchen womöglich selbst Sie von Zeit zu Zeit jemanden, der misstrauische oder neugierige Menschen von Ihnen fernhält.«

Robert fürchtete, dass Lucian dennoch versuchen würde, ihn fortzuschicken, stattdessen sagte dieser: »Es gibt eine Frau, die mein Schicksal ist. Nach ihr suche ich.«

Lucian hatte auch weiterhin versucht, ihn zum Gehen zu bewegen. »Willst du riskieren, eines Tages doch noch den Kreaturen meines Bruders zum Opfer zu fallen?«

»Es gibt einen Weg, das zu verhindern.«

»Diese Existenz ist nichts, das du Leben nennen kannst. Ich werde dich nicht mit demselben Fluch belegen, der mein Dasein überschattet.«

Sie hatten lange darüber gestritten, doch Lucian hatte sich standhaft geweigert, ihm den Kuss des Blutes zu geben. Da war Robert auf den Gedanken gekommen, die

Umwandlung durch einen anderen Vampyr vollziehen zu lassen. Ein Unterfangen, das ihn beinahe das Leben gekostet hatte. Wäre Lucian nicht rechtzeitig erschienen und dazwischengegangen, hätte die Kreatur ihn ausgesaugt.

In der Nacht, als der Vampyr ihm beinahe das Leben nahm, hatte er in den Abgrund jener Existenz geblickt, die er für derart erstrebenswert gehalten hatte. Er erfuhr am eigenen Leib den Blutdurst, der ihn nach der Umwandlung zu den Menschen treiben würde, und bezweifelte, dass er Lucians Stärke haben würde, der stetigen Versuchung zu widerstehen. »Ich denke, ich bleibe lieber bei Bohnen mit Speck.«

Eine Bemerkung, die Lucian zum Lachen gebracht hatte, denn seit die beiden gemeinsam unterwegs waren, beklagte er sich über den Geruch von Roberts Lieblingsgericht. »Ich weiß wirklich nicht, wie du dieses Zeug essen kannst«, pflegte Lucian zu sagen.

»Ähnliches ließe sich wohl auch über deine Ernährungsgewohnheiten sagen«, bemerkte Robert trocken.

Lucian seufzte. »Touché.« Dann wurde er wieder ernst. »Ich hoffe, du begreifst jetzt, wie wenig erstrebenswert es ist, wie ich zu sein.«

Robert hatte es niemals wieder vergessen.

Im Laufe der Jahre war aus der anfänglichen Beziehung zwischen Mentor und Schüler eine tiefe Freundschaft geworden. Robert war mittlerweile beinahe dreißig, und Lucian sah noch immer aus wie damals, als sie einander zum ersten Mal begegnet waren – keinen Tag älter als Mitte zwanzig.

Robert nahm die Pfanne vom Herd und kippte ihren Inhalt auf einen Teller. Während der letzten Wochen hatte sich die Welt verändert. Lucian hatte ihn nach Glasgow geschickt, um einer Spur zu folgen und Nachforschungen anzustellen. Doch so sehr Robert auch Archive und Bibliotheken durchforstete, seine Recherchen blieben erfolglos. Er fand nicht das geringste Anzeichen, das auf den Verbleib des Unendlichen oder des Kreuzes, durch das er vernichtet werden konnte, hingedeutet hätte. Schließlich hatte er aufgegeben und war nach Edinburgh gekommen, um Lucian von seinem Fehlschlag zu berichten. Statt sich jedoch einen Bericht über seine Misserfolge anzuhören, hatte Lucian selbst unglaubliche Neuigkeiten. Er hatte Robert bewusst von Edinburgh ferngehalten, nachdem er erfahren hatte, dass sein Bruder hier war. Es war ihm nicht nur gelungen, den Unendlichen aufzuspüren – das war nie das eigentliche Problem gewesen –, sondern auch, ihn zu vernichten. Nach all den Jahren war es nun endlich vorbei, Andrej Mondragon und seine Brut gehörten endgültig der Vergangenheit an. Trotzdem wirkte Lucian nicht glücklich. Nicht einmal zufrieden. »Mein Schicksal hat sich noch nicht erfüllt«, sagte er nachdenklich. »Womöglich wird das niemals geschehen.« Erst an diesem Abend, Jahre, nachdem Robert von der Frau gehört hatte, nach der Lucian suchte, erfuhr er, *wie* dieses Schicksal aussah. Und das beunruhigte ihn noch immer.

5

Wieder in ihrer Unterkunft angekommen, zog sich Vladimir in seine Kammer zurück. Er verzichtete darauf, eine Laterne zu entzünden, und schürte lediglich das Feuer im

Kamin, ehe er sich auf einem der unbequemen Holzstühle niederließ. Neben ihm auf dem Tisch lagen Alexandras doppelläufige Pistole, ihr Silberdolch und das Schwarze Kreuz. Etwas stimmte damit nicht. Sie hätten imstande sein müssen, den Vampyr zu töten, der Alexandra zu Hilfe geeilt war. Die Kugeln hatten die Bestie zwar getroffen, ihr aber nichts anhaben können. Sie war einfach weitergelaufen! Es waren nur normale Kugeln. Silber hätte den Vampyr getötet, davon war Vladimir überzeugt. Die Nähe des Kreuzes mochte ihn verwundbar machen, doch selbst dann war ihm mit gewöhnlichen Waffen nicht beizukommen. Einmal mehr verfluchte er sich für seine Nachlässigkeit. Warum hatte er darauf verzichtet, die Waffen mit Silberkugeln zu laden! *Wir hätten auf alles vorbereitet sein müssen!*

Dieser Vampyr war in vielerlei Hinsicht anders als die Kreaturen, denen er bisher begegnet war. Vladimir hatte unmittelbar vor Alexandra gestanden, als der Vampyr in einem Hagel aus Scherben und Splittern durch das Fenster in den Raum gesprungen war. Seine Fratze war bar aller Menschlichkeit gewesen, die Augen farblos, Zähne und Klauen tödliche Waffen. Ein bedrohliches Grollen war aus seiner Kehle aufgestiegen, als sich sein Blick auf Vladimir gerichtet hatte. In diesem Augenblick hätte die Kreatur ihn töten können, stattdessen hatte sie ihn zur Seite gestoßen und mit einem einzigen Hieb Alexandras Fesseln durchtrennt. Ohne den Angriffen der Jäger Beachtung zu schenken oder sich von ihren Kugeln aufhalten zu lassen, hatte er sie hochgehoben und war mit ihr aus dem Fenster gesprungen.

In all den Jahren hatte Vladimir nie etwas Derartiges erlebt. Niemals zuvor hatte eine dieser Kreaturen etwas anderes als ihre eigene, unheilige Existenz zu schützen versucht.

Warum Alexandra?

Auch wenn er ihr während der letzten Wochen und Monate das Leben zunehmend schwergemacht haben mochte, war sie doch immer ein Teil der Gruppe gewesen. Sie hatten sich oft gestritten, aber ebenso häufig hatten sie Seite an Seite gekämpft. Allein deshalb hätte er es nicht über sich gebracht, sie zu töten. Er hatte sie bedroht und geschlagen, als er jedoch schoss, hatte er an ihrem Bein vorbeigezielt. Abgesehen davon, dass sie lange Jahre zu seinen Wegbegleitern gehört hatte, war sie noch immer ein Mensch. Vladimir tötete keine Menschen. Die Prügel jedoch hatte sie verdient!

Wenn sie nach all den Drohungen und einem Warnschuss noch immer geschwiegen hätte, wäre ihm keine andere Wahl geblieben, als sich mit seinen Gefährten zurückzuziehen und seine Vorgehensweise zu ändern.

DU BIST ZU WEICH!, erklang eine volltönende Stimme.

Vladimir sprang auf, nahm die Pistole vom Tisch und sah sich um. Woher war diese Stimme gekommen? Die Waffe im Anschlag schritt er langsam von einem Ende des Raumes zum anderen. Am Fenster hielt er inne, spannte den Hahn und riss die Vorhänge zur Seite. Dahinter starrte ihm das regennasse Fensterglas entgegen, an dem die Dunkelheit scharrend Einlass suchte. Vladimir fuhr herum und wandte sich dem Schrank zu. Die Dielen knarzten leise, als er darauf zuging. Er packte den Griff und zog daran. Unter lautem Quietschen schwang die Schranktür auf und offenbarte den Blick in die dahinterliegende Finsternis. Ein leises Lachen erklang, verhöhnte ihn und ließ ihn ein weiteres Mal herumfahren. Doch der Raum war noch immer verlassen.

DORT WIRST DU NICHTS FINDEN, vernahm er die Stimme erneut, unüberhörbar amüsiert.

Denke ich das? Doch es waren nicht seine Gedanken. Es war etwas anderes, was sich von außen einen Weg in seinen Geist zu suchen schien. Insgeheim verfluchte er sich dafür, keine Lampe entzündet zu haben. Jetzt, im flackernden Schein des Kaminfeuers, schien die Dunkelheit plötzlich greifbar zu sein. Tiefe Schatten duckten sich in die Ecken, lauerten vor den Wänden und unter der Decke und verbargen ein Geheimnis.

DU MUSST SIE FINDEN UND TÖTEN! ALLE BEIDE!

»Wer zum Teufel bist du?« Noch immer zuckte sein Blick von einer Seite zur anderen, auf der Suche nach dem Ursprung jener Stimme. Sie schien von überall zugleich an sein Ohr zu dringen. Im Raum war es kälter geworden. Trotz des Feuers im Kamin beschlugen die Scheiben, und Vladimirs Atem stieg in kleinen Wölkchen empor. »*Was* bist du?«

DU WIRST ES BALD HERAUSFINDEN, MEIN FREUND. Erneut erklang ein Lachen, volltönend und grausam.

Vladimir holte die Flasche Whisky aus dem Schrank, die er dort aufbewahrte. »Das wird dich zum Schweigen bringen!« Er zog den Korken mit den Zähnen heraus und nahm einen tiefen Zug. Heiß rann der Alkohol seine Kehle hinab und entzündete ein warmes Feuer in seinem Innersten.

Doch die Stimme weigerte sich zu verstummen. WILLST DU DICH WIRKLICH VON IHR VORFÜHREN LASSEN?

Vladimir nahm noch einen Schluck Whisky.

SIEH DIR DAS KREUZ AN, forderte ihn die Stimme auf, und als er sich nicht rührte, donnerte sie: SCHAU ES DIR AN!

Nur zögernd kehrte Vladimir zum Tisch zurück. Einen Moment stand er unentschlossen da, ließ den Blick zwischen dem Kreuz und dem Raum hin und her wandern. Was, wenn es eine Falle war? Womöglich sollte er durch das Kreuz nur abgelenkt werden, um nicht zu bemerken, wenn er angegriffen wurde. Er hatte sich im Raum umgesehen. Hier war niemand! *Vielleicht ist es ein Vampyr.* Vladimir hielt es für möglich, dass diese Kreaturen über Fähigkeiten verfügten, an die er nicht einmal im Traum dachte. Sich unsichtbar zu machen, konnte durchaus eine davon sein. Wenn er sich jedoch nicht sehr irrte, existierte nur noch ein einziger Vampyr – und der hatte nur wenig Grund, sich mit ihm zu unterhalten.

Schließlich legte er die Pistole auf den Tisch zurück und griff nach dem Schwarzen Kreuz. Es fühlte sich kalt und glatt an, als wäre es aus Stahl und nicht aus Ebenholz. *Kalt und tot.* Den Blick auf die verschlungenen Ornamente gerichtet, drehte er es zwischen seinen Fingern. »Was soll damit sein?«

SIEH GENAU HIN!

Noch einmal ließ er seinen Blick darüber wandern, dann entdeckte er die Vertiefung, die ihm zuvor inmitten der Ornamente nicht aufgefallen war. Etwas fehlte. Der Splitter des Wahren Kreuzes!

SIE HAT DICH HEREINGELEGT!, verspottete ihn die Stimme. ES IST UNVOLLSTÄNDIG. DESHALB HAT DIE JÄGERIN ES DIR ÜBERLASSEN!

Fluchend legte Vladimir das Kreuz wieder auf den Tisch und trat einen Schritt zurück. Kein Wunder, dass der Vampyr in der Nähe des Kreuzes keinerlei Furcht gezeigt hatte. »Dieses verdammte Miststück!«

ES GIBT EINEN WEG, DEN VAMPYR ZU BINDEN!

»Welchen?«

KOMM NÄHER, lockte die Stimme ihn zum Tisch. ICH ZEIGE DIR, WAS DU BRAUCHST. DU MUSST NUR DIE INGREDIENZIEN BESCHAFFEN. KOMM!

»Ich bewege mich keinen Zoll, ehe du mir nicht gesagt hast, *was* du bist!«

ICH VERFÜGE ÜBER WISSEN, VON DEM DU NICHT EINMAL ZU TRÄUMEN WAGST. Mit einemmal klang die Stimme sanft und schmeichlerisch. VERBÜNDE DICH MIT MIR, UND ICH WERDE DIR HELFEN, DAS WEIB UND IHRE KREATUR ZU VERNICHTEN!

»Ich bin nicht wie sie!«, stieß Vladimir zornig hervor. »Ich paktiere nicht mit finsteren Mächten!«

Das Gelächter, das seinen Worten folgte, hallte laut durch den Raum. Womöglich war es auch nur in seinem Kopf. *Vielleicht werde ich verrückt!*

ICH KANN DIR VERSICHERN, DASS MIT DEINEM VERSTAND ALLES IN ORDNUNG IST, JÄGER. Die Worte waren kaum verklungen, als Nebel aus der Oberfläche des Kreuzes aufwallte. Er schien geradewegs dort zu entstehen, wo sich einst der Splitter befunden hatte, verdichtete sich langsam und kroch Vladimir entgegen.

FÜRCHTE DICH NICHT. Diesmal gelang es ihm, den Ursprung der Stimme auszumachen. Sie kam aus dem Zentrum des Nebels. WENN ES DIR HILFT, STELL DIR VOR, ICH WÄRE DIE HEILIGE ESSENZ DIESER RELIQUIE, GESCHAFFEN, UM DIR AUF DEINEM KREUZZUG ZUR SEITE ZU STEHEN.

Vladimir wollte sich abwenden, als der Nebel sein Gesicht berührte, doch er vermochte nicht, sich zu bewegen. Zur Reglosigkeit verdammt, musste er ertragen, wie der Nebel in seine Augen kroch, beißend und brennend seinen Kopf und Geist zu erfüllen schien.

DU BIST NUN NICHT MEHR ALLEIN! Diesmal erklang die Stimme unmittelbar aus seinem Innersten, drängte sein Bewusstsein zur Seite und verschaffte sich dort Platz. Hilflos musste Vladimir miterleben, wie sie seinen Verstand mehr und mehr in eine Ecke seines Ichs zurückdrängte, während sie selbst immer mehr Raum in seinem Innersten einnahm. Schon bald fühlte er sich nur noch wie ein Gast in seinem eigenen Körper, gefangen und dazu verdammt, zu beobachten, ohne eingreifen zu können. Und noch immer vernahm er die Stimme jener Wesenheit, die von seinem Leib Besitz ergriffen hatte: BALD SCHON WIRD MEIN BRUDER TOT SEIN!

6

Lucian hatte die Vorhänge wieder vorgezogen und sich den Sessel ans Bett gestellt. Seitdem saß er dort und betrachtete die Jägerin. Wann immer sie sich im Schlaf regte, stieg ihm der schwache Geruch von Whisky in die Nase, nicht viel, doch seine Sinne waren scharf genug, um es zu bemerken. Der Alkohol und die Kopfverletzung waren sichtlich zu viel gewesen. Lucian strich ihr die schwarzen Locken aus der Stirn und warf einen prüfenden Blick auf ihre Schläfe. Äußerlich war die Verletzung nicht weiter schlimm. Er hatte die Wunde mit Alkohol gereinigt, damit sie sich nicht entzündete. Abgesehen davon überdeckte der scharfe Geruch das Aroma ihres Blutes, dem er andernfalls nur schwer hätte widerstehen können.

Lucian seufzte. Zwei Tage nachdem er sie in der Kapelle verlassen hatte, war er noch einmal zu ihrer Pension gekommen, um sie zu sehen und mit ihr zu sprechen. Wie bei seinem ersten Besuch auch, nahm er nicht die Treppe, sondern hatte die Außenmauer zu ihrem Fenster erklommen und sie schlafend vorgefunden. Lange Zeit hatte er auf dem Mauervorsprung vor ihrem Fenster gestanden und sie durch die Scheibe hindurch beobachtet, ohne dass er es über sich gebracht hätte, sie zu wecken. Als sie schließlich erwachte, wollte er sich bemerkbar machen, doch noch ehe er das tun konnte, kam einer der Jäger in den Raum. Zu sehen, wie rührend er sich um Alexandra sorgte, ließ Eifersucht in Lucian aufflammen. Zugleich war er froh, dass sie jemanden hatte, der sich um sie kümmerte. In jener Nacht verließ er sie in dem festen Entschluss, nicht noch einmal in ihr Leben einzudringen.

Dennoch hatte er oft an der Straßenecke vor der Pension gestanden und zu ihrem Fenster hinaufgeblickt. Er wusste, wie schwer es ihr fiel, seine Nähe zu ertragen. Wäre er ein beliebiger Vampyr gewesen, hätte sie womöglich damit umgehen können. Doch er trug das Gesicht des Mannes, der ihr Leben zerstört hatte. Wie konnte er da erwarten, dass sie ihn mochte oder gar liebte?

Wenige Tage später war sie in eine andere Pension gezogen – fort von den Jägern. Lucian wusste, dass sie sehr gut auf sich achtgeben konnte. Dennoch gefiel es ihm nicht, sie allein zu wissen. Vor allem verstand er nicht, *warum* sie ihre Gefährten verlassen hatte. Er spürte, dass es ihr nicht gut ging. Nacht für Nacht saß er auf dem gegenüberliegenden Dach oder stand auf dem Mauersims vor ihrem Fenster und wachte über ihren von Albträumen durchzogenen Schlaf.

Selbst jetzt schlief sie unruhig, warf immer wieder den Kopf von einer Seite zur anderen und murmelte unverständliche Worte. Lucian strich ihr über die Wange. »Es ist alles in Ordnung«, sagte er leise. »Niemand wird Ihnen hier etwas tun.«

Lange Zeit saß er an ihrer Seite, ehe er nach unten in die Küche ging. Robert saß auf der Ofenbank, schmauchte eine Pfeife und blätterte im *Edinburgh Evening Courant*.

Als Lucian ein Holztablett auf den Tisch stellte und begann, es mit Leckereien zu beladen, ließ Robert die Gazette sinken. »Hast du endlich gemerkt, wie widerlich Blut schmeckt?«

Er wusste genau, dass Lucian nichts anderes zu sich nehmen konnte, dennoch nutzte er jede Gelegenheit, ihn mit seinen Ernährungsgewohnheiten aufzuziehen. Das war nicht immer so gewesen. Zu Beginn ihrer Freundschaft hatte es ihm Schwierigkeiten bereitet, zu wissen, wovon Lucian sich ernährte. Lucian nahm seine Mahlzeiten seit jeher unbeobachtet zu sich, doch wann immer er zurückkam, hatte er die Abscheu in den Augen seines Freundes gesehen, begleitet vom Flackern der Angst. Wie oft mochte er sich damals gefragt haben, ob Lucian seinen Blutdurst tatsächlich genug unter Kontrolle hatte, um nicht eines Nachts über ihn herzufallen?

»Wenn Alexandra aufwacht, wird sie hungrig sein«, sagte Lucian und stellte eine Kanne Milch auf das Tablett.

»Ich denke noch immer, dass es keine gute Idee war, sie hierher zu bringen.«

»Du weißt, dass ich darüber nicht mit dir diskutieren werde.« Lucian konnte Roberts Bedenken verstehen, doch er war nicht bereit, Alexandra aufzugeben.

»Diese Frau wird dich umbringen!«, versuchte Robert es dennoch.

Lucian griff nach dem Tablett und ging zur Tür. Auf der Schwelle hielt er noch einmal inne und sagte: »Dann soll es so sein.«

*

Lucians Anblick verfolgte Alexandra, ganz gleich, wohin sie auch ging.

»Um zu schützen, was ich liebe, werde ich zum Monster«, sagte er ruhig und strich über ihren Arm. »Mein Herz schlägt nicht mehr, doch meine Seele ist noch immer mit Leben erfüllt – dem Leben jenes Mannes, der ich einst war. Ich weiß, dass Sie es kaum ertragen können, mich anzusehen, trotzdem wünsche ich mir nichts sehnlicher, als dass Sie bei mir bleiben.«

Alexandra hätte seinen Wunsch gerne erfüllt, doch wie sollte sie damit leben, jeden Tag in das Gesicht eines Mörders zu blicken? *Lucian ist nicht der Mörder!*, rief sie sich ins

Gedächtnis. Doch dieses Wissen änderte nichts daran, dass er die Züge seines Bruders trug. Obwohl er Jahrzehnte – oder waren es Jahrhunderte? Sie hatte ihn nie danach gefragt – gegen seinen grausamen Bruder angekämpft hatte, würde er doch immer ein Teil des Unendlichen sein. Sie rang um Worte, suchte nach einer Antwort, die ihn nicht verletzen würde, obwohl sie wusste, dass es die nicht gab.

Da legte sich ein Schatten über Lucian. Ein Bild, das sie schon einmal gesehen hatte. War dies ein Traum, der sich wiederholte? Wenn ja, veränderte er sich. Der Schatten hüllte Lucian ein, bis sich seine Züge unter den dunklen Schwingen verflüchtigten. Alexandra spürte noch immer seine Hand auf ihrem Arm und wartete darauf, dass sein sanfter Griff verschwand, sobald der Schatten ihn verschlang. Doch Lucian zuckte nicht einmal zusammen. Er sah sie noch immer erwartungsvoll an. »Möchten Sie mir nicht antworten?«, fragte er nach einer Weile.

Da begriff Alexandra, dass er den Schatten nicht sah. Sie wollte ihn warnen, doch ihr Blick war auf die Dunkelheit hinter Lucian gerichtet. Als sie die Augen zusammenkniff, erkannte sie, dass es nicht einfach ein Schatten war, der über ihm aufragte und ihn verschlang. Es waren die Umrisse einer menschlichen Gestalt. Eine dunkle Silhouette, deren rechte Hand einen spitzen Gegenstand hielt. Als der Schemen den Arm hob, fiel ein Lichtschimmer auf die goldenen Ornamente und entriss das Schwarze Kreuz der Dunkelheit. Der Warnschrei erstickte in ihrer Kehle, als der Schatten zustieß.

»Lucian!« Alexandra fuhr hoch und riss die Augen auf. Schwer atmend und vollkommen desorientiert sah sie sich um. Dann fiel ihr Blick auf Lucian. Er saß neben ihrem Bett, auf der Kante eines Sessels, und betrachtete sie besorgt. Zögernd, als fürchte er sich, sie zu berühren, legte er ihr eine Hand auf den Arm. »Ich bin hier, Alexandra«, sagte er. »Es ist alles in Ordnung. Sie haben nur schlecht geträumt.«

Während sie sich allmählich beruhigte, wartete sie darauf, dass das tobende Hämmern hinter ihrer Stirn wieder einsetzte. Doch der Schmerz war zu einem dumpfen Pochen abgeklungen. Nicht angenehm, aber erträglich. Darunter mischte sich ein Gefühl, das während der vergangenen Tage und Wochen ihr ständiger Begleiter gewesen war: Jemand beobachtete sie! Vorsichtig wandte sie den Kopf und sah sich im Zimmer um. Lucian hatte die Vorhänge wieder vorgezogen und eine weitere Laterne entzündet. Abgesehen von Lucian und ihr war niemand hier.

Sie hatte gehofft, ihm niemals wieder begegnen zu müssen. Zugleich war sie erleichtert, ihn zu sehen. Obwohl der Schrecken, der sie aus ihrem Albtraum gerissen hatte, allmählich verklang, begann ihr Herz erneut schneller zu schlagen. Sie hatte nicht die geringste Ahnung, was sie sagen sollte. Alles, was sie wusste, war, dass sie bald etwas sagen *musste*, ehe seine Nähe sie völlig um den Verstand brachte.

Es war Lucian, der das Schweigen brach und sie aus ihrem Dilemma erlöste. »Wie fühlen Sie sich?«

»Ganz gut, glaube ich.« Wenn da nur nicht dieses ständige Gefühl wäre, nicht allein zu sein – seit ihrem Erwachen stärker als jemals zuvor. »Warum sind Sie nach all den Wochen plötzlich wieder hier?«, fragte sie und hoffte, er möge das Zittern in ihrer Stimme nicht bemerken.

»Ich war nie fort.«

Alexandra runzelte die Stirn. »Aber …«

Ein Lächeln glitt über seine kantigen Züge und erfüllte seine Augen mit Wärme. »Ich war immer in Ihrer Nähe.«

Da begriff sie es. »*Sie* sind das!«

»Ich bin was?«

»Sie sind in meinem Verstand!«

Lucian lachte. »Ich bin kein Zauberer, Alexandra.« Doch die Erheiterung wich schlagartig aus seinen Zügen. Verblüfft sah er sie an. »Moment! Sie können mich *spüren*?«

»Ich weiß nicht, was es ist«, sagte sie verwirrt, »aber es fühlt sich an, als –«

»Als wäre jemand bei Ihnen?«

Sie nickte. »Ich glaube schon. Seit Wochen habe ich ständig das Gefühl, beobachtet zu werden. Hier ist es sogar noch schlimmer als zuvor.«

»Sie spüren es also auch«, sagte er mehr zu sich selbst.

»Auch?«

Lucian suchte ihren Blick und hielt ihn fest. In seinen Zügen lag eine Mischung aus Erstaunen und aufrichtiger Freude. »Es ist wie ein Band zwischen Ihnen und mir«, erklärte er. »Je näher wir einander sind, desto stärker wird dieses Empfinden. Ich weiß immer, wo Sie sind, und manchmal spüre ich sogar, in welcher Stimmung Sie sich gerade befinden.«

Obwohl Alexandra ihn weder ausfindig machen noch seine jeweilige Stimmung spüren konnte, ähnelte seine Beschreibung dem, was sie während der vergangenen Wochen empfunden hatte. Die Wärme und das Prickeln … ganz anders als an dem Abend, an dem der Blonde ihr gefolgt war. Dass ausgerechnet zwischen ihr und Lucian eine unsichtbare Verbindung zu bestehen schien, beunruhigte sie zutiefst.

*

Als Lucian bemerkte, wie unbehaglich Alexandra sich fühlte, nahm er seine Hand von ihrem Arm und ging zur Frisierkommode, auf der er zuvor das Tablett abgestellt hatte. Es gab so viele Dinge, die er ihr sagen wollte, doch dafür war jetzt nicht der richtige Augenblick – womöglich würde er niemals kommen.

Einen Moment lang ruhte sein Blick auf dem Tablett, ehe er danach griff und sich zu ihr umwandte. Obwohl es ihm schwerfiel, zwang er sich zu einem Lächeln. »Ich habe Ihnen etwas zu essen gebracht.«

Alexandra setzte sich auf und starrte auf das Tablett in seinen Händen. Ihre Augen wanderten über Kuchen, Brot, Butter, Marmelade, kalten Braten, Wein, Wasser und Milch. Sie konnte ihre Augen kaum von dem vollkommen überladenen Servierbrett lösen.

Lucian stellte es auf dem Nachttisch ab. »Ich wusste nicht, was Sie mögen, deshalb dachte ich, ein wenig Auswahl könne nicht schaden.«

Ihre Mundwinkel zuckten verräterisch, doch das Lachen wollte nicht aus ihr hervorbrechen. Sie war immer so beherrscht, dass Lucian sich unweigerlich fragte, wann sie das letzte Mal wirklich herzlich gelacht hatte. *Welchen Grund hätte sie dafür? Den Tod ihrer Familie?* All die Dinge, die ihr in ihrem jungen Leben bereits widerfahren waren, konnten einem Menschen das Lachen und die Zuversicht nehmen. Jemand, der nicht über ihren ausgeprägten

Willen und ihre innere Stärke verfügte, wäre längst daran zerbrochen. *Vielleicht ist sie das auch, doch sie lässt es niemanden merken.*

Alexandra griff nach dem Rosinenbrot, brach ein Stück ab und schob es sich in den Mund. Sie wirkte noch immer beunruhigt und schien weniger aus Hunger zu essen als aus dem Wunsch heraus, ihn nicht länger ansehen zu müssen. Er hätte schon früher erkennen können, dass sie das Band zwischen ihnen ebenfalls spürte. Hatte sie nicht schon einmal gewusst, dass er sich in den Schatten verbarg, obwohl er alles getan hatte, nicht gesehen zu werden? Er hatte es auf die scharfen Sinne geschoben, die sie im Laufe der Jahre entwickelt hatte. Nie wäre er auf den Gedanken gekommen, dass sie seine Nähe ebenso gewahrte wie er die ihre.

Als die Stille beinahe erdrückend wurde, fragte er: »Warum wollten Sie fort?«

»Woher ...?« Sie ließ das Brot sinken. »Der Blonde?«

Lucian nickte. »Ich habe mir Sorgen um Sie gemacht, deshalb bat ich Robert, während des Tages ein Auge auf Sie zu haben.«

»Sind Sie verrückt!«, fuhr sie ihn an. »Sie können mir doch nicht einfach irgendeinen Kerl ... Was hätten Sie gemacht, wenn ich ihn umgebracht hätte?«

»Das hätten Sie nicht getan.« Alexandra war eine Jägerin, doch sie war keine Mörderin. »Wollen Sie mir jetzt sagen, warum Sie die Stadt verlassen wollten?«

»Vladimir weiß von Ihnen.«

Lucian nickte.

»Er wird nicht ruhen, bis er Sie vernichtet hat.«

Ihre Sorge erstaunte Lucian. Alexandra hatte selbst gesehen, was geschah, wenn man ihm eine silberne Klinge ins Herz stieß. Keine Waffe dieser Welt konnte ihm gefährlich werden. Sie wusste das. Dass sie dennoch derart beunruhigt wirkte, konnte nur eines bedeuten: »Er weiß vom Schwarzen Kreuz?«

Alexandra nickte, dann stieß sie einen heftigen Fluch aus. »Der Splitter!«, rief sie. »Er war in meinem Stiefel, und jetzt ist er fort. Haben Sie –«

Ehe sie den Satz vollenden konnte, zog Lucian die Schublade ihres Nachttisches auf und offenbarte den Blick auf einen länglichen Gegenstand, der in ein Stück Tuch gehüllt war. Obwohl das Tuch den Splitter vor seinen Augen verbarg, konnte Lucian ihn *spüren.*

Alexandra stieß erleichtert die Luft aus. »Gestern Morgen war Gavril bei mir«, sagte sie. »Er stellte viele Fragen – einige davon über das Kreuz. Er wollte, dass ich es ihm gebe, und als ich mich weigerte, ging er.«

»Und dann haben Sie es auseinandergenommen?« Lucians Blick ruhte noch immer auf dem Tuch, unter dem sich die Umrisse des Splitters abzeichneten.

»Ich wollte es zerstören.«

Er sah auf. »Die einzige Waffe, die mir gefährlich werden kann?«

Alexandra holte den Splitter aus der Schublade und wickelte ihn aus dem Tuch. *Wie gewöhnlich er aussieht*, dachte Lucian, während er den langen Splitter in ihrer Hand betrachtete. *Nicht mehr als ein Stück Holz.* Und doch würde es bei bloßer Berührung seine Haut versengen und sein Fleisch verbrennen. Den Splitter nur im Haus zu haben genügte, um Lucian verwundbar werden zu lassen. Ein befremdendes Gefühl für jemanden, der seit Jahrhunderten keine Gefahr kannte. Trotzdem machte ihm das keine Angst.

Einen Moment lang drehte Alexandra den Splitter nachdenklich hin und her, ehe sie ihn wieder in das Tuch wickelte und zurück in die Schublade legte. »Ich habe das Kreuz ins Feuer geworfen.« In knappen Worten berichtete sie von ihren vergeblichen Versuchen, das Schwarze Kreuz zu vernichten. »Als ich merkte, dass sich der Splitter bewegen ließ, habe ich ihn herausgelöst und in meinen Stiefel geschoben, während ich das Kreuz wieder versteckte.«

»Das erklärt noch immer nicht, warum Sie die Stadt verlassen wollten.«

»Ich wollte so viel Abstand wie möglich zwischen das Kreuz und die Jäger bringen.« *Und ich wollte so weit wie möglich von Ihnen weg*, sagten ihre Augen, als sie Lucian ansah. »Ich hatte gehofft«, fuhr sie ohne Unterbrechung fort, »dass die Jäger nur nach dem Kreuz suchen und nicht bemerken würden, dass der Splitter fehlt. Auch wenn ich mir nicht sicher bin, ob das Kreuz ohne ihn tatsächlich nutzlos ist.«

»Das ist es«, bestätigte Lucian. »Es ist der Splitter, der mir schadet, nicht seine Fassung.« Als er Alexandra aus den Fängen der Jäger befreite, hatten ihn seine Instinkte gewarnt, dass er sich in Gefahr befand. Er hatte das Kreuz in den Händen eines Jägers gesehen, doch die Gefahr war nicht von ihm ausgegangen, sondern von Alexandra. Erst später, als er den Splitter in ihrem Stiefel gefunden hatte, war ihm alles klar geworden.

»Wissen Sie es, wenn der Splitter in Ihrer Nähe ist?«

Lucian nickte.

Es gelang ihr nicht, ihr Erstaunen zu verbergen. »Dann

wussten Sie, was Sie in der Pension erwartet! Und trotzdem sind Sie gekommen. Warum haben Sie das getan?« Ehe er antworten konnte, hielt sie eine Hand in die Höhe, die ihm Einhalt gebot. »Und sagen Sie jetzt nichts über Schicksal!«

Er hatte schon bei anderen Gelegenheiten bemerkt, wie sehr sie seine Worte über Schicksal verwirrten, vielleicht sogar ängstigten – trotzdem rückte der Zeitpunkt näher, an dem er mit ihr darüber sprechen musste. Jetzt jedoch war die Antwort weitaus einfacher. »Wie könnte ich zulassen, dass Ihnen meinetwegen etwas zustößt?«

»Warum waren Sie überhaupt dort?« Sie zupfte an ihrem Brot herum und suchte nach Worten. »Haben Sie …«

»Gespürt, dass etwas nicht stimmt?«, half er aus. Dann nickte er. Es entsprach nicht ganz der Wahrheit. Er hatte es nicht nur gespürt, sondern auch gesehen, als er vorletzte Nacht einmal mehr vor ihrem Fenster gestanden hatte.

Nach allem, was sie durchgemacht hatte, war es vermutlich nicht ungewöhnlich, dass die Erinnerungen sie um den Schlaf brachten. So sehr er sich auch wünschen mochte, die Last der Vergangenheit von ihr nehmen zu können, wusste er doch, dass das nicht in seiner Macht lag. Noch mehr als ihre Albträume beunruhigte ihn das unbestimmte Gefühl einer nahenden Bedrohung, das in jener Nacht beinahe greifbar in der Dunkelheit gelauert hatte. Da er während des Tages nicht vor ihrem Fenster wachen konnte, hatte er Robert gebeten, ein Auge auf sie zu haben. So hatte er in Erfahrung gebracht, dass sie vorhatte, die Stadt zu verlassen, ehe Alexandra ihn im Mary King's Close abschütteln konnte.

Nachdem Lucian erfahren hatte, dass sie abreisen wollte, hatte er sich eingeredet, dass es besser wäre, sie gehen zu lassen. Doch das konnte er nicht!

An diesem Abend war er gekommen, um noch einmal mit ihr zu sprechen. Wenn sie ihm ins Gesicht sagte, dass sie ihn nicht in ihrer Nähe haben wollte, und ihre Augen sie dabei nicht Lügen straften, würde er sie nicht länger belästigen.

Aus Gewohnheit erklomm er das gegenüberliegende Dach und warf einen Blick durch ihr Fenster. Alexandra saß auf dem Stuhl, in sich zusammengesunken und nur noch von den Fesseln aufrechtgehalten. Einer der Jäger stand vor ihr und richtete seine Pistole auf sie. Lucian war durch das Fenster gesprungen. In einem Gewitter aus Splittern und Scherben hatte er einen der Jäger zur Seite gefegt und war zu Alexandra geeilt. Die Kugeln drangen in sein Fleisch, als er sie schützend an sich presste. Was ihn rettete, war der Umstand, dass die Jäger ihre Waffen lediglich mit normaler Munition geladen hatten. Wären sie aus Silber gewesen, hätte das in der Nähe des Kreuzes sein Ende bedeuten können. Normale Kugeln bereiteten ihm innerhalb der Reichweite des Artefakts größere Schmerzen als sonst, doch sie konnten ihn nicht vernichten. Es dauerte lediglich länger als gewohnt, bis die Kugeln endlich aus seinem Fleisch fielen. Als er Lauriston House erreichte, steckten die Geschosse längst nicht mehr in seinem Rücken und die Wunden hatten sich bereits geschlossen.

Er wusste, dass es Alexandra nur beunruhigen würde, wenn sie erfuhr, dass er Nacht für Nacht vor ihrem Fenster über ihren Schlaf gewacht hatte, deshalb behielt er es für sich. Eines jedoch sollte sie erfahren: »Es war nicht nur die

Sorge, die mich an diesem Abend zu Ihnen trieb«, bekannte er. »Offengestanden hatte ich gehofft, Sie von Ihrer Reise nach London abbringen zu können.«

Alexandra legte das Brot zur Seite und sah ihn an. »Warum?« Er erwiderte ihren Blick, ohne zu antworten. Ihr war anzusehen, dass sie zornig sein wollte, doch als sie sprach, klang sie nur traurig. »Ich kann Ihnen Ihre Einsamkeit nicht nehmen, Lucian.«

»Ich weiß.« Er wollte nach ihrer Hand greifen, doch er wusste nicht, ob sie das zulassen würde. Von Anfang an hatte er gespürt, wie sehr ihr seine Nähe zu schaffen machte. Seine Züge würden sie immer daran erinnern, was ihrer Familie zugestoßen war. Er hatte gehofft, dass es ihr mit der Zeit leichterfallen würde. Doch wenn er sie ansah, glaubte er nicht, dass das jemals geschehen würde. In der Kapelle hatte sie seinen Kuss erwidert, voller Gefühl und Leidenschaft. Als ihr jedoch bewusst geworden war, in wessen Umarmung sie sich befand, hatte sie ihn von sich gestoßen. *Sie haben* sein *Gesicht!*, hatte sie atemlos gerufen und war vor ihm zurückgewichen. *Jedes Mal, wenn ich Sie ansehe, sehe ich* ihn *vor mir, wie er sich über den Leichnam meiner Mutter beugt.* Ihre Worte hatten tief in sein totes Herz geschnitten.

»Wissen Sie, wann ich Sie das erste Mal gesehen habe?«

»Vor etwa vier Wochen?«, vermutete sie. »Ich habe mich im Garten zwischen den Büschen versteckt, als Sie plötzlich auf der Schwelle standen. Mir ist beinahe das Herz stehen geblieben, als ich Sie sah.« Hastig fügte sie hinzu. »Ich dachte, Sie wären *Er*.«

Wie hätten Sie auch ahnen können, dass ein Monster wie Andrej einen Zwillingsbruder hat. »Ich habe Sie schon viel früher gesehen – ein paar Jahrzehnte, nachdem der Fluch der Alten mich traf.«

»Warten Sie!«, fiel sie ihm ins Wort. »Der Fluch? Das war doch …« Sie runzelte die Stirn. »Wie alt sind Sie, Lucian?«

»Mein Leben endete in meinem sechsundzwanzigsten Sommer, doch meine Existenz währt nun bereits seit über fünfhundert Jahren.«

»Das ist ein Scherz!« Sie schwang die Beine über die Bettkante und setzte sich aufrecht hin. »Sie wollen mir doch nicht allen Ernstes erzählen, dass Sie mich vor einem halben Jahrtausend gesehen haben?«

Doch so war es. Dieselbe Wahrsagerin, die ihm an seinem sechzehnten Geburtstag vorhergesagt hatte, dass ihm einst eine Frau den Tod bringen würde, prophezeite ihm beinahe fünfzig Jahre später – Jahrhunderte, bevor Alexandra überhaupt geboren war –, dass sie in sein Leben treten würde. Damals kannte er ihren Namen noch nicht, nur ihr Gesicht.

»Ich war bereits einige Jahrzehnte ein Vampyr. Die langen Jahre, in der ich meine Blutlust nicht unter Kontrolle hatte und mehr Tier denn Mann war, lagen hinter mir, als ich auf eine Truppe Zigeuner stieß, die am Rande der Straße ihr Lager aufgeschlagen hatte.« Er hatte es umgehen und unbemerkt weiterziehen wollen, als sein Blick auf eine alte Frau am Feuer fiel. Die Seherin von einst. Als könne sie seine Anwesenheit spüren, wandte sie den Kopf in seine Richtung und winkte ihn zu sich.

»Sie führte mich in ihr Zelt«, fuhr Lucian fort, den Unterschlupf der Zigeunerin so deutlich vor Augen, als wäre er erst gestern dort gewesen. »Wir saßen inmitten von

Tüchern, Kissen und Kerzen vor einer Feuerschale. Lange Zeit starrte sie schweigend in die Glut, ehe sie den Blick auf mich richtete und sagte: »Große Veränderungen stehen dir bevor, Lucian Mondragon.« Er zuckte die Schultern. »Ich habe sie ausgelacht und ihr gesagt, dass die Veränderungen wohl bereits hinter mir lägen, doch sie schüttelte nur den Kopf. Die Umwandlung, erklärte sie mir, sei erst der Beginn einer langen Reise.«

Lucian hatte ihr gesagt, dass ihre Prophezeiung von einst in Erfüllung gegangen war. Eine Frau hatte ihm den Tod gebracht. Doch wieder hatte die Alte nur den Kopf geschüttelt. *Der Tod ist etwas anderes,* hatte sie gesagt. *Du befindest dich lediglich auf einer anderen Stufe deines Daseins. Die Frau, die dir den Tod bringt, wird erst später in dein Leben treten.* So viel er Alexandra auch über den Fluch, die Umwandlung und seine Existenz danach erzählt hatte, war dies ein Teil, den er ihr bewusst verschwieg.

»Sie sagte mir, dass ich einer Frau begegnen würde – meine Seelenverwandte und zugleich mein Schicksal«, fuhr er fort und beobachtete Alexandra dabei verstohlen. Sie saß wie erstarrt auf der Bettkante und lauschte seinen Worten. *Wie würde sie reagieren, wenn sie wüsste, was ihre Bestimmung ist?* »Die Alte forderte mich auf, die Augen zu schließen und mich zu konzentrieren. Ich war so gebannt, dass ich ihrer Aufforderung nachkam. Sie summte eine eigenartig monotone Melodie und wiegte sich dazu im Takt, dann sagte sie: Kannst du sie sehen, Lucian? Ich schüttelte den Kopf, da griff sie nach meiner Hand und plötzlich sah ich etwas.« Er richtete den Blick auf die Jägerin. »Ich sah *Sie*, Alexandra. Locken, schwarz wie Ebenholz, die Augen dunkel und tief wie zwei Brunnen, in denen man Gefahr läuft zu versinken, wenn man zu lange hineinblickt. Die Haut hell, die Züge voller Anmut. Glauben Sie mir, ich –«

»Sie faseln wie ein Narr, der von einem Schatz träumt!«, sagte sie grob und wandte den Blick ab. »Dabei vergessen Sie, dass ich nicht annähernd so perfekt bin, wie Sie mich zu beschreiben versuchen.«

»Ich versuche nichts, Alexandra.« Dass es ihm gelungen war, sie in Verlegenheit zu bringen, erstaunte ihn. »Ich sage lediglich, wie ich sie gesehen habe – und heute noch sehe. Sie trugen eine Hose und denselben schwarz-roten Gehrock, der jetzt zum Trocknen nebenan hängt. Eine ausgesprochen ungewöhnliche Gewandung für die damalige Zeit.« Selbst heute war eine Frau in Hosen kein alltäglicher Anblick. »Mehr noch als über Ihre Gewandung, wunderte ich mich jedoch über Ihre Waffen – ein kostbarer silberner Dolch und ein längliches Gerät, wie ich es nie zuvor gesehen hatte und das erst weit später erfunden werden sollte.«

»Die Pistole?«

»Mit zwei Läufen.« Das Bild, das die Zigeunerin ihm gezeigt hatte, ähnelte Alexandra nicht nur – es war das genaue Abbild der Jägerin gewesen. »Die Alte wusste, dass ich zum Vampyr werden würde, ebenso wie sie wusste, dass ich Ihnen begegnen würde.«

»Worin soll nun dieses Schicksal bestehen?«

»Das wusste sie nicht.« Es gab Dinge, die besser unausgesprochen blieben. »Vielleicht hat es sich bereits erfüllt, als wir Andrej und seine Brut vernichteten, womöglich liegt es auch noch vor uns.«

Wenn du glaubst, auf ewig Unsterblichkeit erlangt zu haben, wird dir die Liebe dieser Frau den Tod bringen, hatte die Zigeunerin ihm prophezeit. Doch zu diesem Zeitpunkt war es längst um ihn geschehen gewesen. Seit jenem Abend, an dem er Alexandras Bild zum ersten Mal gesehen hatte, sehnte er den Tag herbei, an dem sie endlich in sein Leben treten würde. Über die Jahrhunderte war ihr Bild niemals verblasst. Sie war ihm so vertraut geworden, als wäre sie jeden einzelnen Tag an seiner Seite gewesen. Sein Herz gehörte ihr. Bedingungslos. Wenn ihre Liebe ihn vernichten sollte, dann wollte er nichts anderes. Im Augenblick jedoch war er wohl kaum in Gefahr. Alexandra war so weit davon entfernt, ihn zu lieben, wie seine Seele vom Himmel.

»Ich hatte keine Ahnung, dass es noch Jahrhunderte dauern sollte, bis ich Ihnen endlich begegnen würde, doch ich habe Sie nicht einen einzigen Tag vergessen.«

Alexandra sprang auf. Sie wankte, doch als Lucian nach ihr griff, schlug sie seine Hand zur Seite. »Hören Sie auf damit!«, fuhr sie ihn an. »Sie wissen nichts über mich! Sie bilden sich ein, mich zu kennen, weil Sie mein Bild in Ihren Träumen sehen. Aber das ist nur ein *Bild*. Eine Illusion! Etwas Lebloses, das Sie mit Ihren eigenen Vorstellungen und Wünschen erfüllt haben. Das bin ich nicht!« Dieses Mal wich sie seinem Blick nicht aus. »Es ist nur ein Traum, an den Sie sich klammern«, fuhr sie ruhiger fort und schüttelte den Kopf. »Ich kann Ihrer Vorstellung niemals gerecht werden – und ich will es auch nicht.«

»Die Wahrheit ist, dass meine Vorstellung *Ihnen* nicht gerecht wird.«

Alexandra starrte ihn an, als hätte er sie ins Gesicht geschlagen. »Sie sind ja verrückt!«, flüsterte sie.

Lucian schüttelte den Kopf. »Was die Wahrsagerin mir gab, war das Bild einer jungen Frau mit wundervollen Locken und dunklen Augen, doch es war nur ein seelenloses Gemälde. Über die Jahrhunderte habe ich versucht, diese Vorstellung mit Leben zu füllen. Auf diese Weise entstand das Bild einer Frau, die zwar hübsch, aber ebenso oberflächlich war. Die Frauen, denen ich bisher begegnet bin, waren nur an den schönen Dingen des Lebens interessiert, hübschen Kleidern, kostspieligen Empfängen und einem Mann, der ihnen all das ermöglicht. Wie hätte ich ahnen sollen, dass es auch anders sein konnte?« Statt einer oberflächlichen Person fand er eine selbstbewusste und starke Frau. »Ich sah Sie jahrhundertelang in meinen Träumen, doch erst als ich Ihnen das erste Mal gegenüberstand, sah ich das Leben in Ihren Augen. Und auch Ihre Furcht – vor Nähe und Verlust und davor –«

»Genug! Das reicht!« Sie machte abrupt kehrt und wollte zur Tür.

Lucian vertrat ihr den Weg. »Wo wollen Sie hin?«

»Fort von hier, bevor ich mir noch mehr Unsinn anhören muss!«

Seine Augen wanderten über das Nachthemd. Obwohl ihm gar nicht danach zumute war, musste er plötzlich grinsen. »Zweifelsohne ist das noch ungewöhnlicher als ein Paar Hosen.«

Einen Moment lang sah sie ihn verwirrt an, dann seufzte sie. »Kann ich bitte meine Sachen haben.«

»Wenn Sie wirklich darauf bestehen, werde ich sie Ihnen geben und Sie gehen lassen«, sagte er. »Allerdings wäre es mir lieber, wenn Sie blieben. Die Jäger sind noch immer dort draußen und suchen nach Ihnen.«

Lucian glaubte schon, sie wolle an ihm vorbei, doch sie wandte sich lediglich von ihm ab. Er war versucht, ihr eine Hand auf die Schulter zu legen, da er jedoch fürchtete, sie damit endgültig zu vertreiben, hielt er sich zurück.

Eine Ewigkeit verstrich, ehe sie sich wieder zu ihm herumdrehte. »Ich bleibe nur unter einer Bedingung: Sie müssen mir versprechen, nicht noch einmal mit diesem Gerede über Schicksal und Bestimmung anzufangen!« Er wollte ihr versichern, dass er sich künftig zurückhalten würde, als sie die Hand hob und ihm Einhalt gebot. »Das ist noch nicht alles. In zwei Wochen, wenn die nächste Kutsche nach London geht, werde ich die Stadt verlassen. Sie werden mir nicht folgen, weder nach London noch sonst wohin. Nie!«

»Einverstanden.«

»Ich will nicht Ihr Einverständnis, sondern Ihr Wort darauf!«

Und wenn ich Ihnen das nicht geben kann? »Ich versichere Ihnen, dass ich mein Bestes tun werde, Ihre Bedingungen zu erfüllen. Mehr will ich nicht versprechen.«

Er hatte erwartet, dass sie erneut wütend werden würde. Stattdessen seufzte sie. »Sie sind zweifelsohne der eigenartigste Mensch, der mir je untergekommen ist.«

Lucian verkniff es sich, sie daran zu erinnern, dass er kein Mensch mehr war. Was Merkwürdigkeiten anging, war sie ihm durchaus ebenbürtig. Wie sonst ließe sich erklären, dass sie den Splitter zerstören wollte, um einen Vampyr zu schützen, den sie verabscheute?

7

Nachdem sie übereingekommen waren, dass sie bleiben würde, war Lucian gegangen. Alexandra bedauerte, so unfreundlich zu ihm gewesen zu sein, doch sie hatte sich nicht anders zu helfen gewusst. Seine Gegenwart fühlte sich viel zu vertraut an. Von Anfang an hatte er ihr das Gefühl gegeben, in Sicherheit zu sein, sobald er nur bei ihr war. Es fühlte sich gut an – zugleich machte es ihr Angst, denn je näher er ihr kam, umso schwerer würde es ihr fallen, ihn zu verlassen.

Als sie später die Lampe löschte und in der Dunkelheit ihres Zimmers lag, fühlte sie sich zum ersten Mal in ihrem Leben wirklich einsam. Während der vergangenen zehn Jahre, die seit dem Tod ihrer Eltern verstrichen waren, war sie an jedem einzelnen Tag allein gewesen – selbst wenn die Jäger bei ihr waren. Sie hatte sich bewusst zurückgezogen und ihre gesamte Aufmerksamkeit auf die Jagd gerichtet. Für Freundschaft oder Liebe war kein Platz, sie machten verwundbar und unvorsichtig. Jahrelang war jedes Gefühl in ihr tot gewesen. Ihr Wunsch nach Vergeltung hatte sie ebenso kalt werden lassen wie die Kreaturen, die sie jagte. Erst jetzt, da Lucian in ihrer Nähe und zugleich so unerreichbar war, spürte sie die Einsamkeit mit schmerzhafter Intensität. Zögernd streckte sie ihren Geist aus, tastete nach dem Band, von dem Lucian gesprochen hatte, und fand es in Form eines warmen Prickelns. Sie hielt sich daran fest, nahm die tröstliche Wärme in sich auf, die ihre Seele wie eine Umarmung umfangen hielt und ihren Schmerz linderte. Mit diesem Gefühl war sie schließlich eingeschlafen.

Am Morgen brachte Lucian ihr die getrockneten Gewänder und lud sie ein, zum Frühstück nach unten zu kommen. Als sie wenig später das Esszimmer betrat, saßen Lucian und der Blonde bereits an der gedeckten Tafel. Obwohl dicke Vorhänge das Tageslicht aussperrten, war es im Raum behaglich hell. An jeder Ecke stand eine Laterne und sandte ihren warmen Schein aus.

Lucian erhob sich und rückte ihr einen Stuhl zurecht. »Alexandra, ich möchte Ihnen Robert Bothwell vorstellen«, sagte er. »Sie sind einander ja bereits begegnet.«

Der Blonde nickte knapp, faltete seine Zeitung zusammen und ging, ohne Alexandra eines weiteren Blickes zu würdigen. Die Kälte, die von ihm ausging, war beinahe noch greifbarer als die eines Vampyrs. Alexandra blieb mit Lucian allein zurück. Wie schon gestern hatte er auch jetzt eine gewaltige Auswahl an Speisen aufgetischt. Hungrig griff sie nach einem Stück Kuchen. Sie sprachen nur wenig, doch auch wenn sie zuvor befürchtet hatte, Lucian könne ihr grollen und würde beleidigt schweigen, war dem keineswegs so. Es war eine angenehme Stille, in der sie sich weder unsicher noch befangen fühlte.

Lucian saß am Kopfende der Tafel und las in der Gazette, die Robert zurückgelassen hatte. Als Alexandra nach der Teekanne griff, kam er ihr zuvor und füllte ihre Tasse erneut mit dem dampfenden Gebräu.

»Was haben Sie heute vor?«, erkundigte er sich, als er die Kanne wieder abstellte.

»Ich will in die Bibliothek.«

»Wegen des Kreuzes?«

»Ich muss mehr darüber wissen.« Vielleicht fand sie dort einen Hinweis, wie sich der Splitter vernichten ließ. Es war denkbar, dass sie erst in einem größeren Archiv – in London oder Rom – mehr darüber in Erfahrung bringen konnte, dennoch befand sie, dass es durchaus einen Versuch wert war. Immerhin hatte Catherine dort auch die Spuren gefunden, die sie letztlich zum Schwarzen Kreuz geführt hatten.

»Wir werden Sie begleiten«, sagte Lucian. Sie wollte widersprechen und ihm sagen, dass es zu gefährlich sei, falls die Jäger ihn entdeckten, doch er schüttelte den Kopf. »Versuchen Sie es gar nicht erst. Was denken Sie, werden die Jäger tun, wenn sie Sie sehen?«

So wie ihre letzte Begegnung verlaufen war, würde Vladimir sie womöglich vor lauter Zorn umbringen. Ganz sicher jedoch würde er einmal mehr alles daransetzen, dass sie ihnen Lucians Aufenthaltsort verriet. Und diesmal wusste sie, wo er war.

»Ich will Sie nicht allein da draußen wissen, Alexandra.«

Während sie ihr Frühstück beendete, war Lucian gegangen, um Bothwell zu bitten, die Droschke bereit zu machen. Als sie nach oben ging, um ihren Gehrock und den Mantel zu holen, dachte sie daran, den Splitter mitzunehmen, entschied sich dann aber dagegen. Sie war versucht, ein anderes Versteck als die Schublade dafür zu suchen, doch was sollte das bringen? Lucian würde ihn ihr nicht wegnehmen, und falls die Jäger herausfanden, dass Alexandra sich auf Lauriston House aufhielt, würden sie ohnehin das ganze Haus danach absuchen. Im Augenblick war der Splitter jedoch sicher.

Wenig später saß sie Lucian gegenüber in der Karosse. Bothwell hatte sich auf den Kutschbock geschwungen und lenkte das Gefährt. Alexandra wagte kaum, Lucian anzusehen. Wann immer sie es tat, spürte sie sofort das Band zwischen ihnen, warm und erschreckend vertraut. Wie konnte sie all sein Gerede über Schicksal und Bestimmung als Unsinn abtun, wenn sie es selbst spürte?

Alexandra schob die Frage beiseite. In spätestens zwei Wochen läge Edinburgh hinter ihr und sie würde Lucian Mondragon nie mehr wiedersehen.

Ihre Gedanken wanderten zu Bothwell, der in seinem Kutschermantel auf dem Bock saß, den Kragen hochgeschlagen und den Dreispitz tief ins Gesicht gezogen, um sich vor dem feinen Sprühregen zu schützen.

»Mr Bothwell ist kein Vampyr«, brach sie nach einer Weile das Schweigen.

»Sie doch auch nicht.«

»Es erstaunt mich nur, dass …«

»Dass ich Freunde habe?«, half er aus, als sie nicht weiterwusste.

»Ja. Nein!« Sie verzog das Gesicht. »Ganz gleich, was ich jetzt sage, ich mache es dadurch nicht besser, oder?«

»Nein, das tun Sie nicht.« Obwohl er ihre Worte durchaus als Beleidigung hätte auffassen können, lächelte er.

Warum konnte er nicht aussehen wie ein Monster? Wo war die Kälte? Wo die Grausamkeit? Und warum, zum Teufel, brachte seine Nähe sie jedes Mal aus der Fassung? »Bevor Sie an jenem Morgen die Kapelle verließen«, hörte sie sich plötzlich sagen, »weigerten Sie sich, mir zu versprechen, mir fernzubleiben. Halten Sie mich jetzt nicht für verrückt, doch ich hatte …« *gehofft* »… erwartet, Sie zumindest noch einmal wiederzusehen. Aber Sie kamen nicht.« Sie spürte, dass er sie ansah, und wich seinem Blick aus. »Ich dachte …« Sie biss sich auf die Lippe. *Haben Sie mich nur benutzt?*, wollte sie ihn fragen, brachte es jedoch nicht über sich, die Worte auszusprechen. Obwohl sie Lucian noch immer nicht ansah, spürte sie seinen Blick auf sich ruhen.

»Warum sagen Sie nichts?«, fragte sie nach einer Weile.

»Sie haben mir untersagt, darüber zu sprechen.«

Bestimmung und Schicksal. Jetzt sah sie ihn doch an. »Machen Sie sich über mich lustig?«

»Nein«, sagte er ernst. »Ich versuche nur, mich an unser Abkommen zu halten.«

*

Die Droschke kam zum Halten. Alexandra wollte den Vorhang ein Stück zur Seite schieben und nach draußen spähen, als der Verschlag geöffnet wurde und Bothwell ihr mit einem gebrummten »Wir sind da« die Hand entgegenstreckte. Alexandra warf einen Blick zu Lucian. Er war ans hintere Ende der Sitzbank gerückt, wo ihn das einfallende Licht nicht erreichen konnte.

»Gehen Sie«, sagte er aus dem Schatten heraus. »Ich komme gleich nach.«

Da ergriff sie Bothwells Hand und stieg aus. Feiner Nieselregen schlug ihr ins Gesicht. Sie legte die wenigen Meter zurück, die sie vom Portal der Universitätsbibliothek trennten, stieß einen der schweren Türflügel auf und betrat die hohe Eingangshalle. Bei ihrem letzten Besuch war ihr Leben noch klaren Regeln unterworfen gewesen. Damals hatte sie noch nicht geahnt, dass längst nicht alle Vampyre die bösartigen Kreaturen waren, die sie all die Jahre in ihnen hatte sehen wollen.

Unwillkürlich suchte ihr Blick nach Lucian. Er stieg aus der Karosse, doch trotz des trüben Tageslichts, das durch die Wolken hindurch seinen Weg zu ihm fand, zog er nicht den Kopf ein. Mit raschen Schritten überwand er die kurze Strecke bis zur Bibliothek. Dünne Rauchfäden stiegen aus seinem Fleisch empor und verdampften im Regen. Als er zu ihr ins Foyer trat, musterte sie ihn. Sie glaubte einen dunklen Fleck auf seiner Wange zu erkennen, als sei die Haut dort verbrannt. Als sie jedoch genauer hinsah, war sein Gesicht unversehrt.

Alexandra wandte sich um und ließ ihren Blick durch die Halle wandern. Am anderen Ende lag der Durchgang zur Bibliothek, davor stand ein Pult. Zu ihrer Linken führte eine breite Holztreppe nach oben, wo von einer Galerie einige Türen abzweigten. Sie streifte ihren nassen Mantel ab, hängte ihn an die Garderobe und durchquerte die Halle mit raschen Schritten. Neben dem Pult hielt sie inne und betätigte die Klingel. Während sie wartete, dass der Bibliothekar kam, griff sie nach der Schreibfeder, tauchte sie in das Tintenfass und trug sich und ihre beiden Begleiter mit erfundenen Namen und Adressen in die aufliegende Liste ein.

»Kann ich Ihnen helfen?« Der Bibliothekar trat aus dem Durchgang und kam mit schlurfenden Schritten zum Pult.

»Wir würden gerne einige Bücher über Religion einsehen.«

Der Alte nickte und schob ihr die Liste hin. Da sah er, dass sie sich bereits eingetragen hatten. Seine Augen wanderten über die Zeilen, ehe er erneut aufsah und den Blick auf Alexandra richtete. So durchdringend, dass sie für einen Moment glaubte, er könne sich noch an ihren letzten

Besuch erinnern – und daran, dass sie sich damals unter ihrem eigenen Namen eingetragen hatte. Statt jedoch Zweifel an ihrer Identität zu äußern, wanderte sein Blick kurz zu Lucian und Bothwell, die ebenfalls ihre Mäntel abgelegt hatten. Dann nickte er.

»Folgen Sie mir«, sagte er freundlich und ging voran.

Dicke Teppiche dämpften ihre Schritte, als sie den weitläufigen Lesesaal betraten. Unzählige Regalreihen bildeten ein Labyrinth aus Gängen, erfüllt vom trockenen Geruch des Staubs, der über allem hing. Vor dem Mittelgang hielt der Alte inne und sah Alexandra an. »Zu ihrer Rechten, auf der Galerie, und dort«, er deutete in einen kleinen Winkel, ebenfalls rechts vom Hauptgang, »finden Sie alles Wissenswerte. Falls Sie darüber hinaus noch etwas benötigen, finden Sie mich nebenan.«

Nachdem weder Alexandra noch ihre Begleiter Fragen stellten, nickte er ihnen kurz zu und verließ den Saal durch eine kleine Tür, die neben dem Durchgang zur Eingangshalle in einen Raum führte. Er ließ die Tür hinter sich offen, sodass sie ihn jederzeit rufen konnten.

Alexandra blickte nach links, wo sie, verborgen hinter weiteren Regalreihen, den Lesebereich ausmachen konnte. Auf den Tischen standen Öllampen bereit, die den Lesenden Licht spenden sollten, denn durch die schmalen hohen Fenster gelangte nur wenig Helligkeit in den Saal. An einem Tisch saßen zwei Studenten über Bücher gebeugt. Die Lampen vor sich, blätterten sie eifrig in mehreren Schriften zugleich und machten sich immer wieder Notizen. Die beiden waren so sehr in ihre Arbeit vertieft, dass sie nicht einmal aufsahen, als Alexandra mit ihren Begleitern die Bibliothek betrat.

Am anderen Ende des Mittelgangs führte eine Holztreppe auf die Galerie, wo sich hinter einem hölzernen Geländer weitere Regalreihen im Halbdunkel abzeichneten.

»Sehen wir uns erst hier unten um«, schlug sie vor und tauchte in den Gang zwischen den Regalen zu ihrer Rechten.

»Warten Sie!«

Als sie Lucians gedämpfte Stimme hinter sich vernahm, wandte sie sich um. Bothwell stand hinter ihm und blickte missmutig drein. Alexandra wusste nicht, warum er sich so unfreundlich benahm. Als sie ihn im Close beobachtet hatte, war er ihr weit weniger grimmig erschienen. Wenn er mit Lucian sprach, war das noch immer so, sobald er sich jedoch an Alexandra wandte, strahlte er eine Feindseligkeit aus, deren Ursprung sie nicht verstand. Fürchtete er um seine Freundschaft zu Lucian, solange sie in der Nähe war? *Himmel, hat er denn nicht gemerkt, dass es dafür keinen Grund gibt?*

»Sind Sie sicher, dass Sie das wirklich wollen?« Lucians Frage riss sie aus ihren Grübeleien über Bothwell. »Wollen Sie diesen Splitter wirklich zerstören?«

Allein seine Frage bestätigte sie in ihrem Empfinden, das Richtige zu tun. Eine Kreatur, in der auch nur ein Funken Bosheit steckte, hätte diese Frage niemals gestellt und sie stattdessen in ihrem Vorhaben bestärkt.

»Ja, das will ich.«

Lucian nickte. »Dann würde ich vorschlagen, Sie und Robert fangen hier an und ich nehme mir das Regal dort hinten vor. Sobald wir hier durch sind, sehen wir uns die Bücher auf der Galerie an.« Er drängte sich an ihr vorbei, wobei sie zu spüren glaubte, wie seine Finger wie ein

Windhauch über ihren Arm strichen, und verließ den Gang. Nach wenigen Schritten war nur noch sein Schatten zwischen den Regalen auszumachen.

Alexandra warf einen Blick auf die unzähligen Bücher, die sich in langen Reihen vor ihr erstreckten. Lederne Buchrücken, manche speckig und abgegriffen, andere glänzend und neu.

Als sie das erste Buch aus dem Regal zog, ertappte sie sich bei der Frage, wo sie ihre Suche fortsetzen konnten, falls ihnen hier kein Glück beschieden sein sollte. *Du hast noch nicht einmal ein einziges Buch angesehen und gehst schon davon aus, nichts zu finden*, schalt sie sich in Gedanken. *Ein wenig mehr Optimismus könnte dir wahrlich nicht schaden, Alexandra Boroi.*

Sie schlug den Folianten auf und blätterte darin, als Bothwell sie beim Arm packte und ein Stück zur Seite schob, fort von Lucian, dessen Umrisse sie noch immer zwischen den Regalen gewahrte.

»Er ist mein Freund.« Obwohl er sehr leise sprach, entging ihr der drohende Unterton nicht. »Sie sind nicht gut für ihn. Halten Sie sich von ihm fern!«

»Glauben Sie mir, das versuche ich«, erwiderte sie ebenso leise.

Sah er denn nicht, dass es Lucian war, der ständig ihre Nähe suchte? Warum sprach er nicht mit ihm darüber? In seinen Augen fand sie die Antwort auf ihre unausgesprochene Frage: Er hatte es versucht.

»Ich werde Ihnen helfen, dieses Ding zu zerstören.« In seinem Blick lag eine Feindseligkeit, die sie schaudern ließ, bedrohlicher als alle Worte. »Aber ich werde nicht zulassen, dass Sie ihm schaden.«

»Wenn ich das wollte, hätte ich ihm den Splitter längst ins Herz gestoßen.« Dazu hätte sie nicht nur einmal die Gelegenheit gehabt. *Das muss ihm doch bewusst sein!*

»Wenn Sie nicht gehen, werden Sie ihm den Tod bringen – ob Sie wollen oder nicht.« Leiser, doch keineswegs weniger bedrohlich, fügte er hinzu: »Bevor das geschieht, werde ich Sie töten!«

»Herzlichen Dank für Ihr Vertrauen.« Genügte es ihm denn nicht zu sehen, dass sie tatsächlich versuchte, einen Weg zu finden, den Splitter zu zerstören? Wie konnte er da annehmen, sie würde Lucian umbringen? *Ob Sie wollen oder nicht.* Was sollte das heißen? »Falls es Sie beruhigt: Mit der nächsten Postkutsche nach London verlasse ich die Stadt.«

»Beten Sie, dass es dann nicht zu spät ist.«

»Hier sind nicht allzu viele Bücher zum Thema«, erwiderte sie kühl. »Sofern Sie nicht noch weitere Drohungen anbringen möchten, werde ich mich inzwischen auf der Galerie umsehen.«

Ohne sich noch einmal nach ihm umzusehen, ging sie zu den Lesetischen, nahm eine der Lampen und stieg die Treppe zur Galerie empor. Sie wusste nicht, was sie von Bothwells Drohungen halten sollte. Konnte es sein, dass er recht hatte? Würde sie Lucian tatsächlich den Tod bringen? Was, wenn sie die Jäger auf seine Spur brachte und ihn damit unabsichtlich ...

Wenn das seine Sorge war, hätte er es lediglich sagen müssen. Lucian war sein Freund. Sie konnte verstehen, dass er nicht wollte, dass ihm etwas zustieß. Ebenso hätte sie es verstanden, wenn er darauf bestünde, gewisse Sicherheitsvorkehrungen für den Fall zu treffen, dass sie den Jägern begegneten. Was sie nicht verstand, war seine geradezu inbrünstige Überzeugung, dass Lucian ihretwegen etwas zustoßen würde. *Als hätte ich gar keine andere Wahl.*

Auf der Galerie angekommen, stellte sie die Lampe auf einen Tisch und sah sich um. Was von unten wesentlich größer ausgesehen hatte, erwies sich lediglich als die Ansammlung dreier weiterer Regalreihen, deren Inhalt verschiedenen Themenbereichen anzugehören schien.

Alexandra blieb an der Holzbrüstung stehen und blickte nach unten. Zu ihrer Linken entdeckte sie vor einem der Regale Lucian, wie er die Rücken der dort stehenden Werke überflog. Bothwell stand noch immer an der Stelle, wo sie ihn zurückgelassen hatte, und blätterte in einem Buch. Auf der gegenüberliegenden Seite eröffnete sich ihr der Blick in den Raum, in den sich der Bibliothekar zurückgezogen hatte. Der alte Mann stand vor einem Tisch, umgeben von gewaltigen Stapeln an Folianten, und trug diese in ein Verzeichnis ein. Von Zeit zu Zeit sah er auf und warf einen Blick nach draußen, ehe er nach dem nächsten Buch griff, um es in seine Liste aufzunehmen.

Im Lesebereich verstauten die beiden Studenten ihre Bücher in einem Fach, nahmen ihr Bündel und verließen die Bibliothek. Außer dem Bibliothekar war nun niemand mehr hier.

Alexandra trat zwischen die Regale und machte sich an die Arbeit. Ein Buch nach dem anderen blätterte sie durch. Bei den meisten Werken verkündete bereits der Titel, dass sie darin nichts Wichtiges finden würde, dennoch zog sie jedes einzelne Buch heraus und blätterte es durch, ehe sie es an seinen Platz zurückstellte.

Manche Bücher schienen tatsächlich zu enthalten, wonach sie suchte. Zumindest stieß sie auf verschiedenste Aufzeichnungen diverser Kirchenschätze, keine jedoch befasste sich mit dem Schwarzen Kreuz. Eingehüllt in eine winzige Staubwolke, die in die Luft stieg, sobald sie ein weiteres Buch hervorzog, arbeitete sich Alexandra voran. Von Zeit zu Zeit knarrten die Dielen leise und das Holz der Treppe ächzte, ohne dass jemand in der Nähe gewesen wäre. Anfangs sah sie bei jedem Laut auf, war jedoch bald so in ihren Nachforschungen versunken, dass sie sich nicht mehr in ihrer Konzentration stören ließ. Niemand sprach. Weder Husten noch Atmen, nicht einmal ein leises Flüstern war zu vernehmen. Einzig das sanfte Rascheln von umgeblätterten Seiten und das dumpfe Rumpeln, wenn der Bibliothekar einen weiteren Folianten zur Seite legte, störte hin und wieder die Stille. Ansonsten war es so ruhig, dass Alexandra sogar glaubte, das Kratzen der Feder des Bibliothekars zu hören. Doch selbst diese Geräusche verklangen, als sie immer tiefer in ihrer Suche versank.

Sie versuchte sich zu erinnern, was sie von Catherine über das Kreuz gehört hatte, doch abgesehen davon, dass es einen Splitter des Wahren Kreuzes Jesu beherbergte, beschränkte sich ihr Wissen darauf, welchen Weg es genommen hatte, seit es im 11. Jahrhundert zum ersten Mal nach Schottland gekommen war. Darüber, wo es sich davor befunden hatte, wusste sie ebenso wenig wie über seine Erschaffung.

Im Laufe der Zeit war das Schwarze Kreuz auf verschlungenen Pfaden nach London und später in die Kathedrale von Durham gelangt. Sollte sie in Edinburgh keine hilfreichen Hinweise finden, würde sie hoffentlich dort auf Aufzeichnungen stoßen.

Alexandra verfluchte sich dafür, dass sie sich nicht von Anfang an mehr für die Geschichte des Schwarzen Kreuzes interessiert hatte. Wie hätte sie auch ahnen können, dass das Kreuz, das dazu bestimmt war, sie vom Unendlichen zu befreien, einmal zur Gefahr werden würde!

Die Vorstellung, Edinburgh mit dem Splitter im Gepäck verlassen zu müssen, um ihre Nachforschungen in London fortzusetzen, behagte ihr nicht. Je eher er zerstört wurde, desto schneller war Lucian außer Gefahr. Dann brauchte sie sich nicht länger zu sorgen, dass es den Jägern doch noch gelingen könnte, den Splitter in ihren Besitz zu bekommen und Lucian zu stellen.

Der Gedanke, Lucian zu verlassen, ohne zu wissen, ob er in Sicherheit war, hatte etwas derart Beklemmendes an sich, dass sie ihren Geist unwillkürlich nach dem Band ausstreckte. Augenblicklich erfüllte ein tröstlich warmes Kribbeln ihr Innerstes. Dann griff sie nach dem nächsten Buch. Das war das erste Mal, dass sie ein Werk vor sich hatte, das sich ausschließlich mit kirchlichen Reliquien befasste. In der Hoffnung, eine Spur zu finden, tauchte sie darin ein. Am Ende angelangt, stellte sie es enttäuscht, aber mit dem Hinweis auf einen Folgeband zurück. Doch das erwähnte Buch stand nicht unmittelbar daneben. Auf der Suche danach ließ Alexandra ihren Blick über die Buchrücken wandern und hielt abrupt inne. Etwas war anders. Stiller. Es war die ganze Zeit über ruhig gewesen, doch diese Stille war anders. Sie erinnerte Alexandra daran, wie ein Vampyr seine eigenen Geräusche auszublenden vermochte. Damit veränderten sie jedoch auch andere Laute in ihrer Umgebung. Geräusche klangen dumpfer und leicht verzerrt. Es war keine große Veränderung, doch sie reichte aus, um jemanden, der wusste, worauf er zu achten hatte, aufmerksam werden zu lassen. Die Stille mochte verhindern, dass ein unbedarfter Mensch hörte, wie die Kreatur näher kam. Die Kälte jedoch konnten diese Wesen nicht verbergen. Mit jedem Schritt, den sie sich weiter näherten, wurde sie durchdringender. Jetzt jedoch war es nicht kalt. *Lucian kann die Kälte unterdrücken*, schoss es Alexandra durch den Kopf. Aber warum sollte er sich an sie heranschleichen?

Gab es noch andere Vampyre, die gelernt hatten, die Kälte zu kontrollieren? Einen, der die Vernichtung des Unendlichen überdauert hatte? Unwillkürlich schob sie eine Hand unter den Gehrock, tastete nach ihrer Pistole – und griff ins Leere! Die Jäger hatten ihr die Doppelläufige und den Silberdolch abgenommen. Sie hatte nicht einmal Stechginster dabei. Kein Weihwasser. Kein Kreuz. Nichts.

Alexandra verharrte reglos, ihre Sinne auf die Umgebung gerichtet. Da vernahm sie ein leises Rascheln von unten. Jemand blätterte in einem Buch – vermutlich Lucian oder Bothwell. Die Geräusche klangen vollkommen normal, kein bisschen verzerrt oder gedämpft. *Also kein Vampyr*, dachte sie erleichtert. Gleichzeitig fragte sie sich, warum sie dann so unruhig war. *Das ist* seine *Schuld!* Lucians Nähe machte sie nervös. Seit sie ihm das erste Mal begegnet war, schien sich ihre Welt zu einem großen Teil um ihn zu drehen. Er war stets präsent – selbst dann, wenn er nicht einmal in der Nähe war! Es war, als habe er einen Teil ihres Bewusstseins zum Leben erweckt, von dessen Existenz sie bisher nicht einmal etwas geahnt hatte. Bevor sie ihm begegnet war, waren ihre Gedanken und Träume kalt und leer gewesen. Jetzt waren sie erfüllt von ihm.

»Das muss aufhören!«, flüsterte sie und wollte ihre Aufmerksamkeit wieder auf die Bücher vor sich richten, als ein eisiger Hauch über ihren Nacken strich. Sie fuhr herum, darauf gefasst, sich einem Vampyr gegenüberzusehen. Doch da war nichts. Ihr Blick wanderte über die Galerie. Sie war allein. Die Kälte, die sie gestreift hatte, war fort. Als sie sich umwandte, um ihre Arbeit wieder aufzunehmen, hörte sie etwas. Ein Knarren. Auf der Galerie! Wieder verharrte sie und lauschte. Doch das Geräusch war verstummt. Sie wollte sich gerade erneut den Büchern zuwenden, als ihr auffiel, dass sie den Bibliothekar nicht mehr hörte. Kein Kratzen der Feder und kein dumpfer Schlag, wenn er einen weiteren Folianten zur Seite legte. Deshalb war es ihr so still erschienen. Beruhigt, dass die Stille weder von einem Vampyr stammte noch einen anderen üblen Ursprung hatte, machte sie sich auf die Suche nach dem Folgeband über kirchliche Reliquien. Ihre Augen streiften über die Buchrücken, Reihe um Reihe, bis sie das Regal komplett durchhatte. Nichts. Sie beschloss, den Bibliothekar danach zu fragen.

Alexandra trat zwischen den Regalen hervor und ging zur Treppe. Vor der Brüstung hielt sie inne und spähte in den Raum, in dem der Bibliothekar zuvor seiner Arbeit nachgegangen war. Noch immer türmten sich unzählige Bücher auf den Tischen, doch der alte Mann stand nicht mehr an seinem Platz. Alexandra wollte schon nach unten gehen, um nach ihm zu suchen, als sie ihn sah. Er lag auf dem Boden, halb hinter einem der Tische verborgen. Blutig rote Strähnen färbten sein graues Haar, und unter seinem Kopf breitete sich eine dunkle Lache aus.

Sie wollte nach Lucian rufen, als ihr Blick auf Vladimir

und Gavril fiel, die zwischen den Regalreihen entlangschlichen. Gavril näherte sich Bothwell, während sich Vladimir ein paar Reihen weiter von links an Lucian heranpirschte. Ehe Alexandra einen Warnruf ausstoßen konnte, legte sich eine Hand über ihren Mund und erstickte jeden Laut.

»Still«, zischte ihr Mihail ins Ohr, als er sie mit dem Rücken dicht an seine Brust zog und in die Schatten der Galerie zerrte.

O *Gott*, flehte Alexandra. *Dreh dich um, Lucian!* Warum bemerkte er den Jäger in seinem Rücken nicht? Er musste ihn doch hören! Warum tat er nichts? Natürlich hörte er ihn. *Er denkt sicher, es wäre einer der Studenten oder der Bibliothekar. Er rechnet nicht mit den Jägern.*

Sie wand sich in Mihails Griff, doch all ihre Gegenwehr prallte wirkungslos von ihm ab.

Während sich Gavril langsam an Bothwell heranschlich, blieb Vladimir am Ende der Regalreihen stehen. Alexandra konnte nicht genau sehen, was er tat, doch sie glaubte zu erkennen, dass er einen Beutel aus seiner Manteltasche zog und auf den Gang trat. In einer weit ausholenden Bewegung verschüttete er den Inhalt des Säckchens. Ein graues Pulver schwebte durch die Luft und sank langsam zu Boden, wo es auf dem dunkelroten Teppich einen hellen, kaum erkennbaren Kreis bildete. Genau an einer Stelle des Ganges, die Lucian passieren würde, wenn er zu Bothwell wollte! Sobald das Pulver an seinem Platz war, zog sich Vladimir wieder in den Schutz des Regals zurück und griff nach seiner Pistole.

Alexandra wollte Lucian warnen, doch Mihails eiserner Griff verhinderte, dass ihr mehr als ein gedämpftes

»Mmpf« über die Lippen kam. Verzweifelt tastete sie nach dem Band, und als sie die vertraute, prickelnde Wärme spürte, schrie alles in ihr, Lucian möge sich endlich umdrehen! Tatsächlich hielt er in seiner Lektüre inne.

Doch es war zu spät. Im selben Augenblick, als Lucian den Kopf hob, holte Gavril aus, schlug Bothwell nieder und zog sich sofort tiefer in das Labyrinth aus Regalreihen zurück. Der dumpfe Aufprall, mit dem Bothwell zu Boden ging, ließ Lucian herumfahren.

Es kostete Alexandra unendliche Mühe, sich bewusst zu machen, dass die Jäger Lucian nichts anhaben konnten. Nicht, solange der Splitter nicht in ihrem Besitz war. Trotzdem wollte ihre Angst nicht weichen. Bei Vladimirs Anblick musste sie unweigerlich an den Schatten denken, der Lucian in ihren Albträumen verschlungen hatte.

Lucian ließ seinen Blick von einer Seite zur anderen schweifen. Langsam näherte er sich Bothwell, während er sich noch immer wachsam umsah. Nur noch wenige Schritte trennten ihn von Vladimirs grauem Pulverkreis, als seine Augen zur Galerie wanderten. Alexandra schüttelte warnend den Kopf, doch Mihail hatte sie tief in die Schatten gezogen, wo nicht einmal Lucian sie sehen konnte.

Immer wieder kehrte sein Blick kurz zu Bothwell zurück, ehe er sich weiter umsah. Dann fielen seine Augen auf den Pulverkreis, keine drei Schritte entfernt, auf dem Teppich.

»Alexandra«, rief er, ohne aufzusehen, und hielt inne. »Rühren Sie sich nicht vom Fleck, ich komme zu Ihnen!«

»Du gehst nirgendwo hin!« Vladimir trat auf der anderen Seite des Kreises vor Lucian, die Pistole locker in der Hand. Ohne den Blick von ihm zu lassen, donnerte er:

»Mihail! Zeig ihm die Jägerin!« An Lucian gewandt fügte er hinzu: »Ein kleiner Anreiz für dich, stillzuhalten.«

Mihail packte Alexandra fester und schob sie zum Geländer am Rand der Galerie, wo Lucian sie deutlich sehen konnte.

»In den Kreis mit dir«, befahl Vladimir. »Sonst ist sie tot.«

Lucian fing Alexandras Blick auf, so durchdringend, als versuche er ihre Gedanken zu lesen. Es mochte nichts geben, das Lucian vernichten konnte, dennoch war Alexandra sicher, dass dieses Pulver eine Bedrohung für ihn war. Was auch immer geschah, er durfte nicht in den Kreis treten! Um ihn davon abzuhalten, Vladimirs Befehl zu folgen, schüttelte sie, so gut es unter Mihail eisernem Griff ging, den Kopf.

Lucians Augen richteten sich erneut auf Vladimir. »Lassen Sie Alexandra frei«, sagte er so bestimmt, als zöge er nicht einmal in Erwägung, Vladimir könne sich weigern. *Natürlich nicht. Er benutzt die Macht seines Blickes!* Auf einmal wurde ihr bewusst, dass Lucian tatsächlich nie versucht hatte, sie auf diese Weise zu beeinflussen. Wenn er sie ansah, lag eine andere Art von Intensität in seinem Blick, die nichts damit zu tun hatte, dass er versuchte, Kontrolle über sie zu erlangen.

»Legen Sie die Waffe weg«, verlangte Lucian, »und befehlen Sie Ihren Kameraden, dasselbe zu tun.«

Vladimir reagierte nicht, er zögerte nicht einmal.

»Weg mit der Waffe!«, forderte Lucian ihn erneut auf, jedes Wort betonend.

Statt seinem Befehl zu folgen, begann Vladimir zu lachen. »Du glaubst doch nicht ernsthaft, dass du mit deinen

Jahrmarkttricks bei mir etwas ausrichten kannst?« Kopfschüttelnd sah er zu Galerie hoch. »Mihail!«

Auf Vladimirs Anweisung hin nahm Mihail seine Hand von Alexandras Mund.

»Lucian, nein!«, schrie sie. »Nicht in den Kreis!«

Ehe sie noch mehr sagen konnte, presste ihr Mihail die kalte Klinge seines Dolches an die Kehle. »Schweig.«

»In den Kreis!«, herrschte Vladimir. »Sonst gibt es dort oben gleich eine Menge Blut, von dem du nicht einen einzigen Tropfen abbekommen wirst!«

Mihail packte sie bei den Haaren und bog ihren Kopf zurück, bis ihre Kehle entblößt war. Sie spürte den Druck der Klinge, ohne dass sie ihr ins Fleisch schnitt. Und sie spürte auch die grimmige Entschlossenheit der Jäger. Alexandra wollte Lucian zurufen, er solle auf keinen Fall tun, was sie verlangten, doch Mihails Finger lagen so fest an ihrem Hals, dass sie nur flüstern konnte.

»Tu es nicht«, flehte sie leise und wusste, dass er sie nicht hören würde.

»Halt den Mund«, knurrte Mihail.

Alexandra versuchte einen Blick auf Lucian zu erhaschen, doch Mihails Griff nahm ihr die Sicht wie er ihr auch die Fähigkeit nahm, laut zu sprechen. Lucian war nicht mehr als ein verschwommener Schemen – unendlich weit entfernt.

»Siehst du denn nicht, dass Vladimir wahnsinnig ist?«, versuchte sie Mihail zu erreichen. Das Sprechen schmerzte, dennoch zwang sie sich, die Worte herauszuwürgen. »Er ist so versessen darauf, Lucian zu töten, dass er nicht einmal bemerkt, dass von ihm keine Gefahr ausgeht.«

»Er ist ein Vampyr! Das sollte Gefahr genug sein.«

»Und was ist mit dem Bibliothekar?« Die Jäger hatten einen Menschen getötet! Einen harmlosen alten Mann, der vermutlich nicht einmal etwas von der Existenz von Jägern und Vampyren wusste. »Ihr habt einen *Menschen* umgebracht!«

»Nur niedergeschlagen.«

»Du weißt, dass das nicht wahr ist. Er geht zu weit, Mihail«, sagte sie eindringlich. »Siehst du das denn nicht?«

Unten brüllte Vladimir: »In den Kreis mit dir!«

»Nein«, flüsterte Alexandra. Obwohl sie ihn kaum sehen konnte, spürte sie, dass Lucians Blick noch immer auf ihr ruhte. Er stand nur da und sah sie an.

»Mihail«, durchbrach Vladimirs Stimme erneut die Stille. »Zeig diesem Monster, dass wir keinen Spaß verstehen.«

Seine Worte ließen Alexandra das Blut in den Adern gefrieren.

»Ich wollte nie, dass es so weit kommt«, sagte Mihail leise neben ihrem Ohr. »Ich kann einfach nicht anders.« Dann zog er die Klinge über ihren Hals und ritzte ihre Haut, bis Blut floss.

»Wenn du es nicht willst«, keuchte Alexandra, »dann beende es. Du kannst ihn aufhalten, Mihail. Tu es!«

»Und den Vampyr am Leben lassen?« Obwohl sie sein Gesicht nicht sah, spürte sie, dass er den Kopf schüttelte. »Wir werden es beenden. Aber auf unsere Art.«

Es war sinnlos, weiter in ihn zu dringen. Er würde ihr nicht helfen. Nie wieder. Sie versuchte den Kopf zu drehen, um Lucian besser sehen zu können, und war erleichtert, dass er sich noch immer nicht rührte.

»Mihail, töte sie«, verlangte Vladimir.

»Bist du verrückt!«, rief Gavril. Alexandra konnte ihn

nicht sehen, glaubte aber an seiner Stimme zu erkennen, dass er nicht weit von Vladimir entfernt war.

»Verrückt wäre es, sie leben zu lassen«, erwiderte Vladimir kalt. »Sie hat alles verraten, wofür wir gekämpft haben. Dafür soll sie bezahlen.«

»Das kannst du nicht machen!« Wieder Gavril.

»Halt den Mund.«

Doch Gavril ließ sich nicht so leicht einschüchtern. »Sie ist eine von uns!«

»Das war sie, bis sie sich mit dieser Kreatur eingelassen hat«, herrschte Vladimir ihn an. »Und jetzt halt endlich den Mund, ehe ich noch auf den Gedanken komme, dass du versuchen könntest, uns ebenfalls in den Rücken zu fallen.« Tatsächlich erwiderte Gavril nichts mehr. Einen Moment herrschte eisiges Schweigen, dann rief Vladimir: »Töte das Dämonenliebchen, Mihail!«

»Nein!« Lucians durchdringender Schrei ließ Alexandra erstarren. Sie schloss die Augen und wünschte, es gäbe einen Weg, ihn aufzuhalten. Als sie jedoch das Band spürte, ohne danach gegriffen zu haben, wusste sie, dass es nichts gab, was ihn von seinem Entschluss abbringen konnte. Plötzlich war da mehr als die vertraute Wärme. Lucians Gefühle schlugen wie eine Welle über ihr zusammen. Hätte Mihail sie nicht festgehalten, wäre sie gestürzt. Die Verzweiflung, die Lucian erfüllte, war aus Liebe geboren. Die einzige Liebe, die Alexandra je gekannt hatte, war die zu ihrer Familie gewesen. Wärme. Sicherheit. Geborgenheit. Zugehörigkeit. Was Lucian in diesem Augenblick ausstrahlte, ging weit darüber hinaus. Er war von einer derart tiefgreifenden Furcht beseelt, dass es schmerzte – doch er fürchtete nicht um seine eigene Existenz, sondern um sie!

»Geben Sie mir Ihr Wort, dass Sie Alexandra und Robert gehen lassen!« Er klang vollkommen ruhig, als könne der Sturm der Gefühle, der in seinem Innersten tobte, seine Stimme nicht erreichen.

»Die beiden sind keine Vampyre«, erwiderte Vladimir. »Sobald du Staub bist, sind sie frei.«

»Das ist eine Lüge!«, stieß Alexandra hervor. Vladimir würde sie niemals ziehen lassen. Wenn Lucian in den Kreis trat, war sein Leben verwirkt – für nichts! Für sie mochte es keine Rettung mehr geben, doch zumindest Lucian konnte entkommen. Sie musste ihn nur davon abhalten, Vladimirs Aufforderung zu folgen! Sie riss den Kopf zur Seite und entglitt für einen Moment Mihails Griff.

»Tun Sie das nicht!«, schrie sie. »Bitte, Lucian!« Dann packte Mihail sie erneut und zwang sie stillzuhalten. Hilflos musste sie mit ansehen, wie Lucian in den Kreis trat.

Er hatte die feine Linie kaum überschritten, als die Luft um ihn herum zu flimmern begann. Ein silberner Schimmer stieg auf und hüllte ihn ein. Lucian versuchte sich zu bewegen, doch etwas hielt ihn gefangen, dünne Silberfäden legten sich wie ein pulsierendes Netz um seinen Leib, zogen sich immer enger zusammen, bis er nicht länger aufrecht zu stehen vermochte. Zusammengekrümmt und vollkommen bewegungsunfähig kauerte er im Inneren des Kreises. Seine Augen waren auf Alexandra gerichtet, als wolle er sich vergewissern, dass es ihr gut ging.

Vladimir schlug seinen Mantel zurück und griff nach dem Schwarzen Kreuz, das er darunter verborgen am Gürtel trug. Alexandra versuchte sich aus Mihails Griff zu befreien, doch der Jäger gab sie nicht frei. Immerhin nahm er die Klinge von ihrem Hals.

Obwohl Lucian ihr versichert hatte, dass ihm das Kreuz ohne den Splitter nichts anhaben konnte, schrie sie auf, als Vladimir ihm die Spitze ins Herz stieß. Lucian bäumte sich auf, das Gesicht vor Schmerz verzogen, doch er zerfiel nicht zu Staub.

Aus dem Augenwinkel sah sie, wie Bothwell zu sich kam. Gavril stand noch immer neben seinem Bruder, sodass keiner der beiden bemerkte, wie er sich aufsetzte. Als sein Blick auf Lucian traf, stand in seinen Augen dasselbe Entsetzen, das auch Alexandra umklammert hielt. Langsam kämpfte er sich auf die Beine, durch eine Regalreihe vor Vladimirs und Gavrils Blicken geschützt. Er stemmte die Hände gegen eines der Regale und begann zu drücken.

Noch einmal versuchte Alexandra, sich Mihails Armen zu entwinden. So heftig, dass er gezwungen war, seine Aufmerksamkeit vollständig auf sie zu richten, und nicht sah, was Bothwell unten tat. Durch ihren heftigen Widerstand entglitt Mihail der Dolch und fiel auf die Dielen. Während Alexandra gegen ihn ankämpfte, riss Vladimir das Kreuz aus Lucians Leib und stieß es ihm noch einmal in die Brust. Ein Anblick, der ihr beinahe körperlichen Schmerz bereitete.

»Ich weiß längst, dass du mich hereingelegt hast!« Vladimirs Augen richteten sich auf Alexandra. »Wo ist das fehlende Stück?« Seine Stimme war von derart unterschwelliger Macht erfüllt, dass es ihr durch und durch ging, als könne er sie durch bloße Willenskraft zwingen, ihm zu gehorchen. Beinahe glaubte sie, dass er sie zwingen könnte, ihm die Wahrheit zu sagen, wenn es ihm gelänge, ihren Blick festzuhalten.

»Es ist zerstört!«

Für einen Moment stellte sie ihre Gegenwehr ein und weidete sich daran, wie Vladimirs Züge im Zorn entgleisten. Doch die Befriedigung würde nicht lange anhalten, wenn sie keinen Weg fanden, den Jägern zu entkommen. Das Regal hinter Vladimir und Gavril wankte immer heftiger. Als Mihail es bemerkte und einen Warnruf ausstieß, war es bereits zu spät. Bücher stürzten krachend zu Boden und begruben Gavril unter sich, ehe das Regal ihn unter seiner Last einklemmte. Vladimir rettete sich mit einem Sprung zur Seite. Bothwell griff nach Gavrils Pistole und suchte hinter den Regalen Schutz.

Als Mihails Aufmerksamkeit abgelenkt war, nutzte Alexandra die Gelegenheit und riss sich mit einem heftigen Ruck los. Ehe er sie erneut zu fassen bekam, setzte sie über das Geländer hinweg und sprang nach unten. Obwohl sie versuchte ihren Sprung abzufedern, war der Aufprall hart und schmerzhaft. Trotzdem rollte sie herum und sprang sofort wieder auf die Beine. Stolpernd rannte sie los, Lucian entgegen.

»Bleib stehen oder ich schieße!«, rief Mihail über ihr.

Vladimir, der nicht weit von Lucian entfernt hinter den umgekippten Regalen stand, steckte das Kreuz wieder in den Gürtel und hob die Pistole. Alexandra tauchte in den Schutz eines Regals. Geduckt huschte sie weiter. Was war das für ein Pulver? Welche Wirkung hatte es? Und wie sollte sie Lucian befreien? *Herr im Himmel, ich hoffe, dass es ausreicht, den Kreis zu durchbrechen.*

Ein Schuss krachte. Die Kugel schlug so dicht neben ihr in einen Buchrücken ein, dass sie einen erschrockenen Satz zurückmachte, als das Buch in Stücke gerissen wurde. Mihail!

»Bothwell!«, rief Alexandra. »Geben Sie mir Deckung!«
Sie hörte, wie er sich links von ihr, verborgen von Regalen, bewegte. Dann zerriss ein donnernder Schuss die Stille. Alexandra warf einen Blick zur Galerie zurück. Mihail war in die Schatten zurückgewichen und lud seine Waffe. Sie wandte den Kopf und sah sich nach Vladimir um, konnte ihn aber nirgends entdecken. Da sie nicht wusste, ob das Netz aus Silberfäden Lucian nur gefangen hielt oder noch eine andere – verheerendere – Wirkung auf ihn haben würde, wagte sie nicht, Zeit zu verschwenden. Noch immer geduckt, lief sie weiter. Am Ende der Regalreihe hielt sie noch einmal inne. Lucian kauerte in seinem schimmernden Gefängnis, keine zwanzig Schritte entfernt. Um zu ihm zu gelangen, musste sie den offenen Gang überqueren, ohne Deckung. Über ihr war Mihail erneut an den Rand der Galerie getreten und legte auf sie an. Ehe er jedoch seinen Schuss abgeben konnte, feuerte Bothwell auf ihn und zwang ihn in die Schatten zurück. Sie war sich schmerzhaft deutlich bewusst, dass Mihails Waffe noch immer geladen war, während Bothwell die seine erst wieder laden musste. Trotzdem wagte sie nicht, länger zu warten. Sie rannte los, Lucian entgegen. Ein Schuss verfehlte sie knapp. Alexandra schlug einen Haken und lief weiter. Noch zehn Schritte. Ein weiterer Schuss. Diesmal aus einer anderen Richtung. Vladimir! Solange die beiden ihre Waffen luden, blieb ihr Zeit.
»Lucian!«, rief sie, als sie ihn erreichte. »Was soll ich tun?«
Er versuchte den Kopf zu wenden und sie anzusehen, doch das Gespinst aus Silberfäden ließ ihm keine Bewegungsfreiheit. Er brachte nicht mehr als ein unterdrücktes

Keuchen hervor. Ein wenig zögernd streckte sie die Hand nach ihm aus. Je weiter ihre Finger sich dem silbernen Flimmern näherten, desto stärker schien die Luft zu vibrieren. Vorsichtig berührte sie das Netz, das ihn gefangen hielt, darauf gefasst, einen Schlag zu bekommen, doch nichts geschah. Sie spürte nicht das Geringste, als sich ihre Finger darauf legten.

»Jägerin!«

Bothwells Ruf ließ sie herumfahren. Hinter ihr trat Vladimir in den Gang, ihre doppelläufige Pistole in der Hand. Das Klicken, als er den Hahn zurückzog, hallte laut in ihren Ohren wider. Sie sah sich nach Deckung um, doch auf der einen Seite versperrte das umgestürzte Regal, das Gavril unter sich begraben hatte, den Weg, und auf der anderen Seite erstreckte sich eine lange Reihe von Fenstern. Alexandra warf sich nach vorne, Lucian entgegen. Keinen Augenblick zu spät, denn im selben Moment raste die Kugel über sie hinweg. Sie prallte gegen Lucian, und während sie noch um ihr Gleichgewicht kämpfte, stieß ihn ihr Schwung über den Rand des Kreises. Kaum lag die Pulverlinie hinter ihm, erlosch das silberne Leuchten. Lucian packte sie bei den Schultern, riss sie herum und warf sich über ihr zu Boden.

*

Die Silberkugel traf Lucian zwischen den Schulterblättern. Brennende Feuerbälle explodierten vor seinen Augen, als das Silber in sein Fleisch drang, und nahmen ihm für einen Moment die Sicht. Seine Hände schlossen sich um Alexandras Arme. Sie lag unter ihm, vor weiteren Kugeln von seinem Körper geschützt. Blinzelnd verdrängte er den Schmerz und sprang wieder auf. Darauf bedacht, Alexandra vor weiteren Schüssen abzuschirmen, zog er sie auf die Beine. Dicht an sie gedrängt, schob er sie in die Deckung zweier Regalreihen.

»Robert«, rief er über die Regale hinweg. »Raus hier!«

»Wie sollen wir zur Tür kommen?«, gab Alexandra leise zu bedenken. »Von oben nimmt uns Mihail ins Visier und unten lauert Vladimir zwischen den Regalen.«

»Wer sagt etwas von Tür?« Sein Blick fiel auf eine Leiter, die an eines der Regale gelehnt war. »Robert!«, rief er. »Du zuerst!« Ohne eine Antwort abzuwarten, packte Lucian die Leiter und schleuderte sie gegen die Scheibe. Glas zerbarst in einem ohrenbetäubenden Hagel aus Scherben und Splittern. Schritte erklangen, wurden rasch schneller, dann kam Robert hinter seiner Deckung hervor. Im Laufschritt überwand er die wenigen Meter zum Fenster, auf denen er das freie Schussfeld der Jäger durchqueren musste, und hechtete hinaus. Wie ein Rachen verschlang ihn die gähnende Öffnung, aus deren Rändern scharfkantige Scherben wie gierige Reißzähne ragten.

Keiner der Jäger schoss auf ihn.

Sie sparen ihre Kugeln für Alexandra und mich auf.

In Alexandras Augen fand er denselben Gedanken.

»Sie gehen vor mir«, sagte Lucian leise und zog sie zu sich heran. »Bleiben Sie dicht bei mir.« Er sah sie an, um sich zu vergewissern, dass sie alles verstanden hatte. »Bereit?«

Alexandra nickte.

»Dann los!« Er legte ihr eine Hand auf die Schulter und schob sie vor sich her. Ein Schuss knallte. Die Kugel streifte ihn an der Seite, riss ihm das Fleisch auf und hinterließ das heftige Brennen von Silber auf der Haut. Während er Alexandra voranschob, spürte er, wie sich die Wunde wieder schloss. Dann zerriss ein weiterer Schuss die Stille. Die Kugel raste knapp über ihm hinweg, schlug ins Mauerwerk neben dem Fenster ein und sprengte eine Fontäne kleiner Steinsplitter in die Luft. Die dritte Kugel traf. Brennend heiß fraß sich das Silber in seinen Rücken, nahe der Stelle, an der bereits eine Kugel steckte. Ein Glühen erfasste ihn, als würde jemand seinen Leib mit Flammen versengen.

Schmerzen waren ihm nicht fremd, doch er war daran gewöhnt, dass sein Körper Kugeln abstieß und die Schmerzen ebenso schnell ein Ende fanden, wie die Wunden sich schlossen. Des Silbers jedoch vermochte sich sein Leib nicht zu entledigen. Die Kugeln würden darinbleiben, bis er sie herausschnitt. Es würde ihn nicht umbringen, doch sein Körper würde auch nicht regenerieren, solange die Kugeln in seinem Fleisch steckten.

Fluchend drängte er Alexandra voran, während hinter ihm die Jäger nachluden. Am Fenster angekommen, gebot er ihr stehen zu bleiben und schlug die scharfkantigen Scherben aus dem Rahmen.

»Jetzt!«, rief er und gab Alexandra frei.

Sie setzte sich auf das Fenstersims, schwang die Beine nach draußen und sprang. Das Fenster lag im Hochparterre, sodass es nicht einmal drei Meter bis zum Boden waren, trotzdem verlor sie das Gleichgewicht und stürzte.

Lucian warf einen letzten Blick zu den Jägern zurück, die noch immer mit ihren Waffen zugange waren, dann stieg auch er auf die Fensterbank und sprang. Er landete sicher auf beiden Beinen, griff nach Alexandras Hand und zog sie hoch. Regen stach ihm, spitzen Nadeln gleich, ins Gesicht, doch er war dankbar für die undurchdringlichen bleigrauen Wolken, die den Tag zur Nacht machten. Zumindest darüber brauchte er sich keine Sorgen zu machen.

»Schnell!«, rief er. »Zur Droschke!«

Noch immer ihre Hand haltend, lief er los. Nach wenigen Metern bogen sie um eine Hausecke und erreichten die Vorderfront, wo Robert die Droschke bei ihrer Ankunft abgestellt hatte. Er saß bereits auf dem Kutschbock, die Peitsche in der Hand, und sah sich nach Lucian und Alexandra um.

Bei dem Gefährt angekommen, riss Lucian die Tür auf und schob Alexandra in die Karosse. »Fahr los!«, rief er Robert zu und sprang hinein.

Er hatte die Tür noch nicht ganz hinter sich geschlossen, da ließ Robert auch schon die Peitsche knallen und trieb die Pferde an.

8

Während der Fahrt spähte Alexandra immer wieder zwischen den Vorhängen nach draußen und rutschte unruhig hin und her, um einen besseren Blick zu erhaschen.

»Robert wird dafür sorgen, dass sie uns nicht folgen«, sagte Lucian ruhig. Abgesehen davon, dass ihre Verfolger eine Weile abwarten würden, ehe sie sich aus ihrer Deckung hervorwagten, hatte er keine weitere Droschke vor der Bibliothek gesehen. Wenn die Jäger ihnen folgen wollten, brauchten sie zunächst einmal ein Gefährt. Doch selbst seine beruhigenden Worte hielten Alexandra nicht davon ab, aus dem Fenster zu sehen.

Streng genommen, war er sogar froh darüber. Solange sie abgelenkt war, würde sie nicht bemerken, wie sehr ihm die Silberkugeln zu schaffen machten. Es fiel ihm schwer, sich aufrechtzuhalten. Er lehnte an der Seitenwand und kämpfte den Schmerz nieder, um Alexandra nicht zu beunruhigen. *Sobald wir zurück sind, kann ich die Kugeln herausschneiden.* Wenn das Silber heraus war, würden die Wunden heilen und sein Körper sich binnen kürzester Zeit regenerieren. Im Augenblick jedoch erschien ihm Lauriston House unendlich weit entfernt. Das Silber brannte sich in sein Fleisch und wütete wie ein gnadenloses Feuer.

Als Robert die Droschke endlich zum Halten brachte, hätte Lucian ihn gerne gebeten, ihn zu begleiten. Er würde Hilfe brauchen. Da er jedoch Alexandras Aufmerksamkeit nicht auf sich ziehen wollte, sagte er Robert lediglich, er solle zu ihm kommen, sobald er die Pferde ausgespannt und in den Stall gebracht hatte. Solange konnte er den Schmerz ertragen.

Er geleitete Alexandra ins Haus. In der Eingangshalle hielt er am Fuße der Treppe inne. »In Ihrem Schrank finden Sie frische Gewänder«, sagte er und machte einen Schritt zur Seite, um ihr den Vortritt zu lassen, »falls Sie sich umziehen möchten.«

Er folgte ihr die Stufen hinauf und ging zu seinem Schlafzimmer, das unmittelbar neben ihrem lag. Alexandra blieb auf dem Gang stehen und wandte sich zu ihm um. »Stimmt etwas nicht, Lucian?«

»Wie kommen Sie darauf?«, fragte er alarmiert.

»Sie waren in der Kutsche ungewöhnlich schweigsam.«

Musterte sie ihn eingehend oder bildete er sich das nur ein? Lucian zwang sich zu einem Lächeln. »Ich versuche lediglich, Sie möglichst wenig mit meiner Gegenwart zu belasten.«

»Grollen Sie mir etwa?«, fragte sie verblüfft.

Lucian schüttelte den Kopf. Wie konnte er sich diesem Gespräch entziehen, ohne dabei ihren Ärger oder ihr Misstrauen auf sich zu ziehen? »Ich möchte es Ihnen nur nicht zu schwer machen. Wissen Sie was«, sagte er und öffnete seine Schlafzimmertür, »lassen Sie uns später darüber reden – bei einer Tasse Tee. Ich ziehe mir nur rasch etwas Frisches an.« Ohne eine Antwort abzuwarten, betrat er das Zimmer und schloss die Tür hinter sich. Sobald er allein war, verließ ihn seine mühsam aufrechterhaltene Beherrschung. Keuchend taumelte er zur Seite und musste sich an der Wand abstützen. Die Kugeln mussten heraus, ehe das Silber ihn noch mehr schwächte!

Er wollte zum Fenster. Von dort aus hatte er freie Sicht auf den Stall und konnte Robert sofort zu sich rufen. Auf dem Weg durch den Raum geriet er ins Straucheln und musste sich am Waschtisch festhalten, um nicht in die Knie zu brechen. Der Schmerz wurde schlimmer! Wie war das möglich? In der Droschke war er überzeugt gewesen, die Pein ertragen zu können, doch jetzt war er kaum mehr imstande, sich auf den Beinen zu halten.

Er streifte seinen Gehrock ab und plagte sich aus dem Hemd. Als er es fallen ließ, sah er zwei kleine blutige Kreise dort, wo die Kugeln durch den Stoff gedrungen waren. Zwei unscheinbare rote Flecken, kaum bemerkenswert, und doch zwangen ihn die Schmerzen beinahe in die Knie.

Allein sich aus dem Hemd zu befreien, hatte ihn derart

angestrengt, dass er schweißgebadet war. *Robert!* Wankend wandte er sich wieder dem Fenster zu und musste sich erneut abstützen. Wie glühende Lava fraß sich das Silber durch seinen Leib. Nur ein einziges Mal in seinem Leben hatte er einen ähnlichen Schmerz verspürt. In jener Nacht, in der er zum Vampyr geworden war. Damals war er unter grauenvollen Krämpfen erwacht und hatte nicht mehr atmen können – nicht mehr atmen *müssen*. Sein Herz hatte in jener Nacht zu schlagen aufgehört, doch niemals zu fühlen.

»Alexandra braucht mich«, stieß er gepresst hervor und versuchte sich aufzurichten. Er klammerte sich an die Kante des Waschtischs und kämpfte darum, die Gewalt über seinen Körper zurückzuerlangen, als er es endlich begriff: der Splitter! Deshalb ging es ihm zunehmend schlechter. Wenn das Silber noch lange in seinem Fleisch blieb, würde es ihn umbringen. Obwohl er kaum noch klar sehen konnte, wandte er sich erneut dem Fenster zu. An die Wand gestützt, schleppte er sich weiter, bis er zusammenbrach.

*

Verwundert schloss Alexandra die Schlafzimmertür hinter sich, zog ihren Gehrock aus und streifte die Stiefel ab. Etwas stimmte nicht mit Lucian. Der Lucian, den sie kannte, hätte sich in der Kutsche nicht davon abhalten lassen, sich immer wieder nach ihrem Befinden zu erkundigen. Aber er hatte nicht ein einziges Mal gefragt, ob es ihr gut gehe! Und hatte seine Stimme vorhin nicht eigenartig gepresst geklungen?

Es fiel ihr schwer, die Bilder zu verdrängen, wie er in dem silbernen Geflecht gefangen gewesen war. Vollkommen wehrlos. *Warum muss er sich immer wieder meinetwegen in Gefahr bringen?* Natürlich kannte sie die Antwort, auch wenn sie darüber alles andere als glücklich war.

Ein dumpfer Schlag von nebenan riss sie aus ihren Gedanken. Alexandra ging zur Tür und trat auf den Gang. »Lucian?«, rief sie in Richtung seines Zimmers. Als sie auch beim zweiten Rufen keine Antwort erhielt, ging sie zu seiner Tür und klopfte. »Lucian?«

Wieder nichts.

Ohne sich um Schicklichkeit zu sorgen, öffnete sie die Tür. Obwohl die Vorhänge zugezogen waren, drang genug Licht durch den hellen Stoff, um sie den Raum deutlich erkennen zu lassen. Ihr Blick flog an einem großen Wandschrank vorbei über das unberührte Bett hinweg zum Waschtisch. Davor lag Lucian mit bloßem Oberkörper und regte sich nicht.

»Lucian!«

Sie lief zu ihm und ließ sich neben ihm auf die Knie fallen.

»Himmel, was ist mit Ihnen?« Sie hatte die Worte kaum ausgesprochen, da fiel ihr Blick auf eine Stelle zwischen seinen Schulterblättern. Schusswunden! *Mein Gott, er hat sich als Schutzschild zwischen mich und die Jäger gestellt!* Es mussten Silberkugeln sein. Anders konnte sie sich nicht erklären, warum ihm die Verletzungen derart zu schaffen machen sollten. Silberkugeln und der Splitter!

»Lucian?«

Sein Oberkörper glänzte schweißnass. Als sie ihn jedoch berührte, fühlte sich die Haut unter ihren Fingern eisig an.

Zum ersten Mal verströmte er die Kälte des Vampyrs. Konnte er seine Fähigkeiten nicht mehr kontrollieren?

Lucian öffnete die Augen.

»Sie müssen aufstehen«, sagte sie. »Schaffen Sie das, wenn Sie sich auf mich stützen?«

»Es wird auch so gehen«, brachte er hervor. »Ich bin in Ordnung.« Er kam wankend auf die Knie und versuchte sich zu erheben, doch seine Beine gaben unter ihm nach.

Alexandra griff nach ihm, um ihn zu stützen. »Hören Sie auf, so einen Unsinn zu erzählen, und lassen Sie sich helfen!«

»Die Kugeln ... müssen raus. Robert soll ...«

Lucian ging es mit jedem verstreichendem Augenblick schlechter. Seine Lider flatterten und er zitterte vor Schwäche. Alexandra bezweifelte, dass ihr genug Zeit blieb, um Bothwell zu rufen.

»Bei drei versuchen Sie aufzustehen.« Sie legte sich seinen Arm über die Schultern und schlang ihren um seine Taille. »Eins. Zwei.« Bei »Drei« stemmte sie sich nach oben und zog Lucian mit sich. Sie spürte, wie sehr er sich bemühte, sie von seinem Gewicht zu entlasten, doch er war kaum in der Lage, sich auf den Beinen zu halten. Beim Bett angekommen, sank er schwer auf die Matratze. Alexandra zog ihm die Stiefel aus, hob seine Beine aufs Bett und rollte ihn auf den Bauch.

Sie sah sich um. »Ich brauche ein Messer. Lucian? Ein Messer? Wo?«

Er streckte eine Hand zur Seite und deutete auf eine Kommode. »Oberste Schublade.«

Sie riss die Lade auf. Auf einem Stapel Hemden lag ein Dolch in einer schmucklosen Scheide. Alexandra nahm ihn heraus und legte ihn auf den Nachttisch. Sie hob sein Hemd auf, das vor dem Waschtisch lag, füllte die Waschschüssel mit Wasser und trug sie zusammen mit dem Hemd zum Bett. Licht. Sie brauchte mehr Licht! Da sie nicht wagte, die Vorhänge aufzuziehen, nahm sie die Lampe vom Kaminsims, entzündete sie und stellte sie auf den Nachttisch. Als sie die Abdeckung von der Lampe nahm und die Dolchklinge über der Flamme erhitzen wollte, griff Lucian nach ihrer Hand.

»Das ist nicht nötig«, sagte er gepresst. »Wenn die Kugel erst ... dann brauche ich ...«

»Keine weitere Versorgung?«

Er nickte.

Alexandra beugte sich über ihn. Vorsichtig tastete sie die erste Einschussstelle ab, versuchte das Geschoss darin zu erfühlen, damit sie wusste, wo sie die Klinge ansetzen sollte. Lucian zuckte bei jeder Berührung zusammen.

Als sie das Messer ansetzte und zu schneiden begann, fragte sie sich, ob sie etwas falsch machen konnte. Was, wenn sie ihn umbrachte? Nein! Die Kugeln würden ihn töten, wenn sie in seinem Leib blieben. Sie konnte nichts falsch machen. Das *durfte* nicht sein.

Als das Messer in sein Fleisch drang, quoll Blut aus dem Schnitt. Überrascht betrachtete sie den hellroten Lebenssaft, der über seinen Rücken rann. Dass Vampyre bluten konnten, hatte sie nicht gewusst. Doch sein Blut war ebenso kühl wie seine Haut: leblos und tot.

»Warum haben Sie nicht gesagt, dass sie getroffen worden sind?« Vorsichtig schnitt sie tiefer. Dann hielt sie die erste Silberkugel in der Hand und warf sie auf den Nachttisch.

Lucian keuchte. »Ich wollte nicht … ich bin Ihr Halt – nicht umgekehrt.«

»Weil Sie sich für meinen unbesiegbaren Beschützer halten, glauben Sie, kein Recht auf Schwäche zu haben?« Vorsichtig tastete sie nach dem zweiten Geschoss. Lucian krallte die Finger in die Laken und ballte die Hände zu Fäusten. Zu ihrer Erleichterung fand sie die andere Kugel ebenso schnell. Vorsichtig drang Alexandra noch einmal mit dem Messer in sein Fleisch und schnitt auch sie heraus. Augenblicklich hörten die Wunden auf zu bluten, doch sie veränderten sich nicht.

»Sie schließen sich nicht!«

»Der Splitter und das Silber verlangsamen die Heilung«, sagte er kraftlos.

»Dann werde ich ihn fortbringen.« Sie würde den Splitter vergraben, weit genug vom Haus entfernt, sodass er Lucian nicht länger schaden konnte.

»Nein!«, presste Lucian hervor. »Wir werden ihn nicht aus den Augen lassen.« Seine Stimme wurde schwächer. »Zu gefährlich.« Er tastete nach ihrer Hand. Eisig schlossen sich seine Finger um ihre. »Haben Sie keine Angst … es … alles in … morgen bin ich wieder auf den Beinen. Muss nur … schlafen …« Seinen Worten folgte eine Pause, die so lange währte, dass sie schon glaubte, er sei eingeschlafen. Dann jedoch drückte er sanft ihre Hand. »Ich habe Sie nicht benutzt«, beantwortete er mühsam die Frage, die sie am Morgen nicht zu stellen gewagt hatte, »und ich werde es niemals tun.« Mit der letzten Silbe erschlaffte seine Hand in ihrer. Seine Augenlider schlossen sich und sein Arm sank herab. Alexandra vermochte nicht zu sagen, ob er das Bewusstsein verloren hatte oder nur eingeschlafen war. Al-

les wird gut, sagte sie sich. *Jetzt, wo die Kugeln heraus sind, werden seine Selbstheilungskräfte nicht länger behindert.*

Sie legte das Messer zur Seite, riss einen Streifen Stoff aus seinem Hemd und tauchte ihn in die Waschschüssel. Behutsam wusch sie Lucian das Blut vom Rücken. Beinahe andächtig strich sie über die Muskelstränge, die sich unter seiner Haut abzeichneten, folgte ihnen mit Fingern und Augen über den Rücken nach unten, ehe sie, erschrocken über sich selbst, die Hand zurückzog und aufsprang.

Hastig säuberte sie das Messer und entsorgte das schmutzige Wasser und die blutigen Stoffstreifen. Nachdem sie aufgeräumt hatte, kehrte sie an Lucians Seite zurück. Als sie sah, dass er noch immer zitterte, deckte sie ihn zu. Nachdem sie sich ein letztes Mal davon überzeugt hatte, dass es ihm gut zu gehen schien, löschte sie die Lampe und wollte in ihr Schlafzimmer zurückkehren. Auf dem Gang begegnete sie Bothwell, der sie irritiert betrachtete. Er wollte an ihr vorbei.

»Stören Sie ihn nicht, er schläft.«

»Er braucht keinen Schlaf.« Bothwell runzelte die Stirn. «Was ist passiert?«

»Er wurde angeschossen und muss sich jetzt ausruhen.«

»Was für ein Unsinn! Lucian ist –«

»Der Splitter ist im Haus«, fiel Alexandra ihm ins Wort. »Lassen Sie ihn, Bothwell. Bitte.«

Er erwiderte nichts, doch sein Schweigen war beredt genug. *Sie werden ihm den Tod bringen!* Ohne ein Wort machte er kehrt und ging davon.

Alexandra betrat ihr Schlafzimmer. Die Dämmerung hielt allmählich Einzug und hüllte den Raum in tiefe Schatten, trotzdem entzündete sie kein Licht. Eine Weile stand sie am Fenster und blickte nach draußen. Immer wieder fragte sie sich, welche Nachwirkungen eine Silberkugel haben konnte, wenn der Splitter in der Nähe war. Was, wenn noch ein Fragment der Kugel in seinem Fleisch steckte und Lucian starb, während sie hier stand und die herannahende Nacht beobachtete? Vielleicht wäre es wirklich das Beste, den Splitter zu nehmen und Lauriston House damit zu verlassen.

Schließlich entzündete sie doch eine Lampe, ging zum Bett und holte den Splitter aus dem Nachttisch. Lange Zeit stand sie nur da, starrte gedankenverloren auf das Tuch, in das er eingeschlagen war, und legte ihn dann zurück, ohne ihn auch nur ausgewickelt zu haben.

Lucian hatte recht. Sie konnte ihn nicht einfach verstecken. Es war weniger die Gefahr, dass die Jäger ihn finden würden, als vielmehr das beklemmende Gefühl, dass es geschehen *konnte*. Der Splitter musste zerstört werden – und zwar bald!

Seit dem Tod ihrer Eltern hatte es keinen Tag, keine Stunde gegeben, in der sie sich sicher gefühlt hatte. Vampyre bestimmten ihr Dasein. Ihr Leben gehörte der Jagd. Während der letzten Jahre hatte sie in ständiger Wachsamkeit gelebt, immer darauf gefasst, dass eine der Kreaturen angriff. Sie war daran gewöhnt, auf sich aufzupassen. Abgesehen von Gavril, dessen Fürsorge sie niemals zugelassen hatte, gab es niemanden, der je auf sie achtgegeben oder sich um sie gesorgt hätte. Dann war Lucian in ihr Leben getreten. So sehr sie sich auch dagegen gewehrt hatte, fühlte sie sich ausgerechnet in seiner Nähe sicher. Umso mehr erschreckte es sie, ihn so schwach und hilflos zu sehen. Was sie empfand, ging über bloße Sorge hinaus.

Sie fürchtete um sein Leben und hatte entsetzliche Angst, ihn zu verlieren.

»Was machst du mit mir?«, flüsterte sie und rollte sich auf dem Bett zusammen. Nach wenigen Atemzügen war sie eingeschlafen, doch die Bilder, die sie heimsuchten, ließen sie erzittern. Dieses Mal waren sie nicht in der Kapelle von Rosslyn, sondern in der Bibliothek. Alexandra stand auf der Galerie und blickte in den Saal hinunter, wo Lucian vor einem Regal kniete und ein Buch aus dem untersten Fach zog. Er sah auf. Ein Lächeln breitete sich über seine Züge, als er sie oben hinter dem Geländer erblickte. *Alles wird gut*, formten seine Lippen lautlos. Ein Versprechen, das von dem Schatten verschlungen wurde, der sich im selben Atemzug wie ein Grabtuch über ihn legte. Die Dunkelheit, die ihn umgab, schien alles Licht in der Umgebung aufzusaugen. Alexandra musste die Augen zusammenkneifen, um die dunkle Silhouette in der Finsternis hinter Lucian ausmachen zu können. Der spitz zulaufende Gegenstand, den der Schemen in Händen hielt, war keine Waffe, und doch war er gefährlicher, als jedes Kriegswerkzeug es je hätte sein können. Sie wusste, dass sie träumte, und wünschte sich zu erwachen, ehe geschah, was unweigerlich geschehen musste, doch die erschreckenden Bilder ließen sich nicht vertreiben.

»Lucian!«, schrie sie. »Vorsicht!«

Er reagierte nicht einmal. Es war, als könne er sie zwar sehen, aber nicht hören. Sie rannte los, die Treppen hinunter, und hetzte zwischen den Regalen hindurch. Je näher sie ihm kam, desto tiefer wurden die Schatten, als zöge eine neblige Dämmerung über dem Lesesaal herein. Alexandra tastete sich an den Bücherreihen voran, bis Lucian sich vor ihr im Halbdunkel manifestierte. Er kniete noch immer vor dem Regal. Als er sie bemerkte, sah er auf.

»Lucian!«, rief sie atemlos. »Hinter Ihnen!«

Wieder schien er sie weder zu hören noch ihre aufgeregten Gesten wahrzunehmen. »Das müssen Sie sich ansehen«, sagte er beinahe andächtig und winkte sie heran. »Das wird all unsere Probleme lösen!«

Sah er denn den Schatten hinter sich nicht? Spürte er nicht, dass etwas nicht stimmte? Alexandra ergriff seine Hand und versuchte ihn von der Silhouette fortzuziehen. Lucians Finger schlossen sich zärtlich um ihre.

»Ich wusste von Anfang an, dass ich dir nicht gleichgültig bin«, sagte er leise.

Alexandra schrie, doch auch das hörte er nicht. Ihre Schreie wurden lauter, als der Schemen in Lucians Rücken zustieß. Lucian bäumte sich auf, die Augen vor Überraschung aufgerissen. Noch immer hielt er Alexandras Hand, der Druck seiner Finger verstärkte sich, ehe er schwächer wurde und schließlich ganz verschwand, als sein Körper vor ihren Augen zu Staub zerfiel.

Mit einem unterdrückten Schrei fuhr Alexandra hoch. Lucian! Sie stand auf, nahm die Lampe und ging zu ihm.

Er lag noch immer auf dem Bauch und schlief. Alexandra stellte die Laterne ab, zog die Decke zurück und warf einen Blick auf die Wunden. Ungläubig starrte sie auf seinen unversehrten Rücken. Sie widerstand dem Drang, ihn zu berühren, und deckte ihn wieder zu. Behutsam, um ihn nicht zu wecken, tastete sie nach seiner Stirn. Die Haut fühlte sich kühl an, doch die eisige Kälte, die sie zuvor verspürt hatte, war gewichen. Ehe sie ihre Hand zurückzog, schob sie ihm das Haar aus dem Gesicht und strich ihm über die Wange. Eine Weile stand sie neben dem Bett und wachte über seinen Schlaf. Kein einfaches Unterfangen bei jemandem, der nicht atmete.

Schließlich machte sie kehrt und wollte wieder gehen. An der Tür hielt sie inne und drehte sich noch einmal zu ihm um. Was, wenn er etwas brauchte und sie nicht in der Nähe war?

Seufzend stellte sie die Lampe auf den Tisch zurück und umrundete das Bett. Lucian würde nicht einmal merken, dass sie hier war, und sie konnte sich zumindest für ein paar Stunden dem Gefühl hingeben, nicht länger allein zu sein. Vielleicht war es ein Fehler, ihm so nahezukommen, dennoch konnte sie der Versuchung nicht widerstehen. Obwohl ihr nicht gänzlich wohl dabei war, kroch sie unter die Decke. Zaghaft berührte sie eine Strähne seines Haars. Es fiel ihr schwer, die Wucht seiner Gefühle zu vergessen, die in der Bibliothek über sie hereingebrochen waren. Die Intensität machte ihr Angst, zugleich erfüllte es sie mit einer Wärme, die sie bisher nicht gekannt hatte.

»Sie sind wirklich verrückt«, flüsterte sie.

Als hätte er ihre Worte vernommen, drehte sich Lucian zu ihr herum und streckte die Hand nach ihr aus. Alexandra hielt den Atem an, als er den Arm um sie legte und sie an sich zog. Erst als sie dicht bei ihm lag, öffnete er die Augen. Sie wollte sich ihm entziehen, doch sie rührte sich nicht. Es war, als habe er sie mit seinem Blick gefesselt. Sein Kopf ruhte auf dem Kissen, sein Gesicht dem ihren ganz nah. Er sagte nichts, sah sie nur an. Dann hob er die Hand und strich ihr über die Stirn. Langsam wanderten seine Finger weiter, über ihre Wange und die Nase, ehe er seine Hand in ihrem Haar vergrub und sie auf die Stirn küsste.

»Ich werde immer alles tun, um dich zu beschützen«, sagte er leise.

Alexandra konnte ihn nur anstarren und hoffen, dass er nicht bemerkte, wie heftig ihr Herz hämmerte. Vollkommen reglos lag sie da, erfüllt von der Furcht, was er als Nächstes tun und ob sie es zulassen würde. Lucian zog sie noch enger an sich und hielt sie nur fest. Seine Berührung beruhigte sie und gab ihr zum ersten Mal seit sehr langer Zeit ein Gefühl der Geborgenheit.

*

Als Lucian im Morgengrauen erwachte, schlief Alexandra noch immer in seinen Armen. Sie zu spüren, gab ihm das Gefühl, selbst wieder lebendig zu sein. Ihre Wärme durchströmte und erfüllte ihn, als wäre es seine eigene. Er sog ihren vertrauten Geruch ein und wusste, wie süß ihr Blut schmecken würde, das so verführerisch durch ihren Körper rauschte. Als ihm bewusst wurde, welche Richtung seine Gedanken einschlugen, verschloss er seine Sinne vor der Verlockung. Womöglich war er doch das Tier, das sie in ihm sah. Umso mehr erstaunte es ihn, dass sie weder geflohen war noch ihn von sich gestoßen hatte.

Als er sie vergangene Nacht neben sich vorgefunden hatte, war es ihm bereits besser gegangen. Die Wunden hatten sich geschlossen und der Schmerz war längst in Vergessenheit geraten. Einzig die Schwäche hatte ihm noch in den Gliedern gesteckt, doch auch sie war inzwischen von ihm gewichen.

Wie oft hatte er sich in den ersten Jahrzehnten nach seiner Umwandlung gewünscht zu sterben. Was hatte er nicht alles versucht, doch nichts hatte es vermocht, das unheilige Leben aus seinem Körper zu reißen. Und nun, da er sie endlich gefunden hatte – jene Frau, die ihm den Tod bringen würde –, wünschte er sich nichts sehnlicher, als an ihrer Seite zu leben.

Sobald Alexandra sich in seinen Armen regte, gab er sie frei und rückte ein Stück von ihr ab. Sie öffnete die Augen und sah ihn verwirrt an. Blinzelnd setzte sie sich auf und fuhr sich durchs Haar. Da fiel sein Blick auf die helle Narbe an ihrem Hals, halb unter dem Hemdkragen verborgen, neben dem hellroten Streifen, den Mihails Klinge dort hinterlassen hatte. Er beugte sich zu ihr, schob ihre Locken zur Seite und strich sanft mit dem Finger darüber. »Ein Vampyr?«, fragte er leise.

»Viktor, mein Bruder«, erwiderte sie heiser und wandte den Blick ab. »Der Unendliche hat ihn umgewandelt. Ich sollte ... er ...«

»Ihr Blut war sein Geschenk an Viktor.« Lucian hatte oft genug erlebt, welch perfides Spiel Andrej mit seinen Opfern trieb und wie er sich an dem Leid ergötzte, das er über Familien oder Liebende brachte. Manchmal war Lucian in der Nähe gewesen und hatte dem Spiel ein Ende bereiten können, ehe es in all seiner Grausamkeit beginnen konnte. Doch er war nicht immer zugegen gewesen. Alexandra hatte er nicht helfen können.

»Ich dachte, es wäre ein Geschenk Gottes, dass Viktor den Angriff überlebt hatte«, fuhr sie fort. »In Wahrheit jedoch war es Teufelswerk. Die ersten Tage erschien er mir noch vollkommen normal.« Sie dachte einen Moment nach, dann sagte sie: »Vielleicht war ich auch so sehr in Trauer über den Tod unserer Eltern versunken, dass ich einfach nicht sehen *wollte*, wie er sich veränderte. Er versuchte, mich von sich zu stoßen, und ich habe die ganze Zeit über geglaubt, dass er mich hasste und mir die Schuld an dem gab, was unseren Eltern zugestoßen war.«

»Er hat versucht, Sie zu beschützen.«

»Als ich das herausfand, war es beinahe zu spät. Wenn Gavril und die anderen nicht dazugekommen wären …«

»Es tut mir leid, Alexandra.«

»Es ist lange her.« Obwohl sie sich bemühte, gleichgültig zu klingen, entging ihm das Beben in ihrer Stimme nicht. Sie rückte ein Stück von ihm ab, sodass er sie nicht länger berühren konnte, dann fragte sie: »Wie fühlen Sie sich?«

»Als wäre nichts gewesen.« Lucian sah sich nach seinem Hemd um. Alles, was er davon fand, war ein zerrissener Rest. Um Alexandra nicht länger mit seiner Blöße in Verlegenheit zu bringen, ging er zur Kommode und holte ein frisches Hemd aus der Schublade. Die ganze Zeit über spürte er dabei ihren Blick auf sich ruhen. »Ich verdanke Ihnen mein Leben«, sagte er, als er sich wieder zu ihr umwandte. »Ohne Ihre Hilfe –«

Sie schüttelte den Kopf. »Ohne mich wären Sie nie in diese Situation gekommen.«

»Doch, das wäre ich«, widersprach er. »Selbst wenn wir einander niemals begegnet wären, würden ihre Gefährten Jagd auf mich machen – dann jedoch vermutlich mit Ihnen zusammen. Da ist es mir so doch wesentlich lieber.«

Ein unsicheres Lächeln huschte über ihre Züge und war ebenso rasch verschwunden, wie es gekommen war. »Dieses Pulver – was war das?«

»Sie kennen es nicht?«

Alexandra schüttelte den Kopf.

»Hat Vladimir es vor Ihnen geheim gehalten?«

»Wenn er es schon einmal eingesetzt hätte, wäre mir das aufgefallen.« Sie dachte einen Moment nach, dann sagte sie: »Er muss es erst vor Kurzem entdeckt haben. Was ist es?«

»Es nennt sich Lamienkraut. Eine Mischung aus getrocknetem Stechginster und einigen anderen Bestandteilen, jede einzelne von einem Priester geweiht.« Lucian kannte das Pulver gut. Dass einer der Jäger um das Lamienkraut wusste, erstaunte ihn. Es war eine uralte Rezeptur, von der er angenommen hatte, dass sie bereits vor Jahrhunderten in Vergessenheit geraten war. »Die Mischung steigt empor – das war das Flimmern, das sie gesehen haben – und verteilt sich in der Luft, bis sie einen vollständig einhüllt. Ein undurchdringliches silbernes Netz, das sich immer enger zusammenzieht und bald jede Bewegung unmöglich macht.«

»Wie lange wirkt es?«

»Bis es einem gelingt, die Linien des Kreises zu überschreiten – ein Unterfangen, das ohne Hilfe vollkommen unmöglich ist.«

»Soll das heißen, die Jäger könnten Sie damit in alle Ewigkeit gefangen setzen?«

Eine nüchterne Erkenntnis, die in vollem Umfang der Wahrheit entsprach. Ohne Alexandras Einschreiten hätten die Jäger ihn nicht vernichten können, dennoch hätte er seine Freiheit auf immer verloren.

»Danke«, sagte sie plötzlich.

Lucian sah sie überrascht an. »Wofür?«

»Dafür, dass Sie mir das Leben gerettet haben.« Nach kurzem Zögern fügte sie hinzu: »Und dafür, dass Sie die Situation heute Nacht nicht ausgenutzt haben.«

»Hätten Sie das denn zugelassen?«

»Nein.«

Klang sie unsicher?

Lucian lächelte traurig. »Mein Gesicht«, sagte er leise. »Ich weiß.«

Alexandra stand auf und wollte zur Tür. Auf halbem Weg hielt sie noch einmal inne. »Warum sind Sie so hartnäckig, Lucian? Ich bin nicht einmal nett zu Ihnen, und doch ...«

»Es gibt Dinge, die sind zu wertvoll, um sie kampflos aufzugeben.«

Sie schüttelte den Kopf. »Ich gehöre nicht dazu.«

Doch, das tust du. Obwohl ihm die Worte auf der Zunge lagen, sprach er sie nicht aus.

»Himmel, Lucian! Sehen Sie mich nicht so an! Ich bin seit einem Jahrzehnt nicht mehr unter normalen Menschen gewesen. Ich weiß nicht einmal mehr, wie man ... wie ich ...« In einer hilflosen Geste hob sie die Arme und ließ sie gleich darauf wieder sinken. »Verstehen Sie das denn nicht? Ich meide Menschen und sie meiden mich! Selbst die Jäger sind mir all die Jahre aus dem Weg gegangen. Ich kann nicht mehr mit anderen Menschen zusammen sein.« Mit jedem Wort wurde sie leiser, bis sie nur mehr flüsterte: »Ich habe vergessen, wie das geht.«

»Da trifft es sich doch vortrefflich, dass ich kein Mensch mehr bin.«

Glaubte sie tatsächlich, was sie da sagte, oder war es nicht vielmehr so, dass sie sich davor fürchtete, überhaupt jemanden an sich heranzulassen, aus Angst davor, ihn zu verlieren? Ihre Worte waren dazu gedacht, ihn abzuschrecken, stattdessen hielten sie seine Hoffnung am Leben.

Seit sie aufgewacht war, hatte sie mehr über sich preisgegeben als während der ganzen letzten Wochen. Solange es ihm gelang, weiterhin zu ihr vorzudringen, bestand noch immer die Möglichkeit, eines Tages ihr Herz zu erreichen.

Als sie zur Tür ging, war er versucht, sie aufzuhalten. Während der vergangenen Stunden war sie ihm so nah gewesen. Es war ihm gelungen, einen Teil der Mauer einzureißen, die sie umgab. Wenn er sie jetzt gehen ließ, fürchtete er, dass sie die Mauer wieder aufbauen und womöglich weiter als zuvor von ihm fortrücken würde. Als sie auf die Schwelle trat, sagte er: »Ich wünschte, wir könnten nur einmal vergessen, wer oder was wir sind.«

*

Obwohl seine Worte kaum mehr als ein Flüstern waren, ließen sie Alexandra innehalten. Mit seiner Unnachgiebigkeit hatte er sie dazu gebracht, sich ihm zu öffnen. Es war das erste Mal seit dem Tod ihrer Eltern, dass sie sich jemandem anvertraut hatte. Das erste Mal, dass sie Nähe zugelassen hatte. Zu wissen, dass Lucian da war, sie beschützte und ihr Halt gab, war erschreckend und wunderbar zugleich.

Als sie sich noch einmal zu ihm umdrehte, fand sie ihn am Fenster. Er hatte die Vorhänge ein Stück auseinandergezogen und blickte hinaus. Ehe sie wusste, was sie tat, stand sie hinter ihm. Sie wollte ihm sagen, dass es ihr leidtat und dass sich die Dinge zwischen ihnen womöglich anders entwickelt hätten, wenn sie sich unter anderen Umständen begegnet wären. *Wenn er nicht der wäre, der er nun einmal ist.* Als er sich zu ihr umwandte, rückten alle Worte in weite Ferne. Da war nur noch Lucian. Sie wusste, dass sie im Begriff war, einen Fehler zu begehen. Etwas, was sich nicht mehr rückgängig machen lassen würde. Doch statt kehrtzumachen und sich so schnell und weit wie möglich von ihm zu entfernen, sah sie ihn nur an. Da war nur noch Wärme. Ihr Herzschlag beschleunigte sich, und während sie seinem Rhythmus lauschte, spürte sie das Verlangen in sich aufsteigen, die Hand nach ihm auszustrecken. Sie wollte Lucian berühren, wollte wissen, wie es sich anfühlte, seine Hände auf ihrer Haut zu spüren. Ein wenig zögernd strich sie ihm über die Wange, ehe sie vortrat und ihn küsste. Zugleich machte sie sich an den Knöpfen seines Hemdes zu schaffen.

Lucian zog sie an sich und erwiderte ihren Kuss, anfangs zärtlich, dann mit wachsender Leidenschaft. Als sie ihm das Hemd von den Schultern streifte und seine Haut liebkoste, hielt er inne.

»Was tust du da?«

»Vergessen«, sagte sie und küsste ihn erneut. »Wer wir sind. Was wir sind. Nur dieses eine Mal.« Ihre Zunge glitt über seine Lippen, in seinen Mund. Lucian stöhnte leise auf. Dennoch entzog er sich ihr erneut.

»Hör auf«, sagte er sanft, aber bestimmt, und hielt ihre Hände fest.

»Aber Sie … du willst es doch auch.«

Er nahm ihr Gesicht in beide Hände und zwang sie, ihn anzusehen. *Sein Gesicht …* Eine Gänsehaut breitete sich über ihre Arme und ihren Rücken aus. Um ein Haar hätte sie tatsächlich vergessen, wer er war.

»Ja, ich will dich«, sagte er. »Mehr als alles andere auf der Welt. Aber ich will nicht, dass du in mein Bett steigst, weil du glaubst, mir etwas schuldig zu sein.«

Alexandra wäre vor Scham am liebsten im Erdboden versunken. *Was bin ich für eine Närrin!* Sie senkte den Blick. »Das war dumm von mir.«

»Nein, es war menschlich. Ich habe dich mit meinem Drängen in die Enge getrieben. Das hätte ich nicht tun dürfen.« Er schlang die Arme um sie und hielt sie fest. »Ich liebe dich«, flüsterte er und zog sie noch enger an sich. »Doch du fühlst dich nur einsam, deshalb suchst du meine Nähe. Ich weiß, dass du nicht aus deiner Haut kannst, und ich will nicht, dass du etwas tust, was du später bereuen würdest.«

Seine Worte nahmen ihr den Atem. Wenn er sie wirklich liebte – und daran zweifelte sie nicht mehr –, woher nahm er dann die Kraft, sie abzuweisen? Als er ihr einen Kuss auf die Stirn hauchte, seufzte sie: »Warum müssen die Dinge so kompliziert sein?«

9

Als Alexandra an der gedeckten Frühstückstafel Platz nahm, war es bereits später Vormittag. Lucian rückte ihr den Stuhl zurecht und schenkte ihr eine Tasse Tee ein.

»Robert war in der Stadt, um sich ein wenig umzuhören«, erklärte Lucian, als er ihren Blick auf Bothwells leeren Platz bemerkte. »Er zieht sich nur rasch um und wird sich dann zu uns gesellen.«

Alexandra nickte abwesend und nippte an ihrem Tee. Sie war so in Gedanken versunken, dass sie nicht einmal hätte sagen können, ob das Gebräu heiß war und welchen

Geschmack es überhaupt hatte. Vorhin, als sie in ihr Zimmer gegangen war, um sich frisch zu machen, hatte sie sich gefragt, ob sie es fertigbringen würde, Lucian je wieder unter die Augen zu treten. Sie hatte befürchtet, dass die Kluft zwischen ihnen durch ihr Benehmen nun größer sein würde als jemals zuvor. Doch Lucian überraschte sie. Er ließ sie mit keinem Wort, keinem Blick und keiner Geste merken, wie peinlich ihr Gebaren gewesen war.

Wenngleich sie es schon länger geahnt hatte, war es das erste Mal gewesen, dass er es tatsächlich ausgesprochen hatte: Lucian liebte sie – auch wenn sie nicht verstand, warum. Es war, als hätten die Ereignisse der letzten Stunden sie einander nur noch nähergebracht. Doch obwohl sie sich nichts sehnlicher wünschte, als die Hand nach ihm auszustrecken, wollte es ihr nicht gelingen, über ihren Schatten zu springen.

Mit jedem Moment, den sie in seiner Gesellschaft verbrachte, fiel es ihr schwerer, sich daran zu erinnern, *warum* sie nicht bei ihm sein konnte. Sie sah nicht länger die Kreatur in ihm, sondern den Mann dahinter. Die Gefühle, die Lucian in ihr auslöste, liefen allem zuwider, woran sie glaubte. Er war ein Vampyr! Sein Zwillingsbruder hatte ihre Familie abgeschlachtet! Sich jetzt mit ihm einzulassen, war, als würde sie das Andenken an ihre Eltern und ihren Bruder mit Füßen treten.

Alexandra war sich nicht sicher, ob sie sich lediglich zu Lucian hingezogen fühlte oder ob sie dabei war, sich in ihn zu verlieben. Sie wusste Liebe und Freundschaft nicht zu unterscheiden, denn sie hatte seit Langem keine anderen Gefühle als Hass und Abscheu zugelassen. Zuneigung war ihr fremd geworden. Doch was immer sie für ihn empfinden mochte, *durfte* nicht sein. Niemals konnte sie einen derartigen Verrat an ihrer Familie begehen!

Obwohl sie kaum wagte, ihn anzusehen, benahm sich Lucian, als wäre nichts gewesen. Er gab ihr das Gefühl, dass sie sich nicht für ihr Verhalten zu schämen brauchte, und gab ihr die Möglichkeit, ihm zu begegnen, als wäre nichts geschehen.

Als Bothwell das Esszimmer betrat, schenkte er sich eine Tasse Tee ein, nahm ein Stück Gebäck und ließ sich mit einem Seufzer auf seinen Stuhl sinken. Alexandra entging der finstere Blick nicht, mit dem er sie dabei bedachte. Erst, als sich seine Augen auf Lucian richteten, wich der Zorn aus seinen Zügen.

»Alles in Ordnung?«, erkundigte er sich knapp.

Lucian nickte. »Was hast du herausgefunden?«

»Die Leiche des Bibliothekars wurde gestern Nachmittag entdeckt«, berichtete Bothwell. »In der Stadt geht die Kunde um, dass sich der *Wahnsinnige Schlächter* ein neues Opfer gesucht hat.«

Seit sie die Bibliothek verlassen hatten, war es das erste Mal, dass Alexandra wieder an die Jäger dachte. Dass Vladimir seine Ziele derart blindwütig verfolgte, überraschte sie nicht, was ihr jedoch zu schaffen machte, war, dass es ihm offenbar gelungen war, Mihail und Gavril mit seiner Besessenheit zu infizieren.

»Die Leute sind nervös«, fuhr Bothwell fort. »Überall stehen sie zusammen, sprechen und sehen sich mit furchtsamen Blicken um.«

War es ihnen zu verdenken? Nachdem die Morde mit dem Tod des Unendlichen und der Erlösung seiner Kreaturen ein Ende gefunden hatten, war wochenlang nichts passiert. Die Anspannung hatte sich ein wenig gelegt. Die Menschen begannen Hoffnung zu schöpfen, und die ersten wagten sich nachts wieder auf die Straße. Zweifelsohne musste sie die Nachricht vom Tod des Bibliothekars erneut in Angst und Schrecken versetzen. Dass er weder in einem der engen Closes ums Leben gekommen war, wo die anderen ihr Ende gefunden hatten, noch sein Leichnam blutleer gewesen war, schien dabei niemandem aufzufallen. *Womöglich wissen sie es gar nicht.* Vielleicht behielten die Konstabler, die den Mord untersuchten, die Details für sich. Einzig der Leichenfundort ließ sich nicht verheimlichen, doch das würde nicht genügen, um den Leuten ihre Furcht zu nehmen.

»Die Jäger scheint niemand in Verdacht zu haben«, beendete Bothwell seinen Bericht und spülte seinen Verdruss mit einem Schluck Tee herunter.

Alexandra unterdrückte einen Fluch. Wie sollten sie ihre Nachforschungen jetzt fortsetzen? Zweifelsohne würden Vladimir und seine Gefährten die Bibliothek beobachten. »Hat jemand etwas gefunden, bevor die Jäger … ehe sie aufgetaucht sind?«

»Nichts«, erwiderte Bothwell grimmig. »Nicht einmal einen Hinweis. Ich war nahezu durch mit dem Regal – vermutlich werden uns auch die wenigen Bücher, die ich nicht angesehen habe, nicht weiterhelfen.«

»Ich habe auch nichts gefunden.« Lucian schüttelte den Kopf und wandte sich an Alexandra. »Hast du etwas entdeckt?«

Bothwell quittierte Lucians formlose Anrede mit einer Grimasse.

Sie berichtete von dem Buch über Reliquien und dem

Hinweis auf einen zweiten Band. »Womöglich ist er irgendwo in den Regalen, falls ja, habe ich ihn nicht entdeckt. Ich muss noch einmal hin.«

»Das geht nicht«, widersprach Bothwell. »Die Bibliothek ist geschlossen und wird es wohl noch einige Tage sein.«

Diesmal gelang es Alexandra nicht mehr, den Fluch zu unterdrücken. Damit würde ihnen für einige Zeit der Zugriff auf die Bücher verwehrt bleiben. Erst jetzt wurde ihr bewusst, was gestern geschehen war. Sie sank in den Stuhl zurück und schüttelte ungläubig den Kopf. »Ich kann einfach nicht glauben, dass Vladimir wirklich so weit gegangen ist, einen Menschen zu töten.«

»Ich denke, du hast es vollkommen richtig erkannt«, sagte Lucian ruhig. »Vladimir ist nicht mehr Herr seiner Sinne. Er ist derart besessen, dass er sich nicht länger um Grenzen schert.«

»Und die beiden anderen folgen ihm wie zwei brave Schoßhündchen«, fügte Bothwell hinzu.

Eine Weile blickte Lucian nachdenklich auf den Tisch, ehe er Alexandra erneut ansah. »Je eher du die Stadt verlässt, desto schneller wirst du vor ihnen in Sicherheit sein.«

Und was ist mit dir? Die Vorstellung, Vladimir könne ihn in einen Hinterhalt locken und an einem verlassenen Ort auf immer in einem Netz aus Lamienkraut gefangen setzen, jagte ihr einen kalten Schauer über den Rücken. Ganz gleich, wie weit sie auch mit dem Splitter fortginge, Lucian wäre dennoch weiterhin in Gefahr.

»Solange wir nicht in die Bibliothek können, werde ich mich eben anderweitig umhören.« Ganz sicher würde sie nicht tatenlos warten, bis der Lesesaal wieder für die Öffentlichkeit freigegeben wurde. »Als Erstes werde ich St. Giles aufsuchen, vielleicht gibt es in der Kathedrale ein Archiv, das ich einsehen kann.«

»Solange die Jäger in der Stadt sind, ist das zu gefährlich«, warf Lucian ein.

»Vladimir wird kaum abreisen«, widersprach sie. »Uns bleibt keine andere Wahl, als unsere Nachforschungen unter seinen Augen fortzuführen.«

»Du wirst auf keinen Fall allein gehen!«

»Lucian, bitte. Wenn es für jemanden gefährlich ist, dann für dich.« Wer konnte schon wissen, wie viel die Jäger noch von diesem Lamienkraut hatten. »Keiner der drei wird mir etwas antun, solange sie nicht wissen, wo der Splitter ist.«

»Diese Männer sind nicht dumm, Alexandra. Das solltest gerade du am besten wissen.« Lucian erhob sich und ging zum Fenster. Er schob die Vorhänge ein Stück zur Seite und spähte für einen Augenblick in den trüben Morgen hinaus, ehe er sich ihr wieder zuwandte. »Sie wissen um dieses Haus. Denkst du nicht auch, dass sie früher oder später hierherkommen werden?«

Alexandra starrte ihn entsetzt an. Er hatte recht. Sie selbst hatte den Jägern von Lauriston House berichtet, als es noch der Unterschlupf des Unendlichen war. »Das ist meine Schuld«, sagte sie leise. »Hätte ich nicht …« Sie schloss die Augen und atmete tief durch. Ein Luftzug ließ sie wieder aufblicken, als Lucian vor ihr stand und nach ihrer Hand griff. Die Szene hatte erschreckende Ähnlichkeit mit den Bildern ihres Albtraums. Jeden Augenblick würde ein Schatten hinter ihm emporwachsen und ihm das Schwarze Kreuz zwischen die Schulterblätter stoßen. Mit dem Splitter im Haus würde Lucian zu Staub zerfallen. Hastig entzog sie ihm ihre Hand.

Lucian kehrte zu seinem Stuhl zurück, blieb jedoch dahinter stehen, die Hände auf die Rückenlehne gestützt. »Wir werden uns ein neues Zuhause suchen.« Sein Blick richtete sich auf Bothwell. »Würdest du dich bitte darum kümmern?«

Bothwell nickte.

»Ich kenne einen geeigneten Ort«, warf Alexandra ein. »Daerons Haus in Canongate.« Daeron hatte die Miete für einige Zeit im Voraus bezahlt und das Geld nicht zurückverlangt, ehe er mit Catherine abgereist war. Die Jäger wussten nichts von diesem Haus, abgesehen davon würde es ihnen eine umständliche Suche nach einer neuen Unterkunft ersparen, bei der sie Gefahr liefen, den Weg der Jäger zu kreuzen.

Lucian nickte. »Ein hervorragender Vorschlag. Allerdings möchte ich trotzdem nicht, dass du allein nach St. Giles gehst.«

»Lass sie«, mischte sich Bothwell ein und wandte sich an Alexandra. »Sie gehen, doch zuvor sagen Sie mir, wo die Jäger wohnen und wo sie sich für gewöhnlich aufhalten. Ich will alles über die Gewohnheiten dieser Männer wissen. Dann werde ich mich ihnen an die Fersen heften und sehen, was die Kerle treiben. Für den Fall, dass sie in Ihre Nähe kommen, werde ich sie ablenken und sie Ihnen vom Hals halten.«

10

Robert schlug den Mantelkragen hoch und zog sich den Dreispitz ins Gesicht, um sich vor dem eisigen Wind zu schützen, der durch die Gasse strich. Dicht an die Hauswand gedrängt, harrte er im Schatten aus und beobachtete die Pension der Jäger auf der gegenüberliegenden Straßenseite.

Mittlerweile war es beinahe Abend geworden und er stand bereits seit Stunden hier. Sobald sie am Morgen übereingekommen waren, Lauriston House zu verlassen, hatten sie ihre Habe zusammengepackt und waren mit der Droschke nach Canongate gefahren. Wie die Jägerin gehofft hatte, stand das Haus noch immer leer. Es war nur ein Stadthaus, weitaus kleiner als ihr voriger Unterschlupf, doch das störte Robert nicht, solange sie dort unbehelligt blieben.

Die Zimmer waren schnell aufgeteilt und das Gepäck rasch ausgeladen. Lucian, der in ihrer neuen Unterkunft auf ihre Rückkehr warten würde, nahm ein Stilett und eine seiner Pistolen und hielt beides der Jägerin entgegen. Sie wollte ablehnen, doch er griff nach ihrer Hand, legte die Waffen hinein und schloss ihre Finger darum. »Nimm sie«, sagte er. »Ich will, dass du dich verteidigen kannst.«

»Und was ist mit dir?«

»Abgesehen davon, dass mir im Gegensatz zu dir weitaus weniger zustoßen kann«, sagte er mit verschmitztem Lächeln, »besitze ich noch eine zweite Pistole.«

Schließlich hatte sie die Waffen samt Munition an sich genommen und in ihrem Hosenbund verstaut. Da sich ihr

Mantel noch immer in der Bibliothek befand, gab Lucian ihr einen von sich.

Kurz darauf war Robert zusammen mit der Jägerin aufgebrochen. Schweigend waren sie durch den Netherbow gegangen, die Royal Mile hinauf, ehe er sie an der Kathedrale von St. Giles zurückgelassen hatte, um seinen Weg zur Unterkunft ihrer einstigen Kameraden fortzusetzen. Später würden sie wieder zu Lucian nach Canongate zurückkehren.

Der Wind frischte auf und brachte eisigen Regen mit sich, unter den sich vereinzelte Schneeflocken mischten. Nebel zog aus dem Osten von der See heran und kroch zwischen den Häusern hindurch.

Alexandra Boroi bereitete Robert ernsthaftes Kopfzerbrechen. Ihretwegen war Lucian verletzt worden. Natürlich hatte Lucian recht, wenn er sagte, das Kreuz und die Jäger wären selbst dann eine Gefahr, wenn er ihr niemals begegnet wäre. Doch diese Erkenntnis beruhigte Robert keineswegs. Sie bestärkte ihn nur in einer Ahnung, die schon seit einiger Zeit von ihm Besitz ergriffen hatte: Womöglich brachte die Jägerin eine vollkommen andere Art von Gefahr mit sich, die nicht das Geringste mit ihren einstigen Spießgesellen oder dem Schwarzen Kreuz zu tun hatte.

Vergangene Nacht mochte sie Lucian vor dem sicheren Ende bewahrt haben, dennoch glaubte Robert an die Prophezeiung – auch wenn er noch nicht zu sagen vermochte, *wie* diese Frau Lucian den Tod bringen würde.

Seit Lucian die Jägerin nach Lauriston House gebracht hatte, beobachtete Robert die Frau. Es hatte beinahe den Anschein, als versuche sie Lucian aus dem Weg zu gehen.

Nach einiger Zeit war Robert zu der Überzeugung gelangt, dass sie Lucians Gefühle nicht erwiderte. Heute Morgen jedoch war etwas anders gewesen. Etwas an der Art, wie die Jägerin Lucian ansah, hatte sich verändert. Diese Entwicklung missfiel Robert. Wenn es um *sie* ging, schien Lucian den Verstand zu verlieren. Konnte ein Mensch tatsächlich derart tief empfinden, dass er die Konsequenzen seiner Liebe bereitwillig auf sich nahm? Robert, der selbst noch nie verliebt gewesen war, konnte sich das nur schwer vorstellen. Wie sollte er da nachempfinden können, was in einem Mann vorging, der einer Frau begegnete, die ihm vor Jahrhunderten prophezeit worden war. *Ich werde verhindern, dass du eine Dummheit begehst!* Die Jägerin würde ihm nicht die einzige Familie nehmen, die er je gekannt hatte. Das würde er nicht zulassen.

Grimmig entschlossen, Lucian vor Schaden zu bewahren, löste er sich von der Hauswand und überquerte die Straße. Er würde den Wirt nach den Jägern fragen und behaupten, er wolle ihnen einen Besuch abstatten. Falls die Männer da waren – was er inständig hoffte –, würde er tun, als ginge er nach oben. Sobald der Wirt ihn aus den Augen ließ, konnte er sich zum Hinterausgang hinausschleichen und auf seinen Beobachtungsposten zurückkehren. Diesmal in dem Wissen, dass sich die Jäger auch tatsächlich im Haus befanden.

Wasser tropfte von seinem Hut und seinem Mantel auf die Holzdielen, als er die Gaststube betrat. Den Hut noch immer tief ins Gesicht gezogen, ließ er seinen Blick durch die Stube wandern. Zu dieser Stunde waren die meisten Tische frei, lediglich in einer Ecke saßen ein paar Kaufleute, die in eine hitzige Debatte vertieft waren. Sobald Robert sich sicher war, dass keiner der Jäger im Raum war, nahm er den Hut ab und sah sich nach dem Tresen um. Er fand ihn halb verborgen hinter einer Trennwand aus dunklem Holz. Als er schon fast daran vorbei war, erblickte er einen der Jäger im Gespräch mit dem Wirt. Ein hochgewachsener Bursche mit kurzem braunen Haar, sorgfältig gestutztem Kinnbart und weichen, beinahe freundlichen Gesichtszügen. Gavril. Hastig schlug Robert einen Haken und ließ sich an einem Tisch, halb hinter der Holzwand verborgen, nieder. Er griff nach einer Zeitung und verbarg sein Gesicht dahinter. Vorsichtig spähte er über den Rand der Gazette hinweg und beobachtete, wie der Jäger ein Bündel Geldscheine und einen Schlüssel über die Theke schob. Erst jetzt sah Robert die große Ledertasche, die neben Gavril auf dem Boden stand. Während er sich noch fragte, welchen Grund die Jäger haben konnten, ihre Unterkunft aufzugeben, kam ein Mann die Treppe herunter. Auch er hielt eine Tasche in Händen. Neben Gavril blieb er stehen und legte ebenfalls einen Schlüssel auf den Tresen. Das musste der Kerl sein, der Alexandra auf der Galerie festgehalten hatte. Ihn hatte Robert nur kurz gesehen, ehe er ihn mit seinen Schüssen weiter in die Schatten zurückgedrängt hatte.

Fehlt nur noch einer.

»Wir können nicht zulassen, dass Vladimir noch einmal so etwas tut«, sagte Gavril halblaut zu seinem Begleiter, als der Wirt ihnen den Rücken zukehrte, um die Zimmerschlüssel an die entsprechenden Haken zu hängen.

»Es musste getan werden«, erwiderte Mihail ruhig.

Gavrils Augen weiteten sich. »Wie kannst du so etwas sagen!«, zischte er. Der Wirt verschwand mit Gavrils Banknoten und dem Versprechen, das Wechselgeld zu bringen, im Hinterzimmer. Um besser hören zu können, legte Robert die Zeitung auf den Tisch und beugte sich weit nach vorne, den Kopf gesenkt, als sei er noch immer in seine Lektüre vertieft.

»Ich wollte es lange nicht einsehen«, vernahm er Mihails gedämpfte Stimme erneut, »doch Vladimir hat recht. Um der Bedrohung durch diese Kreatur zu begegnen, müssen wir bereit sein, Opfer zu bringen.«

»Opfer?!«, brach es ein wenig zu laut aus Gavril hervor. Hastig warf er einen Blick in die Runde, ehe er leiser sagte: »Bist du verrückt?«

Mihail schüttelte den Kopf. »Ich sehe endlich klar.«

»Merkst du denn nicht, wie seltsam er sich benimmt?« Gavril wirkte beinahe verzweifelt. »Er hat sich verändert. Nicht nur sein Verhalten. Es ist sein gesamtes Auftreten. Hast du die Sachen gesehen, die er heute Morgen gekauft hat?«

»Vladimir kauft sich neue Gewänder, und du hältst ihn gleich für übergeschnappt? Du übertreibst, Gavril.« Er seufzte, dann sagte er: »Kümmere du dich hier um alles und nimm meine Tasche mit. Ich besorge noch ein paar Dinge. Wir sehen uns im Haus.« Er stellte seine Tasche ab und nickte seinem Kameraden zu, ehe er an Robert vorbei nach draußen ging.

Ein Haus. Das also war der Grund, warum sie die Pension verließen. Robert warf einen vorsichtigen Blick zur Treppe. Jeden Augenblick konnte Vladimir herunterkommen und sich zu seinem Bruder gesellen. Doch der bullige Jäger kam nicht. Stattdessen kehrte der Wirt zurück und gab Gavril sein Wechselgeld. Der Jäger schob es in seinen

Mantel und griff nach den beiden Taschen. Dann verließ er mit einem kurzen Gruß die Pension.

Robert fragte sich, ob er auf Vladimir warten solle, den er für den gefährlichsten der drei hielt. Doch was, wenn er längst nicht mehr hier war? Wenn er die Jäger jetzt verlor, würde es schwer werden, sie wiederzufinden. Er musste herausfinden, wo dieses Haus war, in dem sie sich einnisten wollten. Mit einem letzten Blick zur Treppe erhob er sich, knöpfte seinen Mantel zu und trat auf die Straße. Mit den Taschen in Händen war der Jäger leicht auszumachen. Robert setzte seinen Hut wieder auf, schlug den Mantelkragen hoch und folgte ihm.

Gavril schien als Einziger noch bei Verstand zu sein. Zweifelsohne hieß er nicht gut, was seine Gefährten taten – und trotzdem würde er sie unterstützen. Es würde nichts helfen, an seine Vernunft zu appellieren, denn selbst wenn er willens wäre, diesen Wahnsinn zu beenden, würden seine Kameraden nicht auf ihn hören. Was auch immer geschehen mochte, Gavril würde das Schicksal seiner Gefährten teilen. *Zum Guten oder zum Schlechten.*

Während Robert darauf achtete, ihn im schwindenden Tageslicht nicht aus den Augen zu verlieren, warf er immer wieder einen Blick über die Schulter. Die Vorstellung, Vladimir könne sich in seinem Rücken anschleichen, verfolgte ihn so hartnäckig wie die Nachwirkungen eines Albtraums. Doch sooft er sich auch umwandte, sah er niemand Verdächtigen hinter sich – nur vereinzelte Passanten, die es eilig hatten, noch vor Einbruch der Dunkelheit nach Hause zu kommen.

Nach kurzer Zeit erreichten sie die Royal Mile. Gavril hielt sich rechts und folgte der gepflasterten Straße den

Hügel hinunter. Die Richtung, die der Jäger einschlug, gefiel Robert ganz und gar nicht. Mit jedem Schritt wuchs das ungute Gefühl in ihm. Seine Befürchtung wurde zur Gewissheit, als Gavril vor ihm den Netherbow durchschritt. Die Jäger hatten sich ausgerechnet in Canongate ein Haus gesucht!

Zu seiner Erleichterung schlug Gavril hinter dem Stadttor die entgegengesetzte Richtung zu ihrem neuen Unterschlupf ein. Dennoch waren die Männer entschieden zu nah.

Er folgte dem Jäger, bis sie sich ein ganzes Stück von der Hauptstraße entfernt hatten, in eine Gegend, in der die großen Mietshäuser mit unzähligen, engen Wohnungen von schmalen Häusern abgelöst wurden, die in einer endlos scheinenden Reihe aneinandergebaut waren.

Als Gavril endlich stehen blieb und ein niedriges schmiedeeisernes Tor öffnete, hinter dem ein kurzer Kiesweg zu einer Haustür führte, ging Robert mit geradeaus gerichtetem Blick an ihm vorbei. Schon nach wenigen Metern erreichte er eine Abzweigung. Robert bog in eine Gasse ein und blieb stehen, sobald er außer Sicht war. Vorsichtig spähte er um die Hausecke. Es war mittlerweile beinahe dunkel, sodass er die Augen zusammenkneifen musste, um noch genug sehen zu können.

»Da bist du ja endlich!« Mihail kam aus dem Haus, als Gavril das Tor hinter sich schloss.

Gavril warf ihm eine der Taschen zu. »Ist Vladimir schon da?«

Mihail schüttelte den Kopf. »Er ist in der Kathedrale, um weitere Zutaten für dieses Lamienkraut weihen zu lassen«, erklärte er auf dem Weg zur Tür. »Morgen Früh nehmen wir uns das Haus vor, in dem der Unendliche seinen Unterschlupf hatte.« Er winkte Gavril mit einem Nicken ins Haus. »Ich zeige dir dein Zimmer, dann muss ich noch einmal los.«

Mihail sagte noch mehr, doch seine Worte blieben im Inneren des Hauses, als er die Tür hinter sich schloss.

Die Kathedrale! Dort war die Jägerin! *Damit wäre zumindest ein Problem gelöst.* Er konnte zu Lucian zurückkehren und ihm vom neuen Unterschlupf der Jäger berichten und darauf drängen, dass sie sich rasch ein anderes Versteck suchten. Niemand würde je erfahren, dass er – Robert – gewusst hatte, dass die Jägerin in Gefahr war. Aber würde er Lucian je wieder in die Augen blicken können? Alexandra Boroi mochte eine Bedrohung sein, doch hatte sie es deshalb verdient, zu sterben? Sie würde Edinburgh bald verlassen. Sobald sie fort war, musste er nur noch dafür sorgen, dass Lucian ihr nicht folgte. Obwohl er versucht war, sie in ihr Verderben laufen zu lassen, rannte er los.

11

Alexandra zog einen Flügel des massigen Portals auf und betrat die Kathedrale von St. Giles. Fröstelnd klopfte sie sich den Schnee vom Mantel. Während sie sich noch dafür verfluchte, trotz der Kälte ihren Gehrock im Haus zurückgelassen zu haben, ließ sie ihren Blick durch den zugigen Steinbau wandern, das Kreuzgewölbe entlang, zum Altar, wo ein Mann im Priestergewand die Kerzen austauschte.

Links und rechts vom Mittelgang erstreckten sich lange

Bankreihen bis nach vorne, immer wieder von hohen Steinsäulen vor Alexandras Blicken verborgen. Zwei Frauen saßen ins Gebet vertieft in der vordersten Bank. Die spitz zulaufenden, gotischen Fenster waren aus einfachem Glas, viele der Scheiben hatten Sprünge, manche fehlten gänzlich, weshalb es im Inneren der Kirche beinahe so kalt war wie draußen. Abgesehen von einem großen, prachtvoll geschnitzten Holzkreuz hinter dem Altar und diversen Reliefen an Säulen und Wänden waren die Blumengestecke, die neben dem Altar auf dem Boden standen, der einzige Schmuck.

An vielen Stellen erweckte das Mauerwerk den Eindruck, als hätten sich hier einst große Schätze befunden, die jedoch entfernt oder aus dem Stein geschlagen worden waren. Unwillkürlich musste sie an die verwüstete Kapelle von Rosslyn denken, in der von den Kostbarkeiten und dem Zierrat vergangener Epochen nichts mehr geblieben war. Im Gegensatz zu Rosslyn hatte man sich hier jedoch die Mühe gemacht, das Gotteshaus wieder instand zu setzen, auch wenn es wohl längst nicht mehr an die einstige Pracht erinnerte. Ob St. Giles überhaupt über ein Archiv verfügte? Waren womöglich alle Schriftstücke während der Aufstände verloren gegangen oder zerstört worden?

»Auch dieses Haus Gottes musste während der Reformation seinen Preis zahlen.« Als sie die Stimme neben sich vernahm, fuhr Alexandra erschrocken herum und blickte in das hagere Gesicht des Mannes, der zuvor am Altar die Kerzen ausgetauscht hatte. »Entschuldigen Sie, Miss, ich wollte Sie nicht erschrecken. Ich habe gesehen, wie sie die alten Intarsien betrachtet haben, und dachte, sie würden womöglich etwas darüber wissen wollen.« Dann lachte er plötzlich leise. »Verzeihen Sie. Wenn es um dieses erhabene Gemäuer geht, vergesse ich jedes Mal meine Manieren. Ich bin Reverend Macalister. Können Sie sich vorstellen, dass dieser erhabene Bau während der Aufstände fast vollkommen verwüstet wurde und danach jahrzehntelang als Gefängnis und Versammlungsort gedient hat?« Der Blick des Reverends wanderte hinauf zum Kreuzgewölbe und folgte ihm Richtung Altar. Auf seinem Gesicht lag eine Begeisterung, als könne er den Glanz vergangener Tage noch immer sehen. »Vor uns liegt noch viel Arbeit«, erklärte er ihr, »doch eines Tages wird St. Giles neu erstrahlen – prächtiger als je zuvor!«

Alexandra ging einige Schritte und sah sich weiter in der Kathedrale um, ehe sie erneut stehen blieb und sich dem Reverend zuwandte. »Es scheint kaum eine Reliquie verschont geblieben zu sein.«

»Das ist wohl wahr«, seufzte Reverend Macalister. »Es hat St. Giles schwer getroffen, doch zugleich war es Glück im Unglück, denn es hätte schlimmer kommen können.«

»Aber wie ist das überhaupt möglich?«, erkundigte sich Alexandra betont arglos und ließ ihren Blick weiter über die Wände streifen. »Ich habe einmal gehört, dass es gar nicht möglich ist, kirchliche Reliquien zu zerstören.«

Der Reverend bedachte sie mit einem nachsichtigen Lächeln, wie man es einem Kind schenken mochte, das eine seltsame Frage gestellt hat. »Auch ich habe davon gehört, obwohl ich nicht weiß, ob ich ein derartiges Artefakt überhaupt schon einmal zu Gesicht bekommen habe, denn ich habe auch nie versucht, eines zu zerstören. Ungläubige jedoch erschufen vor langer Zeit Rituale, mit denen die Zerstörung möglich sein soll.«

»Tatsächlich?« Alexandra hatte Mühe, sich ihre wachsende Aufregung nicht anmerken zu lassen. »Wurden sie bei den Aufständen eingesetzt, um die heiligen Reliquien zu zerstören?«

»Das bezweifle ich.«

Seine Antwort ließ ihren Mut schlagartig sinken. »Dann existieren sie nicht mehr?«

»Die Niederschriften dieser Riten scheinen ebenso unzerstörbar zu sein wie die Artefakte, für die sie bestimmt sein sollen. Deshalb sind sie unter Verschluss – bevor St. Giles auf so schändliche Weise entweiht wurde, brachte der damalige Vorsteher das gesamte Archiv in Sicherheit.«

Sichtlich schien er weder an unzerstörbare Artefakte noch an die Wirkung der Rituale zu glauben. Andernfalls hätte er kaum so viel erzählt. Womöglich ging er auch davon aus, dass niemand ein Artefakt zerstören und stattdessen lieber versuchen würde, es gewinnbringend zu verkaufen. *Sie haben wirklich nicht die geringste Ahnung, welchen Wert dieses Ritual für mich hat.* Nun musste sie nur noch herausfinden, wohin man es gebracht hatte. »Wird das Archiv hierher zurückgebracht, wenn die Kathedrale wiederhergestellt ist?«

»Oh, es befindet sich längst wieder in den Gewölben unter uns«, erklärte er stolz.

Die Offenheit dieses Kirchenmannes erstaunte sie immer mehr. »So ein Archiv ist sicher ein interessanter Ort.«

»Leider ist es nicht für die Öffentlichkeit zugänglich.« Der Blick des Reverends wanderte kurz zum Altar, ehe er sich wieder auf Alexandra richtete. »Würden Sie mich bitte entschuldigen, ich muss noch die Gestecke für die Abendmesse vorbereiten.«

»Natürlich.«

Mit einem kurzen Nicken wandte sich der Reverend ab und ging nach vorne. Alexandra wanderte durch den hinteren Teil der Kathedrale und spähte unauffällig nach einem Zugang zum Kellergewölbe. Schnell war sie sich sicher, dass sie hier hinten nicht finden würde, wonach sie suchte. Sie musste am Altar – und an Reverend Macalister – vorbei, in den vorderen Teil der Kathedrale.

Langsam ging sie den Seitengang entlang auf den Altar zu. Bei der dritten Bankreihe hielt sie inne. Sie bekreuzigte sich rasch, ehe sie Platz nahm und vorgab, in ein Gebet vertieft zu sein. Seit dem Tod ihrer Eltern hatte kein Gebet mehr über ihre Lippen gefunden. Worum sollte sie einen Gott bitten, der ihr alles genommen hatte?

Ohne den Kopf zu heben, blickte sie am Altar vorbei und versuchte zu erkennen, was sich dahinter verbarg. Zwischen zwei weiteren Säulen, die am hinteren Ende der Kirche das Dach stützten, gab es eine halb offene Tür. Da der Reverend gesagt hatte, dass sich die Gewölbe unter der Kathedrale befänden, konnte der Zugang nicht weit entfernt sein. *Womöglich unmittelbar hinter dieser Tür.*

Die beiden Frauen beendeten ihr Gebet und verließen mit gesenktem Haupt das Gotteshaus. Alexandra konnte nur hoffen, dass keine weiteren Gläubigen auftauchten, solange sie nicht am Altar vorbei war.

Kaum dass sie fort waren, stand Alexandra auf, huschte am Reverend und am Altar vorbei, hinter eine der Säulen. Sobald sie sicher war, dass der Reverend sie nicht bemerkt hatte, schob sie sich langsam auf die Tür zu und drückte sie auf. Die Angeln quietschten leise. Rasch schlüpfte Alexandra durch den Spalt und sah sich um. In einer Halterung an der gegenüberliegenden Wand hing eine Laterne und sandte ihren spärlichen Schein in den kleinen Raum, in dessen Mitte ein Tisch und zwei Stühle standen. Zu ihrer Linken war eine niedrige Holztür in die Wand eingelassen, die mit einem eisernen Vorhängeschloss gesichert war.

Der Teufel soll mich holen, wenn das nicht der Zugang zum Archiv ist!

Alexandra horchte in den Altarraum. Als sie hörte, dass der Reverend draußen vor sich hinsummte, schob sie die Tür zu. Dann huschte sie zur anderen Seite des Raumes. Vor der Holztür hielt sie inne und zog das Stilett aus dem Hosenbund. Sie war froh, dass Lucian darauf bestanden hatte, dass sie die Waffen mitnahm. Mit Grauen dachte sie daran zurück, dass sie gestern vollkommen unbewaffnet gewesen war, als sie den Jägern gegenübergestanden hatte. Auch wenn sie keinen Wert darauf legte, den Männern zu begegnen, vermittelten ihr die Pistole und der Dolch ein Gefühl von Sicherheit.

Da sie keine Übung darin hatte, ein Schloss mit einem Dolch zu öffnen, dauerte es, bis das erlösende Knacken erklang und der eiserne Bügel aus seiner Verankerung sprang.

Darauf bedacht, kein Geräusch zu verursachen, schob Alexandra das Schloss aus seiner Halterung, löste den Riegel und zog behutsam an der Tür. Sie klemmte. Alexandra unterdrückte einen Fluch. Je mehr Kraft sie aufwandte, desto mehr Lärm würde sie machen. Sie trat einen Schritt zurück und besah sich das verzogene Holz. Wenn sie die Tür ein Stück anhob, konnte es gehen. Wieder griff sie zu, diesmal fester, drückte nach oben und zog. Zunächst sah es so aus, als würde nichts geschehen, dann jedoch überwand sie den Widerstand. Mit einem leisen Scharren schwang ihr die Tür entgegen.

Mit zusammengekniffenen Augen starrte sie in die Dunkelheit, die ihr auf der anderen Seite entgegenschlug. Sie glaubte die schemenhaften Umrisse einer Stufe auszumachen. Selbst wenn sie die Treppe hinunterkam, ohne sich dabei im Dunkeln den Hals zu brechen, brauchte sie Licht, um sich unten zurechtzufinden. Sie machte kehrt und wollte in den Raum zurück, als sie eine Laterne erblickte, die neben der Treppe an der Wand hing. Alexandra nahm sie vom Haken und ging damit zurück. Staub stieg in kleinen Wolken auf, als sie die Abdeckung entfernte. Rasch vergewisserte sie sich, dass genug Öl darin war, ehe sie den Docht an der brennenden Lampe entflammte. Staubflocken verbrannten knisternd und erfüllten die Luft mit ihrem verschmorten Geruch.

Alexandra setzte die Abdeckung wieder darauf und warf einen Blick auf das Vorhängeschloss. Wenn der Reverend nicht allzu genau hinsah, würde es so aussehen, als wäre es noch immer an seinem Platz.

Ohne sich noch einmal umzusehen, schlüpfte sie durch die Öffnung und zog die Holztür hinter sich zu. Geduckt wandte sie sich der Treppe zu, die neben ihr steil in die Tiefe führte. Der Gang war eng und die Decke so niedrig, dass sie bei jedem Schritt den Kopf einziehen musste, als sie den ausgetretenen Steinstufen nach unten folgte.

Am Fuße der Treppe erwartete sie ein niedriges Gewölbe, von dem aus mehrere Türen abgingen, die bereits aus der Ferne weitaus massiver zu sein schienen als der Bretterverschlag oben. Die Luft war erstaunlich trocken.

Sie ging zur ersten Tür zu ihrer Rechten, griff nach der

Klinke und drückte sie nach unten. Mit einem leisen Knarren schwang die Tür auf. Alexandra leuchtete in den dahinter liegenden Raum, wo sich alte Möbelstücke aus den Schatten schälten. Sie vergewisserte sich, dass es keinen weiteren Durchgang gab, schloss die Tür wieder und wandte sich der nächsten zu. Dahinter lag ein leerer Raum, und auch hinter den nächsten beiden Türen befand sich nichts von Interesse. Sie hob die Lampe in die Höhe und ließ ihren Blick durch das Gewölbe wandern. Angesichts der Richtung, in der es verlief, musste sie sich unmittelbar unter der Kathedrale befinden. *Ganz wie der Reverend es gesagt hatte.* Dies war der richtige Ort. Er musste es einfach sein! Noch zwei Türen. Als sie die vorletzte öffnete, erstreckte sich vor ihr ein langer Raum voller Regale, von denen jedes einzelne bis obenhin mit Schriftrollen, Büchern und einzelnen Blättern vollgestopft war.

Alexandra ging zu einem der Regale und hielt die Laterne in die Höhe, um die Buchrücken zu studieren. Als sie die Reihen entlangwanderte, fand sie Bücher über Kirchengeschichte, Heilige, Kirchen und Kathedralen, Aufzeichnungen verschiedener Geistlicher und Bücher über Reliquien, deren Herkunft und ihrer Bedeutung für die Kirche. Stück für Stück arbeitete sie sich voran, nahm immer wieder ein Buch heraus und überflog die Seiten, nur um es dann wieder enttäuscht zurückzustellen. Am hintersten Ende der ersten Regalreihe fand sie einen schmalen Lederband, auf dessen braunem Einband sich kein Titel fand. Alexandra wollte ihn schon stehen lassen, als sie – einer Eingebung folgend – doch danach griff.

Das Buch wurde mit Lederschnüren zusammengehalten. Als sie den Knoten öffnete, fielen ihr einige lose Seiten entgegen und segelten zu Boden. Sie bückte sich danach. Da erblickte sie eines der Papiere, auf dem sie die Tuschezeichnung eines Kreuzes fand. *Des* Kreuzes! Sie stellte die Lampe auf den Boden und ließ sich auf die Knie sinken, um die Seiten einzusammeln. Die Zeichnung ähnelte verblüffend jener, die sie damals bei Catherine gefunden hatte. Blatt für Blatt sah sie die herausgefallenen Seiten durch. Ihre Augen wanderten über die Zeilen und folgten den Worten an einen anderen Ort, zurück in die Vergangenheit des Schwarzen Kreuzes, die auf mehreren Blättern niedergeschrieben worden war. Einiges war unkenntlich und das meiste davon kannte sie bereits aus Catherines Erzählungen. Dennoch überflog sie rasch die Zeilen, in denen beschrieben wurde, wie das Kreuz nach Schottland gelangt war und in verschiedenen Kriegen und Scharmützeln seinen Weg an den Königshof in London und später in die Abtei des heiligen Cuthbert gefunden hatte, ehe es wieder nach Edinburgh gekommen war. Sie schob die Seiten zu einem kleinen Haufen zusammen und legte ihn auf den Boden, ehe sie den Lederdeckel des Buches hob. Sofort quollen ihr weitere lose Blätter entgegen.

Verschiedene Zeichnungen des Kreuzes, Beschreibungen der Materialien, deren Beschaffung und die Erschaffung des Kreuzes von den kunstfertigsten Goldschmieden, die das christliche Abendland hervorgebracht hatte. Sie las alles, bis sie auf einen Absatz stieß, der sie innehalten ließ. Wieder und wieder flogen ihre Augen über die Zeilen, doch sooft sie diese auch las, der Inhalt blieb stets derselbe. »Das Schicksal des Schwarzen Kreuzes und des in ihn eingearbeiteten Splitters vom Kreuze Jesu sind untrennbar miteinander verbunden. Kein Teil kann ohne den anderen existieren oder zerstört werden. Die beiden Hälften sind eins und werden immer wieder zueinanderfinden.«

Sie starrte auf die Zeilen, bis sie vor ihren Augen zu undeutlichen schwarzen Schemen verschwammen, während ihr die Tragweite dieser Worte allmählich bewusst wurde. Um den Splitter zu vernichten, musste sie erst den Jägern das Kreuz abjagen!

Der Gedanke verfolgte sie so sehr, dass es ihr schwerfiel, sich auf das Buch in ihren Händen zu konzentrieren. Sie überflog die Zeilen nur mehr, bis sie wusste, dass darin von keinem Ritual die Rede war. Schließlich schob sie die Blätter zwischen die Buchdeckel zurück und klappte das Büchlein zu. Nachdem sie die Lederbänder wieder verknotet hatte, schob sie es in ihre Manteltasche und stand auf, um ihre Suche fortzusetzen.

Viele der Bücher waren alt und bereits so vergilbt, dass die Tinte kaum mehr zu entziffern war. Jedes Mal, wenn sie nach einem weiteren griff, stieg Staub von den Blättern auf und kitzelte sie in der Nase, sodass sie niesen musste. Sie war schon fast am Ende der zweiten Regalreihe angekommen, als sie auf ein Buch mit dem verheißungsvollen Titel *Rituale, Zeremonien und Reliquien* stieß. Die ersten Seiten enthielten Zeremonien, deren Durchführung die Wirkung heiliger Artefakte verstärken sollte. Auf den folgenden Blättern fand sie andere, die dazu gedacht waren, Orte und Gegenstände zu reinigen und ihnen ihre Göttlichkeit zurückzugeben. Im hinteren Teil des Buches stieß sie dann auf einen Ritus, der Gegenständen ihre Heiligkeit nehmen und sie zerstören sollte. Da das Buch zu groß war, um es unbemerkt mitzunehmen, riss sie kurzerhand die drei eng beschriebenen Blätter heraus, faltete sie zusammen und schob sie in ihren Ärmel. *Jetzt brauche ich nur noch das Kreuz.* Sie stellte das Buch an seinen Platz zurück und verließ den Keller.

*

Nachdem Alexandra und Robert gegangen waren, hatte sich Lucian eine Weile damit beschäftigt, seine Taschen auszupacken. Die ganze Zeit über kreisten seine Gedanken um Alexandra. Es war ihm schwergefallen, ihrem Verführungsversuch zu widerstehen. Sie im Arm zu halten, war alles, was er sich wünschte – doch er wollte sie nicht aus den falschen Gründen in sein Bett holen. Nicht, wenn sie es hinterher nur bereuen würde.

Ihm war nicht entgangen, wie sehr sie mit sich gerungen hatte, doch er konnte nicht erwarten, dass sie mit einem Schlag allem zuwiderhandelte, woran sie je geglaubt hatte. Umso mehr freute er sich über jeden Schritt, den sie auf ihn zu tat. Er spürte, dass sie mehr für ihn empfand, doch sie war noch nicht bereit, ihre Gefühle zuzulassen. Womöglich würde es ihr niemals gelingen, zu vergessen, wessen Gesicht er hatte.

Lucian seufzte. All die Jahrhunderte der Einsamkeit, die hinter ihm lagen, gerieten angesichts ihrer Nähe in Vergessenheit. Er wollte bei ihr sein, sie beschützen und ihr etwas von der Last abnehmen, die schon viel zu lange auf ihren Schultern ruhte.

Als sie sich heute Morgen in ihr Zimmer zurückgezogen hatte, um sich frisch zu machen, war er nach unten gegangen. In der Eingangshalle stieß er auf Robert. Er war gerade aus der Stadt zurückgekehrt und hängte seinen Mantel an die Garderobe. Als er Lucian bemerkte, drehte er sich zu ihm herum. Lucian wollte ihn fragen, was er in Erfahrung gebracht hatte, doch Robert kam ihm zuvor. Er deutete auf eine Ledertasche zu seinen Füßen. »Ich habe die Sachen der Jägerin aus der Pension geholt. Geht es dir inzwischen besser?«

Lucian nickte. Er wusste, wie wenig Robert von Alexandra hielt. *Ich hätte ihm niemals von der Prophezeiung erzählen dürfen.* Um ihm zumindest einen Teil seiner Abneigung zu nehmen, sagte er: »Sie hat mir heute Nacht das Leben gerettet.«

Einen Moment lang sah Robert ihn nur an. Obwohl er nichts sagte, sprachen seine Augen eine deutliche Sprache. *Heute mag sie dich gerettet haben, doch schon bald wird sie dir das Leben nehmen!* »Lass sie ziehen«, sagte er und warf den Dreispitz auf die Garderobe. »Setz sie in eine Kutsche nach Irgendwo und sorge dafür, dass du sie nie wiedersiehst. Das ist für uns alle das Beste.«

»Das kann ich nicht.«

»Sie wird dir den Tod bringen!«, sagte Robert so laut, dass Lucian ihn am Arm packte und in eines der Empfangszimmer schob.

»Du begreifst nicht«, erwidert Lucian ruhig. »Ich *will* kein Leben ohne sie. Es mag sein, dass sie mein Ende bedeutet, doch ich habe lange genug gelebt. Wenn sie mein Schicksal ist, soll es so sein. Aber vorher will ich jeden Augenblick mit ihr verbringen, der mir vergönnt ist.«

Robert schnaubte. »Sie ist kalt wie ein Fisch!«

»Ich *spüre* es, Robert! Alexandra und ich sind füreinander bestimmt.«

»Was, wenn du das nur glaubst, weil sie dir so vertraut *er-*

scheint?« Robert betrachtete ihn voller Zweifel. »Du glaubst, sie zu kennen, doch es war nur ein Bild, das du all die Jahrhunderte gesehen hast, kein wirklicher Mensch. Die wahre Jägerin ist etwas vollkommen anderes! Das Einzige, was dich mit ihr verbindet, ist der Hass auf deinen Bruder.«

»Nein!«, widersprach Lucian entschieden.

Robert zog eine Augenbraue in die Höhe. »Was ist es dann?«, fragte er spöttisch. »Liebe?«

»Es geht weit tiefer als das – sie ist meine Seelengefährtin.« Bisher hatte er es nur ein einziges Mal ausgesprochen, vor einigen Wochen, kurz bevor er Alexandra in der Kapelle von Rosslyn zurückgelassen hatte. Die Worte entsprachen der Wahrheit, doch damals hatte er sie zwischen ein paar wenig ernst gemeinte Sätze verpackt. Er war nicht einmal mehr sicher, warum er es gesagt hatte. Ein Teil von ihm hatte sie aufziehen wollen, während ein anderer Teil sehen wollte, wie sie darauf reagierte. Seine Worte hatten sie erschreckt. *Wie alles sie erschreckt, das etwas mit Nähe zu tun hat.*

»Wirst du es ihr sagen?«, durchbrach Robert seine Gedanken.

»Dass sie meine Seelengefährtin ist?«

»Dafür hältst *du* sie.« Robert schüttelte den Kopf. »Ich meine die Prophezeiung. Wirst du ihr davon erzählen?«

»Nein.«

Ehe Robert noch etwas erwidern konnte, hatte Lucian kehrtgemacht und war in die Küche gegangen.

Womöglich war es tatsächlich das Beste, wenn sie die Stadt bald verließ. Solange sie in der Nähe war, würde es ihm niemals gelingen, die Hoffnung aufzugeben, sie könne ihn eines Tages doch lieben. Oft genug vergaß er darüber, wie schmerzlich sein Anblick für sie sein musste.

Lucians Blick wanderte zum Fenster. Obwohl er nur wenige Wochen in Lauriston House verbracht hatte, war es ungewohnt, plötzlich nicht mehr auf das weitläufige Anwesen, sondern auf die Umrisse anderer Häuser vor dem Fenster zu blicken. Draußen kroch bereits die Dämmerung heran. Alexandra sollte längst zurück sein! Die Vorstellung, dass sie sich nach Einbruch der Dunkelheit allein in der Stadt aufhielt, gefiel ihm nicht. Das war natürlich lächerlich, denn sie war all die Jahre ohne ihn ausgekommen. Jahre, in denen nicht Menschen, sondern Kreaturen mit übernatürlichen Kräften ihre Gegner gewesen waren. *Sie kann auf sich aufpassen*, versuchte er sich zu beruhigen. Nicht umsonst hatte er ihr seine Waffen gegeben.

Er lauschte dem regelmäßigen Ticken der Standuhr, das vom Flur an sein Ohr drang. Mit jedem Schlag wuchs seine Ungeduld. Was hielt ihn im Haus? Alexandras Angst wegen des Lamienkrauts? Obwohl er noch immer nicht wusste, wie die Jäger in den Besitz der uralten Rezeptur gekommen waren, machte er sich keine großen Sorgen. Jetzt, da er um das Kraut wusste, würde er auch einen Weg finden, es zu meiden. Noch einmal würde es den Jägern nicht gelingen, ihn damit in eine Falle zu locken.

Er ging in den Flur, schlüpfte in seinen Mantel und zog sich den Dreispitz tief ins Gesicht. Auf diese Weise würden ihn die Jäger zumindest nicht schon von Weitem erkennen.

Als er vor die Tür trat, hatte die Dunkelheit Canongate erreicht. Dicke Schneeflocken trieben durch die Luft, sanken langsam zu Boden und bedeckten das feucht schimmernde Kopfsteinpflaster mit einer zunehmend dichter werdenden weißen Schicht. Er hatte den Netherbow noch nicht lange hinter sich gelassen, als er Schritte vernahm. Würde einer der Jäger ihm derart auffällig folgen? Er warf einen Blick zurück. Doch es war keiner von Alexandras ehemaligen Gefährten, der hinter ihm die Straße hinaufeilte, sondern Robert.

»Ist etwas passiert?«

»Einer der Jäger ist auf dem Weg nach St. Giles«, rief Robert außer Atem.

Mehr musste Lucian nicht hören. Er rannte los.

*

Alexandra drückte die Tür hinter sich zu, hängte das Vorhängeschloss wieder ein und ließ den Bügel einrasten. An der Tür zum Altarraum hielt sie inne und spähte nach draußen. Der Pfarrer kniete nicht mehr hinter dem Altar. Sie ließ ihren Blick tiefer in den Kirchenraum wandern. Am anderen Ende des Mittelgangs, hinter der letzten Bankreihe, glaubte sie den Reverend zu erkennen. Er stand halb verborgen hinter einer Säule und schien mit jemandem zu sprechen.

Alexandra huschte in den Schatten einer Säule. Wenn sie sich an der Wand hielt, sollte es ihr gelingen, unbemerkt in die Nähe der Tür zu kommen. Dann brauchte sie nur hinter einer Säule auszuharren, bis der Reverend zum Altar zurückkehrte. Sobald er ihr den Rücken zuwandte, konnte sie die Kathedrale verlassen.

Mit raschen Schritten folgte sie dem Seitengang nach vorne, den Blick auf den Reverend gerichtet. Er wandte ihr den Rücken zu und sprach mit jemandem, den sie nicht sehen konnte. Seine Worte erfüllten als unverständliches

Raunen den Altarraum. Langsam ging sie weiter. Auf halbem Weg erhaschte sie einen Blick auf das Gegenüber des Reverends und wäre um ein Haar erstarrt, als sie Vladimir erkannte.

Erschrocken suchte sie Schutz hinter einer Säule und verharrte dort, den Rücken gegen den Stein gepresst, mit angehaltenem Atem. Angespannt lauschte sie, wartete darauf, Schritte oder Schreie zu vernehmen. Doch außer dem gedämpften Murmeln des Reverends war nichts zu hören. Langsam ließ sie den Atem entweichen. Was tat er hier? Warum sprach er mit dem Reverend? Sie konnte die Worte nicht verstehen, doch es hörte sich an, als würde der Geistliche ein Gebet sprechen. Einen Segen? Sie erinnerte sich daran, was Lucian über das Lamienkraut gesagt hatte. *Jede einzelne Zutat von einem Priester gesegnet.*

Alexandra spähte um die Säule herum. Vladimir hatte den Blick auf etwas in seinen Händen gerichtet. *Ich muss warten, bis er fort ist.* Lieber wollte sie dem Reverend in die Arme laufen und behaupten, sie habe die ganze Zeit über hier gesessen, als dem Jäger gegenüberzutreten.

Nachdem sie überzeugt war, dass Vladimir sie nicht bemerkt hatte, zog sie den Kopf zurück. Noch immer vernahm sie das sanfte Murmeln des Reverends, gelegentlich unterbrochen von einem leisen Knirschen oder Rascheln, wenn einer der Männer seine Position veränderte. Nicht zu sehen, was hinter ihrem Versteck vor sich ging, machte sie nervös. Was, wenn Vladimir sich in ihrem Rücken heranpirschte? Jeden Moment würde er um die Ecke springen und die Pistole auf sie richten! *Unsinn!*, schalt sie sich. Wenn Vladimir seinen Platz verließ, würde sie es hören. Abgesehen davon würde der Reverend sicher seine Segensformeln unterbrechen – zumindest für einen kurzen Moment. Doch der Geistliche sprach noch immer. *Keine Gefahr und keine Schwierigkeit. Nur abwarten. Das ist alles.* In den vergangenen Jahren hatte es unzählige Augenblicke gegeben, in denen sie genau das getan hatte, damals auf der Jagd nach Vampyren. Dies hier war nichts anderes. Dennoch wollte sich das ungute Gefühl nicht vertreiben lassen.

Auf der anderen Seite der Säule atmete jemand tief durch. Es musste Vladimir gewesen sein, denn der Reverend war noch immer in seine Segensformeln vertieft. Plötzlich unterbrach Vladimirs Stimme das eintönige Flüstern des Geistlichen. »Gehen Sie jetzt, Reverend«, sagte er. »Verlassen Sie den Altarraum.«

Das Rascheln von Stoff war zu hören, und einen Atemzug später erklangen Schritte. Kurz darauf sah sie den Reverend, der mit eigenartig hölzernen Bewegungen durch den Mittelgang schritt. *Er bewegt sich wie ein Schlafwandler*, dachte Alexandra, als er am Altar vorbeiging und die Kathedrale durch die Tür dahinter verließ. *Oder als handle er nicht aus freien Stücken.*

»Jägerin!«, erklang Vladimirs Stimme nahe der Säule. »Ich weiß, dass du hier bist. Ich kann dich riechen.«

Seine Stimme hallte durch den Raum, sodass es ihr schwerfiel abzuschätzen, wie weit er noch entfernt war. Sie glaubte, dass er sich links von ihr befand, deshalb wich sie rechts um die Säule herum zurück. Gleichzeitig griff sie unter ihren Mantel und zog ihre Waffe.

In ihrem Rücken erklang ein metallisches Klicken, als Vladimir den Hahn spannte. Alexandra fuhr herum und starrte in den Lauf der Pistole.

Vladimir sog die Luft durch die Nase ein und verzog das Gesicht. »Du stinkst nach *ihm!*« Das gewohnt grimmige Gesicht war zu einer Fratze verzogen, die Augen schimmerten nicht dunkelgrün, sondern in einer Farbe, die sie im Zwielicht nicht zu erfassen vermochte. Er erinnerte mehr an ein Tier als an einen Jäger.

»Du kannst mich nicht töten«, stieß sie hervor. »Ohne mich wirst du niemals finden, wonach du suchst.«

»Da irrst du dich«, sagte Vladimir und schoss.

Alexandra warf sich zur Seite. Die Kugel, die für ihr Herz bestimmt gewesen war, traf sie unterhalb der Brust, zerfetzte Haut, Fleisch und Sehnen und ließ einen glühenden Feuerball aus Qual in ihrem Leib explodieren. Die Finger um ihre Pistole geklammert, versuchte Alexandra auf ihn anzulegen, als ihr der Boden entgegenstürzte. Der Aufprall war so hart, dass ihr die Waffe entglitt.

Der brennende Schmerz in ihren Eingeweiden griff nach ihrem Bewusstsein und trachtete danach, es auszulöschen. Über ihr ragte Vladimir auf. Mit dem Fuß fegte er ihre Pistole fort, dann trat er ihr in die verletzte Seite. Alexandra schrie. Keuchend vor Schmerz und kaum fähig zu atmen, versuchte sie von Vladimir fortzukriechen.

Lucian! Er musste das Ritual bekommen. Andernfalls wäre alles vergebens gewesen.

»Du hast gedacht, du hättest mich vernichtet. Doch du hast dich geirrt. Sieh mich an, Jägerin«, drang Vladimirs Stimme durch den Nebel, der ihr Bewusstsein umgab. »Ich will deine Augen sehen, wenn ich dich töte!«

Alexandra hob den Kopf. *Vernichtet?* Sie versuchte Vladimir zu fixieren, doch es wollte ihr nicht gelingen, mehr zu erkennen als die auf sie gerichtete Pistole. Ihre Doppelläufige. Alles, was dahinterlag, verschwamm in den Schatten. Sie tastete nach dem Stilett, doch auch das trat er ihr aus der Hand. Der Schmerz ließ sich kaum noch ertragen und sie wünschte sich beinahe schon, die Ohnmacht möge endlich kommen und sie erlösen. Doch wenn sie jetzt das Bewusstsein verlor, würde sie nicht wieder erwachen. Dann gab es keine Hoffnung mehr.

Was mache ich mir vor? Es gab keine Möglichkeit, dem tödlichen Schuss zu entgehen. Als ein Donnern die Stille durchbrach, zuckte sie nicht einmal mehr zusammen. Über ihr fuhr Vladimir herum. Die Pistole im Anschlag, bewegte er sich langsam von ihr fort. Erst jetzt wurde ihr bewusst, dass nicht er es war, der geschossen hatte. Alexandra hob den Kopf. Ein mühsames Unterfangen, das sie einen Großteil ihrer verbliebenen Kraft kostete. Sie erhaschte einen Blick auf das Eingangsportal. Die beiden Flügel waren aufgestoßen worden. Eingehüllt in einen Wirbel aus Schneeflocken, der Mantel im Wind aufgebauscht, stand Lucian im Eingang und blickte in den Altarraum.

Alexandra wollte ihn vor Vladimir warnen, der sich im Schutz der Säulen an ihn heranpirschte, doch mehr als ein heiseres Flüstern kam ihr nicht über die Lippen. Dann verließen sie ihre Kräfte und sie versank in Dunkelheit.

Sie glaubte Schüsse zu hören, deren Widerhall durch die Schwärze drang, die ihren Geist umfangen hielt, und versuchte die Augen zu öffnen, um zu sehen, was geschah. Doch es gelang ihr nicht, die nötige Kraft aufzubringen. Sie ging in einem Wirbel aus Geräuschen und Gefühlen unter, der sie immer weiter mit sich in die Tiefe riss und die Welt um sie herum auslöschte.

Dann hörte sie ihren Namen.

»Alexandra!«

Nur mit Mühe gelang es ihr, die Lider zu heben. Der Schmerz war fort. Da war nur mehr diese unendliche Müdigkeit. Und Kälte.

Über ihr kniete Lucian. Er hob ihren Oberkörper an und bettete sie in seinen Schoß. Es gab etwas, was sie ihm sagen musste, doch was war es? Beinahe schien es ihr, als wäre mit dem Schmerz auch ihre Erinnerung verflogen. Alles, was sie sah, war die Angst in seinem Blick. Sie wollte ihm sagen, dass er ihretwegen nicht traurig sein durfte. Aber sie brachte keinen Ton heraus.

Warum war es so kalt? Viele der Fenster waren zerstört, sodass die Kälte ungehindert in die Kathedrale kriechen konnte. Jetzt jedoch erschien sie ihr weitaus durchdringender als zuvor. Sie kroch in ihre Knochen und nistete sich dort ein, wo zuvor nur Schmerz gewesen war.

Lucian zog sie enger an sich. »Alles wird gut«, sagte er leise. Was sie jedoch in seinem Blick fand, strafte seine Worte Lügen. Alexandra wollte ihm die Angst nehmen. Unter großer Mühe hob sie die Hand und strich ihm über die Wange. Seine Haut fühlte sich feucht an, doch sie war sich nicht sicher, ob es Tränen waren, die sie da spürte, oder nur ihr eigenes Blut an ihren Fingern. Er griff nach ihrer Hand, führte sie an seine Lippen und küsste ihre Fingerspitzen. Die ganze Zeit über sprach er mit ihr, beruhigende Worte, von denen sie kaum mehr als Bruchteile verstand. Immer weiter zogen sich ihre Sinne zurück. Ehe die Schwärze sie vollends erreichte, streifte ein Gedanke ihr Bewusstsein. *Das Ritual.* Nun wusste sie wieder, was sie ihm sagen musste.

»Das ... Kreuz«, presste sie mühsam hervor. »Splitter ...«

Lucian legte ihr einen Finger auf die Lippen. »Nicht sprechen«, sagte er mit belegter Stimme. »Du darfst dich jetzt nicht anstrengen. Halt ganz still. Bald wirst du wieder gesund sein.«

Sie entzog ihm ihre Hand und fasste mit zitternden Fingern in ihren Ärmel. Mit letzter Kraft zog sie die zusammengefalteten Blätter hervor, die sie aus dem Buch gerissen hatte, und griff nach seiner Hand. »Ritual ...«, keuchte sie atemlos, als sie seine Finger darum schloss. Sie rang um Worte, sammelte immer wieder Kraft, um ihm zu sagen, dass das Kreuz und der Splitter nur gemeinsam zerstört werden konnten. Lucian musste es erfahren! Doch die Finsternis löschte jedes Wort, wie sie auch jeden Gedanken auslöschte.

*

Als Alexandra in seinen Armen erschlaffte, ließ Lucian die Papiere fallen, die sie ihm gegeben hatte. Vorsichtig öffnete er ihren Mantel und schob den Stoff zur Seite. Überall war Blut, dessen süßes Aroma ihm in die Nase stieg und die Bestie in ihm zum Leben erweckte.

Zu viel Blut! Er versuchte seine Sinne vor der Versuchung zu verschließen und tastete mit den Fingerspitzen nach jener Stelle an ihrem Hals, wo der Schlag ihres Herzens am stärksten zu spüren war. Ihr Puls war schwach und unregelmäßig. Die Wunde musste versorgt werden, andernfalls würde er sie verlieren. Doch er konnte es nicht tun. Schon jetzt fiel es ihm erschreckend schwer, neben ihr zu verharren, ohne ihr die Zähne in den Leib zu schlagen und sich an ihr zu laben. Die Bestie in ihm gewann zunehmend die Oberhand. Er kämpfte dagegen an, doch der Geruch ihres Blutes erfüllte ihn bis in die letzte Faser. So sehr, dass er glaubte, es auf seiner Zunge zu schmecken. Sein Körper veränderte sich, die Zähne wurden zu langen scharfen Waffen, die Hände zu gefährlichen Klauen. Ein leises Grollen stieg in seiner Kehle auf. Seine Sinne gewannen an Schärfe. Geräusche wurden deutlicher, Gerüche eindringlicher und sein Blick drang selbst in die schattigsten Winkel des Altarraums vor. Das süße Aroma erfüllte seine Sinne, bis er sich danach verzehrte, seinen Mund mit ihrem Lebenssaft zu füllen.

Koste es, verlangte die Bestie in ihm. *Das willst du doch schon so lange!*

»Niemals!« Lucian legte Alexandra vorsichtig auf den Boden und wich zurück.

Sie ist ohnehin für dich verloren, versuchte die Kreatur ihn zu verführen. *Trink!*

Er konnte sie retten, das wusste er. Nicht selbst. Dazu war die Wunde zu schwerwiegend. Zu verlockend. Doch er konnte sie zu einem Arzt bringen, wenn es ihm nur gelang, der Versuchung lange genug zu widerstehen.

Hast du dir nicht immer gewünscht, dass sie bei dir bleibt?, flüsterte die Bestie. *Dies ist deine einzige Hoffnung. Gib ihr den Kuss des Blutes. Trink von ihr!*

»Nein!«, keuchte er. Das würde er ihr nicht antun. Niemals! Er schloss die Augen und zwang sich, jeden Gedanken an ihr Blut aus seinem Geist zu bannen.

»Robert!«, brach es aus ihm heraus.

Kaum hatte er nach ihm gerufen, erklangen Schritte. Einen Augenblick später war Robert an seiner Seite. »Er ist mir entkommen.« Er wollte noch mehr sagen, doch als er

Lucians Züge sah, verstummte er und blieb stehen. »Lucian?«, fragte er vorsichtig.

Roberts vertraute Stimme war wie ein Anker. Lucian klammerte sich daran, während er gegen das Begehren ankämpfte, das die Bestie über ihn brachte. »Bring sie zu einem Arzt!«, verlangte er und wich noch weiter vor ihr zurück. »Schnell! Sonst stirbt sie!«

Einen Moment lang zögerte Robert. Sein Blick zuckte zwischen Lucian und Alexandra hin und her. Dann eilte er an Alexandras Seite und hob sie hoch. Ehe er die Kathedrale verließ, hielt er noch einmal inne und wandte sich zu Lucian um. Es sah aus, als wolle er etwas sagen, dann jedoch schüttelte er den Kopf und ging.

Lucian kniete auf dem Boden und starrte auf die Blutlache, das Einzige, was ihm von Alexandra geblieben war. *Er wird sie retten!* Robert würde einen Arzt finden. *Sie wird nicht sterben!* Als er aufsah, hatte die Bestie ihn verlassen. Seine Hände waren nicht länger zu Klauen verkrümmt, die spitzen Zähne, die sich zuvor noch in die Innenseite seiner Lippe gegraben hatten, hatten wieder ihre normale Länge. Seine Sinne waren noch immer schärfer als die eines normalen Menschen, doch es waren nicht länger die Sinne der Bestie, durch die er die Welt wahrnahm.

Seit dem Augenblick, als ihm Robert auf der Royal Mile begegnet war, hatte er gewusst, dass er Alexandra niemals hätte allein gehen lassen dürfen. Sie hatten St. Giles gerade erreicht, als ein Schuss aus dem Inneren zu hören war. Er hatte ihre Qualen gespürt. Dennoch hatte er gehofft, dass er sich irrte. Dann jedoch hatte er sie gesehen. Ein Anblick, der all seine Hoffnung zerschmettert hatte. Er erinnerte sich undeutlich daran, dass der Jäger auf ihn geschossen und kurz darauf die Flucht ergriffen hatte. Während er an Alexandras Seite geeilt war, hatte Robert den Jäger verfolgt.

Er ist mir entkommen.

Womöglich sollte er Robert folgen, um sicherzustellen, dass Vladimir nicht noch einmal angriff. Doch im Augenblick war er selbst eine größere Gefahr für Alexandra als ihr einstiger Weggefährte. Sein Blick fiel auf die zusammengefalteten Blätter, die sie ihm gegeben hatte. Er hob sie zusammen mit der Pistole und dem Stilett auf, schob alles in seine Manteltasche und machte sich auf den Weg nach Canongate.

*

Die Jägerin in seinen Armen wog weitaus leichter als Roberts Gewissen.

Nachdem er mit ihr die Kathedrale verlassen hatte, dachte er daran, sie in einem Hinterhof zwischen Unrat und Ratten zurückzulassen. Sollte sie doch verrotten!

Als er in Canongate von den Jägern gehört hatte, dass Vladimir sich auf dem Weg nach St. Giles befand, war er zu dem Schluss gekommen, dass sie den Tod nicht verdient hatte. Sie wusste nicht einmal, dass diese Prophezeiung existierte. Deshalb hatte er in Canongate entschieden, ihr zu Hilfe zu eilen. Doch er war zu spät gekommen. *Womöglich war das ein Zeichen!*

War es der Wille Gottes, dass sie starb? Wenn dem so war, würde er ihr Schicksal in die Hände des Herrn legen. Gott allein sollte entscheiden, ob sie lebte oder starb – kein Arzt!

Er hastete die Royal Mile entlang, als sich Alexandra regte. Ihr Blick war verschleiert und Robert bezweifelte, dass sie ihn überhaupt erkannte.

»Lucian?«, flüsterte sie an seiner Schulter.

»Er ist fort«, sagte Robert kalt.

»Gegangen?« Ihre Stimme war nicht mehr als ein schwacher, kaum verständlicher Hauch.

»Schließen Sie die Augen und ruhen Sie sich aus.« Robert drückte ihren Kopf an seine Schulter, sodass er nicht länger ihrem Blick ausgesetzt war, und richtete die Augen geradeaus, auf das Kopfsteinpflaster. »Es ist vorbei. Lucian wird nicht noch einmal in Ihre Nähe kommen. Er hat endlich begriffen, dass alles, was er für Sie zu empfinden glaubte, nicht mehr war als die Faszination am Spiel mit dem Feuer.«

Der Laut, der sich daraufhin ihrer Kehle entrang, ließ ihn zusammenzucken. Es klang wie ein Schluchzen. Womöglich war es auch nur der Wundschmerz, der sie aufkeuchen ließ. Eine Erklärung, bei der er sich weitaus besser fühlte als bei der Vorstellung, der Jägerin mit seinen Worten das Herz gebrochen zu haben.

Sie lag nun wieder ganz still an seiner Brust. Robert war nicht einmal sicher, ob sie überhaupt noch atmete.

Gott wird über ihr Schicksal befinden.

Auf der anderen Seite des Netherbow schlug er denselben Weg ein, auf dem er heute Nachmittag ihrem Kameraden gefolgt war. Vor dem Haus der Jäger hielt er inne. Mihail hatte die Unterkunft erst vor Kurzem verlassen und Vladimir war vermutlich noch nicht zurückgekehrt. Wenn es Gottes Wille war, dass sie am Leben blieb, würde sich der junge Jäger ihrer annehmen. Andernfalls fand ihre Reise nun ein Ende.

Er stieß das Gartentor auf. Der Kies knirschte unter seinen Stiefeln, als er dem kurzen Weg zur Haustür folgte. »Es ist an der Zeit, dass Sie zu ihresgleichen zurückkehren.« Er legte sie auf die Schwelle, griff nach dem Türklopfer und schlug ihn dreimal gegen das Holz. Mit einem letzten Blick auf Alexandra machte Robert kehrt und verließ das Grundstück. Er rannte die Straße entlang, in dem Bestreben, außer Sicht zu sein, ehe der Jäger die Tür öffnete. Alexandras Anblick jedoch, wie sie da auf der Schwelle lag, bleich wie der Tod, eingehüllt in wirbelnde Schneeflocken, würde ihn auf ewig verfolgen – ganz gleich, wie schnell er auch laufen mochte.

*

Sie hat es nicht geschafft.

Roberts Worte hatten sich wie Gift in Lucians Verstand gefressen und dort, wo sein Herz war, nur Leere hinterlassen. Er war nicht imstande gewesen, etwas zu sagen oder Fragen zu stellen. Stattdessen war er aufgestanden, hatte den Salon verlassen und war nach oben gegangen. Er musste allein sein. Der Gedanke an Gesellschaft oder an tröstende Worte war ihm unerträglich. Er wollte kein Mitleid und kein Bedauern. Alles, was er wollte, war sie: Alexandra!

Vor der Tür zu seinem Schlafzimmer blieb er stehen. Er hatte die Hand schon nach der Klinke ausgestreckt, als er kehrtmachte und zu Alexandras Zimmer ging. Ihre Tasche stand noch unberührt am Fußende des Bettes. Daneben lag ihr Gehrock. Lucian griff danach. Seine Finger strichen über den dicht gewebten Stoff, aus dem ihr Geruch emporstieg, als stünde sie selbst vor ihm. Er sog ihren Duft ein und fragte sich, wie lange es dauern würde, bis der Schmerz und die Trauer ihn zerrissen.

War es das, wovon die Wahrsagerin gesprochen hatte? Würde Alexandras Tod auch ihn umbringen? Langsam und qualvoll, jeden Tag, den er ohne sie sein musste, ein wenig mehr?

Er zog die zusammengefalteten Blätter aus seiner Tasche. Dafür war sie gestorben. Für ein paar lächerliche Seiten Papier. *Sie ist nicht dafür gestorben, sondern für mich!* Alexandra hatte ihn schützen wollen. Andernfalls hätte sie sich niemals auf die Suche nach dem Ritual begeben. Sein Blick strich über die zerknitterte Oberfläche und die feinen rostroten Tropfen darauf, durchbrochen von Fingerabdrücken aus getrocknetem Blut. *Ihrem* Blut.

»Kann ich etwas für dich tun?«

Lucian sah auf.

Robert stand neben der Tür und betrachtete ihn nachdenklich. »Ich weiß nicht, was ich sagen kann oder soll – außer, dass es mir leidtut.«

Er schüttelte den Kopf. »Worte bringen sie nicht zurück.«

»Kann ich sonst etwas tun?«

»Lass mich einfach allein.«

»Ich glaube nicht, dass das eine gute Idee ist«, widersprach Robert.

Lucian wollte ihn anschreien, wollte ihm sagen, dass er verschwinden solle. »Ihre Liebe wird mir den Tod bringen«, flüsterte er stattdessen. »*Mir!* Nicht ihr!« Sie konnte nicht tot sein. Das durfte sie nicht. Nicht sie! Er tastete nach dem Band, versuchte sie zu finden und ihre Nähe zu spüren. Doch es war fort. Durchtrennt von Vladimirs Pistolenkugel.

Das alte Weib hatte sich geirrt. Nicht Alexandra würde ihn umbringen, sondern er sie. »Meine Liebe hat *sie* umgebracht. Nach Andrejs Ende hätte ich sie ziehen lassen sollen und nie wieder in ihre Nähe kommen dürfen.« Doch sein Egoismus hatte ihn immer wieder zu ihr getrieben. »Es ist meine Schuld.«

12

Die Welt hatte sich in Schwärze aufgelöst.

Es gab keinen Schmerz, keine Angst und keine Einsamkeit. Nur Dunkelheit. Alexandra hieß sie ebenso willkommen wie das Vergessen, das unter ihren Schwingen reiste. Nach all den Jahren des Kampfes war sie erleichtert, endlich Erlösung zu finden. Die Welt würde sie vergessen, so wie Alexandra die Welt vergaß. Bilder, die sie ihr Leben lang in ihrem Herzen getragen hatte, begannen zu verblassen. Sie vermochte nicht länger, sich an das Lächeln ihrer Mutter, das fröhliche Zwinkern ihres Vaters oder die Neckereien ihres Bruders zu erinnern. Die Gesichter ihrer Familie verschwammen mehr und mehr. Schon bald gelang es ihr kaum noch, sich ihrer Namen zu entsinnen. Sie begann zu vergessen, woher sie gekommen und wohin sie gegangen war. Orte, Namen, Gesichter – nichts war mehr von Bedeutung. Sie konnte die Menschen, deren Antlitz sie sah, nicht länger unterscheiden. Gesichter wurden eins mit der Schwärze, die sie immer mehr verschlang. Nur ein einziges Bild begleitete sie noch auf ihrem Weg durch das undurchdringliche Nichts. Ein hochgewachsener Mann mit schwarzem Haar und durchdringenden blauen Augen. Wohin sie sich auch wandte, er war bereits dort. Er hatte ihrer Familie Schreckliches angetan und zugleich hatte er sie – Alexandra – gerettet. Er war der Mann mit den zwei Gesichtern. Mächtig, liebevoll und abgrundtief böse. Sie wollte auch ihn aus ihrem Gedächtnis bannen, doch während die Erinnerung an ihr Leben immer weiter verblasste, blieben seine Züge erschreckend klar. Wann immer sie ihn erblickte, verspürte sie den Drang, ihm zu entfliehen. Zugleich wollte sie die Hand nach ihm ausstrecken, um ihn festzuhalten.

Als der Nebel kam, begann auch sein Antlitz zu entschwinden. Ihn zu verlieren, war schmerzhafter als alles andere. Er war alles gewesen, was ihr von ihrem Leben geblieben war. Er *war* ihr Leben. Wenn sie ihn ansah, erinnerte sie sich an all das, was sie einst ausgemacht hatte. Hass, Furcht, Wärme und Liebe. Der Nebel nahm ihr auch das. Nun war sie wirklich allein – und zum ersten Mal wünschte sie, es nicht zu sein.

Der Nebel füllte die Schwärze, hell und undurchdringlich wie eine Mauer. Dahinter wartete das Leben mit all seinen Erinnerungen. Sie wusste, dass sie den Nebel hinter sich lassen musste, wagte es aber nicht, denn auf der anderen Seite lauerte der Schmerz. Ein angriffslustiges Raubtier, das seine Klauen in ihren Leib schlagen und sie zerfetzen würde, sobald sie die Barriere durchbrach. Doch der Schmerz war nicht das Einzige, was sie auf der anderen Seite erwartete. Hinter dem Nebel lebten die Schatten. Wesen, die nach ihr griffen, sobald sie einen Laut von sich gab. Wann immer sie näher kamen und den Nebel zu durchbrechen trachteten, trat und schlug Alexandra nach ihnen. Jede Bewegung ließ die Pein in ihrem Leib höher auflodern. Sie hielten sie fest, zwangen sie stillzuliegen und flößten ihr ein bitter schmeckendes Gebräu ein, das sie immer weiter hinter den Schleier zwang. Ihr war heiß. So entsetzlich heiß. Der Nebel heizte sich mehr und mehr auf. Die Hitze kroch durch ihre Poren, unter die Haut, in ihr Fleisch. Alexandra sah keine Flammen, doch sie wusste, dass sie brannte. Sie warf sich herum, um das Feuer zu ersticken, aber etwas hielt sie fest. Einer der Schatten.

Die Welt veränderte sich, der Nebel schwand. Alexandra war zurück in der Kapelle von Rosslyn. Sie saß auf dem Boden und starrte ins Nichts, als vor ihr der Mann mit den blauen Augen niederkniete. Erst jetzt erinnerte sie sich wieder an seinen Namen.

»Lucian«, flüsterte sie.

»Ich bin hier«, sagte er leise und griff nach ihren Händen. »Ich werde immer hier sein. Du musst nur endlich aufhören, ein Monster in mir zu sehen.«

Das hatte sie längst getan. Und das erschreckte sie. Doch Lucian war nicht wie sein Zwillingsbruder. Er war es nie gewesen und würde es niemals sein. Ihre Fingerspitzen strichen zärtlich über seinen Handrücken. Seine Haut fühlte sich kühl an, aber nicht kalt. Als er sich zu ihr beugte und sie küsste, wich sie nicht zurück. Sie nahm das Versprechen seiner Lippen entgegen – er würde immer für sie da sein. Immer. Die Zeit der Einsamkeit war vorüber. Erleichtert lehnte sie sich an ihn und versank in seiner Umarmung.

Er ist fort, flüsterte Bothwell neben ihr. *Er wird nicht noch einmal in Ihre Nähe kommen.*

Doch wie war das möglich? Sie spürte seine Umarmung, seine Nähe, seine Liebe. Wie konnte er fort sein?

Sie waren für ihn nicht mehr als die Faszination am Spiel mit dem Feuer!

Mit einem Ruck löste sie sich aus Lucians Umarmung. »Ist das wahr?« Die Worte kamen nur mühsam über ihre Lippen, doch sie mussten ausgesprochen werden. »Hast du mich die ganze Zeit über belogen? Bin ich für dich nur ein Zeitvertreib? Ein dummes Weib, das zu glauben bereit war, dass du ihr Gesicht seit Jahrhunderten in deinen Träumen siehst?«

Seine Hände ruhten noch immer auf ihren Armen. Jeden Augenblick würde er ihr versichern, dass er sie liebte und dass er sie niemals belogen hatte.

Alles wird gut!

»Er hat es dir also gesagt.«

Alexandra fuhr zurück.

»Robert hat recht«, fuhr Lucian ungerührt fort. »Ich habe mein Interesse an dir verloren.« Hinter ihm wuchs ein Schatten empor, legte sich über ihn und hüllte ihn ein, wie die Schwärze Alexandra lange Zeit eingehüllt hatte. »Solange du mich gehasst hast, war es ein spannendes Spiel. Doch es hat seinen Reiz verloren. Sieh mich nicht so an. Du wärst bereitwillig in mein Bett gestiegen! Ich habe gesiegt.«

Der Schatten über ihm wurde größer, gewann mehr und mehr an Kontur. Sie musste ihn warnen! Doch sie saß nur still da, wartete und beobachtete. Die Dunkelheit formte sich zu einer menschlichen Gestalt. Groß und schlank, nicht länger bullig und gedrungen – das Schwarze Kreuz bedrohlich in den Händen. Die Gestalt hob das Kreuz und beugte sich vor. Für einen Moment war das Gesicht nicht länger hinter den Schatten verborgen. Entsetzt starrte Alexandra in das Spiegelbild ihrer eigenen Züge, ehe sie Lucian das Schwarze Kreuz von hinten ins Herz stieß.

Lucians Blick war auf sie gerichtet. Die stumme Anklage eines Mannes, der sein Leben für sie gegeben hätte. Dann zerfiel er zu Staub.

Mit einem gellenden Schrei fuhr Alexandra hoch. Glühender Schmerz explodierte in ihrem Leib, ihr Herz schlug so heftig, dass sie glaubte, es würde in ihrer Brust zerspringen, und die Hitze, die sie zu verzehren drohte, riss ebenso an ihrem Bewusstsein wie die Qualen in ihrem Innersten.

»Lucian!«, schrie sie. Immer wieder: »Lucian!«

Sofort griff einer der Schatten durch den Nebel nach ihr und hielt sie fest. Alexandra versuchte sich zu wehren, doch der Schmerz und das Entsetzen hatten ihr alle Kraft geraubt. Sie schrie, bis sie heiser war und seinen Namen nur mehr flüstern konnte.

Sie hatte ihn umgebracht! Womöglich war sie selbst ebenfalls längst tot und schmorte nun für das, was sie getan hatte, in der Hölle.

Der Schatten hielt sie mit sanfter Gewalt fest und setzte ihr einen Becher an die Lippen. Brennend heiß rann das bittere Gebräu ihre Kehle hinab. »Alles wird gut«, flüsterte der Schatten und strich ihr mit kühlen Fingern über die Stirn. »Ich bin da. Ruh dich aus.«

Sie versuchte einen Blick auf seine Züge zu erhaschen, doch die Schwaden verdichteten sich zu einer undurchdringlichen Nebelwand. Dann war da nichts mehr.

Als sie das nächste Mal zu sich kam, spürte sie die Kissen eines Bettes unter sich. Jemand hatte sie zugedeckt. Alexandra öffnete die Augen. Der Nebelschleier war zerrissen, dahinter offenbarte sich ihr der Blick auf das Halbdunkel eines Raumes. Die Schmerzen waren zurückgekehrt, tobend und alles verzehrend. Ihre Haut brannte ebenso wie ihre Kehle.

»Wasser«, stieß sie krächzend hervor.

Sofort löste sich einer der Schatten aus dem Halbdunkel und kam an ihre Seite. Der Schemen half ihr, sich aufzurichten, und setzte ihr einen Becher an die spröden Lippen. Wasser rann in ihren Mund und floss kühl und samtig weich ihre Kehle hinunter. Gierig trank sie, bis sie sich beinahe verschluckte. Rasch entzog ihr der Schatten den Becher. Alexandra sank kraftlos in die Kissen zurück.

Eine Stimme drang gedämpft zu ihr durch. »Hast du Schmerzen?«

Sie nickte, unfähig, einen Ton herauszubringen. Einen Atemzug später wurde sie erneut angehoben. Wieder spürte sie einen Becher an den Lippen, doch diesmal war es kein Wasser. Bitter und süßlich zugleich rann die Flüssigkeit ihre Kehle hinab. Sie glaubte, Wein und Gewürze zu schmecken. Noch während sie sich fragte, was der Schatten ihr da eingeflößt hatte, kehrte der Nebel zurück, riss ihr den Schmerz aus dem Leib und drängte das Bewusstsein aus ihrem Körper.

Beim nächsten Erwachen fühlte sie sich noch immer benommen. Sie war nicht tot, das hatte sie mittlerweile begriffen, doch was war geschehen? Wo war sie? Wer waren die Schatten? Woher kamen sie? Ehe sie eine Antwort finden konnte, war sie erneut eingeschlafen.

Wann immer sie die Augen aufschlug, war jemand neben ihr, um ihr Wasser oder mehr von dem bitteren Wein zu geben, der ihren Schmerz ebenso betäubte wie ihren Verstand. Mit jedem weiteren Erwachen gelang es ihr, ein wenig länger in der Welt der Lebenden zu verweilen. Allmählich begriff sie, dass der Ursprung der Hitze in ihrem Körper nicht im Feuer, sondern im Fieber lag, das in ihr brannte.

Die Schatten waren noch immer da. Manchmal waren es mehrere, die durch den Raum zu schweben schienen und sich an ihrem Leib zu schaffen machten. Wann immer einer sie berührte, glaubte sie vor Schmerz zu vergehen. Anfangs verlor sie dabei häufig die Besinnung. Doch es gab auch Zeiten, in denen nur ein einziger Schemen in ihrer Nähe war. Vorwiegend im Schutze der Dunkelheit, wenn kein Tageslicht den Nebel durchdrang. Dann brannte lediglich ein kleines Nachtlicht und offenbarte die Umrisse einer Gestalt, die neben ihrem Bett auf einem Stuhl saß.

In einer jener Nächte erinnerte sie sich endlich daran, woher der Schmerz kam. Vladimir! Er hatte auf sie geschossen! Waren die Schwärze und das Vergessen, die sie solange gefangen gehalten hatten, Vorboten des nahenden Todes gewesen?

Oft vernahm sie eine Stimme. Der Schemen sprach zu ihr, leise und beruhigend. Sie hatte diese Stimme schon einmal gehört, doch sie hätte nicht zu sagen vermocht, wann und wo das gewesen war.

»Lucian?«, fragte sie leise in den Nebel hinein.

Er ist fort, drangen Bothwells Worte aus den Tiefen ihres Albtraums empor.

»Das kann nicht sein«, flüsterte sie. »Das ist nicht möglich. Nicht möglich … es kann nicht sein … darf nicht …«

Jemand griff nach ihrer Hand. »Schschsch.« Nur gedämpft drang die Stimme zu ihr durch. »Das war nur ein böser Traum.«

»Lucian«, murmelte sie, schloss die Augen und sank erneut in tiefen Schlaf.

*

Gavril saß an Alexandras Seite und hielt ihre Hand. Sie war betäubt vom Laudanum, das ihr die Nonnen in den Wein mischten, um ihr die Schmerzen zu nehmen. Immer wieder war es der Name der Kreatur, der in ihren Fieberträumen über ihre Lippen fand. Begriff sie denn nicht, dass dieses Monster sie zerstörte? Dieser Vampyr hatte sie nicht nur im Stich gelassen, sondern auch den Jägern ausgeliefert! Wären Vladimir oder Mihail zu Hause gewesen, hätte das ihr Ende bedeutet.

Sein erster Impuls war gewesen, sie in ein Krankenhaus zu bringen. Doch Vladimir wusste, dass sie verletzt war, und würde vermutlich alle Krankenhäuser nach ihr absuchen. Die Jäger waren noch nicht lange in Edinburgh, sodass Gavril hier keinen Arzt kannte. Sich erst auf die Suche nach einem zu machen, konnte er sich nicht erlauben. Das Leben hätte ihren Leib verlassen, ehe er einen fand. Gavril hatte jedoch von einem Kloster vor den südlichen Toren der Stadt gehört. Die Nonnen dort hatten während der letzten Aufstände Verwundete versorgt. Sie würden wissen, was bei Schusswunden zu tun war.

Ohne lange nachzudenken, war er mit Alexandra auf die Straße gelaufen und hatte eine Droschke angehalten. Dem neugierigen Kutscher hatte er erklärt, dass seine strenggläubige Schwester einen Schwächeanfall erlitten hatte und sich nur von den Nonnen behandeln lassen wollte. Da hatte sich der Mann auf den Bock geschwungen und sie in Windeseile zum Kloster des Heiligen David gebracht.

Die Nonnen hatten lange um Alexandras Leben kämpfen müssen. Nachdem sie ihr die Kugel aus dem Fleisch geschnitten hatten, war das Fieber mit jedem Tag weiter gestiegen. Die Wunde rötete sich immer mehr, und für einige Zeit sah es so aus, als würde die Entzündung weiter fortschreiten. Tagelang war Alexandra in einem Zustand zwischen Leben und Tod gefangen gewesen, ohne ein einziges Mal zu sich zu kommen. Immer wieder reinigten die Nonnen die Wunde und bestrichen sie mit Salben und Tinkturen. Eine der Frauen war ständig in der Nähe, wechselte Alexandras Verbände, tupfte ihr die fiebrige Stirn mit einem kühlen Tuch ab und gab ihr in regelmäßigen Abständen Laudanum, um ihr zumindest die Schmerzen zu nehmen.

Obwohl Gavril vor Sorge außer sich war, konnte er nicht an ihrer Seite bleiben. Die Tage verbrachte er in der Gesellschaft der Jäger, bemüht, sich seinen Kummer nicht anmerken zu lassen, und setzte mit ihnen die Jagd nach dem Vampyr fort. Während der Nächte stahl er sich davon, um die dunkelsten Stunden an Alexandras Seite zu verbringen, ehe er im Morgengrauen ins Haus zurückkehrte.

Er hatte wahrlich versucht, in ihr eine Verräterin zu sehen und sie ihrem Schicksal zu überlassen, doch er konnte es nicht. Wenn er sie ansah, fand er in ihr noch immer dieselbe junge Frau, die er seit so vielen Jahren verzweifelt liebte. Er konnte unmöglich zulassen, dass sie Vladimir in die Hände fiel.

Während der vergangenen beiden Tage hatte sich ihr Zustand ein wenig gebessert. Das Fieber war gesunken und die Entzündung ging langsam zurück. Es gelang ihr, die

Augen zu öffnen, auch wenn Gavril bezweifelte, dass sie viel von ihrer Umgebung wahrnahm. Das Laudanum vernebelte ihr noch immer die Sinne, doch die Nonnen begannen bereits die Menge zu reduzieren, die sie ihr verabreichten.

Einzig die Träume verfolgten sie weiterhin. Oft schrak Gavril auf, wenn sie einmal mehr aus dem Schlaf fuhr und den Namen der Kreatur rief. Wohl wissend, dass sie ihn nicht erkannte, versuchte er sie zu beruhigen. Er setzte sich an ihre Seite, hielt ihre Hand und redete leise auf sie ein.

Heute Nacht war es nicht anders. Er saß auf der Bettkante, tupfte ihr den Schweiß von der Stirn und flüsterte ihr ins Ohr, dass alles gut werden würde. Als er sich zur Seite drehte, um das Tuch erneut ins Wasser zu tauchen und ihr dabei seine Hand entzog, rief sie ins Halbdunkel: »Lucian?«

Sofort griff Gavril nach ihrer Hand. »Ich bin hier. Hab keine Angst.«

Da seufzte sie leise, schloss die Augen und schlief sofort wieder ein. Gavril selbst hatte ihr nie Trost spenden können, wie es diese Kreatur scheinbar vermochte. *Warum dieses Monster? Warum nicht ich?*

*

Jedes Mal, wenn sie erwachte, lichtete sich der Nebel ein Stück mehr. Mit ihren Sinnen kehrte auch der Schmerz zurück, er war jedoch auf ein erträgliches Maß geschrumpft. Ihn zu spüren war ihr allemal lieber, als weiter hinter der weißen Wand gefangen zu sein.

Wann immer sie die Augen aufschlug, nahm sie ein wenig mehr von ihrer Umgebung wahr. Anfangs nur ihre Schlafstatt, ein einfaches Bett mit weißen Decken und Kissen, daneben ein kleiner Nachttisch. Später die ganze kleine Kammer. Ein dunkler Holzboden, Wände aus schmucklosem, grauem Stein und eine schmale Verbindungstür. Das Fenster war winzig und ließ nur wenig Tageslicht herein. Davor stand ein Tisch, auf dem jemand ihren Mantel und die übrigen Gewänder abgelegt hatte. Abgesehen von einem Schrank, neben dem eine Tür in einen weiteren Raum zu führen schien, und einem winzigen Waschtisch entdeckte sie nur noch einen einfachen Stuhl, der verlassen neben ihrem Bett stand.

Die bedrohlichen Schatten, von denen sie geglaubt hatte, dass sie hinter dem Nebel auf sie lauerten, offenbarten sich als Nonnen. Gütige ältere Frauen in langer, dunkelgrauer Ordenstracht, die sich voller Fürsorge um Alexandra kümmerten.

Sobald eine der Frauen bemerkte, dass sie erwacht war, kam sie an ihre Seite und beugte sich über das Bett. »Wie geht es Ihnen, mein Kind?«, erkundigte sie sich besorgt und tastete nach Alexandras Stirn. »Brauchen Sie etwas gegen die Schmerzen?«

Alexandra schüttelte den Kopf. »Wo …? Wie …?« Auch wenn sie nun mehr von ihrer Umwelt wahrnehmen konnte, fiel ihr das Sprechen noch immer schwer. Ebenso schwer fiel es ihr, den Erklärungen der Schwester zu lauschen, die sich als Schwester Mary vorstellte und von einem gütigen Engel sprach, der Alexandra zu ihnen gebracht hätte und seither jede Nacht an ihrem Bett saß.

Jede Nacht? »Lucian?«, fragte sie.

Doch die Schwester schüttelte den Kopf. »Sein Name ist

der des Erzengels: Gabriel. Ist das nicht passend für einen rettenden Engel?«

»Gavril?«

Schwester Mary nickte. »Ich glaube, so sprach er ihn aus.«

Alexandra wollte noch mehr fragen, doch die Schwester schüttelte den Kopf. »Dafür ist später noch Zeit«, erklärte sie entschieden. »Jetzt müssen Sie sich erst einmal ausruhen und zusehen, dass Sie wieder zu Kräften kommen. Sie haben immer noch Fieber.«

Als sie Alexandra sanft auf das Kissen zurückdrängte und ihr die Decke zurechtzog, wollte diese sich wehren, doch ihr war schwindlig und die kurze Unterhaltung hatte ihr tatsächlich alle Kraft geraubt. Noch ehe die Schwester den Raum verließ, war Alexandra eingeschlafen.

Als sie wieder erwachte, war es Nacht. Eine kleine Lampe stand auf dem Waschtisch und verströmte ihr schwaches Licht. Gavril saß neben ihrem Bett, den Blick nachdenklich auf die Wand gerichtet. Sobald Alexandra sich regte, war er an ihrer Seite und griff nach ihrer Hand.

»Gavril?«

Ein erleichtertes Lächeln breitete sich über sein Gesicht aus. »Du erkennst mich?«

Sie nickte. »Schwester Mary hat mir gesagt, dass du hier bist.« Ihre Stimme klang rau und heiser und sie musste mehrmals schlucken und sich räuspern, um die Worte herauszubringen, trotzdem wollte sie nicht schweigen. Zu groß war ihre Erleichterung, nicht länger in ihren Fieberträumen gefangen zu sein.

»Wie fühlst du dich?«, fragte er besorgt. »Brauchst du etwas? Laudanum?«

»Wasser wäre gut.«

Er half ihr, sich aufzusetzen. Sofort ließ ein scharfer Schmerz sie zusammenfahren. Sie presste die Lippen aufeinander und zwang sich, ihn zu ertragen. Ohne Gavrils stützenden Arm wäre sie kaum imstande gewesen, sich aufrecht zu halten. Mit der freien Hand griff er nach dem Wasserbecher und half ihr zu trinken. Sobald er den Becher wieder abgestellt hatte, ließ er sie vorsichtig auf das Kissen zurückgleiten.

So sehr sie Gavril für seine Hilfe auch dankbar war, so wenig konnte sie sich des unguten Gefühls erwehren, das von ihr Besitz ergriff. Gavril unternahm nur wenig ohne Vladimirs Wissen. Alexandras Blick wanderte an ihm vorbei durch den Raum. »Wo ist er?«

»Vladimir? Er weiß nichts von dir.«

Seine Worte beruhigten sie ein wenig, doch es wollte ihr nicht gelingen, ihr Misstrauen gänzlich zum Schweigen zu bringen. »Weißt du, was passiert ist?«

»Ich fand dich auf der Schwelle unseres Hauses«, begann er. »Jemand hat dich dorthin gelegt und –«

»Eures *Hauses?*«, echote sie.

»Wir wohnen nicht länger in der Pension.« Während Gavril berichtete, wie er sie gefunden und hierher gebracht hatte, kämpfte sie gegen die Müdigkeit an. »Es sieht ganz danach aus, als hätte dich deine Kreatur im Stich gelassen«, beendete er seinen Bericht schließlich.

Sie wollte ihm sagen, dass das unmöglich war. Lucian würde sie nicht allein lassen! Nie! Dann jedoch krochen Bothwells Worte in ihrer Erinnerung nach oben. *Er ist fort. Er wird nicht noch einmal in Ihre Nähe kommen.* Wie konnte sie annehmen, dass es sich dabei tatsächlich um eine Erinnerung handelte? Sie war kaum bei Sinnen gewesen. Die Worte konnten ebenso gut ihren Albträumen entsprungen sein.

Obwohl sie bisher nur wenig gesagt hatte, strengte sie das Sprechen ebenso an wie jeder Versuch, einen klaren Gedanken zu fassen. Sie spürte, wie ihr die Augen zufielen, trotzdem zwang sie sich, die nächste Frage zu stellen. »Wie lange bin ich hier?«

»Beinahe zwei Wochen.«

»Zwei …?« *O Gott!* Lucian wusste noch immer nicht, dass er den Splitter nur zusammen mit dem Kreuz vernichten konnte. Was, wenn er das Ritual durchgeführt hatte und etwas Schreckliches geschehen war? Unwillkürlich tastete sie nach dem Band zu Lucian, doch sie war zu schwach, um es zu fassen zu bekommen. Immer wieder entglitt es ihr, ohne dass es ihr gelungen wäre, die vertraute Wärme zu spüren, die die Verbindung stets in ihr hervorrief. Sie versuchte es weiter, so verzweifelt, dass ihr der Schweiß auf die Stirn trat. Das Band nicht zu finden, war, als hätte man ihr nicht nur die Kugel aus dem Leib geschnitten, sondern ihr auch einen Teil ihrer Seele genommen. Was, wenn es nicht an ihrer eigenen Schwäche lag? Was, wenn es tatsächlich durchtrennt war? *Das würde bedeuten, dass …* »Würdest du mir die Wahrheit sagen, wenn Lucian nicht mehr am Leben wäre, Gavril?«

Er dachte einige Zeit über ihre Frage nach, ehe er nickte. »Das würde ich.«

»Er ist nicht hier und ich kann …« *Ich kann ihn nicht spüren!* »… mir nicht erklären, warum. Bitte, Gavril.«

»Er ist Vladimir entkommen, falls es das ist, was dich interessiert«, sagte Gavril finster. »Bisher haben wir nicht die geringste Spur von ihm. Es ist, als hätte sich die Erde aufgetan und ihn verschlungen.«

Vielleicht hatte er sich versteckt und war zu weit entfernt, sodass sie die Verbindung nicht spüren konnte. Oder sie war tatsächlich noch zu geschwächt. Daran, dass Bothwell recht haben und Lucian tatsächlich gegangen sein könnte, wagte sie nicht zu denken. Ihr Blick schweifte haltlos durch den Raum, ehe er auf ihrem Mantel verharrte.

»Es ist nicht mehr da«, sagte Gavril.

Alexandra sah ihn irritiert an.

»Das Buch«, erklärte er. »Ich habe es verbrannt. Dieses Kreuz hat uns allen nur Unglück gebracht. Ich will nichts mehr davon wissen. Sobald dieser Vampyr vernichtet ist, werde ich auch das Kreuz zerstören.«

Du Narr! Erleichtert, dass sie Lucian zumindest das Ritual gegeben hatte, sank sie in die Kissen zurück und schloss die Augen. Plötzlich war sie zurück in der Kathedrale von St. Giles. Aus dem Schatten hinter der Säule rief Vladimir: »Jägerin! Ich kann dich riechen!«

Alexandra schreckte auf.

Gavril musterte sie besorgt. »Wieder ein schlechter Traum?«

»Eine Erinnerung.« Es fiel ihr schwer, in Worte zu fassen, was ihr durch den Kopf ging. »Vladimir war ... anders. Schon in der Bibliothek und auch später in St. Giles. Er hat mich Jägerin genannt und er sagte, er könne mich riechen. Da war etwas in seinen Augen ... so fremd.«

Gavril runzelte die Stirn.

»Es ist nicht das Fieber, das aus mir spricht«, versuchte Alexandra zu erklären. »Da ist etwas an ihm – ich kann es nicht benennen und auch nicht fassen, aber es ist da.«

Sie war zu erschöpft, um fortzufahren, und Gavril schien nicht gewillt, auf ihre Worte einzugehen. Stattdessen griff er nach ihrem Wasserbecher und schob ihn auf dem Nachttisch hin und her. Wasser schwappte über den Rand und hinterließ nasse Ringe auf dem Holz, die rasch verwischten, als er das Gefäß weiter von einer Seite zur anderen wandern ließ. Eine Ewigkeit verstrich, in der er seine volle Aufmerksamkeit dem Becher schenkte. Es fiel Alexandra immer schwerer, die Augen offen zu halten.

»Manchmal habe ich das Gefühl, er ist nicht länger er selbst.« Gavrils leise Worte rissen sie von der Schwelle des Schlafes zurück. »Er geht anders, er spricht anders, selbst die Art, wie er mich ansieht, scheint eine andere zu sein. Manchmal ist es, als stünde ich nicht meinem Bruder, sondern einem Fremden gegenüber.«

Alexandra verdrängte ihre Müdigkeit und setzte sich ein Stück auf. Sofort wogte eine Welle des Schmerzes durch ihre Seite. Sie biss die Zähne zusammen und hielt den Atem an, bis das Schlimmste vorüber war. »In der Bibliothek hatte ich das Gefühl, er könne mich mit seinem Blick zwingen, ihm zu verraten, wo der fehlende Teil des Kreuzes ist.« Es war lächerlich. Nur mächtige Vampyre beherrschten es, Menschen unter die hypnotische Macht ihres Blickes zu zwingen. Aber Vladimir war kein Vampyr!

»Manchmal glaube ich, dass allein seine Augen mich davon überzeugen könnten, etwas zu tun«, sagte Gavril. »Was er sagt und verlangt, erscheint so klar und vernünftig. Wenn ich mich jedoch abwende, wird mir schlagartig bewusst, *was* er da von mir verlangt. Dinge, die ich nie zu tun bereit war!«

»Wie den Bibliothekar zu töten?«

Gavril senkte den Blick. Da erst begriff sie, dass tatsächlich er es gewesen war, der dem alten Mann das Leben genommen hatte.

»O mein Gott«, flüsterte sie. »Er hat dich wirklich dazu gebracht!«

»Ich zweifelte nicht an seinem Befehl.« Seine Augen waren ins Nichts gerichtet, als er stockend fortfuhr: »Es erschien mir das einzig Richtige zu sein. Immer wieder versicherte ich mich mit einem Blick zu ihm, dass es tatsächlich das war, was er wollte.«

Und mit diesem Blick hat er dich mehr und mehr unter seinen Bann gezwungen.

»Es war so einfach. Der Alte hat mich nicht einmal gehört. Er wusste nicht, dass ich da bin, und in dem Augenblick, in dem ich ihm den Schädel eingeschlagen habe, war es zu spät.« Tränen schimmerten in Gavrils Augen, als er sie wieder ansah. »Als ich begriff, was ich getan hatte, glaubte ich, aus einem Albtraum zu erwachen. Das konnte ich unmöglich getan haben! Ich bin doch kein Mörder!«

Diesmal war es Alexandra, die nach seiner Hand griff und sie drückte. »Nein, das bist du nicht. Vladimir ist der Mörder. Er scheint nur einen Weg gefunden zu haben, dich und Mihail dazu zu bringen, für ihn die Drecksarbeit zu erledigen.« In der Bibliothek hatte Gavril zu verhindern versucht, dass Mihail sie erdolchte, und als er sie auf seiner Schwelle fand, hatte er sie vor seinen Kameraden in Sicherheit gebracht. Beides Gelegenheiten, bei denen er nicht Vladimirs Blick ausgesetzt gewesen war. Jetzt, da Vladimir nicht in der Nähe war, benahm er sich wie immer. »Ich weiß nicht, wie das möglich ist, doch es kommt mir vor, als könne Vladimir Menschen mit seinem Blick beeinflussen.«

»Unsinn!«, widersprach Gavril und entzog ihr seine Hand. »Vladimir ist doch kein Vampyr! Er meidet weder das Tageslicht noch Gotteshäuser oder Stechginster. Er hasst diese Kreaturen und setzt alles daran, auch das letzte dieser Wesen zu vernichten. Er würde eher sterben, als sich umwandeln zu lassen.«

»Womöglich hatte er keine Wahl. Wie willst du dir seine Veränderung sonst erklären?« Es gelang ihr kaum noch, die Augen länger offen zu halten, dennoch kämpfte sie gegen den Schlaf an, der sie zu übermannen drohte. »Etwas passiert mit ihm.«

»Vielleicht hat deine Kreatur etwas damit zu tun.«

»Nein«, erwiderte sie entschieden. »Lucian hat noch nie einen Menschen umgewandelt – und er wird es niemals tun.«

»Woher willst du das wissen?«

»Er hat es mir gesagt.« Zu ihrem eigenen Erstaunen genügte ihr das.

*

Während der folgenden Tage schlief Alexandra viel. Die Verletzung machte ihr nach wie vor zu schaffen, besonders nachdem sie darauf bestanden hatte, das Laudanum weiter zu reduzieren, bis sie es schließlich ganz wegließ. Auch das Fieber war noch nicht gänzlich gewichen. Vor allem an den Abenden glaubte sie oft vor Hitze zu vergehen, und die Schwestern hatten alle Mühe, sie davon abzuhalten, das Fenster aufzustoßen und die nasskalte Aprilluft hereinzulassen.

Bald war sie in der Lage, sich aus eigener Kraft aufzusetzen, solange Kissen ihren Rücken stützten. An Stehen oder Gehen war ohne Hilfe zunächst nicht einmal zu denken. Erst nach ein paar weiteren Tagen schaffte sie es, allein das Bett zu verlassen. Gehen fiel ihr noch immer schwer, dennoch setzte sie verbissen einen Fuß vor den anderen – jeden Tag ein paar Schritte mehr. Wann immer die Ungeduld sie übermannte, erinnerte eine der Schwestern sie mit freundlichen Worten daran, wie knapp sie dem Tode entronnen war. Alexandra wusste, dass sie dankbar dafür sein sollte, am Leben zu sein. Doch alles, woran sie denken konnte, war der Tag, an dem sie das Kloster endlich verlassen konnte, das mehr und mehr zu ihrem Gefängnis wurde. Sie vermisste Lucian. Nicht zu wissen, was Lucian von ihr fernhielt, ließ ihr keine Ruhe. Nachdem er sich die ganze Zeit über so standhaft geweigert hatte, sie allein zu lassen, fiel es ihr schwer zu glauben, er könne es gerade jetzt getan haben.

Am Morgen hatte sie Schwester Mary gefragt, wie lange sie noch im Kloster bleiben müsse. »Eine Woche«, hatte die vernichtende Antwort gelautet. »Wenn Sie sich wirklich schonen, vielleicht etwas weniger.«

Alexandra dachte daran, eine der Schwestern zu bitten, für sie eine Nachricht an Lucian zu überbringen. Da sie jedoch fürchtete, die Schwestern könnten Gavril davon berichten oder ihn gar bitten, die Nachricht zu übermitteln, sah sie davon ab. Stattdessen tastete sie ein weiteres Mal nach dem Band. Zunächst glaubte sie, es würde wieder nichts geschehen, doch dann war da plötzlich ein Gefühl der Wärme, das nichts mit dem Fieber der letzten Zeit gemein hatte. Da wusste sie, dass er noch immer da war. Sie fragte sich, ob es möglich wäre, ihn auf diesem Weg auf sich aufmerksam zu machen. In der Bibliothek war es ihr gelungen, sich so stark auf ihn zu konzentrieren, dass er sich zu ihr umgewandt hatte. *Damals war er nur wenige Meter entfernt.* Diesmal trennten sie einige Meilen. Nach dem Band zu greifen, war anstrengend, dennoch versuchte sie es immer wieder. Als sie es schließlich fand, tastete sie sich daran entlang, in der Hoffnung, jeder verstreichende Augenblick würde sie näher zu ihm führen. Tatsächlich schien die Wärme an Intensität zu gewinnen – ehe sie schlagartig erlosch. Erschöpft sank Alexandra in die Kissen zurück, fest entschlossen, neue Kräfte zu sammeln, um es später noch einmal zu versuchen.

Als es kurz nach Mittag klopfte, glaubte sie schon, es wäre eine der Schwestern, die sie auffordern wollte, ihren Mittagsschlaf zu halten. Stattdessen kam Gavril zur Tür herein. Sein Mantel war nass vom Regen, ebenso wie sein Haar.

»Störe ich?«

Alexandra schüttelte den Kopf. Er legte den Mantel ab, zog sich den Stuhl heran und setzte sich. »Vladimir und Mihail sind heute Morgen nach Glasgow aufgebrochen«, erklärte er. »Es sieht ganz danach aus, als hätten sie eine Spur des fehlenden Fragments gefunden.«

Lucian war auf dem Weg nach Glasgow? War es deswegen so schwer, das Band zu fassen zu bekommen? *Ist er* … Es fiel ihr schwer, den Gedanken zu beenden. *… tatsächlich gegangen?* Alexandra verzichtete darauf, Gavril zu fragen, wie viel er über Vladimirs Vorhaben wusste. Er mochte ihr Leben gerettet haben, doch was Lucian anging, standen sie auf unterschiedlichen Seiten. »Wie lange werden sie fort sein?«

»Solange es dauert.« Gavril zuckte die Schultern. »Ein paar Tage, vielleicht auch ein oder zwei Wochen.«

»Warum haben sie dich nicht mitgenommen?« Es erschien ihr eigenartig, dass Vladimir und Mihail die Stadt verließen, während Gavril zurückblieb. Die Jäger hatten sich noch nie getrennt. Warum jetzt?

»Ich soll hier die Augen offen halten – für den Fall, dass Vladimir sich geirrt hat.«

Vladimir hat also nicht nur sein Auftreten, sondern auch sein Vorgehen geändert. Früher wäre es undenkbar gewesen, dass er zugelassen hätte, dass sie sich trennten. War er derart besessen von dem Wunsch, Lucian zur Strecke zu bringen, dass er sich nicht länger um die Sicherheit seiner Kameraden scherte?

»Zumindest kann ich mich, solange die beiden fort sind, besser um dich kümmern.«

»Dann willst du dich also nicht auf die Suche nach Lucian machen?«

»Das habe ich mich auch gefragt – schon den ganzen Morgen.« Er fuhr sich durch das nasse Haar, bis es ihm in kurzen dunklen Strähnen vom Kopf abstand. »Aber wozu? Würde Vladimir nach Glasgow gehen, wenn er glaubt, dass der Vampyr und das fehlende Fragment noch immer hier sind? Wohl kaum. Deswegen dachte ich, ehe ich meine Zeit mit einer ohnehin sinnlosen Suche verschwende, nutze ich lieber die Gelegenheit und sehe nach dir.«

Alexandra wusste nicht, ob sie sich darüber freuen sollte. Er hatte ihr das Leben gerettet, und dafür war sie ihm dankbar. Aber jede Minute, die er in ihrer Gesellschaft verbrachte, würde ihn nur daran erinnern, dass sie für ihn nie das sein konnte, was er in ihr sah. Womöglich wäre es besser, wenn er ginge und nicht mehr zurückkam. Sie setzte mehrmals dazu an, ihm das zu sagen, doch sie brachte es nicht über sich.

»Weißt du, was ich nicht verstehe, Alexandra?«, fragte er unvermittelt. »Es will mir einfach nicht in den Kopf, warum du dieser Kreatur geholfen hast. Nach allem, was Vampyre dir angetan haben, beschützt du ausgerechnet einen von *ihnen*!«

Es ist noch viel schlimmer, als du annimmst. Wenn ihr vor zwei Monaten jemand gesagt hätte, dass sie einmal einem Vampyr helfen würde, hätte sie denjenigen ausgelacht. Hätte ihr jemand gesagt, dass es sich dabei um einen Vampyr handelte, der dem Mörder ihrer Familie aufs Haar glich, hätte sie ihn für geisteskrank befunden. Doch genau das war geschehen, und Gavril hatte nicht die geringste Ahnung. Keiner der Jäger hatte den Unendlichen je zu Gesicht bekommen. Wenn sie gewusst hätten, wie der Erste Vampyr aussah, hätten sie bei Lucians Anblick annehmen müssen, er wäre der Unendliche. Sie hätten ihr niemals geglaubt, dass es sich um seinen Zwilling handelte.

»Er hat es verdient, in Frieden zu leben.«

»Leben?«, rief Gavril. »Er ist ein Untoter! Ein Monster!«

Alexandra schüttelte den Kopf. »Nein, das ist er nicht.« *Er ist nur ein Mann, der in das Dasein eines Monsters gezwungen wurde.*

»Du hast einmal gesagt, er hätte dir das Leben gerettet«, bohrte Gavril weiter. »Ist das der Grund, warum du uns und alles, wofür wir stehen, verraten hast? Hilfst du ihm deshalb? Weil du glaubst, ihm etwas schuldig zu sein?«

»Ich *bin* ihm etwas schuldig.«

Womöglich würde Gavril es verstehen, wenn er nur die

ganze Geschichte kannte. »Erinnerst du dich daran, dass Vladimir uns noch am Tag unserer Ankunft in den Mary King's Close geführt hat?« Als er nickte, fuhr sie fort: »Wir wurden getrennt. Ich fand die Leiche eines Mädchens und folgte der Spur eines Vampyrs.« Zum ersten Mal erzählte sie jemandem, wie sie damals auf Daeron und Catherine gestoßen und was danach geschehen war. Sie berichtete vom Anwesen des Unendlichen und davon, dass sie später ein Vampyr in ihrer Pension erwartet hatte, um sie zu warnen. Lucian Mondragon. Immer wieder musste sie eine Pause machen, um etwas Wasser zu trinken, oder sich für einen Moment zurücklehnen, um wieder zu Atem zu kommen, ehe sie fortfahren konnte. Sie ließ nur wenig aus. Einzig, dass der Unendliche und Lucian Zwillinge waren und welche Gefühle Lucian für sie hegte, behielt sie für sich. Sie erzählte sogar von der alten Zigeunerin, die Lucian schon vor Jahrhunderten prophezeit hatte, dass Alexandra in sein Leben treten würde. Von dem Band zwischen ihnen sagte sie jedoch nichts.

Sie sprach von ihrem Bündnis mit Daeron und Catherine, ihren Begegnungen mit Lucian und davon, wie er sie vor dem Unendlichen und der Ushana gerettet hatte. Selbst den Fluch, der ihn zu dem gemacht hatte, was Alexandra und die Jäger so sehr verabscheuten, enthüllte sie ihm. Ihre Geschichte endete mit der Vernichtung des Unendlichen. »Lucian ist der Bruder des Unendlichen, doch er ist keine seiner Kreaturen, deshalb brachte ihm dessen Ende keine Erlösung«, schloss sie müde. »Er ist der einzige noch lebende Vampyr.«

»Existierend«, korrigierte Gavril.

»Was?«

»Sein Herz schlägt nicht, er atmet nicht und sein Leib ist kalt. Das ist kein Leben, sondern bloße Existenz.«

»Aber er hat sich seine Menschlichkeit bewahrt und gegen den Unendlichen und seine Kreaturen angekämpft – bis zum Ende«, beharrte sie. »Er ist nicht wie jene, die wir all die Jahre gejagt haben. Er hat ein Gewissen.« *Und ein Herz – auch wenn es nicht schlägt.*

Eine Weile schien Gavril über ihre Worte nachzudenken. Draußen war unbemerkt die Dämmerung angebrochen. »Es fällt mir schwer, das alles zu glauben«, sagte er schließlich und stand auf, um die kleine Lampe zu entzünden. »Wenn dieser Mondragon so großartig ist, warum hat er dich dann zurückgelassen?«

Wie oft hatte sie sich während der letzten Tage und Wochen gewünscht, Lucian wäre hier. Allein seine Stimme zu hören und zu wissen, dass er da war, hätte ihr geholfen, schneller gesund zu werden. Doch er war nicht gekommen. Nicht ein einziges Mal, seit sie im Kloster war, hatte sie das Gefühl gehabt, dass er in der Nähe war. Nicht das geringste Anzeichen, dass er sich um sie sorgte oder wenigstens sichergehen wollte, dass es ihr gut ging.

»Du siehst müde aus«, durchbrach Gavril das lange Schweigen. »Das Sprechen hat dich angestrengt. Schlaf ein wenig, ich werde inzwischen sehen, ob die Nonnen ein Mahl für mich entbehren können.«

Alexandra sank in die Kissen zurück und ließ zu, dass Gavril ihre Decke zurechtzog. »Ich bin nicht lange fort.«

Sie schloss die Augen und wartete, bis die Tür hinter ihm ins Schloss fiel. Draußen schlug der Regen gegen die Scheiben, ein gleichmäßiges Prasseln, beruhigend und einschläfernd zugleich. Alexandra rollte sich unter der Decke zusammen und griff nach dem Band. Diesmal fand sie die Wärme sofort. Sie klammerte sich daran und folgte ihr, bis auch das Prickeln dazukam. *Ich weiß immer, wo Sie sind*, hatte er gesagt, als sie das erste Mal darüber gesprochen hatten. *Und manchmal spüre ich sogar, in welcher Stimmung Sie sich gerade befinden.* Damals in der Bibliothek war es auch ihr gelungen, seine Stimmung aufzufangen. Nur zu gut erinnerte sie sich daran, wie seine Gefühle über sie hinweggebrandet waren. Seine Verzweiflung, die Angst, ihr könne etwas zustoßen, und seine bedingungslose Liebe. Wenn die Verbindung zwischen ihnen so stark war, dass es selbst Alexandra gelungen war, seine Empfindungen aufzufangen, warum war er dann nicht hier?

Sie umfing das Band mit ihrem Geist und tastete sich weiter daran entlang, in der Hoffnung, es würde sie zu Lucian führen. *Ich bin hier! Kannst du mich hören?* Doch sie erhielt keine Antwort. Vielleicht war es gar nicht möglich, auf diesem Wege eine Botschaft zu übermitteln, dennoch versuchte sie es weiter. Sie folgte der Wärme, bis das Prickeln immer mehr an Intensität gewann. Hitze strömte aus jeder Pore, breitete sich über ihre Haut aus und verursachte ein heftiges Kribbeln. Sie musste jetzt ganz nah bei ihm sein. *Lucian?* Da war etwas, sie konnte es fühlen. Er war da! Nur noch ein winziges Stück, dann würde ihr Geist den seinen berühren. Sie würde seine vertraute Nähe spüren und seinen Trost! Plötzlich stieß sie auf eine Barriere, als versuche er seinen Geist vor ihr abzuschotten. *Das würde er nicht tun!* Sie tastete sich weiter voran, suchte nach einem Weg, der um das Hindernis herumführte. Auf einmal war es, als würde sie eine feine Membran durchstoßen, ein kleiner Widerstand, dann war sie am Ziel. Von der tröstlichen

Wärme, die sie stets in seiner Gegenwart empfunden hatte, war nichts geblieben. Sie befand sich an einem Ort voller Kälte und Trauer. Eine unendliche Leere, die nach ihr griff und sie zu erdrücken drohte. Mit einem erschrockenen Aufschrei zog sie sich zurück.

*

Lucian war in einem nicht enden wollenden Albtraum gefangen.

Nachdem er endlich begriffen hatte, dass Alexandra nicht zu ihm zurückkommen würde, hatte ihn nur noch ein einziger Gedanke beherrscht: Er wollte Rache!

Außer sich vor Trauer war er aus dem Haus gestürmt, bereit für die Jagd nach Alexandras Mörder. Sein erstes Ziel war die neue Unterkunft der Jäger. Er trat die Tür so heftig ein, dass sie aus den Angeln gerissen wurde, und stürmte ins Haus. Raum für Raum suchte er nach diesen Schlächtern ab, riss Tür um Tür auf, ohne zu finden, wonach er suchte. Als er zu begreifen begann, dass das Haus verlassen war, warf er brüllend vor Zorn Schränke und Kommoden um, riss Vorhänge herunter und fegte Tische und Ablagen leer. Womöglich hätte er das Haus niedergebrannt, doch plötzlich hatte Robert neben ihm gestanden und ihm eine Hand auf die Schulter gelegt. Eine einzige Berührung, die ihn zurück in Hilflosigkeit und Trauer gestürzt hatte.

»Er wird dafür bezahlen«, sagte Robert ruhig. »Aber das ist nicht der richtige Weg. Mit blinder Raserei bringst du dich nur selbst in Gefahr.«

»Und wenn schon.«

»Willst du, dass ihr Opfer umsonst war?«

Roberts Worte ließen die wilde Wut verfliegen, die ihn angetrieben hatte.

Nach dem Intermezzo im Haus der Jäger hatte er keinen weiteren Versuch unternommen, die Männer zu stellen. Die folgenden beiden Wochen zog sich Lucian in sein Zimmer zurück. Tagsüber saß er im Sessel und starrte in die erkaltete Feuerstelle, in er Nacht stand er am Fenster und blickte in die Dunkelheit hinaus. Wann immer Robert einen Versuch unternahm, ihn aus seiner Trübsal zu reißen, schickte Lucian ihn fort. Er wollte mit niemandem sprechen und er wollte keine Nahrung zu sich nehmen.

»So kann das nicht weitergehen.« Einmal mehr war Robert ohne Aufforderung eingetreten und störte Lucian in seiner Trauer. »Ich weiß, dass du sie vermisst, aber du kannst dich doch deshalb nicht vollständig aufgeben. Du musst weitermachen!«

Lucian drehte sich nicht einmal um. »Weitermachen?«, echote er. »Womit? Es gibt nichts mehr, wofür es sich lohnt, *weiter*zumachen.«

»Ich weiß, dass du das jetzt nicht hören willst«, fuhr Robert fort. »Aber was ist mit mir? Du bist mein Freund, Lucian! Denkst du, es fällt mir leicht, mit anzusehen, wie du dich Tag für Tag ein wenig mehr verlierst? Der einzige Grund, warum du noch hier bist, ist deine Unsterblichkeit. Wenn du könntest, würdest du ...«

Die Unsterblichkeit war kein Hindernis. Nicht, solange sich der Splitter in seinem Besitz befand. Robert schien das ebenfalls zu begreifen. »Würdest du das wirklich tun?«, flüsterte er heiser. »Wärst du tatsächlich imstande, mich im Stich zu lassen?«

»Ich werde niemanden im Stich lassen!«, erwiderte Lucian scharf. »Und ganz sicher werde ich mich nicht davonstehlen, indem ich meinem Dasein mit eigener Hand ein Ende setze. Ich bin kein Feigling, der vor der Welt zurückschreckt!«

»So habe ich das nicht gemeint«, protestierte Robert. »Ich wollte doch nur ...«

Lucian wusste, was Robert wollte. Sein Freund versuchte, ihn aus seiner Trauer zu reißen. Er wollte, dass alles wieder so war wie früher – bevor er Alexandra begegnet war. Nicht der Alexandra aus seinen Träumen, sondern der leibhaftigen Jägerin. Doch so würde es niemals wieder werden. Nicht, nachdem er wusste, wie ein Leben an ihrer Seite hätte sein können.

Mit ihrem Tod war etwas in ihm zerbrochen. Ein wichtiger Teil seiner selbst, der ihm die Fähigkeit geschenkt hatte, glücklich zu sein. Er konnte ohne Alexandra existieren, doch er würde niemals wieder Freude empfinden. Langsam stand er auf und wandte sich Robert zu. »Wir werden das Ritual studieren«, sagte er entschlossen, »und alles Nötige beschaffen. Sobald alle Vorbereitungen getroffen sind, werden wir den Splitter vernichten. Danach holen wir uns die Jäger.«

Weiter voraus wollte er nicht denken. Er konnte keine Zukunft planen, von der er wusste, dass er sie nicht haben wollte.

Nachdem feststand, dass sie weitermachen würden, verwandte Lucian seine Zeit darauf, das Ritual zu ergründen. Die eigentliche Durchführung erschien ihm nur wenig kompliziert. Alles hing von den richtigen Ingredienzien ab. Deren Bearbeitung sowie die Mischung waren eine delikate Angelegenheit. Wieder und wieder las er es, in der Befürchtung, etwas übersehen zu haben, doch er konnte selbst beim hundertsten Mal keine Stolpersteine finden.

Schließlich begann er wieder Nahrung zu sich zu nehmen – Blut, das Robert ihm vom Schlachter brachte. Er erstellte für Robert eine Liste der nötigen Zutaten, in erster Linie verschiedene Kräuter, Pflanzenessenzen und Weihwasser. Nicht alles davon war leicht zu bekommen.

Tag um Tag zog Robert los, um die Händler und Märkte nach den nötigen Bestandteilen abzusuchen. Einige Pflanzen fanden sich nicht in der Stadt, sodass er sie an den Hängen des Arthurs Seat, vor den Toren Edinburghs, sammeln musste. Währenddessen kümmerte sich Lucian darum, die einzelnen Bestandteile entsprechend zu behandeln. Er verarbeitete Silber, Stechginster, verschiedenste Essenzen und Kräuter. Einige davon hängte er zum Trocknen auf, aus anderen kochte er einen Sud, den er in Tonkaraffen auffing.

Jeder Handgriff ging wie von selbst vonstatten, ohne dass er darüber nachdenken musste. Er funktionierte. Sein Denken und seine Gefühle waren abgestellt. Er gestattete sich nicht, an Alexandra zu denken. Wann immer seine Gedanken dennoch zu ihr fanden, war es, als durchbohre eine Silberkugel sein Herz. Der Schmerz brannte sich durch sein Fleisch und tötete ihn Stück für Stück, unendlich langsam. Die Einsamkeit, die ihn über die Jahrhunderte begleitet hatte, während er nach Alexandra Ausschau gehalten und darauf gewartet hatte, dass sie endlich in sein Leben trat, war nichts, verglichen mit der Leere, die ihm nun innewohnte. Dass sie nicht zurückkommen, nie wieder mit ihm streiten oder ihm sagen würde, er solle aus ihrem Leben verschwinden, war grauenvoll. Noch schlimmer war jedoch das Wissen, die Schuld an ihrem Tod zu tragen.

Er verschloss einen Topf, in dem er einen weiteren Kräutersud angesetzt hatte, und stellte eine Lederflasche mit Weihwasser zur Seite, das Robert ihm gebracht hatte, als er plötzlich glaubte, eine Berührung zu spüren. Ein vertrautes Gefühl, als wäre das Band zwischen Alexandra und ihm mit ihrem Tod nicht durchtrennt worden. Sein erster Impuls war, danach zu greifen und seine Sinne nach ihr auszustrecken. Doch wem machte er etwas vor? Es gab niemanden, der am anderen Ende auf ihn wartete. Nur Leere. Wenn er zuließ, dass seine Hoffnungen genährt wurden, und nach dem Band griff, würde es nur eine noch tiefere Wunde schlagen. Er zog seinen Geist zurück und richtete seine Aufmerksamkeit auf die frischen Kräuter, die vor ihm auf dem Tisch lagen. Er begann, einzelne Zweige zusammenzubinden, damit er sie zum Trockenen aufhängen konnte. Als er den Knoten des zweiten Büschels festzog, erfüllte ihn plötzlich eine Wärme, wie er sie seit Wochen nicht mehr verspürt hatte. Er ließ die Hand sinken und hob den Kopf. Den Blick starr geradeaus gerichtet, griff er nach dem Band.

13

Alexandra blieb nicht lange allein. Bald schon saß Gavril wieder an ihrer Seite, den Blick schweigend auf die Wand über ihrem Kopf gerichtet. Womöglich dachte er darüber nach, was sie über Lucian gesagt hatte, vielleicht überlegte er auch nur, wie er den Vampyr zur Strecke bringen konnte. Im Augenblick war es ihr gleichgültig, was in ihm vorging. Sie war noch immer zu sehr von den Gefühlen gefangen, auf die sie am anderen Ende des Bandes gestoßen war. Bei der Erinnerung an die tiefe Verzweiflung und Trauer kroch das Entsetzen auf dünnen, eisigen Beinen über ihren Rücken. Das war nicht der Lucian, den sie kannte. Aber was mochte ihn derart verändert haben? Fühlte es sich so an, im Geist eines Vampyrs zu sein? Eines wirklich bösartigen Vampyrs? Nein! Das war unmöglich! Dann begriff sie es plötzlich.

»O mein Gott«, entfuhr es ihr leise. Sie hatte die Worte nicht laut aussprechen wollen, doch als sie die Wahrheit endlich erkannte, ließ sich der Schrecken nicht länger zurückhalten.

Sofort war Gavril an ihrer Seite. »Fehlt dir etwas?«, rief er erschrocken. »Hast du Schmerzen? Soll ich eine der Schwestern rufen?«

Alexandra schüttelte den Kopf. »Er denkt, ich bin tot«, flüsterte sie. »Deshalb ist er nicht hier.«

Gavril musterte sie irritiert. Sein Blick war so eindringlich, als fürchte er, sie könne dem Wahnsinn anheimgefallen sein. Dann verzog er das Gesicht. »Dein Vampyr.« Er trat ans Fenster und starrte mit verkniffener Miene in die Nacht hinaus.

Sie hatte die Bettdecke schon zurückgeschlagen und sich aufgesetzt, als Gavril erschrocken rief: »Was machst du da?«

»Ich wollte ...« Was wollte sie? Blindlings davonstürmen, obwohl sie noch immer nicht vollends bei Kräften war?

Loslaufen und Gavril geradewegs zu Lucian führen? »Nichts«, murmelte sie. »Schon gut.«

Gavril sah sie lange an. »Manchmal glaube ich, dich nicht mehr zu kennen. Wenn es um ihn geht, scheinst du den Verstand zu verlieren.« Er wollte noch mehr sagen, doch plötzlich hielt er inne.

»Was –?«

Er hob die Hand und bedeutete ihr zu schweigen. Mit zwei schnellen Schritten war er an der Tür und lauschte in den Gang hinaus. Draußen war alles still. Dann knarrte eine Diele. Selbst in ihrem Zustand erkannte Alexandra den Unterschied zwischen normalen Schritten und jemandem, der sich langsam heranschlich. Rasch legte Gavril von innen den Riegel vor und kehrte zum Bett zurück. Er griff nach Alexandra und half ihr hoch. Schlagartig wurde ihr schwindlig. Sie grub ihre Finger in Gavrils Arm und hielt sich fest.

Er deutete auf die Verbindungstür. »Versteck dich dort drüben. Rühr dich nicht und warte, bis ich dich hole.«

Er gab sie frei und wollte wieder zur Tür, doch Alexandra hielt ihn zurück. »Danke, Gavril. Für alles.«

Er sah sie ernst an. »Damit eines klar ist: Ich habe das für dich getan, nicht für dieses Monster.«

Alexandra erwiderte nichts. Es war alles gesagt.

»Bleib in der Nähe der Verbindungstür«, wies er sie an. »Wenn du etwas hörst, das dir nicht gefällt, dann verschwinde durch die andere Tür auf den Gang und such dir ein Versteck! Hast du verstanden?«

Sie nickte.

Nach der schweren Verletzung, dem Fieber und der langen Bettruhe fühlten sich ihre Knie wie Hafergrütze an, und der Schwindel sorgte dafür, dass das Zimmer verschwamm. Noch schwerer fiel es ihr, sich zu bewegen. Trotzdem wagte sie einen ersten, unsicheren Schritt. Ihre nackten Fußsohlen streiften über den Holzboden, während sie sich, mit der Hand an die Wand gestützt, zum Nebenraum tastete. Nach ein paar Schritten ging es besser. Die Schwäche war noch immer da, doch der Schwindel ließ nach. Der Schmerz in ihrer Seite jedoch erwachte mit jedem Schritt ein wenig mehr.

Alexandra drückte die Klinke und schlüpfte nach nebenan in die Dunkelheit. Sie schob die Tür hinter sich zu und legte mit zitternden Händen den Riegel vor. Sie fand sich in einer winzigen Kammer wieder. Mondschein drang durch ein Fenster und entriss die kargen Steinwände der Finsternis. Der Raum war leer. Keine Menschen, keine Möbel – und auch keine Tür, die von hier aus auf den Gang geführt hätte. Nur das Fenster, durch dessen Ritzen ein kühler Luftzug fuhr.

Alexandra schluckte einen Fluch hinunter. Eine Hand an die Seite gepresst, in der Hoffnung, das zornige Pochen zum Verstummen zu bringen, stand sie da und lauschte. Kälte stieg vom Boden empor, kroch ihr durch ihre nackten Fußsohlen bis in die Knochen. Fröstelnd zog sie das Nachthemd zurecht und schlang die Arme um den Oberkörper. War da ein Geräusch auf der anderen Seite? Sehr gedämpft, vermutlich draußen auf dem Gang. Ein Dröhnen. Stimmen?

Sie schloss die Augen und konzentrierte sich auf das Geschehen nebenan. Einige Zeit blieb alles still, dann klopfte es an der Tür, die ihr Krankenzimmer mit dem Gang verband. Gavril reagierte mit Schweigen. Aus dem Klopfen wurde ein Hämmern, dann ein Rumpeln, dem ein ohrenbetäubendes Krachen folgte.

»Vladimir!«

Gavrils Ruf ließ Alexandra erstarren. Ihr Blick flog durch den Raum, auf der Suche nach einem Ausweg, und blieb am Fenster hängen. Mit unsicheren Schritten durchquerte sie die Kammer. Gegen den Fensterrahmen gestützt, versuchte sie einen Blick nach draußen zu erhaschen, aber die Scheibe war zu sehr beschlagen, als dass sie etwas hätte erkennen können. Entschlossen schob sie das Fenster nach oben und lehnte sich hinaus. Etwa sechs Meter unter ihr erstreckte sich eine Rasenfläche. Soweit sie es in der Dunkelheit erkennen konnte, lag unter ihr der Klostergarten. Nicht weit vom Haus entfernt, glaubte sie die Umrisse von Blumen- oder Kräuterbeeten auszumachen. Allerdings gab es keinen Weg, der sie nach unten führen würde. Keinen Balkon, über den sie einen anderen Raum erreichen, keine Leiter und auch kein Rosengitter, an dem sie nach unten steigen konnte. Beklommen warf sie einen Blick zur Tür zurück. Die Stimmen auf der anderen Seite wurden lauter. Vladimir war nicht allein. Zweifelsohne war Mihail bei ihm.

Was haben die beiden überhaupt hier zu suchen? Wenn es nach Gavril ginge, dürften sie nicht einmal in der Nähe der Stadt sein. Es sei denn ... *Er hat mich reingelegt.* Unwillkürlich schüttelte sie den Kopf. Gavril hätte nicht wochenlang an ihrem Krankenlager ausgeharrt, wenn er vorgehabt hätte, sie seinem Bruder auszuliefern. Viel wahrscheinlicher erschien es Alexandra, dass Vladimir *ihn* belogen hatte, um ihn in Sicherheit zu wiegen. Er musste etwas geahnt haben und hatte Gavril eine Falle gestellt.

Nebenan erklangen Schritte, die rasch näher kamen.

»Wo willst du hin?« Gavrils Stimme klang gedämpft, als stünde er mit dem Rücken zur Verbindungstür. *Er verstellt Vladimir den Weg.*

»Sehen, was du hier versteckst!«

»Ich verstecke gar nichts!«

»Was hast du dann hier zu suchen?« Diesmal war es Mihail, der sprach.

»Ich bin einer Spur gefolgt.«

Vladimir stieß ein raues Lachen aus. »Mach dich nicht lächerlich! *Sie* ist hier, nicht wahr?« Eine kurze Pause, dann: »Versuch gar nicht erst, mich zu belügen. Ihr Geruch ist überall an dir.«

Vladimirs Worte verursachten ihr eine Gänsehaut. Wie konnte er jemanden riechen, wenn er kein Vampyr war? Ihr Blick zuckte noch immer zwischen Tür und Fenster hin und her, als sie etwas Eigenartiges sah. Die Luft im Türspalt schien sich zu bewegen, hellgrauer Nebel schob sich unter der Tür durch. Eine dünne Schwade, die sich ihren Weg über den Boden tastete und suchend durch den Raum wogte. Frostige Kälte erfüllte die Luft und wurde immer durchdringender, je näher der Nebel kam. Obwohl sie zurückzuweichen versuchte, holte die Wolke sie ein, streifte um ihre Beine und strich über ihre Haut. Einen Moment lang hielt der Nebel inne, ehe er sich ruckartig zurückzog und wieder durch den Türspalt versickerte, aus dem er gekommen war. *Er hat mich gefunden.* Der Gedanke erschien ihr absurd und vollkommen schlüssig zugleich.

»Mach den Weg frei!«, erklang Vladimirs Stimme, kaum dass der Nebel fort war. Sie wusste, dass Gavril seinen Bruder und Mihail nicht mehr lange würde aufhalten können.

»Sie hat nichts Verwerfliches getan, Vladimir«, versuchte Gavril ihn zu beruhigen. »Himmel, sie gehört doch zu uns!«

»Geh mir aus dem Weg!«

»Nein!«

»Geh. Aus. Dem. Weg.« Selbst ohne Vladimirs Augen zu sehen, wusste Alexandra, was er tat. Sie sah deutlich vor sich, wie sich sein Blick in Gavrils bohrte, ihn gefangen nahm und ihm seinen Willen aufzwang. Selbst seiner Stimme war die Macht anzuhören, die seine Augen in diesem Moment ausüben mussten. Gavril schwieg. Alexandra glaubte jedoch Schritte zu hören, die sich rasch näherten. *Er hat ihm den Weg freigegeben. Ganz, wie Vladimir es verlangt hat.* Sie musste hier raus! Schnell! Während sie sich noch fragte, was sie tun sollte, wurde die Türklinke hinuntergedrückt. Alexandra hielt den Atem an. Erst als sie sah, dass sich die Tür auch nicht öffnete, als Vladimir – oder war es Mihail? – die Klinke immer wieder drückte und daran rüttelte, wandte sie sich dem Fenster zu. Es half alles nichts – es war der einzige Weg.

Plötzlich endete das Rütteln. Rufe wurden laut, gefolgt von mehreren dumpfen Schlägen, als hätte Gavril seinen Bruder angegriffen und in einen Kampf verwickelt. Alexandra setzte sich auf das Sims und schwang die Beine nach draußen. An den Fensterrahmen geklammert, blickte sie nach unten. *Es ist ganz leicht*, sagte sie sich. Tatsächlich wäre es das gewesen – im Vollbesitz ihrer Kräfte. Im Augenblick jedoch war sie nicht in der Verfassung für eine Kletterpartie. Es zu versuchen, grenzte an Wahnsinn! Sie würde abstürzen und sich den Hals brechen! Wenn sie es jedoch nicht versuchte, würde Vladimir sie töten. Dieses Mal gab es niemanden, der sie retten konnte.

Alexandra schloss die Augen, atmete tief durch und sammelte ihre Kräfte. Als sie sicher war, dass es nicht besser werden würde, öffnete sie die Augen wieder und ließ sich aus dem Fenster gleiten. Die Hände noch immer an den Rahmen geklammert, tasteten ihre Füße auf der Suche nach Halt über die Außenmauer. Sie fand einen schmalen Mauervorsprung. Der Regen schlug ihr entgegen und das Mauerwerk war nass und rutschig. Nur widerwillig ließ sie den Fensterrahmen los und suchte nach einer Möglichkeit, sich festzuhalten. Womöglich hätte sie noch länger gezögert, hätte das Poltern an der Tür nicht kurz darauf erneut eingesetzt.

Obwohl der Stein schlüpfrig war, fand sie in regelmäßigen Abständen Spalten im Mauerwerk, in die sie einen Fuß setzen oder an denen sie sich festhalten konnte. Sie klammerte sich so fest an den Stein, dass ihre Finger schmerzten. Die Wunde pochte immer heftiger und ihre Beine drohten den Dienst zu versagen. Dennoch zwang sie sich, weiterzuklettern.

Mit jedem Tritt kam der Garten unter ihr ein Stück näher. Sie kam nur langsam voran und hielt immer wieder erschrocken inne, wenn ihr Fuß oder ihre Hand abzurutschen drohte. Außer Atem und mit heftig pochendem Herzen presste sie sich gegen die Mauer und wünschte sich, einfach stehen bleiben zu können. Einzig das dröhnende Hämmern an der Tür, das durch das offene Fenster an ihr Ohr drang, trieb sie voran.

Immer öfter musste sie neuen Atem schöpfen. Die Muskeln in ihren Armen waren mittlerweile so verkrampft, dass es ihr kaum gelang, sie überhaupt noch zu bewegen. Schon die Hand zu öffnen und wieder zuzupacken, war fast ein Ding der Unmöglichkeit.

Alexandra hatte etwas mehr als die Hälfte der sechs Meter überwunden, die sie vom Boden trennten, als sie ihre Kräfte verließen. Ihr Bein rutschte vom Sims ab, sie verlor den Halt und fiel.

Ihre Seite sandte einen brüllenden Protest durch ihren Leib, als sie in einer Pfütze aufschlug. Benommen und nass setzte sie sich auf und versuchte aufzustehen, doch der Schmerz zwang sie in die Knie. Sie kroch zur Hauswand und zog sich daran hoch. Mit dem Rücken an das Mauerwerk gelehnt, blieb sie stehen und versuchte wieder zu Atem zu kommen. Über ihr war das Hämmern verstummt. Abgesehen von ihren eigenen, keuchenden Atemzügen, drang nur Stille an ihr Ohr.

Noch immer an die Wand gelehnt, schob sie sich voran, der Hausecke entgegen, als über ihr am Fenster Vladimir rief: »Da unten ist sie! Los! Ihr nach!«

Alexandra blickte nach oben und sah, wie Vladimir ein Bein aus dem Fenster schwang.

Eine Hand an die Mauer gestützt, lief sie weiter. Immer wieder eilte ihr Blick voraus, folgte den Klostermauern. Was sie von der Anlage sah, waren die Umrisse eines schnörkellosen, quadratischen Kastens, die sich aus der Nacht erhoben. Keine Seitentüren und auch sonst nichts, was ihr als Versteck hätte dienen können. Sie stolperte um die Hausecke, auf der Suche nach einem Unterschlupf. Zu ihrer Linken erstreckte sich der Hauptbau weiter, während sich zu ihrer Rechten die Rückseite eines langgezogenen

Nebengebäudes befand. Alexandra folgte dem Weg zwischen den Gebäuden hindurch. In regelmäßigen Abständen waren Nischen ins Mauerwerk eingelassen. Sie war versucht, sich dort in den Schatten zu verbergen, doch sie bezweifelte, dass sie Vladimir auf diese Weise entgehen konnte.

Obwohl sie erst wenige Meter zurückgelegt hatte, fiel ihr jeder Schritt schwerer als der vorige. Nirgendwo fand sich eine Tür, durch die sie ins Gebäude hätte schlüpfen können, um sich dort zu verstecken, und eine weitere Kletterpartie traute sie sich nicht mehr zu, nicht einmal durch eines der Erdgeschossfenster. Sie geriet immer öfter ins Straucheln und zog sich bald mehr an der Wand entlang, als dass sie sich aus eigener Kraft fortbewegte.

Sie passierte gerade eine weitere Nische, als jemand von hinten einen Arm um ihre Taille schlang. Eine Hand legte sich über ihren Mund und erstickte ihren überraschten Aufschrei, als sie in die Nische gehoben wurde.

»Hab keine Angst«, vernahm sie ein vertrautes Flüstern an ihrem Ohr. Lucian! Doch auch ohne seine Stimme zu hören, hätte sie gewusst, dass er es war. Sie hatte es beinahe sofort gespürt. Erleichtert lehnte sie sich gegen ihn, da nahm er die Hand von ihrem Mund und zog sie tiefer in die Schatten.

»Robert«, flüsterte er. »Ablenkung.«

Neben ihm löste sich Bothwell aus der Dunkelheit und lief ohne ein weiteres Wort in die Richtung davon, in die sich Alexandra bewegt hatte. Lucian schlüpfte aus seinem Mantel und legte ihn ihr um die Schultern, ehe er sie hinter sich in die Schatten schob. Bibbernd vor Kälte wickelte sich Alexandra in den Stoff und drängte sich eng an Lucians

Rücken. Sie musste ihn berühren, um zu begreifen, dass er tatsächlich hier war. Eine Hand hatte er nach hinten gestreckt und mit ihrer verschränkt, während er sich nach vorne neigte und um die Ecke spähte. So verharrten sie in angespanntem Schweigen, bis plötzlich Schritte das gleichmäßige Prasseln des Regens durchbrachen. Kurz darauf drangen Stimmen an ihr Ohr, noch zu weit entfernt, um die Worte verstehen zu können, doch eindeutig die Jäger.

Ob Vladimir uns riechen kann? Die Vorstellung ließ sie erstarren. Würde Lucian mit den beiden fertig werden? Alexandra konnte nur hoffen, dass der Regen ihren Geruch abwusch und Vladimir nicht auf ihre Spur führte. Als die Jäger näher kamen, hielt sie unwillkürlich die Luft an.

Kurz vor der Nische blieben die beiden stehen, erschreckend nah und doch nicht nah genug, dass Alexandra sie deutlich ausmachen konnte. Vladimir hatte sich halb der Nische zugewandt, doch sein durchdringender Blick schweifte den Weg zwischen den Gebäuden entlang. Sein Anblick erinnerte sie an Gavrils Worte: *Etwas an ihm ist anders.* Er wirkte größer. Gefährlicher. Bedrohlicher. Da war noch mehr, doch sie konnte nicht sagen, ob es etwas war, was sie sah, oder mehr ein Gefühl. Ganz sicher jedoch war das nicht der Vladimir, den sie all die Jahre gekannt hatte.

Lucian richtete sich zu voller Größe auf, jeden Muskel angespannt. Er war bereit.

Vladimir wandte den Kopf. Jeden Augenblick musste er sie entdecken. Sog er die Luft durch die Nase ein? *Witterte* er sie? Dann hob Mihail plötzlich den Arm und deutete den Weg entlang. »Da!«

Die Jäger wechselten einen raschen Blick und rannten los.

Lucian ließ noch einige Momente verstreichen, ehe er sich zu Alexandra herumdrehte und sie in seine Arme zog. »Sieht ganz danach aus, als hätten sie Robert entdeckt«, flüsterte er ihr ins Ohr. Eine Weile standen sie stumm und eng aneinandergeschmiegt da und warteten. Schließlich löste sich Lucian von ihr. Er beugte sich vor und warf einen raschen Blick nach allen Seiten. »Ich denke, sie sind weg«, sagte er leise und hob sie hoch. »Sehen wir zu, dass wir fortkommen!«

Erleichtert, sich nicht länger auf den Beinen halten zu müssen, lehnte sie den Kopf an seine Schulter. Die Welt wankte bei jedem seiner Schritte, und während sie die Augen kaum mehr offen halten konnte, fragte sie sich, ob Lucian tatsächlich hier war. Womöglich lag sie noch immer in der Pfütze unter dem Fenster und bildete sich seine Anwesenheit nur ein, da sie sich so sehr *gewünscht* hatte, dass er kam.

14

Alexandra konnte sich später kaum daran erinnern, wie sie nach Canongate zurückgekommen war. Lucian hatte sie zur Droschke getragen, so viel wusste sie noch. Sie glaubte, entfernte Schüsse gehört zu haben, doch ebenso gut konnte es die Tür der Karosse gewesen sein, die Lucian zugeschlagen hatte.

Das Erste, was sie wieder bewusst wahrnahm, war das gleichmäßige Ticken der Standuhr im Flur, als Lucian sie nach oben trug. In ihrem Schlafzimmer angekommen, setzte er sie vorsichtig aufs Bett. Benommen und frierend wickelte Alexandra sich fester in seinen Mantel und beobachtete, wie er eine Lampe entzündete. Die kleine Flamme nahm ihren Blick vollkommen gefangen, als verfüge sie über hypnotische Kräfte. Sie starrte sie an, während Lucian zum Fenster ging und die Vorhänge zuzog. Als er zu ihr zurückkehrte, legte er ein frisches Nachthemd und ein Handtuch neben ihr auf das Bett.

»Du musst aus den nassen Sachen raus«, sagte er ruhig. »Trockne dich ab, zieh das Nachthemd an und dann leg dich hin.«

Seine Augen hielten sie gefangen, wie es zuvor die Flamme getan hatte. Sie konnte nichts erwidern und sich auch nicht bewegen. Es dauerte einen Moment, ehe sie begriff, dass es nichts mit Lucian zu tun hatte, sondern nur damit, dass sie zu erschöpft war, sich zu bewegen.

»Ich bin voller Schlamm«, brachte sie schließlich heraus. »Schmutzig ... mache alles schmutzig.«

»Darüber solltest du dir wirklich keine Sorgen machen.« Er ging zur Tür. Ehe er den Raum verließ, sagte er: »Ich bin gleich wieder zurück.« Dann war er fort.

Alexandra sah sich nach einer Waschschüssel um. Es war nicht nur der Schmutz, den sie abwaschen wollte, sondern auch die Erinnerung an Vladimir und daran, wie sehr sie Lucian während der vergangenen Wochen vermisst hatte. Als ihre Augen den Waschtisch fanden, wollte sie aufstehen, brachte aber nicht die Kraft dazu auf. Sie saß noch immer auf der Bettkante, als Lucian mit einer kupfernen Bettpfanne voll glühender Kohlen zurückkehrte.

»Damit wird dir rasch warm werden.« Da fiel sein Blick auf sie. »Himmel, du hast ja immer noch die nassen Sachen an!« Rasch schob er die dampfende Bettpfanne unter die Decke und wandte sich ihr zu. »Brauchst du Hilfe?«

Alexandra wollte verneinen und ihn fortschicken, doch sie wusste, wenn sie es täte, würde sie es auch weiterhin nicht fertigbringen, sich zu bewegen. »Ich bin so müde«, flüsterte sie.

Er ging vor ihr in die Hocke, griff nach ihren Händen und suchte ihren Blick. »Willst du, dass ich dir helfe?«

»Ich will mich waschen.«

Lucian seufzte. »Davon lässt du dich nicht abbringen, oder?« Er ging zum Waschtisch, goss Wasser in eine Schüssel und trug sie zum Bett. Vorsichtig half er Alexandra aus dem Mantel und reichte ihr ein Tuch.

Sie wollte es ins Wasser tauchen, doch es glitt ihr immer wieder aus der Hand, sodass Lucian es für sie tränkte. Behutsam wischte er ihr den Schmutz aus dem Gesicht und von ihrem Hals und säuberte auch gleich ihre Arme und Beine, ehe er die Schüssel zur Seite stellte. »Das muss fürs Erste genügen.«

Alexandra wollte ihm danken, als sie ihn jedoch ansah, blieben ihr die Worte im Halse stecken. Seit er sie in die Nische gezogen hatte, war er es gewesen, der sie geführt und ihr gesagt hatte, was sie tun sollte. Jetzt stand er still da und sah sie an. Da war etwas in seinem Blick, als könne er nicht glauben, dass sie hier war. Vorsichtig streckte er die Hand nach ihr aus und berührte ihre Wange.

»Ich dachte, du wärst tot«, sagte er heiser.

Sie erinnerte sich an die Zeit der Schwärze, in der das Nichts sie immer weiter fortgetragen hatte. »Für eine Weile dachte ich das auch.« Das Sprechen fiel ihr eigenartig schwer, doch diesmal war es nicht die Schwäche, die ihr die Sprache raubte, sondern der Ausdruck in seinen Augen.

Ehe sie noch mehr sagen konnte, zog er sie an sich und schloss sie fest in seine Arme. Seine Nähe tat gut und seine Berührung gab ihr den Trost, den sie während der vergangenen Wochen so schmerzlich vermisst hatte. »Du warst nicht da«, flüsterte sie. »Ich dachte, du wärst gegangen.«

Er hob den Kopf und sah sie an, ohne sie dabei aus den Armen zu lassen. »Warum sollte ich das tun?«

Er ist fort. Alexandra war versucht, Lucian zu fragen, ob Bothwell das tatsächlich gesagt haben konnte, doch sie schwieg. Sie war damals am Rande der Bewusstlosigkeit gewesen und wagte nicht, sich auf ihr Erinnerungsvermögen zu verlassen. Womöglich hatte sie etwas falsch verstanden. *Oder es war doch nur ein Albtraum.* »Ich …« Sie schüttelte den Kopf.

»Als Robert mir sagte, du seist tot, konnte ich es nicht glauben. Ich habe versucht, dem Band zu dir zu folgen, aber es war … als sei es abgerissen. Da war nichts. Nur Leere. Wenn ich geahnt hätte, dass du am Leben bist …«

Er sagte noch mehr, doch Alexandra verstand seine Worte kaum noch. Ihre Gedanken waren bei Bothwell. Sie wusste, dass er sie nicht mochte. Dass er jedoch so weit gehen würde, selbst Lucian zu belügen, hätte sie nicht gedacht. Dennoch wollte sie Lucian zunächst nichts davon sagen. Erst würde sie selbst mit Bothwell sprechen. *Vielleicht gibt es eine harmlose Erklärung*, redete sie sich ein. Zugleich bezweifelte sie das.

»Alexandra?«

Aus ihren Gedanken gerissen, sah sie auf und blickte in seine sorgenvolle Miene.

»Was ist passiert? Wie konnte Robert annehmen, dass du nicht mehr am Leben bist? Wie bist du in dieses Kloster gekommen?« Immer weitere Fragen folgten und fanden erst ein Ende, als sie den Kopf schüttelte.

»Später. Bitte.«

Er sah sie erschrocken an. »Natürlich. Entschuldige, du solltest dich ausruhen.« Noch einmal zog er sie an sich und strich ihr über den Rücken. »Ich bin froh, dass du wieder hier bist.«

Das bin ich auch. »Ich weiß.«

Seine Worte waren freundlich, zugleich schien er mit sich zu ringen, als versuche er, sie nicht mit dem vollen Ausmaß seiner Gefühle zu konfrontieren. Doch dazu war es zu spät. Sie hatte in seine Seele geblickt. Die Liebe, die sie in der Bibliothek gespürt hatte, machte ihr ebenso viel Angst wie die Trauer und Verzweiflung, auf die sie im Kloster gestoßen war. Wie konnte jemand derart stark empfinden? Für *sie*! Wann immer sie Zugang zu seinen Gefühlen erhaschte, fühlte sie sich davon überrollt, als fege eine donnernde Sturmflut über sie hinweg. Es war erschreckend. Zugleich fühlte es sich wunderbar an, geliebt zu werden.

Lucian gab sie frei und stand auf. »Schaffst du es, dich abzutrocknen und umzuziehen?«

Als sie nickte, entfernte er sich einige Schritte und blieb mit dem Rücken zu ihr stehen. Schwerfällig streifte sie das nasse Nachthemd über den Kopf und wischte sich die Feuchtigkeit von der Haut, die der Regen dort hinterlassen hatte. Der Verband war nass und leicht gerötet. Die Wunde musste sich bei ihrer Flucht geöffnet haben.

»Ich rieche Blut«, sagte Lucian, ohne sich umzudrehen. »Stimmt etwas nicht?«

»Es ist nur ein wenig durch den Verband gesickert«, beruhigte sie ihn.

»Ich hole frische Bandagen.« Ehe Alexandra etwas erwidern konnte, war er schon zur Tür hinaus. Sie legte das Handtuch zur Seite und schlüpfte in das saubere Nachtgewand, das Lucian ihr hingelegt hatte. Jede Bewegung kostete sie Mühe. Alles ging nur langsam vonstatten. Sie hatte den Stoff gerade zurechtgezogen, als Lucian zurückkehrte.

Er legte ein Bündel Bandagen auf den Nachttisch, griff nach dem Handtuch und hielt es ihr entgegen. »Bedecke dich damit und schieb das Hemd weit genug hoch, damit ich die Wunde erreichen kann.«

Alexandra zögerte. Sie wollte ihm sagen, dass sie den Verband selbst wechseln konnte, doch das wäre gelogen gewesen. Auch wenn sie ein wenig Kraft geschöpft hatte, steckte ihr die Erschöpfung noch immer in den Knochen. Als er sich erneut abwandte, schob sie das Nachthemd nach oben und bedeckte ihren Unterleib mit dem Handtuch. »Du kannst dich jetzt umdrehen.«

Lucian folgte ihrer Aufforderung. Sein Blick legte sich auf den blutigen Verband. »Als du angeschossen wurdest, wusste ich nicht, ob ich dem Blut widerstehen könnte«, sagte er leise und begann behutsam den Verband abzuwickeln. »Es war so viel. Der schiere Anblick ließ die Kreatur in mir jubeln.«

Seine Worte ließen Alexandra zusammenzucken. Jetzt, da der Verband fort war, sah sie, dass tatsächlich nur ein wenig Blut zwischen den Nähten hervorgesickert war. Lucians Blick hing unverändert an ihrer Seite. Beinahe andächtig fuhr er mit den Fingerspitzen darüber. »Ich kann es«, sagte er ehrfürchtig. »Ich kann widerstehen.«

Er begutachtete ihre Verletzung eingehend und untersuchte den Wundverlauf mit den Fingern. Das Fleisch war noch immer ein wenig geschwollen und die Berührung schmerzte, doch es war zu ertragen. Schließlich nickte er zufrieden. »Die Nähte haben gehalten. Nur noch ein neuer Verband, dann kannst du dich endlich hinlegen.«

»Mit Vladimir stimmt etwas nicht«, sagte Alexandra, während Lucian sich daranmachte, ihre Seite zu säubern. Ein wenig stockend und müde erzählte sie ihm von ihren eigenen Beobachtungen und davon, was Gavril über seinen Bruder gesagt hatte. »Als ich ihn vor der Nische gesehen habe – es war Vladimir und zugleich war er es nicht.«

Lucian runzelte die Stirn. »Wie meinst du das?«

»Seine Augen. Da war etwas … Es kam mir vor, als seien es nicht seine Augen gewesen.« Ihr Blick ruhte noch immer auf Lucian, als ihr schlagartig klar wurde, was sie zuvor wahrgenommen hatte. »Es waren *deine* Augen!« Sobald sie es ausgesprochen hatte, schüttelte sie den Kopf. In Vladimirs Blick hatte die Wärme gefehlt. Da begriff sie, was sie gesehen hatte. »Nein, die deines Bruders!«

Lucian ließ das nasse Tuch sinken. »Andrej ist tot. Er existiert nicht mehr.«

Du hast gedacht, du hättest mich vernichtet. Doch du hast dich geirrt. Die Erinnerung an Vladimirs Worte ließ sie frösteln. Ihr war bewusst, dass ihre Vermutungen nur auf einem Gefühl und Wahrnehmungen beruhten, die sie gemacht hatte, als sie nicht im Vollbesitz ihrer Kräfte gewesen war. Dennoch: »Irgendetwas stimmt nicht.«

»Lass uns darüber sprechen, wenn du dich besser fühlst.« Lucian griff nach den Bandagen und machte sich daran, einen frischen Verband anzulegen. Obwohl die Prozedur nur wenige Minuten dauerte, fiel es ihr zunehmend schwerer, sich aufrecht zu halten. Lucian bemerkte es. »Gleich bin ich fertig«, sagte er und befestigte den Verband. »So, das dürfte reichen.«

Als er aufstand und die übrigen Bandagen zur Seite legte, kroch Alexandra unter die Decken. Dank der Bettpfanne war es dort herrlich warm. Sie rollte sich zusammen und schloss die Augen.

»Brauchst du noch etwas?«, drang Lucian Stimme zu ihr durch.

Sie wollte etwas erwidern, ihm sagen, dass alles in Ordnung war, doch die Müdigkeit hatte sie nun vollends eingeholt. Es fiel ihr schon schwer genug, die Lider zu heben und ihn anzusehen. Als sie nicht antwortete, strich er ihr noch einmal über die Wange. »Ruh dich aus«, sagte er und ging zur Tür. Auf der Schwelle hielt er noch einmal inne. »Ich lehne die Tür nur an. Wenn etwas ist, ganz gleich was: Ruf mich. Ich werde dich hören. Wenn du …«

Seine letzten Worte schwanden mit dem Rest der Welt, als ihr die Augen endgültig zufielen.

*

Wie versprochen lehnte Lucian die Tür nur an und ging nach unten in den Salon, um auf Robert zu warten. *Sie hat es nicht geschafft.* Wie hatte er das sagen können! Nicht minder erstaunte ihn, dass Alexandra auf den Gedanken gekommen war, er könne gegangen sein. Zweifelsohne musste es für beides eine vernünftige Erklärung geben.

Lucian ließ sich im Sessel nieder und lauschte dem regelmäßigen Ticken der Standuhr, das aus der Eingangshalle an sein Ohr drang. Er konnte noch immer nicht fassen, dass Alexandra am Leben war. Der Augenblick, in dem er das Band zu ihr wieder gespürt hatte, war so überwältigend gewesen wie kaum ein anderer in seinem langen Dasein. Immer wieder hatte er sich gefragt, warum er die Verbindung nicht schon viel früher gespürt hatte. *Sie muss zu schwach gewesen sein.* Er war so sehr in Rage und Trauer gewesen, dass er nicht einmal bemerkt hatte, dass die Verbindung zu ihr noch immer da war. Seit er von der Existenz des Bandes wusste, hatte er – wann immer sie nicht bei ihm gewesen war – danach gegriffen, um sich ihr nahe zu fühlen. Nach ihrem vermeintlichen Tod hatte er das vermieden. Zu schmerzlich und unerträglich war die Leere, die ihn am anderen Ende erwartete.

Nachdem es ihr gelungen war, zu ihm durchzudringen, war es für Lucian nicht schwer gewesen, sie zu finden – keinen Augenblick zu früh. Als er sie zu sich in die Nische gezogen und ihre Berührung gespürt hatte, war er von ihrer Nähe überwältigt gewesen. Anfangs hatte ihn ihr Zustand schockiert, doch schon bald war ihm bewusst geworden, dass sie in erster Linie durchgefroren und erschöpft war. Beides Dinge, denen mit einfachen Mitteln beizukommen war. Zurück im Haus, hatte es ihn einige Mühe gekostet, sie nicht mit seiner Fürsorge zu erdrücken. Ihre Unsicherheit war ihm nicht entgangen. Alexandra erschien ihm weniger ablehnend und kalt. Sie entzog sich ihm nicht, wie sie es für gewöhnlich tat, sondern schien froh um seine Nähe zu sein. Womöglich war das aber auch nur sein Wunschtraum und sie war lediglich zu erschöpft, um sich ihm zu entziehen.

Obwohl er sich alle Mühe gegeben hatte, sich nichts anmerken zu lassen, hatten ihn ihre Worte über Vladimir beunruhigt.

Es waren deine *Augen!*

Konnte Alexandra recht haben? Aber wie war das möglich? Er hatte selbst gesehen, wie Andrej zu Staub zerfallen war. Wie konnte er da von einem der Jäger Besitz ergriffen haben? Dennoch ergab es erschreckend viel Sinn. Seine Augen, der hypnotische Blick, die äußerlichen Veränderungen, von denen Alexandra gesprochen hatte. Gab es eine bessere Erklärung dafür, warum der Jäger plötzlich im Besitz der längst vergessenen Rezeptur für Lamienkraut sein sollte?

Dass ausgerechnet der Jäger, der sein Leben der Vernichtung von Vampyren verschrieben hatte, den Geist des Ersten Vampyrs heraufbeschworen haben sollte, wollte Lucian dennoch nicht glauben. Es widersprach allem, wofür die Jäger standen. Aber was war dann geschehen?

So sehr er sich auch bemühte, eine Antwort zu finden, warf jeder Erklärungsversuch nur weitere Fragen auf. Spekulationen würden sie nicht weiterbringen. Von nun an würde es nicht mehr genügen, den Splitter zu zerstören – nicht, wenn sie damit rechnen mussten, dass Andrej tatsächlich einen Weg gefunden hatte, zurückzukehren.

Stunde um Stunde verrann, eine jede begleitet vom dumpfen Schlagen der Standuhr, und noch immer war Robert nicht zurück. Lucian begann sich zu sorgen. Er hatte die Schüsse gehört, als er Alexandra zur Droschke brachte.

Lucian war schon an der Tür, um sich auf die Suche nach Robert zu machen, als er sah, dass draußen bereits der Tag anbrach. Fluchend kehrte er in den Salon zurück.

Im Laufe des Tages sah er immer wieder nach Alexandra. Sie schlief lange, und als sie gegen Mittag das erste Mal erwachte, brachte er ihr Hühnerbrühe und ein wenig Brot ans Bett. Während sie aß, sprachen sie nur wenig. Lucian begnügte sich damit zu sehen, dass es ihr besser zu gehen schien. Sie fragte nach dem Splitter, und als er ihr sagte, dass er ihn in seinem Schlafzimmer aufbewahre, schien ihr das zu genügen. Sobald ihr Teller geleert war, rollte sie sich zusammen und war beinahe sofort wieder eingeschlafen.

Um sich zu beschäftigen, zog er sich in die Küche zurück und widmete sich den Vorbereitungen für das Ritual. Am Abend vernahm er ein Geräusch an der Haustür. Er stellte den Sud zur Seite und ging in die Eingangshalle, wo Robert gerade die Tür hinter sich zuschlug. Wasser sammelte sich in der Krempe seines Dreispitzes und tropfte daran herunter. Fluchend nahm er den Hut ab und warf ihn auf die Kommode neben der Standuhr, ehe er sich aus dem tropfnassen Mantel schälte. Hemd und Hose standen den übrigen Gewändern an Nässe um nichts nach.

»Hat es Schwierigkeiten gegeben?«, empfing Lucian ihn.

Robert schüttelte seinen Mantel aus und hängte ihn an die Garderobe. »Das kann man wohl sagen.« Er strich sich das Haar zurück, das ihm in nassen Strähnen am Kopf klebte. Seine Lippen schimmerten bläulich. »Die beiden haben schnell gemerkt, dass sie den Falschen verfolgen. Ich musste einiges an Überzeugungsarbeit leisten«, sagte er und tätschelte die beiden Pistolen an seinem Gürtel, »um sie davon abzubringen, zum Kloster zurückzukehren. Sie hätten nur zu gerne kehrtgemacht, aber sie konnten nicht riskieren, dass ich ihnen in den Rücken falle. Also blieb ihnen keine andere Wahl, als zuerst mich auszuschalten.

Allerdings«, fuhr er mit einem grimmigen Grinsen fort, »bin ich nicht so leicht aus dem Weg zu räumen. Die ganze Nacht über haben wir uns ein Katz-und-Maus-Spiel um das Kloster herum geliefert. Was ich auch getan habe, um sie abzuhängen, wo ich mich auch versteckt habe – es hat nie lange gedauert, bis sie mich wieder gefunden haben. Erst an einem See bin ich sie endlich losgeworden. Ich bin ins Wasser gegangen und untergetaucht, bis sie endlich fort waren. Geatmet habe ich durch ein Schilfrohr.« Fröstelnd wippte er auf den Zehen auf und ab. »Entschuldige, aber ich würde mir gerne etwas Trockenes anziehen und ein paar Stunden schlafen.«

»Mach das«, stimmte Lucian zu. »Wenn du ausgeruht bist, gibt es einiges, was wir besprechen müssen.«

Robert runzelte die Stirn, doch statt nachzufragen, nickte er nur. Er war bereits auf halbem Weg nach oben, als Lucian nicht mehr an sich halten konnte. »Ich verstehe nicht, wie du sie für tot halten konntest!«

Robert hielt inne. Einen Moment blieb er mit dem Rücken zu Lucian stehen, ehe er sich umwandte. In seinen Zügen lag ein Ausdruck, den Lucian selbst nach all den Jahren nicht zu deuten mochte.

»Sie hat nicht mehr geatmet«, sagte Robert leise, »und ihr Herz schlug nicht mehr.«

»Bist du denn nicht bei einem Arzt gewesen? Himmel, Robert! Was hast du getan?« Erst jetzt wurde Lucian bewusst, wie wenige Fragen er gestellt hatte. Nicht nach dem Arzt, nicht danach, was mit ihrem Leichnam geschehen sollte. Nicht einmal nach einem Grab hatte er sich in seiner Trauer erkundigt. »Wie konnte das passieren?«

Robert sah ihn lange an. »Ich werde dir alles erklären«,

sagte er schließlich. »In aller Ruhe. Aber gönn mir erst eine Pause.«

Obwohl es Lucian nach Antworten drängte, nickte er. Alexandra war wieder bei ihm, und bald würde sie wieder vollkommen gesund sein. Das war alles, was zählte. Seine Fragen und die Antworten darauf konnten noch ein paar Stunden warten. Lucian nickte. »Ruh dich aus«, sagte er. »Wir reden später.«

Einen Moment sah es aus, als wolle Robert etwas erwidern, dann jedoch machte er kehrt.

Lucian folgte ihm nach oben, um nach Alexandra zu sehen. Als er ihr Zimmer betrat, fand er ihr Bett verlassen vor. Sie stand am Fenster, eine Decke um die Schultern gewickelt, und blickte in die Dunkelheit hinaus.

Da sie vergangene Nacht derart erschöpft gewesen war, gefiel es ihm nicht, sie bereits auf den Beinen zu sehen. Als sie sich jedoch zu ihm umdrehte, war er beruhigt. Ihre Haut war von Natur aus hell, doch die ungesunde Blässe der letzten Stunden war aus ihren Zügen gewichen.

»Wie geht es dir?«

»Wenn man außer Acht lässt, dass mich die Vorstellung beunruhigt, dein Bruder könne noch immer hier sein, schon viel besser.«

Lucian ging zu ihr. »Du solltest dich trotzdem wieder hinlegen.«

»Ich weiß«, seufzte sie. »Aber ich habe während der letzten Wochen so viel gelegen, dass ich allmählich das Gefühl bekomme, dass mich die Langeweile umbringen wird, wenn es die Kugel schon nicht geschafft hat.«

»Ich kann verstehen, dass du unruhig bist«, sagte er. »Trotzdem solltest du dich noch schonen. Mach dir keine

Sorgen wegen Andrej. Falls deine Vermutungen zutreffen und er tatsächlich zurückgekehrt ist, werden wir einen Weg finden, ihn zu vernichten. Wir haben es einmal getan – wir schaffen es wieder. Diesmal endgültig.« Er legte ihr einen Arm um die Schulter und führte sie zum Bett zurück. Ihre Haut fühlte sich noch immer kühl an, selbst durch das Nachthemd hindurch, doch längst nicht mehr so eisig wie vergangene Nacht. Je länger er sie berührte, desto mehr konnte er ihre Wärme spüren, die durch den Stoff drang.

»Ich hätte nicht gedacht, dass ich das einmal sagen würde«, sagte sie, ohne ihn anzusehen, »aber als du nicht da warst ... ich ... du hast ...«

»Ich habe dir gefehlt?«, half er aus.

Sie nickte und sah ihn nun doch an. »Wann immer ich Angst habe oder mich einsam fühle, greife ich nach dem Band«, flüsterte sie. »Zu spüren, dass du da bist, hat etwas Tröstliches.«

Ihre Worte, gepaart mit der Unsicherheit in ihrem Blick, erfüllten ihn mit Freude. Womöglich mochte sie es sich noch immer nicht eingestehen, doch er war dabei, ihr Herz zu erreichen. Entgegen dem, was sie zu behaupten pflegte, besaß sie durchaus eines.

*

Als Alexandra am nächsten Morgen erwachte, fühlte sie sich besser. Ihre Seite pochte leicht, und als sie das Bett verließ, war ihr anfangs schwindlig. Beides legte sich rasch. Was sich nicht legte, war das Durcheinander von Gedanken und Gefühlen, das sie seit gestern verfolgte. Während der Wochen im Kloster hatte sie Lucian so schmerzlich vermisst, dass es ihr nicht länger gelang, sich etwas vorzumachen. In seiner Nähe fühlte sie sich beschützt und sicher. Sie hatte ihn gern, doch es war mehr als bloße Anziehungskraft, die sie immer wieder zu ihm trieb. Was würden ihre Eltern sagen, wenn sie um ihre Gefühle wüssten? Wie sollte sie selbst damit umgehen?

Sieh dir sein Gesicht an!, hallte eine Stimme von den Mauern ihrer Erinnerung wider. Das Schlafzimmer veränderte sich vor ihren Augen, und plötzlich war sie wieder im Gasthaus ihrer Eltern. Barfuß und nur mit einem dünnen Nachthemd bekleidet, stand sie in einem Meer aus Blut. Ein Röcheln erfüllte die Luft, und als Alexandra den Kopf hob, sah sie den Unendlichen, der sich über ihre Mutter beugte, die Zähne tief in ihrem Hals vergraben. Alexandras Mutter versuchte ihn von sich zu schieben, doch sie war längst zu schwach, um sich noch wehren zu können. Während das Leben aus ihrem Leib schwand, war ihr Blick auf Alexandra gerichtet. *Wie könntest du diese Kreatur lieben?* Der Vorwurf stand so deutlich in ihren Augen, dass Alexandra glaubte, die Worte hören zu können. *Eine mordgierige Bestie!*

»Das ist nicht Lucian«, flüsterte sie. »Er ist keine Bestie!«

Ihre eigene Stimme schreckte sie auf. Die Gaststube ihrer Eltern verschwamm, das Blut schwand, ebenso wie der Anblick ihrer Mutter, deren Leib schlaff im Griff des Unendlichen hing. Alexandra stand noch immer im Schlafzimmer und starrte auf den Boden.

Die Erinnerung schmerzte – wie sie es immer getan hatte. Zugleich half sie Alexandra, sich endlich einzugestehen, was sie schon lange wusste. »Lucian ist keine Bestie«, wiederholte sie leise. »Er ist nicht wie sein Bruder.«

Doch auch wenn sie längst kein Monster mehr in ihm sah, war er noch immer ein Vampyr. Wäre sie nach all den Jahren der Jagd überhaupt imstande, die Vergangenheit hinter sich zu lassen? Abgesehen davon würde sein Dasein ewig währen. Er würde nicht altern, niemals krank werden und nicht sterben. Ihre Lebensspanne hingegen war begrenzt. Was, wenn er nicht ertrug, wie sie alterte und langsam verfiel?

Bevor sie sich weiter mit den quälenden Fragen auseinandersetzen konnte, gab es noch etwas anderes zu klären. Sie schlüpfte in den Morgenmantel und verließ das Zimmer, um nach unten zu gehen. Schon auf den letzten Stufen hörte sie, dass jemand in der Küche hantierte. Sie hielt auf die Küche zu, als sie einen Blick durch die offene Tür ins Esszimmer erhaschte. Die Vorhänge waren vorgezogen, dennoch war es hell genug, sodass sie Bothwell erkennen konnte, der unruhig von einer Seite zur anderen lief.

Zeit, dass wir uns unterhalten.

Sie ging an der Küche vorbei und betrat das Esszimmer. Als Bothwell sie bemerkte, drehte er sich zu ihr herum. Er stand auf der anderen Seite des Esstisches und sah sie durchdringend an, mit einer Miene, in der sowohl Abneigung als auch Erleichterung standen.

»Ich denke, Sie sind mir eine Erklärung schuldig.« In dem Moment, als sie seinen Blick sah, wusste sie, dass sie sich seine Worte nicht eingebildet hatte. »Warum haben Sie das gesagt, Bothwell? Warum wollten Sie mich in dem Glauben lassen, Lucian sei gegangen?«

»Ich habe es Ihnen schon einmal gesagt«, brachte er zwischen zusammengepressten Zähnen hervor, »und ich sage es Ihnen noch einmal: Sie sind nicht gut für ihn!«

»Und deshalb lassen Sie mich zum Sterben zurück?«

»Du hast was?!«

Alexandra und Bothwell fuhren herum, als sie Lucians Stimme vernahmen. Sie hatte nicht einmal bemerkt, dass er den Raum betreten hatte. Jetzt stand er in der Verbindungstür zur Küche, mit einem Ausdruck im Gesicht, der ihr Angst machte. Als Bothwell nicht antwortete, richtete er seinen Blick auf Alexandra. »Was hat er getan?«

»Nichts«, erwiderte sie hastig. Einmal mehr hatte sie seine scharfen Sinne unterschätzt – ebenso den Zorn, der sich in seinen Zügen zeigte, als er Bothwell ansah. Ehe Alexandra etwas sagen konnte, stürmte Lucian an ihr vorbei und drosch ihm die Faust ins Gesicht. Bothwell stürzte wie ein gefällter Baum zu Boden.

Lucian packte ihn beim Kragen und stellte ihn mit erschreckender Leichtigkeit wieder auf die Beine. »Was hast du ihr angetan?«, brüllte er und holte zu einem weiteren Schlag aus.

Er war so sehr in Rage, dass sie fürchtete, er könne Bothwell aus blinder Wut umbringen. Hastig trat sie zwischen die beiden. Lucian versuchte sie zur Seite zu schieben, und es wäre ihm mühelos gelungen, hätten ihre Beine nicht nachgegeben. Es war nicht mehr als eine unachtsame Bewegung, die den Schmerz durch ihre Seite schießen und sie zusammenzucken ließ. Sofort griff Lucian nach ihrem Arm und führte sie zu einem Stuhl. Sobald sie saß, kniete er vor ihr nieder und griff nach ihren Händen.

Schlagartig war aller Zorn aus seinen Zügen gewichen. »Ist alles in Ordnung?«, fragte er sanft.

Der Schmerz war bereits zu einem leisen Echo abgeklungen. Zumindest war es ihr gelungen – wenn auch ein wenig anders, als gedacht –, die beiden auseinanderzubringen. »Ich würde Ja sagen, wenn dann nicht die Gefahr bestünde, dass du sofort kehrtmachst und ihn umbringst«, erwiderte sie ernst. »Also: Nein. Nichts ist in Ordnung.«

Seine Augen richteten sich auf Bothwell, der sich mit dem Handrücken das Blut aus dem Mundwinkel wischte. Schlagartig kehrte der Zorn zurück, ließ seine Züge hart und kalt werden. Sein Körper bebte vor unterdrückter Wut. Ein Zittern, das sich auf ihre Hände übertrug. Alexandra schloss ihre Finger fester um seine, in der Hoffnung, dies würde genügen, ihn zurückzuhalten.

»Ich will, dass du augenblicklich dieses Haus verlässt«, sagte er eisig an Bothwell gewandt.

»Du bist ein Narr!«, zischte Bothwell. »Sie wird dich umbringen, und du nimmst es in Kauf!«

Die Härte war aus seinen Zügen gewichen, als er sagte: »Ja, das tue ich – und jetzt geh!«

»Wenn du zur Vernunft kommen solltest, findest du mich im *White Horse Inn*.« Mit einem letzten Blick zu Alexandra machte er kehrt und verließ das Esszimmer.

Sie wird dich umbringen, und du nimmst es in Kauf! Sie hatte die Worte gehört, doch sie verstand sie nicht. Hatte er nicht in der Bibliothek etwas Ähnliches gesagt? *Wenn Sie nicht gehen, werden Sie ihm den Tod bringen – ob Sie wollen oder nicht.* »Warum ist er so von der Idee besessen, dass ich eine Gefahr für dich bin?«

Lucian entzog ihr seine Hände und erhob sich. »Ich weiß es nicht.«

Du bist ein schlechter Lügner. Doch ebenso schnell wie sie seine Worte als Lüge entlarvt hatte, begriff sie auch, dass er nicht mehr dazu sagen würde. »Willst du eure Freundschaft so einfach wegwerfen?«

»Falls es dir entgangen sein sollte: Er hat versucht, dich umzubringen!«

Dessen war sie sich nicht sicher. »Wenn das wirklich seine Absicht gewesen wäre, hätte er mich ebenso gut in einer Seitengasse zurücklassen können. Stattdessen hat er dafür gesorgt, dass Gavril mich findet.«

Er fuhr zu ihr herum. »Warum nimmst du ihn in Schutz?«

»Ich versuche nur, ihn zu verstehen.« Bothwells Verhalten gab jedoch mehr Rätsel auf als es löste. »Er ist seit so vielen Jahren dein Freund. Willst du ihn wirklich verlieren? Soll es so enden?«

Lucian blieb vor dem Kamin stehen und starrte in die erkaltete Feuerstelle. Ohne zu wissen, was sie sagen oder wie sie ihn trösten konnte, ging Alexandra zu ihm. Lucian griff nach ihrer Hand und verflocht seine Finger mit ihren. So standen sie lange Zeit da, schweigend, in stummem Trost verbunden.

15

Schließlich hatte sich Alexandra auf ihr Zimmer zurückgezogen, um Lucian Zeit zum Nachdenken zu geben. Es war anstrengend, sich so lange auf den Beinen zu halten, doch es gelang ihr nicht, Ruhe zu finden.

Es war nicht das erste Mal gewesen, dass Bothwell sie als eine Gefahr für Lucian bezeichnet hatte. Seine Vorwürfe gingen über ein banales »Sie werden ihn ins Unglück stürzen« hinaus. Er war in seiner Wortwahl sehr konkret gewesen. Je länger sie darüber nachdachte, desto öfter mischten sich Fragmente aus ihren Träumen darunter. Jener Traum, in dem sich ein Schatten über Lucian legte und ihm das Schwarze Kreuz ins Herz stieß. Beim letzten Mal war sie es gewesen, die Lucian vernichtet hatte. Das konnte unmöglich ein Zufall sein!

Entschlossen, Bothwell zur Rede zu stellen, streifte sie Morgenmantel und Nachthemd ab und schlüpfte in Hemd und Hose. Glücklicherweise besaß sie ein zweites Paar Stiefel, denn ihres hatte sie im Kloster zurücklassen müssen. Die ganze Prozedur des Ankleidens erschöpfte sie, und als sie endlich fertig war, pochte ihre Seite dumpf.

Als sie sich ein wenig erholt hatte, zog sie ihren Gehrock über. Auf dem Tisch lagen die Waffen, die Lucian ihr gegeben hatte, als sie nach St. Giles aufgebrochen war. Mit geübten Handgriffen lud sie die Pistole, verstaute sie neben dem Dolch im Hosenbund und befestigte einen Beutel mit Munition am Gürtel. Einen weiteren schob sie in die Taschen ihres Gehrocks.

Noch einmal nahm sie sich einen Moment Zeit, um wieder zu Atem zu kommen, ehe sie auf den Gang hinausschlüpfte. Aus der Küche waren Geräusche zu hören. Vermutlich arbeitete Lucian an den Bestandteilen des Rituals. Nach allem, was er berichtet hatte, mussten das die letzten Handgriffe sein, ehe alles fertig war. Sobald sie mit Bothwell gesprochen hatte, war es an der Zeit, sich mit Lucian darüber zu beraten, wie es weitergehen solle. Sie hatte noch nicht einmal Gelegenheit gefunden, ihm zu sagen, dass sie das Kreuz brauchen würden! Ganz zu schweigen davon, dass sie ihm noch immer nicht ihre Gefühle offenbart hatte. Sie hätte es ihm sagen können – vorhin, im Salon –, doch der Zeitpunkt war ihr nicht richtig erschienen. Wie konnte sie von Liebe sprechen, wenige Augenblicke nachdem er mit seinem besten Freund gebrochen hatte?

Alexandra wartete noch einen Moment, ehe sie nach unten schlich und sich aus dem Haus stahl. Draußen empfing sie ein kühler Ostwind, der bedrohlich dunkle Regenwolken vor sich herschob. Der letzte Guss lag noch nicht lange zurück, das Pflaster glänzte noch immer nass, doch nach all den Wochen, die sie ans Bett gefesselt gewesen war, fühlte es sich gut an, endlich wieder frische Luft zu atmen. Sie genoss die kühle Brise, die über sie hinwegstrich und ihre aufgewühlten Gedanken ein wenig zur Ruhe brachte.

Bis zum *White Horse Inn* war es nur ein kurzer Fußmarsch. Es war erst später Vormittag, die Gäste für das Mittagessen würden noch eine Weile auf sich warten lassen, während das Frühstück längst vorüber war. Nur wenige Tische waren besetzt, die meisten von Kaufleuten, die versuchten, lukrative Geschäfte abzuschließen. An einem Tisch in der Ecke saß Bothwell und starrte auf einen Humpen Ale.

Der Geruch von schalem Bier hing in der Luft und mischte sich mit dem Rauch, der aus dem schlecht belüfteten Kamin kroch. Alexandra bahnte sich einen Weg zwischen den Tischen hindurch zu Bothwell.

»Verschwinden Sie«, sagte er ohne aufzusehen.

»Nicht, solange Sie mir nicht sagen, warum Sie meine Nähe so sehr fürchten.« Alexandra ließ sich ihm gegenüber auf der Bank nieder und wartete, dass er ihr endlich eine

Erklärung für sein Verhalten gab. Stattdessen bestellte er zwei Ale. Schweigend starrte er Alexandra an, bis eine Bedienung beide Humpen vor ihm abstellte.

»Trinken Sie«, forderte er Alexandra auf und schob ihr ein Ale zu. »Sie werden es brauchen.«

Alexandra rührte das Bier nicht an. »Was habe ich Ihnen getan, Bothwell?«

Er nahm einen tiefen Zug und stellte den Krug so heftig auf den Tisch zurück, dass ein Teil des Ales über den Rand schwappte. »Gar nichts«, sagte er und wischte sich den Mund mit dem Handrücken ab. »Sie haben gar nichts getan, doch das ändert nichts daran, dass Sie eine Gefahr für Lucian sind.«

Alexandra runzelte die Stirn. »Aber warum?«

»Was hat er Ihnen über die Wahrsagerin erzählt?«

Alexandra dachte nach. »Diese Frau hat ihm von mir erzählt. Davon, dass sich unsere Wege kreuzen würden. Ihretwegen ist er der Überzeugung, ich sei sein Schicksal.«

»Hat er noch mehr gesagt?«

»Die Alte behauptete, ich sei seine Seelenverwandte.« Die Erinnerung, wie Lucian über sie – Alexandra – gesprochen hatte, als wäre sie ein kostbarer Schatz, stieg wieder in ihr auf. *Die Wahrheit ist, dass meine Vorstellungen* Ihnen *nicht gerecht werden.* Diesmal erschreckte sie die Inbrunst nicht, mit der er über sie gesprochen hatte. Stattdessen erfüllte sie die Erinnerung an seine Worte mit Wärme.

»Und weiter?«, bohrte Bothwell.

»Nichts weiter.«

»Das hätte ich mir denken können.« Seine Finger schlossen sich so fest um den Humpen, dass seine Knöchel weiß hervortraten. »Ich weiß wirklich nicht, was er in Ihnen sieht, dass er derart versessen darauf ist …« Die Abneigung war aus seinem Blick gewichen. Alles, was sie noch in seinen Zügen fand, als er langsam den Kopf schüttelte, war eine tiefe Traurigkeit. »All die Dinge, die er Ihnen gesagt hat, sind wahr, doch er hat einen entscheidenden Teil verschwiegen.«

»Welchen?«, fragte sie, obwohl sie nicht sicher war, ob sie die Antwort wirklich hören wollte. Als Bothwell erneut in Schweigen verfiel, hatte Alexandra Mühe, ihre Ungeduld in Zaum zu halten. Da ihr jedoch bewusst war, dass sie gar nichts erreichen würde, wenn sie ihn jetzt drängte, zwang sie sich abzuwarten.

»Diese alte Hexe«, begann er endlich, »hat ihm nicht nur gesagt, dass Sie in sein Leben treten würden. Sie sind sein Schicksal. Was für ein kleines Wort – Schicksal – und doch so mächtig, dass es die Welt bedeuten kann.« Wieder verfiel er in Schweigen, den Blick starr auf seinen Humpen gesenkt.

Es fiel Alexandra immer schwerer, sich zurückzuhalten. Doch sie sah, wie schwer es ihm zu schaffen machte, mit ihr darüber zu sprechen. In seinen Augen war sie die Schuldige – auch wenn sie noch immer nicht wusste, woran sie die Schuld tragen sollte.

Plötzlich sah er auf. »Ihre Liebe wird ihm den Tod bringen. Das hat die Alte gesagt. *Sie* sind sein Ende. Ihre Liebe wird ihn vernichten!«

Seine Worte nahmen ihr den Atem. Wie sollte sie ihn umbringen, wenn das Kreuz erst zerstört war? Eine Weile konnte sie Bothwell nur anstarren. »Das … das ist doch Unsinn!«

Bothwell hob eine Augenbraue. »Derselbe Unsinn wie

die Tatsache, dass Lucian Ihr Gesicht seit fünfhundert Jahren kennt? Dass er seitdem weiß, dass Sie in sein Leben treten würden?«

Was gab es darauf zu erwidern? »Ist das der genaue Wortlaut dieser Prophezeiung?«

Bothwell schüttelte den Kopf. »Nur ein Teil davon. Vollständig lautet sie: Wenn du glaubst, auf ewig Unsterblichkeit erlangt zu haben, wird dir ihre Liebe den Tod bringen.«

Seine Worte waren wie ein Schlag ins Gesicht. Sie wollte nicht daran glauben, wollte Bothwell und sich selbst einreden, dass es nur das Gefasel eines alten Weibs war. Doch wie konnte sie daran zweifeln? Diese Frau hatte gewusst, dass Lucian und sie einander begegnen würden. Sie hatte ihr Gesicht gekannt – ein halbes Jahrhundert, bevor sie überhaupt geboren worden war! Welche Hoffnung bestand also, dass sie sich ausgerechnet mit diesen Worten geirrt haben sollte?

»Auf ewig Unsterblichkeit«, wiederholte sie leise. Es fiel Alexandra nicht schwer, die Bedeutung zu erahnen. Ewige Unsterblichkeit würde Lucian erlangen, sobald das Kreuz und der Splitter zerstört waren. Dann gab es nichts mehr, was ihm noch gefährlich werden konnte – abgesehen von ihr selbst.

Ihr war gerade erst klar geworden, dass sie alle Hürden hinter sich lassen konnte, die sie bisher von Lucian ferngehalten hatten. Wie konnte sie ihn da schon wieder verlieren? Während sie noch zu begreifen versuchte, dass sie niemals mit Lucian zusammensein konnte, beugte sich Bothwell über den Tisch zu ihr.

»Sie dürfen den Splitter nicht zerstören«, sagte er. »Solange er existiert, kann diese verfluchte Prophezeiung nicht eintreten.«

»Solange er existiert, sind die Jäger eine ständige Gefahr für Lucian!«

»Und wenn Sie den Splitter vernichten, wird ihre Liebe –«

»Aber ich liebe ihn doch gar nicht!« Wenn sie vorgab, keine Gefühle für Lucian zu hegen, war alles gut. Niemand würde je die Wahrheit erfahren und die Prophezeiung würde sich nicht erfüllen.

Bothwell verzog das Gesicht. »Wem versuchen Sie etwas vorzumachen? Ich sehe doch, wie Sie und er voneinander angezogen werden. Ich blicke in Ihre Augen und entdecke darin ein Spiegelbild derselben Gefühle, die ich auch in den seinen finde.«

Woher wollen Sie wissen, was in mir vorgeht? Sie kennen mich doch gar nicht! Doch Bothwell hatte recht. Wenn selbst er – ein Fremder – wusste, wie es um sie bestellt war, wie konnte sie da hoffen, die Prophezeiung durch eine Lüge zu beeinflussen?

Verstört betrachtete sie den Schankraum des *White Horse Inn*, der sich langsam zu füllen begann. Pfeifenrauch waberte in dichten Schwaden durch den Raum und erfüllte die Luft mit seinem würzigen Aroma. Heute Morgen noch hatte sie sich gut gefühlt – zufrieden und voller Hoffnung. Die Leere, die ihr jetzt innewohnte, war schlimmer als alles, was sie je empfunden hatte. Um zumindest die Bitterkeit hinunterzuspülen, griff sie nun doch nach ihrem Ale und nahm einen kräftigen Schluck.

»Ich verstehe nicht, warum Sie heute Morgen dazwischengegangen sind«, sagte Bothwell nach einer Weile.

»Ich habe Ihre Hilfe nicht verdient. Er hätte mich töten sollen, für das, was ich ihm – und Ihnen – angetan habe.«

Allmählich beruhigten sich ihre aufgewühlten Gedanken ein wenig, sodass sie ihre Aufmerksamkeit wieder auf ihr Gegenüber richten konnte. »Sie haben Angst, Ihren Freund zu verlieren«, entgegnete sie ruhig. »Alles, was Sie wollten, war, ihn zu beschützen. Zugegeben, Sie waren dabei in der Wahl Ihrer Mittel nicht gerade zimperlich, trotzdem kann ich Sie verstehen.«

»Wirklich?«, fragte er überrascht.

»Ich wünschte nur, ich hätte schon sehr viel früher von dieser Prophezeiung gewusst.« Sie schüttelte hilflos den Kopf. »Warum hat er mir nie etwas davon erzählt?«

»Er wollte Sie nicht beunruhigen«, erklärte Bothwell. »Abgesehen davon musste er fürchten, dass Sie ihn verlassen würden.«

Lucian hatte nie einen Hehl daraus gemacht, dass er nicht wollte, dass sie fortging. Wenn Alexandra von der Vorhersage der Zigeunerin gewusst hätte, wäre sie niemals in seiner Nähe geblieben.

»Ich werde den Splitter nehmen und gehen.« Sie wusste, dass sie Lucian nicht noch einmal zu nahe kommen durfte, wenn sie sich nicht davon abbringen lassen wollte, ihren Entschluss in die Tat umzusetzen. Sie liebte ihn, doch das konnte sie ihm nicht sagen – nicht mehr. Wenn er um ihre Gefühle wüsste, würde er sie niemals gehen lassen.

Obwohl der Splitter in Lucians Händen sicherer gewesen wäre als in ihrer Obhut, kam es nicht infrage, ihm den Splitter zu überlassen. Er würde alles daransetzen, ihn zu vernichten – und sich damit selbst in Gefahr bringen. Sie musste den Splitter, zusammen mit dem Kreuz, fortbringen. Daran, dass sie den Jägern das Kreuz abjagen konnte, zweifelte sie nicht. Hatte in den Aufzeichnungen nicht gestanden, dass Splitter und Kreuz immer wieder zueinanderfinden würden? Im Augenblick konnte sie sich nur schwer vorstellen, wie das vonstatten gehen sollte, doch sie wollte kein Risiko eingehen. Am Ende hätte das Kreuz die Macht, die Jäger zu ihr zu führen.

Sobald beides in ihrem Besitz war, würde sie Edinburgh verlassen. Dann musste sie nur noch ein geeignetes Versteck für das Schwarze Kreuz finden – einen Ort, an dem die Jäger es nie vermuten würden. Sie selbst würde sich so weit wie möglich davon entfernen, um die Jäger – wenn sie ihr folgten – von der Spur des Kreuzes abzulenken. Zweifelsohne würde Alexandra für den Rest ihres Lebens die Frage quälen, ob das Artefakt noch immer in seinem Versteck lag und Lucian in Sicherheit war. Doch damit musste sie fertig werden.

Nur was mit dem Unendlichen werden sollte, wusste sie noch nicht. Darüber wollte sie sich später Gedanken machen. Jetzt musste sie erst einmal von Lucian fort, ehe sie es nicht mehr über sich bringen würde, ihn zu verlassen.

»Gleich jetzt werde ich den Splitter aus dem Haus holen und danach nicht noch einmal zurückkommen.« Sie wollte schon aufstehen und gehen, doch der Gedanke, dass Lucian bald vollkommen allein sein würde, hielt sie zurück. »Lucian ist wütend«, sagte sie deshalb, »aber es wird der Augenblick kommen, in dem er Sie vermissen wird. Geben Sie auf ihn acht und sorgen Sie dafür, dass er nicht noch einmal in meine Nähe kommt.«

Ohne eine Antwort abzuwarten, stand sie auf und nickte Bothwell noch einmal kurz zu. Als sie sich abwandte, sagte er: »Die Zutaten für das Ritual stehen in der Küche. Nehmen Sie sie mit und vernichten Sie sie!«

Ohne sich noch einmal umzudrehen, nickte sie. Müde und traurig verließ sie das Gasthaus und machte sich auf den Rückweg.

Die Luft roch nach Regen, doch noch immer gaben die Wolken, die wie eine dunkelgraue Decke tief über der Stadt hingen, ihn nicht frei. Kurz bevor sie das Haus erreichte, wurde ihr bewusst, dass sie keinen anderen Plan hatte, als unbemerkt hineinzugehen, alles Nötige zusammenzupacken und sich ebenso unbemerkt wieder davonzustehlen.

»Was gibt es sonst zu wissen?«, murmelte sie.

Das Einzige, was zählte, war, dass Lucian nichts bemerkte.

Als sie nicht mehr weit vom Haus entfernt war, vernahm sie hinter sich Schritte. Nicht der gemächliche Gang eines Spaziergängers, sondern schnelle Tritte, die rasch näher kamen. Unwillkürlich dachte sie an die Jäger und stellte sich vor, wie die Männer ihre Pistolen zogen und auf sie anlegten. Als sie sich jedoch umwandte, erblickte sie Bothwell. Erstaunt blieb sie stehen. »Warum folgen Sie mir?«

»Sie sind kein schlechter Mensch«, sagte er zu ihrem Erstaunen. »Sie würden ihm nicht absichtlich etwas antun.«

»Nein, das würde ich nicht.« Seine Worte kamen einer Entschuldigung gleich, dabei trug sie ihm längst nicht mehr nach, was er getan hatte. Es gab nichts mehr zu sagen – bis auf eines: »Falls mir etwas zustößt, sagen Sie Lucian, dass der Splitter und das Schwarze Kreuz nur zusammen vernichtet werden können. Die beiden Teile werden immer zueinanderfinden.«

Nach ihrem Tod, wann immer das auch sein mochte, konnte ihm die Prophezeiung nicht mehr zum Verhängnis werden, sodass es keinen Grund mehr gäbe, den Splitter nicht zu zerstören.

Bothwell sah sie entsetzt an. »Zueinanderfinden? Soll das heißen, Sie müssen zu den Jägern?«

Alexandra nickte. Als Bothwell etwas sagen wollte, kam sie ihm zuvor: »Ich komme zurecht.«

»Ohne zu wissen, wo die Jäger wohnen?«

Daran hatte sie nicht gedacht.

»Zumindest in dieser Hinsicht kann ich Ihnen helfen.« Er griff nach ihrem Arm, drehte sie herum und deutete die Straße hinunter. »Folgen Sie der Straße am Netherbow vorbei«, begann er seine Beschreibung, die Alexandra geradewegs zum Haus der Jäger führen würde. Als er schließlich endete, musterte er sie einen Moment lang zweifelnd, dann seufzte er: »Es gibt noch etwas, was ich tun kann.«

*

Robert stand neben der Haustür im Schatten und beobachtete, wie die Jägerin die Tür öffnete. Sie war in der Tat kein schlechter Mensch, auch wenn er das lange Zeit nicht hatte sehen wollen. Dass sie gehen wollte, um Lucian zu schützen, rechnete er ihr hoch an. Zweifelsohne hatte sie bei dem, was vor ihr lag, Hilfe nötig, doch die konnte Robert ihr nicht geben. Fortan war sie auf sich allein gestellt. Einzig hier konnte er noch etwas für sie tun, indem er Lucian ablenkte, während sie ihre Habe zusammenpackte und sich aus dem Haus stahl. Robert hätte ohnehin noch einmal versucht, mit Lucian zu sprechen. Nach all den Jahren, die sie gemeinsam verbracht hatten, fiel es ihm schwer zu glauben, dass ihre Freundschaft auf diese Weise enden sollte. Womöglich war es noch zu früh und Lucian würde ihn nicht einmal anhören. Dennoch musste er es zumindest versuchen.

Roberts Vorschlag, Lucian abzulenken, war bei der Jägerin auf wenig Begeisterung gestoßen. Ihr eigener Plan hatte vorgesehen, sich ins Haus zu schleichen und unbemerkt wieder zu gehen. Auf diesem Wege hätte sie eine Begegnung mit Lucian vermeiden können. Zweifelsohne war das der Grund, warum ihr seine Idee nicht gefiel, denn nun musste sie Lucian noch einmal unter die Augen treten. Ein letztes, schmerzhaftes Aufeinandertreffen. Doch es musste sein. Wenn sie allein versuchte, sich aus dem Haus zu stehlen, lief sie Gefahr, dass Lucian sie aufhielt. Durch Roberts Ablenkung jedoch würde es für sie leichter werden, unbemerkt zu verschwinden.

Als die Jägerin in die Eingangshalle trat und nach Lucian rief, blieb Robert draußen neben der Tür stehen. Schritte erklangen. »Ist etwas nicht in Ordnung?«, hörte er Lucian fragen. Dann: »Himmel, warst du etwa draußen? Du sollst dich doch noch schonen! Was, wenn du den Jägern in die Arme gelaufen wärst?«

»Es geht mir gut«, erwiderte sie ruhig. »Ich musste gehen, denn es gibt etwas, was du dringend klären solltest. Bothwell?«

Robert trat in den Türrahmen. Bei seinem Anblick kehrte Lucians Zorn schlagartig zurück. »Du!« Er machte einen Schritt auf ihn zu, als wolle er ihn erneut angreifen, doch die Jägerin vertrat ihm den Weg.

»Hör ihn an, Lucian. Bitte.« Lucian setzte zu einer Antwort an, doch sie schüttelte den Kopf. »Ich verlange nicht von dir, dass du ihm verzeihst. Aber gib ihm zumindest die Möglichkeit, sich zu erklären.«

Lucian stand da, als wäre er aus Stein gemeißelt. »Also gut«, sagte er endlich an Robert gewandt. »Rede!«

Robert unterdrückte einen Fluch. Er wollte mit Lucian sprechen, wollte ihn um Verzeihung bitten, doch nicht hier, in der Halle. Damit wäre der Jägerin nicht gedient.

»Ich würde vorschlagen, ihr geht ins Esszimmer und setzt euch«, kam sie ihm zu Hilfe.

Lucian knurrte etwas, das eine Zustimmung zu sein schien, denn er bedeutete Robert mit einem knappen Nicken, einzutreten. Robert folgte seiner Aufforderung. Als Lucian vorangehen wollte, hielt die Jägerin ihn zurück.

»Ich will dein Wort, dass du ihn nicht noch einmal schlägst«, verlangte sie leise. »Hör ihn an.«

Lucian antwortete nicht.

»Dein Wort!«

»Ich werde ihm nichts tun«, sagte er endlich.

Sie nickte zufrieden und ging an ihm vorbei zur Treppe. Auf der untersten Stufe blieb sie noch einmal stehen und wandte sich um. »Ich lege mich ein wenig hin.«

»Geht es dir nicht gut?« Sofort war er bei ihr und legte ihr eine Hand auf den Arm.

Sie schüttelte den Kopf. »Ich bin nur müde.« Als Lucian seine Hand zurückziehen wollte, griff sie danach und hielt sie fest. »Danke«, sagte sie leise. »Für alles.«

Lucian lächelte, nicht ahnend, dass die Jägerin von ihm Abschied nahm. Sie zog ihre Hand zurück und stieg die Stufen hinauf, ohne sich noch einmal umzudrehen. Zu wissen, dass Lucian sie nicht wiedersehen würde, schnürte

Robert die Kehle zusammen. Er hatte gesehen, wie sehr sein Freund gelitten hatte, als er sie tot wähnte. Wenn sie jetzt ginge, würden die Wunden erneut aufreißen. *Es muss sein! Es gibt keinen anderen Weg!*

Im Esszimmer waren die Vorhänge vorgezogen. Aus Gewohnheit ging Robert zur Anrichte und entzündete die beiden Lampen, die dort standen.

»Setz dich«, forderte Lucian ihn kühl auf, kaum dass die Tür hinter ihnen geschlossen war. Während Robert der Aufforderung folgte, füllte Lucian ein Glas zwei Finger breit mit Whisky und schob es ihm über den Tisch zu.

Robert nippte daran. Der Alkohol brannte auf seiner aufgeplatzten Lippe, trotzdem nahm er noch einen Schluck, ehe er das Glas wieder abstellte. Noch immer waren ihm keine passenden Worte eingefallen, mit denen er beginnen konnte.

»Warum bist du gekommen?«, verlangte Lucian zu wissen.

»Alexandra sagte mir, dass du noch immer wütend bist.«

»Das ist wahr.«

»Sie sagte auch, dass du mich vermissen würdest – eines Tages.« Ehe Lucian widersprechen konnte, fuhr Robert fort: »Ich weiß, dass du zornig bist, und ich kann es verstehen. Alles, was ich möchte, ist, dass du mich anhörst. Bitte.«

Lucian schwieg. In seinen Augen jedoch sah Robert die Angriffslust aufblitzen, und womöglich wäre er auf ihn losgegangen, wenn er der Jägerin nicht sein Wort gegeben hätte, es nicht zu tun.

»Vielleicht hast du recht und sie ist wirklich etwas Besonderes«, sagte er schließlich. »Dennoch kann ich meine

Augen nicht vor der Prophezeiung verschließen. Du bist die einzige Familie, die ich je hatte – Vater, Bruder und bester Freund zugleich. Denkst du wirklich, ich könnte tatenlos mit ansehen, wie du sehenden Auges ins Verderben läufst?« Er schüttelte den Kopf. »Ich weiß, dass es ein Fehler war, dir zu sagen, sie sei tot.« Selbst jetzt, Wochen später, konnte er Lucians Anblick noch immer nicht vergessen. Die Hoffnungslosigkeit, die ihn erfasst und jegliche Freude und Zuversicht mit einem Schlag ausgelöscht hatte, war beinahe mehr gewesen, als Robert ertragen konnte. »Ich hatte wirklich daran gedacht, sie irgendwo zurückzulassen, doch ich konnte es nicht. Deshalb brachte ich sie zu diesem jungen Jäger.« Natürlich war ihm bewusst gewesen, dass Lucian trauern würde. Mit derartiger Verzweiflung jedoch hatte er nicht gerechnet. »Ich wusste mir einfach nicht anders zu helfen.«

Lange Zeit sagte Lucian kein Wort. Er lehnte an der Anrichte, den Blick auf Robert gerichtet. Der Zorn war aus seinen Augen gewichen, doch die tiefe Enttäuschung, die darunter zum Vorschein kam, war weitaus schmerzlicher. Mehr als einmal war Robert kurz davor, ihn zu bitten, etwas zu sagen. Ganz gleich was, solange er nur endlich dieses quälende Schweigen brach. Aber er tat es nicht.

»Du hast versucht, mich von der einzigen Frau zu trennen, die ich je geliebt habe«, sagte Lucian nach einer Weile. »Schlimmer noch: Du hast bewusst in Kauf genommen, dass sie sterben könnte.«

Robert wollte ihm sagen, dass er gewusst hatte, dass der junge Jäger allein gewesen war, doch Lucian ließ ihn gar nicht erst zu Wort kommen. »Erzähl mir nicht, dass das nicht wahr ist! Du konntest nicht wissen, ob Gavril ihr tatsächlich helfen würde oder ob die anderen Jäger nicht vielleicht doch im Haus waren.« Er schüttelte den Kopf. »Es mag sein, dass du es nicht über dich gebracht hast, sie selbst zu töten, aber es hätte dir auch nichts ausgemacht, wenn einer der Jäger es getan hätte.«

Das ist nicht wahr, wollte Robert sagen. Doch das wäre gelogen gewesen. »Als ich sie den Jägern auf die Schwelle legte, war das tatsächlich so«, gab er zu. »Ich war bereit, ihr Schicksal in Gottes Hände zu legen. Aber ich würde es niemals wieder tun.« Er fuhr sich mit der Hand über die Augen. »Was ich getan hatte, wurde mir erst bewusst, als ich ... als ich sah, wie du ...« Wieder schüttelte er den Kopf. »Ich wollte nie, dass du derart leidest. Was ich getan habe, ist unentschuldbar.« *Und doch habe ich meinen Anteil daran, dass du sie nun erneut verlieren wirst.*

Wieder schwieg Lucian einen Moment, ehe er sagte: »Ich möchte, dass du jetzt gehst.«

»Lucian, bitte!«

»Ich kann dir nicht vergeben. Nicht jetzt. Vielleicht nie.« Er wollte noch mehr sagen, doch plötzlich brach er ab und drehte den Kopf zur Seite.

Robert sah auf. »Was –«

Lucian bedeutete ihm zu schweigen. Einen Moment noch lauschte er, ehe er sich von der Anrichte löste und langsam zur Tür ging. Er setzte noch einmal dazu an, etwas zu sagen, und wieder brachte Lucian ihn mit einer Geste zum Verstummen. Zum ersten Mal verfluchte Robert die scharfen Sinne seines Freundes. Er musste verhindern, dass Lucian das Esszimmer verließ. Andernfalls würde er draußen auf Alexandra stoßen, die im Begriff war, das Haus zu verlassen. In der Eingangshalle knarrte eine Diele.

Verflucht! Ihr fehlt nur noch ein Stück zur Tür! Lucian darf sie jetzt nicht aufhalten.

»Das ist sicher die Jägerin, die sich etwas aus der Küche holt«, durchbrach Robert die angespannte Stille.

Lucian blieb neben der Tür stehen und schüttelte den Kopf. Robert stand auf. Natürlich war es die Jägerin! Nur, dass sie nicht vorhatte, sich eine Erfrischung zu holen. Während er sich noch fragte, wie er Lucian ablenken konnte, flog die Tür aus den Angeln.

*

Lucian am Fuße der Treppe zurückzulassen und zu wissen, dass sie ihn nicht wiedersehen würde, war schmerzhafter, als Alexandra angenommen hatte. Obwohl sie sich noch immer im selben Haus aufhielt, ließ sie das Gefühl, etwas Wichtiges verloren zu haben, nicht los.

Hastig eilte sie in ihr Schlafzimmer und schloss die Tür hinter sich. Einen Moment verharrte sie und lauschte. Erst als sie nach einer Weile noch immer keine Schritte auf der Treppe vernahm, holte sie ihre Ledertasche aus dem Schrank, warf ihre Habe hinein und verließ damit das Zimmer. Als sie von unten gedämpfte Stimmen vernahm, eilte sie zu Lucians Schlafzimmer, schlüpfte hinein und sah sich um. Der Nachttisch! Alexandra riss die Schublade auf. Gähnende Leere starrte ihr entgegen. Fluchend ließ sie ihren Blick durch den Raum streifen, bis er an einem Sekretär hängen blieb, der hinter der Tür an der Wand stand. Darauf lagen drei vergilbte Pergamente. Das Ritual! Beim Anblick der getrockneten Blutflecken kamen die Erinnerungen an St. Giles wieder hoch. *Jägerin! Ich kann dich rie-*

chen! Fröstelnd schob sie die Pergamente zur Seite. *Du hast gedacht, du hättest mich vernichtet.* Warum war ihr nicht sofort aufgefallen, wie sehr sich Vladimirs Augen verändert hatten? Es waren *seine* Augen. Die des Unendlichen.

Würde das niemals aufhören? War sie dazu verdammt, den Rest ihres Lebens damit zu verbringen, eine Kreatur zu jagen, die ihr alles genommen hatte?

Nachdem sie geglaubt hatte, die Bedrohung durch den Unendlichen gehöre endlich der Vergangenheit an, sog die Vorstellung, dass es immer so weitergehen würde, ihr die Kraft aus den Knochen.

All die Jahre hatte sie sich bewusst von anderen ferngehalten – sogar von den Jägern. Sie hatte in einer selbst gewählten Einsamkeit gelebt, denn nur so konnte sie sich auf das konzentrieren, was wichtig war. Menschliche Nähe und Zuneigung waren ihr fremd geworden. Dann war Lucian in ihr Leben getreten, und plötzlich war alles anders. Sie wollte nicht gehen, doch welche Wahl hatte sie schon?

Alexandra fuhr sich über die Augen, dann begann sie, eine Schublade nach der anderen zu öffnen und den Sekretär zu durchsuchen. Es dauerte nicht lange, bis sie den Splitter fand. Er war noch immer in dasselbe Tuch eingeschlagen, in das sie ihn damals gewickelt hatte. Rasch schob sie ihn in den Stiefel. Jetzt brauchte sie nur noch die Ingredienzien für das Ritual. Sobald sie aus dem Haus war, würde Alexandra sie wegwerfen. Die Anweisungen für das Ritual selbst wollte sie Lucian lassen. Nach ihrem Tod – wenn die Zerstörung des Kreuzes keine Gefahr mehr für ihn war – sollte er die nötigen Mittel dafür in Händen haben.

Sie vergewisserte sich noch einmal, dass sie alles hatte,

und nahm ihre Tasche wieder auf. Da vernahm sie von unten ein ohrenbetäubendes Krachen. Holz knackte und splitterte, Scharniere kreischten. Alexandra öffnete die Tür und trat auf den Flur. Dem anfänglichen Lärm folgte betäubende Stille. Womöglich hatte Bothwell etwas gesagt, womit er Lucians Zorn erneut heraufbeschworen hatte. Alexandra schüttelte den Kopf. Lucian hatte ihr sein Wort gegeben, ihm nichts zu tun. Er würde sein Versprechen halten!

Sie schlich über den Flur und die Treppen hinunter, jeden Schritt mit Bedacht setzend. Trotzdem knarrte eine Stufe. Erschrocken hielt sie inne. Aus dem Esszimmer drangen Stimmen an ihr Ohr, jemand lachte leise, doch obwohl die Tür offen zu sein schien, schenkte ihr niemand Beachtung. Langsam setzte sie ihren Weg fort. Wieder das Lachen, doch es klang fremd. Kalt. Alexandra ging in die Hocke und blickte zwischen dem Geländer nach unten in die Eingangshalle. Die Tür zum Esszimmer stand nicht offen – sie war gar nicht mehr da.

Vorsichtig erhob sie sich wieder und ging weiter. *Geh in die Küche, nimm, was du brauchst, und verschwinde!* Doch erst musste sie wissen, was da vor sich ging.

*

Als die Tür in den Angeln zerbarst, sprang Lucian zurück. Ein Regen aus Holztrümmern und feinen Spänen ging über ihm nieder. Dort, wo sich die Tür befunden hatte, senkte sich eine gewaltige Wolke aus Holzmehl herab. Darin machte Lucian die Umrisse einer Gestalt aus, die rasch an Deutlichkeit gewann, als sich der Staub verflüchtigte.

Hinter ihm sog Robert scharf die Luft ein, als der Anführer der Jäger in den Raum trat. Er hielt Alexandras doppelläufige Pistole in der Hand, ohne auf jemanden zu zielen. In seinem Gürtel steckte eine weitere Pistole. Lucian zweifelte jedoch ebenso wenig daran, dass er die Waffen schnell genug in Position bringen konnte, wie er daran zweifelte, dass sie mit Silberkugeln geladen waren. Dennoch war es nicht die Pistole, die seine Aufmerksamkeit auf sich zog, sondern der Jäger selbst. In dem Augenblick, als Vladimir aus der Staubwolke getreten war, wusste Lucian, dass Alexandra recht gehabt hatte. Der Jäger hatte sich nicht einfach verändert – er schien ein vollkommen anderer zu *sein*. Nicht nur seine Augen wirkten wie verwandelt, waren jetzt von einem durchdringenden Blau, statt dem gewohnten Grün, auch vor seiner Gestalt hatte die Veränderung nicht haltgemacht. Der gedrungene Jäger wirkte größer und schlanker als zuvor.

»Seit Wochen schon suche ich nach eurem Versteck«, sagte der Jäger in die Stille hinein, »und dann muss ich feststellen, dass ihr euch nur ein paar Straßen entfernt verkrochen habt!« Er sog prüfend die Luft ein, als wolle er Witterung aufnehmen. »Dabei hätte ich es wissen müssen.«

»Riechen, meinst du«, erwiderte Lucian. »Du kannst dir deine Spielchen sparen, ich weiß, dass du aus dem Jäger sprichst, Andrej.«

Da begann der Jäger zu lachen. Humorlos und kalt, bar jeder menschlichen Regung – ein Lachen, das Lucian im Laufe der Jahrhunderte oft genug gehört hatte. Andrejs Gelächter kroch ihm unter die Haut und erfüllte sein totes Herz mit Furcht. Er sorgte sich nicht um seine eigene Existenz, sein Leben hatte lange genug gewährt. Alles, woran er denken konnte, war Alexandra. Der Knall, als die Tür aus den Angeln gerissen worden war, musste sie geweckt haben. Was, wenn sie herunterkam, um nachzusehen, und Andrej geradewegs in die Arme lief? Was, wenn dieser nach oben ging, um sie zu holen?

Er musste so viel wie möglich über Andrejs derzeitigen Zustand in Erfahrung bringen. Alles, was ihm helfen konnte, ihn ein für allemal zu vernichten oder zumindest von Alexandra fernzuhalten. »Wie hast du das geschafft? Warum bist du noch immer hier?«

»Ich nehme nicht an, dass du ernsthaft erwartest, ich würde darauf antworten.«

»Wie stellst du dir das vor, Andrej?«, versuchte Lucian es weiter. »Denkst du wirklich, die Kameraden des Jägers würden nicht merken, dass etwas nicht stimmt?«

»Fürchtest du, mein erneuter Tod könne meine Kräfte geschwächt haben, Bruder?« Wieder lachte er, und diesmal glaubte Lucian tatsächlich, hinter den Zügen des Jägers einen Blick auf Andrejs Antlitz erhaschen zu können. »Ich kann dich beruhigen, dem ist mitnichten so. Diese beiden Würmer, die sich der Jagd auf meinesgleichen verschrieben haben, dienen mir, ohne es zu ahnen. Sie sind so leicht zu beeinflussen, dass es schon beinahe keine Freude mehr macht.«

Andrej war nicht dumm. Er würde sich nicht entlocken lassen, wie es ihm gelungen war, sich Vladimirs zu bemächtigen – und schon gar nicht, wie sich dem ein Ende setzen ließe. Ebenso wenig wie sich Andrej bisher eine Blöße gegeben hatte, war es Lucian gelungen, einen Weg zu finden, ihn zu überwältigen. Ganz gleich, was er auch versuchte, er würde um einen offenen Kampf nicht herumkommen. Mit dem Splitter im Haus war Andrejs Pistole eine ernsthafte Bedrohung. *Ich kann nur versuchen, ihn von Alexandra fernzuhalten.* »Was hast du jetzt vor?«

»Abgesehen davon, dass ich mich bei dir dafür bedanken möchte, dass du den Splitter hier aufbewahrst? Sieh mich nicht so an, Lucian! Denkst du wirklich, ich könne seine Gegenwart nicht spüren?« Noch immer lag ein boshaftes Grinsen auf seinen Zügen. »Zunächst einmal werde ich mir diesen Wirtskörper zu einem gemütlichen Heim formen – ist es nicht faszinierend, wie ähnlich er mir bereits geworden ist? Bald schon wird er sich nicht mehr von meinem einstigen Körper unterscheiden. Für dich wird es sein, als würdest du in einen Spiegel blicken – mit einem winzigen Hindernis: Deine Existenz wird nicht lange genug währen, um diesem Augenblick meines Triumphs beizuwohnen.« Langsam kam er weiter in den Raum, die Pistole noch immer locker in der Hand. Noch zwei Schritte, und der Weg zur Tür wäre frei gewesen, da blieb er erneut stehen. »Ich weiß, was du denkst, Lucian. *Kann ich zur Tür und die verdammte Schlampe warnen, die versucht hat, die Existenz meines geliebten Bruders auszulöschen?* Nein, das kannst du nicht! Spar dir also die Mühe. Das Leben deiner Jägerin ist ohnehin verwirkt. Ich werde sie vor deinen Augen töten, ganz langsam. Du wirst sehen, wie sie leidet, sollst ihren Schmerz bis in die letzte Faser deines eigenen Körpers spüren. Ich werde zusehen, wie dein Herz bricht, wenn sie tot zu deinen Füßen liegt – und ich werde es genießen, ehe ich auch deinem Dasein ein Ende bereite.«

Lucian warf einen Blick zu Robert. Er stand noch immer auf der anderen Seite des Tisches, die Tür in unerreichbarer Ferne. Doch das galt nicht für eines der Fenster, das unmittelbar in seinem Rücken lag. *Wenn es ihm gelingt, zu entkommen, könnte ich Andrej in einen Kampf verwickeln.* Auf diese Weise bliebe Robert womöglich Zeit, Alexandra in Sicherheit zu bringen. Als sich ihre Blicke trafen, sah Lucian kurz zum Fenster, dann wieder zu Robert. Mehr konnte er nicht signalisieren, doch Robert hatte ohnehin verstanden.

»Weißt du«, überlegte Andrej laut und lenkte Lucians Aufmerksamkeit wieder auf sich, »wenn ich es mir genau überlege, möchte ich nicht riskieren, dass du etwas Unüberlegtes versuchst, um deine Jägerin zu retten. Ich denke, es genügt mir, wenn du in dem Bewusstsein stirbst, dass ihr Leben auf qualvolle Weise enden wird.«

Andrej hob die Pistole. Der Hahn klickte leise, als er ihn zurückzog, gefolgt von einem ohrenbetäubenden Donnern, als er die Waffe abfeuerte.

*

Zögernd hatte sich Alexandra dem Esszimmer genähert. Als sie Vladimir sah, war es beinahe zu spät gewesen. Es war ihr gerade noch gelungen, sich neben der Tür an die Wand zu drücken. Mit wachsendem Entsetzen war sie dem Gespräch gefolgt. Zu hören, dass sie sich nicht geirrt hatte und der Unendliche tatsächlich noch immer existierte, hatte ihren Mut sinken lassen.

Sie hatte die Doppelläufige in Vladimirs Händen gesehen. Zweifelsohne war sie mit Silberkugeln geladen. Sie hingegen hatte ihre Pistole lediglich mit einfachen Kugeln bestückt. Sie war nicht einmal mehr im Besitz von Silber.

Wozu auch? Bis vor Kurzem hatte sie angenommen, dass die Bedrohung durch die Vampyre endlich vorüber war. Sich im selben Haus aufzuhalten wie der Unendliche, mit einer Waffe, die ihm nicht das Geringste anhaben konnte, ließ ihre Furcht ins Unermessliche steigen.

Es gibt etwas! Sie besaß das Werkzeug, mit dem sie ihn vernichten konnte! Sie musste es nur einsetzen. Ihre Hand war schon am Stiefel, um nach dem Splitter zu greifen, als sie innehielt. Was, wenn Vladimir – der Unendliche – sie überwältigte und den Splitter an sich brachte? Dann gab es nichts mehr, was sie ihm noch entgegensetzen konnte.

Wir können nicht ohne einen Plan gegen ihn vorgehen. Das Risiko war einfach zu groß. Es gab nur einen Weg, um Lucian zu helfen. Der Splitter musste so weit wie möglich von ihm fort.

Bedächtig zog sie sich von der Schwelle zurück. Eine Diele knarrte, doch diesmal hielt sie nicht inne. Sie war schon fast an der Tür, als sie sich an die Ingredienzien erinnerte. Sie dachte daran, sie zurückzulassen. *Es wird nicht lange dauern.* Nur rasch in die Küche, alles Nötige in die Tasche packen, und dann fort von hier!

Alexandra eilte über den Gang, drückte die Schwingtür auf und schlüpfte in die Küche. »Was hast du jetzt vor?«, drang Lucians Stimme von nebenan an ihr Ohr. Natürlich wollte sie hören, was der Unendliche darauf zu erwidern hatte, doch wichtiger war jetzt, dass sie von hier fortkam. Hastig sah sie sich um. Auf einer Anrichte neben dem Herd standen drei mit Wachs versiegelte Tontöpfchen, eine Lederflasche, ein Leinenbeutel mit Kerzen, einem Bündel Reisig, einem dreibeinigen Eisengestell und einer Schale aus Gusseisen. Daneben lag ein weiterer Beutel, in dem sich mehrere gefüllte Säckchen befanden. Auf dem Herd stand ein Topf. Alexandra packte rasch die Tontiegel und die beiden Beutel in ihre Tasche, dann hob sie den Deckel und warf einen Blick in den Topf. Darin befand sich lediglich die Hühnerbrühe, die Lucian ihr gebracht hatte. Vorsichtig, um nur ja kein Geräusch zu verursachen, legte sie den Deckel an seinen Platz zurück. Als sie die Tasche aufnahm, fiel ihr Blick aus dem Fenster. War da eine Bewegung hinter den Spitzengardinen gewesen? Ein Schatten auf der anderen Straßenseite? Sie schob die Gardine ein wenig zur Seite und spähte nach draußen. Ein junges Pärchen flanierte den Fußweg entlang, in eine angeregte Unterhaltung vertieft. Ein Stück weiter entfernt stand eine Droschke an der Straßenecke. Das Gefährt zog ihre Aufmerksamkeit auf sich. Als jedoch eine beleibte Dame aus der Karosse stieg und auf ein Haus zuging, ließ Alexandra ihren Blick weiterwandern. Vielleicht konnte sie die Droschke in die Stadt nehmen.

Auf der anderen Straßenseite, dort, wo sie geglaubt hatte, eine Bewegung wahrzunehmen, wogten die Zweige eines Haselnussstrauchs in der sanften Brise.

Sie hätte gerne noch einen Moment abgewartet und die Umgebung beobachtet, doch sie wusste, dass Lucian diese Zeit nicht hatte. Der Unendliche würde Gavril und Mihail nicht mit hierher nehmen. Er würde nicht riskieren, dass seine ahnungslosen Handlanger herausfanden, *was* mit Vladimir nicht stimmte. Vorsichtig drückte Alexandra die Schwingtür auf und kehrte in die Eingangshalle zurück. »... und ich werde es genießen ...«, hörte sie den Unendlichen sagen, als sie zum Ausgang hastete. Rasch schlüpfte sie nach draußen, zog die Haustür hinter sich zu und sperrte die Stimmen und Geräusche aus, die vom Esszimmer an ihr Ohr drangen.

Sie sah sich nach der Droschke um, doch das Gefährt war fort. *Also doch der Fußweg.* Womöglich konnte sie unterwegs eine Karosse anhalten. Jetzt jedoch musste sie zusehen, dass sie vom Haus fortkam. Hinter einer der Säulen, die das Vordach trugen, trat eine Gestalt hervor. Entgeistert starrte sie auf Mihail und die Pistole in seiner Hand. Ehe er die Waffe auf sie richten konnte, sprang Alexandra vor und schlug ihm mit aller Kraft ihre schwere Tasche gegen den Schädel. Sie glaubte zu hören, wie einer der Eisenbeschläge ihn traf – vielleicht waren es auch nur die Tontöpfe, die aneinanderschlugen. Die Waffe entglitt ihm, als er mit einem unterdrückten Keuchen in die Knie brach. Sie hob seine Pistole auf und steckte sie in den Gürtel. Da zerriss ein Schuss die Stille. Der Knall ließ Alexandra zusammenzucken. »Lucian!«, flüsterte sie und biss sich auf die Lippe, um nicht laut nach ihm zu rufen. Alles in ihr schrie danach, ins Haus zurückzulaufen, um ihm zu Hilfe zu eilen. *Ich kann ihm nur auf eine Weise helfen!* In der Hoffnung, dass es nicht längst zu spät war, rannte sie los, auf die Straße hinaus, Richtung Netherbow. Als sie sich noch einmal umwandte, sah sie, wie Mihail versuchte, wieder auf die Beine zu kommen, erneut in die Knie ging und diesmal liegen blieb.

Alexandra rannte die Straße entlang. Wenn Mihail hier war, konnte Gavril nicht weit sein. *Es sei denn, Vladimir hat ihm etwas angetan.* Seit ihrer Flucht aus dem Kloster war so viel geschehen, dass sie sich noch keine Gedanken darüber gemacht hatte, welche Strafe er für seinen Verrat erhalten haben mochte. Vielleicht hatte Vladimir ihn aus bloßem

Zorn getötet. Nein! Gavril war sein Bruder! Er liebte ihn über alles. *Der Mann im Esszimmer ist nicht mehr Vladimir.* Womöglich wohnte seinem Körper noch immer irgendwo ein Teil des Jägers inne, doch es war der Unendliche, der die Kontrolle über ihn hatte – und ihn verband nicht das Geringste mit Gavril.

Nach wenigen Metern bog sie in eine Seitengasse ein. Obwohl die Straße sie nur auf Umwegen zum Netherbow führen würde, entschied sie sich bewusst dafür, da sie so den Abstand zum Haus schneller vergrößern konnte. Als sie in die Schatten eintauchte, die zwischen den eng stehenden Häusern lauerten, musste sie die Augen zusammenkneifen, um das Pflaster erkennen zu können. Ein kühler Luftzug ließ sie frösteln. Unwillkürlich umfasste sie den Griff ihrer Tasche fester und beschleunigte ihren Schritt. Sie war noch nicht weit gekommen, als sich plötzlich eine Gestalt aus dem Halbdunkel löste und sie packte. Alexandra wehrte sich gegen den eisernen Griff, der ihren Oberarm umklammert hielt. Ein protestierendes Pochen breitete sich in ihrer Seite aus, trotzdem versuchte sie, sich loszureißen. Sie konnte an nichts anderes als den Schuss denken und daran, dass Lucian erst in Sicherheit sein würde, wenn sie fort war. *O Gott, lass ihn noch am Leben sein!*

»Halt still! Ich tu dir nichts.«

»Gavril?« Sie hörte auf, sich zu wehren. Da zog er sie zur Seite, bis sie mit dem Rücken an der Wand stand, und gab ihren Arm frei. Sein linkes Auge war geschwollen, darunter prangte ein dunkler Bluterguss, und seine Lippe war aufgeplatzt, das Blut jedoch mittlerweile verkrustet. Vorsichtig streckte sie die Hand nach seinem Gesicht aus, ohne ihn zu berühren. »War er das?«

»Er war furchtbar zornig.« Gavril zuckte die Schultern. »Aber ich bin sein Bruder. Er hat mir verziehen.«

Einfach so? Wohl kaum. Es musste etwas anderes dahinterstecken, dass der Unendliche ihn nicht getötet hatte. *Hofft er, Gavril könne ihn zu mir führen?*

Sein Blick ruhte noch immer auf ihr. »Geht es dir gut?«, fragte er leise. »Hast du Schmerzen?« Als sie den Kopf schüttelte, flüsterte er: »Ich bin froh, dass du ihm entkommen bist.«

Es fiel Alexandra schwer, seinen Worten zu folgen. Immer wieder kehrten ihre Gedanken zu Lucian zurück. »Ich muss hier weg, Gavril. Schnell!«

Sie dachte schon, er würde sie nicht ziehen lassen, dann jedoch trat er zur Seite. »Halt dich von der Stadt fern. Ich lenke Vladimir und Mihail ab.«

Alexandra wollte an ihm vorbei, hielt aber noch einmal inne. »Vladimir ist tatsächlich nicht mehr er selbst. Er ist vom Unendlichen besessen.«

Selbst hier in den Schatten konnte sie sehen, wie Gavril erbleichte. »Das also ist der Grund seiner Veränderung«, sagte er tonlos. »Dafür wird diese Kreatur bezahlen!«

»Tu nichts Unüberlegtes«, warnte sie ihn. »Wir werden einen Weg finden, Vladimir zu befreien und den Unendlichen ein für allemal zu vernichten.«

Vielleicht würde es ihr gelingen, Gavril auf ihre Seite zu ziehen. Womöglich konnten sie sogar Mihail zur Zusammenarbeit bewegen – wenn es ihnen gelang, ihn lange genug dem Einfluss des Unendlichen zu entziehen. Gemeinsam konnten sie es schaffen, den Ersten Vampyr ein für allemal zu vernichten.

»Sei vorsichtig, Gavril.«

Mit einem letzten Blick wandte sie sich ab und lief weiter. Sie folgte Gavrils Rat und hielt sich vom Netherbow und der Stadt fern. Während der Abstand zwischen ihr, Lucian und dem Unendlichen wuchs, kam ihr ein Gedanke. Die Jäger waren nicht in ihrem Haus. Eine bessere Möglichkeit würde sich ihr womöglich nicht bieten, das Schwarze Kreuz an sich zu bringen. *Sofern der Unendliche es nicht bei sich trägt.*

*

Als Andrej seine Waffe abfeuerte, warf sich Lucian zur Seite. Er stieß gegen den Tisch, rollte sich darüber hinweg und sprang auf der anderen Seite wieder auf die Beine. Mit einem Ruck kippte er den Tisch um und ging hinter der massiven Holzplatte in Deckung. Andrej bewegte sich. Das Rascheln von Stoff und das leise Klappern seiner Absätze begleiteten seine Schritte, als er auf der anderen Seite des Tisches entlang streifte.

Lucian kroch zu Robert, der am anderen Ende des Tisches kauerte und über die Kante hinwegspähte. »Bleib unten«, flüsterte Lucian. »Wenn sich eine Gelegenheit bietet, sieh zu, dass du rauskommst!« Er wollte ihm sagen, dass er Alexandra in Sicherheit bringen solle, doch Robert kam ihm zuvor.

»Ich kümmere mich um die Jägerin«, sagte er leise. »Pass auf dich auf!«

Lucian nickte. Er hätte gerne noch mehr gesagt, doch dazu blieb keine Zeit. Während er Andrejs Schritten lauschte und herauszufinden versuchte, wo er sich befand, beobachtete er, wie Robert sich langsam in Richtung Fenster zurückzog. Andrej blieb stehen. Zumindest hörte Lucian ihn nicht länger. Er löste seinen Blick von Robert und sah sich nach etwas um, was er als Waffe benutzen konnte. Vor dem Kamin stand ein Ständer mit Schürhaken, etwas Besseres würde er hier nicht finden. Geduckt schlich er näher und streckte die Hand danach aus. Da vernahm er ein Rumpeln und rollte sich auf den Rücken. Andrej war auf den Tisch gesprungen und blickte von der Kante auf Lucian herab. Die Doppelläufige zielte auf seine Brust. Lucian trat im selben Augenblick gegen den Tisch, in dem Andrej seine Waffe abfeuerte. Der Tisch geriet ins Wanken. Die Kugel schlug neben Lucians Kopf in den Teppich ein. Lucian sprang auf und stürzte sich über den Tisch hinweg auf Andrej, ehe dieser die andere Pistole aus seinem Gürtel ziehen konnte.

»Lauf!«, rief er Robert zu, ehe er seinen Bruder zu Boden riss. Aus dem Augenwinkel sah er, wie Robert aus dem Zimmer stürmte. Jetzt musste er ihm nur noch genügend Zeit verschaffen.

Andrej überwand seine Überraschung schnell. Er stieß Lucian von sich und schlug ihm die Faust ins Gesicht. Taumelnd stolperte Lucian zurück. Andrej hatte sich aufgesetzt und griff nach der Pistole an seinem Gürtel. Lucian sprang vor, doch diesmal war sein Zwilling auf den Angriff vorbereitet und ließ ihn mit einer ruckartigen Drehung seines Oberkörpers ins Leere laufen. Er schlug auf dem Boden auf, rollte sich ab und kam hinter Andrej wieder auf die Beine. Sein Bruder war ebenfalls aufgesprungen und hatte die Waffe gezogen. Lucian trat danach und traf Andrej am Handgelenk. Die Waffe wurde ihm aus der Hand gerissen, fiel zu Boden und rutschte über den Teppich. Lucian hechtete danach. Er spürte, wie Andrej nach ihm griff und ihn aufzuhalten versuchte, konnte ihm aber ausweichen. Krachend schlug er auf den Fußboden und tastete nach der Pistole. Seine Finger schlossen sich um die Waffe. Andrej bekam ihn zu fassen und riss ihn zurück, doch Lucian hatte die Pistole. Er spannte den Hahn, warf sich herum und zielte. Sein Bruder beugte sich vor und wollte ihm die Waffe aus der Hand schlagen, doch er war zu langsam. Donnernd löste sich der Schuss. Pulverdampf stieg in die Luft und verwehrte ihm einen Moment die Sicht auf Andrej. Als sich die kleine Rauchwolke jedoch legte, sah Lucian, wie sein Bruder zurückfuhr und sich überrascht an die Brust griff. Entsetzen erfüllte seinen Blick. Ohne ihn aus den Augen zu lassen, stand Lucian auf. Geduckt und bereit, jederzeit anzugreifen, wartete er darauf, dass Andrej zu Staub zerfiel, so wie es auch damals in der Kapelle von Rosslyn geschehen war. Doch seine Konturen veränderten sich nicht, begannen nicht zu verschwimmen und lösten sich auch nicht auf. Der Schrecken in seinen Zügen wich Verwunderung. Er tastete mit den Fingerspitzen nach der Einschusswunde. Ohne eine Miene zu verziehen, schob er den Finger tiefer. Einen Wimpernschlag später zog er die Silberkugel aus dem Fleisch und ließ sie fallen.

Lucian starrte ihn an. *Der Splitter ist nicht mehr hier.*

Ein gehässiges Grinsen breitete sich auf Andrejs Gesicht aus. »Ich hätte nicht gedacht, dass ich mich freuen würde, wenn er fort ist.«

Ehe er mehr sagen konnte, flog die Haustür auf. »Vladimir!«, brüllte einer der Jäger. »Sie ist uns entkommen!«

Andrej fluchte, dann richtete sich sein Blick auf Lucian. »Wir sind noch nicht miteinander fertig!« Er holte aus und verpasste Lucian einen heftigen Schlag, der ihn zurückschleuderte. Lucian prallte gegen die Wand. Seine Rippen knackten unter dem Aufprall und brachen. Ein scharfer Schmerz schoss durch seinen Leib, doch er war ebenso schnell vorüber wie sich die gebrochenen Knochen wieder zusammenfügten. Nach wenigen Sekunden war vom Schmerz nicht mehr als ein leises Echo geblieben. Ein wenig benommen kam er wieder auf die Beine. Andrej war bereits in der Eingangshalle.

»Wo ist sie hin?«, hörte Lucian ihn rufen.

»In Richtung Stadt!«

Dann verstummten die Stimmen.

Lucian lief aus dem Zimmer, durchquerte die Halle und blieb in der offenen Haustür stehen. Andrej und die Jäger rannten die Straße hinunter Richtung Netherbow.

»Alexandra darf ihm nicht in die Hände fallen!«, rief er Robert zu, der auf der Treppe stehen geblieben war, und rannte los.

16

Als Alexandra in die Straße einbog, in der sich das Haus der Jäger befand, verlangsamte sie ihren Schritt. Inzwischen, so hoffte sie, sollte sie weit genug von Lucian fort sein, sodass ihm der Splitter nicht mehr schaden konnte. In diesem Teil von Canongate waren die Häuser kleiner und standen dicht an dicht gedrängt. Eine Fassade schloss unmittelbar an die nächste an und es gab keinen Weg, auf dem sie die Rückseite der Häuserfront hätte erreichen können. Sie musste von vorne ins Haus. Der Gedanke behagte ihr nicht sonderlich. Immerhin war es dank Bothwells Beschreibung nicht schwer, das Haus zu finden. Jetzt musste sie nur noch hinein.

Alexandra nahm sich nicht die Zeit, das Grundstück und die Nachbarschaft zu beobachten. Noch waren die Jäger fort, doch das konnte sich rasch ändern. Sie musste schnell sein, auch wenn dies bedeutete, dass sie dabei Gefahr lief, einem aufmerksamen Nachbarn in die Arme zu laufen.

Sie erreichte die fünf Stufen, die zur Haustür führten, und folgte ihnen nach oben, während ihr Blick über die Fassade glitt. Links und rechts von der Tür befand sich jeweils ein Fenster, zu weit entfernt, als dass sie es vom Treppenabsatz aus hätte erreichen können. Zudem lag es zu hoch und sie traute sich die Kletterpartie nicht zu. Sie war erschöpft und das Pochen in ihrer Seite nahm immer mehr zu.

Auf dem Treppenabsatz angekommen, warf sie einen kurzen Blick zurück zur Straße. Die Dämmerung schob sich zwischen den Häusern heran und tilgte Licht und Farbe aus der Welt. Selbst hier, im vermeintlich sicheren Canongate, war um diese Zeit niemand mehr auf der Straße. Hinter einigen Fenstern war das warme Licht eines Feuers oder einer Öllampe zu sehen. Im Haus der Jäger war es dunkel. Entschlossen drehte Alexandra den Türknauf. Zu ihrem Erstaunen war nicht abgeschlossen.

Sie schlüpfte ins Haus und drückte die Tür hinter sich wieder ins Schloss. Nach wenigen Atemzügen gewöhnten sich ihre Augen an die Dunkelheit, sodass sie sich im Eingangsbereich mit der schmalen Treppe, die nach ein paar

Stufen im Schatten verschwand, zurechtfinden würde. Doch das genügte nicht für ihre Suche. Sie wandte sich nach rechts und trat durch eine Schwingtür in die Küche. Auf einem Tisch stand eine Öllampe. Alexandra stellte ihre Tasche ab, entzündete die Lampe und kehrte damit auf den Flur zurück. Auf der gegenüberliegenden Seite lag der Salon. Abgesehen von einem Sofa und einem Tisch war der Raum leer. Erstaunlich wenig Mobiliar für ein Zimmer dieser Größe. Nirgendwo lagen oder standen persönliche Gegenstände. Einzig die zerdrückten Sofakissen und eine Whiskykaraffe kündeten davon, dass der Raum überhaupt genutzt wurde. Ein rascher Blick genügte ihr, um zu der Überzeugung zu gelangen, dass die Jäger das Kreuz hier nicht aufbewahrten. *Vermutlich finde ich es in Vladimirs Schlafzimmer.* Ohne das Wohnzimmer betreten zu haben, machte sie kehrt und stieg die schmale Treppe nach oben, wo von einer kleinen Galerie vier Türen abzweigten. Zumindest gingen die Zimmer nach hinten hinaus, sodass Alexandra nicht fürchten musste, dass das Licht ihrer Lampe von der Straße aus zu sehen war. Sie hielt sich links und öffnete die erste Tür. Der Raum dahinter war aufgeräumt. Kleidungsstücke lagen ordentlich zusammengefaltet über einem Stuhl, zweifelsohne war das Gavrils Zimmer. Sie kehrte auf die Galerie zurück und ging zur nächsten Tür. Ihre Hand lag bereits auf dem Knauf, als von unten ein Geräusch an ihr Ohr drang. Jemand war an der Haustür. Hastig löschte sie die Lampe und zog sich in Gavrils Schlafzimmer zurück.

Sie stellte die Lampe auf der Kommode ab, legte ein Ohr an die Tür und lauschte. Unten erklangen gedämpfte Schritte, doch niemand sprach ein Wort.

Lass es nicht den Unendlichen sein!

Wer immer es sein mochte, schien sich in ständiger Bewegung zu befinden. Sie brauchte ein Versteck, bevor er nach oben kam. Ihr Blick wanderte durch den Raum. Die Vorhänge waren zu kurz und der Schrank so klein, dass er bestenfalls Platz für die Lampe und ihre Tasche ... Wo war die Tasche? Alexandra sah sich um, doch die Ledertasche war nicht hier. Die Küche! Sie hatte sie in der Küche abgestellt! Wenn jemand sie fand, würden sie das gesamte Haus durchsuchen ... Sie musste sie holen und sich verstecken! Aber wie sollte sie das anstellen? Das Risiko, entdeckt zu werden, war zu groß. Sie konnte nur hoffen, dass keiner der Jäger in die Küche ging. Der Whisky hatte im Salon gestanden. Sofern niemand Hunger bekam, würde die Tasche unentdeckt bleiben.

Eine Diele knarrte. Waren die Schritte jetzt näher? Auf der Treppe? Warum so leise? Als würde sich derjenige anschleichen. *Sie haben mich bemerkt!* Die Jäger wollten sie in Sicherheit wiegen und sich im Stillen heranpirschen, um sie zu überraschen. Um unter das Bett zu schlüpfen, blieb ihr zu wenig Zeit. Die Schritte kamen jetzt von der Galerie. Alexandra zog die Pistole, die sie zuvor Mihail abgenommen hatte, und presste sich hinter der Tür an die Wand.

Die Waffe in ihrer Hand zitterte. Wie oft hatte sie sich in ihrem Leben in einer Situation befunden, in der sie gezwungen gewesen war, sich zu verstecken oder zu kämpfen? Sie konnte sich nicht erinnern, dass ihr Herz dabei je so gehämmert hätte. *Ich habe mich auch nur selten dem Unendlichen gegenübergesehen.* Noch vor Kurzem war sie ohne Zögern jeder Bedrohung entgegengetreten. Die letzten Wochen hatten sie weich werden lassen – und ängstlich. Sie sehnte sich nach Lucians Schutz und seiner Gegenwart, doch sie durfte nicht noch einmal in seine Nähe kommen.

Auf der Galerie kamen die Schritte näher, gedämpft durch den dicken Teppich. Der sanfte Schein einer Lampe zwängte sich unter dem Türspalt hindurch und tastete sich eine Handbreit in den Raum, ehe er sich in den Schatten verflüchtigte. Dann wurde der Türknauf gedreht. Es war zu dunkel, um es sehen zu können, doch sie hörte ein kaum vernehmbares Quietschen. Alexandra spannte den Hahn. Da die drei Männer noch immer auf Vampyrjagd waren, hatte Mihail die Pistole zweifelsohne mit Silber geladen. Ein einziger, gut gezielter Schuss konnte dem Ersten Vampyr ein Ende bereiten. Verfehlte sie jedoch sein Herz, war ihr eigenes Ende besiegelt. Was sie jedoch tun würde, wenn Mihail durch diese Tür kam, wusste sie nicht. Sie war sich nicht einmal sicher, ob sie überhaupt fähig wäre, auf ihn zu schießen. Er war kein schlechter Mensch, er tat nur, woran er glaubte – und woran Alexandra bis vor Kurzem ebenfalls geglaubt hatte.

Die Tür schwang auf. Ein kantiger Streifen Licht fiel in den Raum, in dessen Zentrum sich der lange Schatten eines Mannes abzeichnete. Alexandra hob die Pistole. Langsam schob sich der Schatten weiter ins Zimmer.

Da vernahm sie ein Flüstern. »Alexandra?«

»Lucian!« *Du lebst!* »Was hast du hier zu suchen?«

»In erster Linie will ich verhindern, dass du dich umbringst.« Er trat um die Ecke und hielt die Lampe vor ihr in die Höhe. Geblendet kniff sie die Augen zusammen. Lucian nahm ihr die Pistole aus der Hand und sicherte sie. »Bist du verrückt, allein hierherzukommen? Was willst du überhaupt hier?«

Was sollte sie darauf erwidern? Sie setzte mehrmals zu einer Antwort an, brachte jedoch keinen vernünftigen Satz heraus. *Warum musstest du kommen?* Es war ihr schon schwer genug gefallen, ihn im Haus zurückzulassen. Ohne Abschied. Dennoch hatte sie die Kraft dafür gefunden. Aber wie sollte sie die ein weiteres Mal aufbringen?

»Ich wollte das Kreuz holen«, stieß sie hervor. »Allein lässt sich der Splitter nicht vernichten.« Sobald sie das Kreuz hatte, würde sie die erste Gelegenheit nutzen, um Lucian zu entfliehen. Doch erst jetzt wurde ihr bewusst, dass das alles andere als einfach werden würde. Wie sollte sie sich vor einem Mann verstecken, der nur nach dem Band greifen musste, um sie wieder zu finden? Sie zweifelte nicht daran, dass ihn das Band auch hierhergeführt hatte.

»Wir müssen das Kreuz finden.« Alexandra wollte an ihm vorbei, doch er hielt sie am Arm zurück.

»Alexandra?«

»Die Jäger können jeden Augenblick zurückkehren. Wir müssen uns beeilen!«

»Robert ist draußen. Er wird uns warnen, wenn sie kommen.« Er fing ihren Blick ein und sah ihr für einen langen Moment in die Augen. »Du willst nicht nur das Kreuz finden – du willst mich verlassen!«

Ich will nicht – ich muss! Alexandra wich seinem durchdringenden Blick aus.

»Warum?«

»Ich habe dir von Anfang an gesagt, dass ich nicht bleiben werde.« Es war das erste Mal, dass es ihr schwerfiel, die Worte auszusprechen. »Dieser Zeitpunkt ist so gut wie jeder andere, um zu gehen.« Sie streifte seine Hand ab und schob sich an ihm vorbei.

Lucian hielt sie erneut auf. »Das ist doch nicht alles, oder? Warum solltest du das Risiko allein auf dich nehmen, wenn wir dir ebenso gut helfen könnten?« Er schüttelte den Kopf. »Sag mir die Wahrheit, Alexandra. Zumindest das habe ich verdient.«

Du hast noch viel mehr verdient, aber ich kann es dir nicht geben. Sie wusste nicht, was sie sagen sollte. Ihr Blick streifte rastlos durch den Raum, während sie nach Worten suchte. Womöglich wäre es besser zu schweigen. Jede Erklärung würde nur dazu führen, dass er sich weigerte, sie ziehen zu lassen. Doch er hatte recht: Er hatte die Wahrheit verdient.

»Ich werde dich nicht umbringen«, sagte sie leise.

Lucian schloss kurz die Augen. »Er hat es dir erzählt.«

»*Du* hättest es tun müssen!«

»Um zu riskieren, dass genau das dabei herauskommt?«

»Ich wäre ohnehin nicht geblieben«, behauptete sie, obwohl sie sich nichts sehnlicher gewünscht hätte. »Was macht es also für einen Unterschied?«

»Nur den, dass du dich meinetwegen in Gefahr bringst. Allein.«

»Dank dieses Bandes ist das ja nun nicht mehr der Fall«, knurrte sie unwirsch. Sie wollte nicht unfreundlich sein, doch sie hatte Angst, er würde ihre wahren Gefühle erkennen, sobald sie ihre raue Fassade fallen ließ. »Jetzt sind wir beide in Gefahr – du noch mehr als ich.«

Lucian seufzte und griff nach ihrer Hand. »Es ist mir gleichgültig, was mit mir passiert«, sagte er leise. »Wichtig ist nur, dass es dir gut geht. Kannst du das nicht verstehen?«

Es war schwer zu akzeptieren, dass er bereit war, sein eigenes Leben zu opfern, um sie zu schützen. Eine derartige

Selbstlosigkeit war ihr noch nie zuteil geworden – sie wollte sie nicht. *Ich will nicht, dass du stirbst. Begreifst du das nicht?* Sie steckte die Pistole wieder in den Gürtel und atmete tief durch. »Lass uns das Kreuz suchen.«

»Du hast nicht länger vor, es zu zerstören, nicht wahr?«

»Ich werde es fortbringen«, sagte sie wahrheitsgemäß. »Irgendwohin, wo es in Sicherheit ist.«

»Wirst du zurückkommen?«

»Nein.« Sie wich seinem Blick aus, wollte nicht sehen, wie ihre Antwort die Hoffnung in seinem Blick erlöschen ließ. »Es ist besser so.«

Diesmal hielt er sie nicht auf, als sie an ihm vorbeiging und auf die Galerie zurückkehrte. Der Lichtschein seiner Lampe folgte ihr. Als sie die Tür zum Nebenraum öffnete, fiel ihr Blick sofort auf das Holzkästchen, das auf einem schmalen Tischchen stand. Zwei schnelle Schritte, dann war sie beim Tisch. Sie zögerte ein wenig, aus Furcht, das Kästchen könne leer sein. Dann öffnete sie die Verschlüsse und hob den Deckel. Darunter ruhte auf einem Futteral aus dunklem Samt das Schwarze Kreuz.

Behutsam nahm sie es aus dem Kästchen, als ihr plötzlich bewusst wurde, dass es unsinnig war, so vorsichtig damit umzugehen. Weder Feuer noch eine Axt hatten dem Kreuz schaden können.

»Ich werde es nehmen«, sagte Lucian in die Stille hinein.

»Auf keinen Fall!« Zu deutlich erinnerte sie sich daran, wie er das Kreuz in Rosslyn in Händen gehalten hatte. Es hatte sich in seine Haut gebrannt und sein Fleisch versengt.

Lucian schien ihre Gedanken zu erahnen. »Es ist der Splitter, der mir schadet, nicht das Kreuz.« Er stellte die

Lampe auf den Tisch, nahm ihr das Kreuz aus der Hand und schloss seine Finger fest darum. Alexandra wartete darauf, dass feine Rauchfäden aus seiner Hand aufsteigen und der Geruch von versengtem Fleisch die Luft erfüllen würde, doch nichts geschah. »Siehst du?«

Sie wusste, dass er nur deshalb darauf bestand, es an sich zu nehmen, um sie zu zwingen, bei ihm zu bleiben. Da er sich ohnehin nicht davon abbringen lassen würde, nickte sie. *Ich werde schon einen Weg finden, es dir wieder abzunehmen.* In der Hoffnung, dass der Unendliche den Verlust des Kreuzes nicht sofort bemerken würde, klappte Alexandra den Deckel des Kästchens wieder zu und schob es an die Stelle zurück, an der sie es vorgefunden hatte. »Lass uns zusehen, dass wir fortkommen.« Sie wandte sich zum Gehen, als die Tür aufgerissen wurde. Alexandra fuhr zurück und hätte um ein Haar die Lampe auf dem Tisch umgestoßen, als Bothwell ins Zimmer stürmte.

»Da kommt einer!«, rief er.

»Andrej?«, wollte Lucian wissen.

Bothwell schüttelte den Kopf. »Der Jüngere – Gavril.«

»Ist er allein?«, hakte Lucian nach.

Bothwell nickte.

»Er könnte uns helfen«, überlegte Lucian laut.

Bothwell warf Alexandra einen erschrockenen Blick zu. »Wobei? Uns seine Kameraden auf den Hals zu hetzen?« Er schüttelte den Kopf. »Keiner dieser Kerle könnte uns eine Hilfe sein.«

»Er hat Alexandra vor Vladimir versteckt und ins Kloster gebracht«, gab Lucian zu bedenken. »Mit ein wenig Glück können wir von ihm mehr über Vladimirs Veränderung erfahren. Etwas, was uns hilft, herauszufinden, warum Andrej jetzt im Körper des Jägers steckt – und wie wir ihn vernichten können. Sprich mit ihm, Alexandra.« Nach einer kurzen Pause fügte er hinzu. »Was haben wir schon zu verlieren?«

Da sie wusste, dass er nicht nachgeben würde, wollte sie ihm diese Bitte nicht verwehren. Solange der Splitter existierte, war die Prophezeiung keine Gefahr. »Also gut«, stimmte sie schließlich zu. »Meinetwegen.«

Lucian nickte zufrieden. »Robert und ich halten uns verborgen. Beim Anzeichen der geringsten Bedrohung greife ich ein.« Er reichte Bothwell das Kreuz. »Pass darauf auf. Wenn es brenzlig wird, verschwinde damit!«

Bothwell nickte.

Alexandra löschte die Lampe. Beinahe im selben Augenblick hörte sie unten die Tür schlagen. Zusammen mit Lucian und Bothwell schlich sie auf die Galerie. Geduckt näherten sie sich dem Geländer und spähten zwischen den Holzstreben hindurch nach unten, wo Gavril sich aus seinem Mantel schälte und ihn an die Garderobe hängte. Sein Blick wanderte in Richtung Küche, dann überlegte er es sich jedoch anders und ging stattdessen in den Salon. Alexandra wartete, bis er eine Lampe angezündet hatte, ehe sie sich erhob.

Lucian wollte noch etwas sagen, doch bei jedem Wort bestand Gefahr, dass Gavril ihn hörte, deshalb drückte er nur kurz ihre Hand und nickte ihr noch einmal zu.

Langsam ging Alexandra die Treppe hinunter zum Salon. Auf der Schwelle hielt sie inne und räusperte sich. Gavril, der dabei war, den Kamin zu schüren, fuhr herum.

»Ich wollte dich nicht erschrecken«, sagte sie.

»Himmel, was tust du hier!«

»Ich muss mit dir reden.« Alexandra trat in den Raum und blieb neben dem Kamin stehen. »Wo sind die anderen?«

»Sie suchen noch nach dir.« Sein verschwollenes Gesicht schimmerte dunkel und eigenartig verformt im Lampenschein. »Mihail hat Vladimir gesagt, dass du Richtung Netherbow gelaufen bist – das war wohl das Letzte, was er sah, ehe er endgültig zu Boden ging. Ich habe seine Beobachtung natürlich bestätigt. Vladimir – oder wer immer er jetzt sein mag – bestand darauf, dass wir uns trennen und die Stadt nach dir absuchen.«

»Wird er nicht misstrauisch, wenn du schon zurück bist?«

Gavril schüttelte den Kopf. »Wir wollten uns hier wieder treffen. Wenn sie zurückkommen, werde ich einfach behaupten, erst kurz vor ihnen eingetroffen zu sein – es wird allerdings noch eine ganze Weile dauern, bis einer von ihnen kommt.«

Alexandra war erleichtert, dass ihnen Zeit blieb, miteinander zu sprechen. Sie ließ sich auf der Armlehne des Sofas nieder und beobachtete, wie Gavril Holzscheite in den Kamin schlichtete. Da sie nicht wusste, wo sie beginnen sollte, sagte sie das Erstbeste, das ihr durch den Kopf ging: »Wir brauchen deine Hilfe, Gavril.«

Er warf ein weiteres Scheit in die Feuerstelle und sah auf. »Der Vampyr und du?« Er schüttelte den Kopf. »Womöglich ist es besser, wenn du jetzt gehst.«

»Was ist mit Vladimir?«, gab sie zu bedenken. »Willst du ihn verlieren? Möchtest du zusehen, wie der Unendliche ihn mehr und mehr verändert, bis du ihn nicht einmal mehr äußerlich als deinen Bruder erkennst?«

Lange Zeit sagte Gavril kein Wort. Er legte die letzten Scheite an ihren Platz und entzündete das Feuer. Je länger sein Schweigen währte, desto mehr wuchs Alexandras Unruhe. Erst als im Kamin die Flammen emporzüngelten, erhob er sich und drehte sich zu ihr um. »Was kann ich schon tun, um Vladimir jetzt noch zu retten?«

»Ich weiß es nicht«, sagte sie offen. »Aber vielleicht finden wir gemeinsam einen Weg. Wir haben dasselbe Ziel, Gavril: den Unendlichen. Er muss vernichtet werden. Diesmal endgültig!«

»Ich werde mich nicht mit einem Vampyr verbünden!«

»Das haben Sie bereits«, sagte Lucian und trat, von Bothwell gefolgt, in den Raum. »Oder zweifeln Sie daran, dass ihr Bruder vom Ersten Vampyr besessen ist?«

Bothwell blieb in der Tür stehen, als wolle er verhindern, dass Gavril entkommen konnte. Als Lucian näher kam, zog Gavril seine Pistole, spannte den Hahn und richtete die Waffe auf ihn. »Bleiben Sie stehen!«

Lucian seufzte. »Sie können mir nichts anhaben«, behauptete er ungerührt. Seine Worte jagten Alexandra einen Schauer über den Rücken. Er wusste, dass der Splitter hier war! Die Selbstsicherheit, mit der er dennoch vorgab, unverwundbar zu sein, erschreckte sie. Was, wenn Gavril seine Lüge durchschaute? Was, wenn er beschloss, es dennoch zu *versuchen*?

Mit der Pistole im Anschlag trat Gavril näher.

Lucian verzog keine Miene. »Statt Ihre Kräfte zu verschwenden, sollten Sie sie lieber sinnvoll einsetzen.«

Gavril kam noch näher. Lucian suchte seinen Blick. »Zurück!«, sagte er fest. Etwas Fesselndes lag in der Art, wie er Gavril ansah. Obwohl Alexandra seinem Blick nicht ausgesetzt war, erkannte sie schon an seinem Tonfall, dass er Gavril unter seinen Befehl zu zwingen trachtete.

Tatsächlich ließ Gavril die Pistole sinken und wich zurück. Erst als er mit dem Rücken gegen den Kaminrand stieß, blieb er stehen und hob die Waffe wieder. Lucians Blick war unverändert auf ihn gerichtet, durchdringend und keinen Widerspruch duldend. »Geben Sie mir Ihre Waffe!«, verlangte er so bestimmt, dass Gavril seinem Befehl augenblicklich Folge leistete.

Lucian nahm die Pistole an sich, sicherte sie und steckte sie in seinen Gürtel. »Und jetzt lassen Sie uns reden!«

Als Gavril sich nicht rührte, herrschte Lucian ihn an: »Setzen Sie sich!«

Obwohl er dieses Mal die Macht seines Blickes nicht eingesetzt hatte, folgte Gavril seiner Aufforderung und ließ sich in einen Sessel sinken. Lucian blieb stehen.

»Warum hat er Sie nicht umgebracht, nachdem Sie Alexandra geholfen haben?«, wollte Lucian wissen.

»Er hat mir verziehen«, wiederholte er, was er zuvor schon zu Alexandra gesagt hatte.

»Blödsinn!«, stieß Bothwell hervor.

»Er ist nicht mehr Ihr Bruder«, sagte Lucian. »Der Unendliche verzeiht nichts. Das können Sie mir glauben, denn er ist *mein* Bruder und ich kenne ihn!«

Gavril starrte ihn nur an.

»Ich denke, dass er sich erhofft, Gavril würde ihn zu mir – oder gleich zu uns allen führen«, offenbarte Alexandra ihre Gedanken. »Lucian hat recht, Gavril. Dass du noch am Leben bist, hat nichts mit Barmherzigkeit oder Verzeihen zu tun, sondern einzig damit, dass er noch Verwendung für dich hat.«

»Nein, das will ich nicht glauben«, sagte er leise und schüttelte den Kopf.

»Wir müssen herausfinden, wie es Andrej gelungen ist, von Vladimir Besitz zu ergreifen«, sagte Lucian an Alexandra gewandt.

»Andrej?«, echote Gavril.

»Der Unendliche.«

Gavril verzog das Gesicht. »Andrej. Lucian. Warum muss jede dieser Kreaturen einen Namen haben?«

»Es sind die Namen, die unsere Eltern uns gaben«, erwiderte Lucian scharf. »Lange bevor das Schicksal uns zu *Kreaturen* machte.«

Sein Zorn überraschte Alexandra, zugleich verstand sie seine Reaktion nur allzu gut. Er hatte sich dieses Dasein nicht ausgesucht, hatte sich nicht gewünscht, zu dem zu werden, zu dem ihn der Fluch des alten Kräuterweibs gemacht hatte. Sie griff nach seiner Hand und drückte sie. Eine Geste, die er mit einem Lächeln quittierte.

Alexandra gab seine Hand wieder frei und wandte sich erneut an Gavril, der sie finster anstarrte. »Kannst du dich erinnern, wann Vladimirs Veränderung begann?«

Gavril lehnte sich zurück und blickte zur Decke. Ein paar Mal setzte er dazu an, etwas zu sagen, doch jedes Mal schüttelte er den Kopf und schwieg. Mit jedem Augenblick, der verstrich, wuchs die Gefahr, dass Mihail und Vladimir zurückkehrten. Einen Moment dachte sie, dass Gavril genau das vorhatte – sie aufzuhalten, bis sie den anderen in die Hände fielen. Doch das würde er nicht tun. Er wollte seinen Bruder zurück! Allein aus diesem Grund würde er ihnen helfen.

»Ich glaube, das erste Mal ist es mir an dem Morgen aufgefallen, als du uns in deiner Pension entkommen bist«, sagte er endlich.

Lucian sah auf. »Das war auch der Zeitpunkt, an dem Sie und Ihre Kameraden in den Besitz des Kreuzes gelangt sind, nicht wahr?«

Gavril nickte. »Vladimir hat es an sich genommen, nachdem ... nachdem uns Alexandra entwischt war.«

Nachdem Lucian mich vor euch gerettet hatte.

»Ich denke, es besteht kein Zweifel daran, dass die Veränderung Ihres Bruders in unmittelbarem Zusammenhang mit dem Kreuz steht«, setzte Lucian seinen Gedankengang fort. »Die Frage ist nur, warum Andrej nicht schon viel früher wieder in Erscheinung getreten ist? Warum hat er nicht versucht, von Alexandra Besitz zu ergreifen?«

Natürlich! Warum war sie nicht schon viel früher draufgekommen? »Ich hatte den Splitter erst wenige Stunden zuvor herausgelöst. Womöglich wurde dadurch eine Art Barriere aufgehoben, die den Unendlichen gefangen hielt.« Sie runzelte die Stirn. »Allerdings verstehe ich nicht, wie er überhaupt mit dem Kreuz verbunden sein kann. Er starb nicht einfach, er wurde vernichtet. Ich habe gesehen, wie er zu Staub zerfiel. Wie kann das sein?«

»Ich habe einmal gehört, dass eine Essenz bleiben kann«, begann Gavril zögernd. »In manchen altertümlichen Kulten glaubte man, dass diese Essenz imstande sei, in Gegenstände oder auch Menschen zu fahren. Auf dieser Annahme fußt auch der Glaube unserer Kirchen, dass Menschen vom Bösen besessen sein können – von der Essenz Verstorbener, die in sie dringen und die Kontrolle über ihr Handeln übernehmen. Dafür gibt es den Exorzismus.«

Alexandra schüttelte den Kopf. »Ich bezweifle, dass wir

mit einer reinen Austreibung weit kommen werden. Der Unendliche wird sich dann lediglich einen neuen Wirtskörper suchen – womöglich einen, von dem wir nichts wissen. Aber ich verstehe noch immer nicht, warum der Unendliche nicht in mich gefahren ist.«

»Du hattest den Splitter«, sagte Lucian. »Vielleicht hat dich das vor ihm geschützt.«

Das klang plausibel. »Die Frage ist nur, wie können wir ihn vernichten?«

»Es hat einmal mit dem Kreuz geklappt«, sagte Bothwell, »dann wird es das auch ein zweites Mal.«

Gavril sprang auf. »Niemand wird meinen Bruder töten!« Er wollte auf Bothwell losgehen, doch Lucian und Alexandra vertraten ihm gleichzeitig den Weg.

Alexandra legte ihm eine Hand auf die Brust und hielt ihn zurück. Die Bewegung ließ den dumpfen Schmerz in ihrer Seite erneut aufflammen. Eine deutliche Warnung, dass sie sich für heute genug zugemutet hatte – dennoch blieb ihr keine Zeit, sich auszuruhen. »Hör auf!«, ermahnte sie ihn. »Lass uns lieber überlegen, welche Alternativen es gibt!«

Nur widerwillig kehrte Gavril zu seinem Platz zurück, ohne sich jedoch zu setzen.

»Womöglich ist Andrejs Essenz noch immer an das Kreuz gebunden«, überlegte Lucian. »Wenn wir es zerstören, vernichten wir damit vielleicht auch ihn.«

»Vielleicht?« Alexandra schüttelte den Kopf. »Das ist mir entschieden zu wenig. Abgesehen davon geht das nicht!«

»Warum nicht?«

»Himmel, Lucian!«, rief sie entsetzt. »Du kannst das Kreuz doch nicht einfach auf einen Verdacht hin zerstören! Was, wenn dein Bruder gar nicht daran gebunden ist und ihm dabei nicht das Geringste passiert? Dann haben wir die einzige Waffe zerstört, mit der wir etwas gegen ihn ausrichten können! Abgesehen davon weißt du, was passiert, wenn ...« Lucian würde alles daransetzen, seinen Bruder zu vernichten – selbst wenn er dabei seinen eigenen Tod riskierte. Eine Mischung aus Erschöpfung und Ernüchterung überkam Alexandra.

»Wir brauchen also etwas, das den Unendlichen vernichtet und dabei diesem Vladimir kein Haar krümmt«, überlegte Bothwell laut. »Wenn ihr mich fragt, ist das nicht möglich.«

»Da wäre ich mir nicht so sicher«, sagte Lucian zu Alexandras Erstaunen und wandte sich an Gavril. »Sind Sie bereit, uns zu unterstützen?«

»Kann ich mich darauf verlassen, dass Sie Vladimir nichts antun werden?«

»Mein Wort darauf.«

Sein Versprechen schnürte Alexandra die Kehle zu.

Gavril zögerte. Er schien darüber nachzudenken, wie viel das Wort eines Vampyrs wert sein mochte. Schließlich nickte er. »Also gut. Was soll ich tun?«

»Sie müssen Vladimir zu uns locken.«

»Wann?«

»Noch heute Nacht.«

Alexandra fuhr auf. »Was?! Ist das nicht zu übereilt? Wir haben doch noch nicht einmal eine Vorstellung davon, was wir –«

Lucian legte ihr eine Hand auf den Arm. »Doch, die haben wir. Allerdings müssen wir noch einmal ins Haus zurück, um alles Nötige für das Ritual zu holen.«

»Die Zutaten habe ich bei mir«, sagte Alexandra leise.

»Es ist dir wirklich ernst damit, mich nicht in Gefahr zu bringen.« Als sie nickte, sagte er: »Dann schlage ich vor, dass wir heute Nacht noch einmal zusammenarbeiten. Lass uns alles daransetzen, Andrej endgültig zu vernichten. Wenn wir morgen noch am Leben sind, lasse ich dich gehen. Einverstanden?«

Alexandra wollte ihm sagen, dass es zu gefährlich war. Was, wenn sie ihn im Kampf gegen den Unendlichen tötete? Sie warf einen Blick zu Bothwell. *Ihre Liebe wird ihm den Tod bringen*, hatte er gesagt. Liebe – kein Kampf. Womöglich konnten sie den Unendlichen vernichten, ohne dabei das Kreuz zu zerstören. Dann wäre Lucian in Sicherheit. Andernfalls konnte sie nur hoffen, dass es genügen würde, wenn sie Lucian so schnell wie möglich verließ. Ganz gleich, wie ihre Antwort ausfiel, er würde sich ohnehin nicht von seinem Vorhaben abbringen lassen.

Der Gedanke, dem Unendlichen noch einmal gegenüberzutreten, war beinahe ebenso schwer zu ertragen wie die Furcht, Lucian zu verlieren. Genügte es nicht, dass sie ihre Mutter immer und immer wieder in den Armen des Ersten Vampyrs sterben sah? War sie nun auch noch dazu verdammt, ihn wieder und wieder zu vernichten?

»Einverstanden«, sagte sie leise.

»Was haben Sie vor, Mondragon?«, verlangte Gavril zu wissen.

»Wir werden gemeinsam in die Stadt gehen – nach St. Giles«, erklärte Lucian. »Alexandra und ich treffen einige Vorbereitungen. Je weniger Sie darüber wissen, desto weniger bringen Sie uns alle in Gefahr. Sobald wir bereit sind, laufen Sie los und sagen ihrem Bruder, dass Sie uns gefunden haben. Dann können wir nur noch hoffen.«

Gavril nickte. »So weit, so gut, aber warum ausgerechnet die Kathedrale?«

»Es wird Andrej plausibel erscheinen, dass wir ein heiliges Artefakt in ebenso heiligen Hallen vernichten wollen.«

»Aber wird er nicht davon ausgehen, dass wir es nicht wagen werden, das Kreuz zu zerstören, solange er noch existiert?«, gab Alexandra zu bedenken. »Was, wenn er deswegen eine Falle vermutet?«

Lucian schüttelte den Kopf. »Das wird er nicht. Er wird annehmen, dass wir darauf hoffen, die Vernichtung des Kreuzes würde zugleich seiner Existenz ein Ende setzen. Was genaugenommen auch stimmt – nur dass wir uns nicht allein darauf verlassen werden.« Er dachte einen Moment nach, ehe er sich erneut an Gavril wandte: »Das Pulver, das Ihr Bruder in der Bibliothek hatte – befindet sich zufällig noch etwas davon im Haus?«

»Das Zeug, das er Lamienkraut nennt? Er hat noch einen Beutel oben.«

»Bringen Sie es mir!«

17

Es war beinahe Mitternacht, als Gavril sich von Alexandra und ihren Begleitern trennte und sie in der Kathedrale von St. Giles zurückließ, um sich auf die Suche nach Vladimir zu machen.

Da er nicht wusste, wo er beginnen sollte, hastete er die Royal Mile zum Castle Hill hinauf und machte sich dann daran, die kleinen Closes und Wynds abzusuchen. Er gab sich eine Stunde Zeit. Wenn er ihn bis dahin nicht fand, wollte er sein Glück im Haus versuchen, in der Hoffnung, dass Vladimir bereits zurückgekehrt war.

In Ermangelung einer Laterne musste er sich mit dem bleichen Mondlicht und den wenigen, in großen Abständen angebrachten Straßenlaternen begnügen. Als er in den ersten Close eintauchte und dem unebenen Kopfsteinpflaster in die Schatten folgte, stieg in ihm die Erinnerung daran auf, wie sie in den engen Gassen den *Wahnsinnigen Schlächter* gejagt hatten. War das wirklich erst einige Wochen her? Damals war noch alles in Ordnung gewesen. Sicher, Vladimir war auch da schon zornig auf Alexandra gewesen, doch sie hatten zusammengehört. Alle vier.

Und heute? Alexandra war nicht länger ein Teil der Gruppe, und vielleicht hatte er auch Vladimir für immer verloren. Obwohl er sich immer wieder den Kopf über den Plan des Vampyrs zerbrach, gelang es ihm nicht einzuschätzen, ob sein Vorhaben gelingen konnte. Lucian Mondragon hatte ihm längst nicht jedes Detail offenbart. Das machte es Gavril umso schwerer, ein Urteil abzugeben.

Anfangs hatte er sich nicht mit dem Vampyr einlassen wollen, wenn er Vladimir jedoch helfen und verhindern wollte, dass der Unendliche ihn und Alexandra tötete, blieb ihm keine andere Wahl. Auch wenn er sich für den Augenblick mit Mondragon verbündete, wusste er noch nicht, ob er ihn davonkommen lassen würde. Tatsächlich schien der Vampyr keine bösen Absichten zu verfolgen, er war sogar bereit, Vladimir zu schützen. Doch vielleicht hatte er das auch nur behauptet, um ihn zur Zusammenarbeit zu bewegen. *Nein*, entschied Gavril. Er mochte eine Hilfe sein, doch letztlich war es nicht ausschlaggebend, ob er

Vladimir zum Glockenturm führte oder ob der Vampyr selbst dafür sorgte, dass sie gefunden wurden.

Er hatte Alexandra nicht glauben wollen, doch wenn er nicht gewusst hätte, dass Mondragon ein Vampyr war, hätte er ihn ebenso gut für einen Menschen halten können. Über welche Macht er verfügte, hatte er Gavril deutlich spüren lassen, ebenso seine Selbstsicherheit, doch ihm fehlten die Grausamkeit und Kälte, die Gavril sonst von seinesgleichen kannte. Die Art, wie er mit Alexandra umging, wie er sie ansah – das war mehr als bloße Sorge um ihr Wohlergehen.

Zweifelsohne hatte sich Alexandra verändert. Das war ihm schon während der Zeit im Kloster aufgefallen und auch vorhin, als er auf dem Plateau hoch oben im Glockenturm neben ihr gestanden und Mondragon bei den Vorbereitungen des Rituals beobachtet hatte. Ihre kühle, abweisende Fassade wirkte brüchig. Von Zeit zu Zeit gelang es ihm, dahinterzusehen und einen Blick auf ihre Gefühle zu erhaschen. Gefühle, die sie seit dem Tod ihrer Familie nicht mehr zugelassen hatte. Sorge. Zuneigung. Hoffnung.

Gavril wäre gerne derjenige gewesen, der diese Gefühle in ihr weckte, doch er hatte einsehen müssen, dass das nicht geschehen würde. Wenn dieser Mondragon es vollbrachte, gönnte er ihr das von Herzen. Er wollte Alexandra glücklich sehen, wollte, dass sie ihre Freude am Leben wiederfand.

»Er tut dir gut«, sagte er.

Alexandra sah ihn an. »Was?«

»Ich weiß nicht, wie er es geschafft hat, aber diese …« Er hatte *Bestie* sagen wollen, schluckte das Wort aber hinunter. »… dieser Mann tut dir sichtlich gut.«

»Ja, das tut er«, sagte sie ohne die geringste Freude. Ehe Gavril noch mehr sagen konnte, ging sie zu Mondragon. Er kniete vor der hinteren Ecke des Plateaus und trug mit rotbrauner Farbe Schriftzeichen auf den Stein auf.

»Brauchst du Hilfe?«, hörte Gavril sie fragen.

Mondragon schüttelte den Kopf.

»Aber uns läuft die Zeit davon!«

Der Vampyr stellte den Tontiegel mit der Farbe zur Seite und stand auf. »Ich habe das Ritual studiert«, sagte er ruhig, »deshalb weiß ich, welche Vorbereitungen zu treffen sind. Alles muss Schritt für Schritt erfolgen, weshalb es auch mit deiner Hilfe nicht schneller gehen würde. Ruh dich aus, du wirst deine Kraft brauchen.«

In der Absicht, dafür zu sorgen, dass sich Alexandra tatsächlich ausruhte, ging Gavril zu ihnen. Dann blieben seine Augen jedoch auf den roten Schriftzeichen hängen, die am Ende einen Kreis ergeben würden. Immer wieder blickte Mondragon auf eines der Pergamente, die Bothwell zuvor aus dem Haus des Vampyrs geholt hatte, und vergewisserte sich, dass ihm kein Fehler unterlaufen war.

Beim Anblick des Kreises wurde Gavril bewusst, wie wenig er über das bevorstehende Ritual wusste. »Was ist das?«, erkundigte er sich.

»Ein Teil der lateinischen Formel, die während des Ritus rezitiert werden muss«, erklärte Mondragon, ohne seine Arbeit zu unterbrechen. »Niedergeschrieben mit einer Farbe, die ich aus Wurzeln und Blättern gewonnen habe, ist sie dazu gedacht, die Wirkung der Worte zu verstärken.« Mit einigen letzten Pinselstrichen schloss er den Kreis, erhob sich und trat einen Schritt zurück. Das Pergament in der Hand, glich er noch einmal Buchstabe um Buchstabe miteinander ab. Schließlich nickte er zufrieden und holte ein kleines Säckchen aus dem Leinenbeutel. Er öffnete es und schüttete das Pulver darin auf seine Handflächen. »Das ist ebenfalls zur Verstärkung gedacht«, sagte er und streute es in einer gezackten Linie über die Ränder des Kreises. Obwohl ein stetiger Luftzug durch die Schallöffnungen des Turms fuhr, rührte sich kein Stäubchen des Pulvers mehr, sobald es an seinem Platz war.

Mondragon trat in den Kreis und schlichtete ein Bündel Reisig am inneren Rand zu einem kleinen Häufchen. Darüber stellte er ein dreibeiniges Metallgestell, in dessen Zentrum er eine gusseiserne Schale legte, ehe er Tontöpfchen, kleine Beutel und eine Lederflasche aus Alexandras Tasche holte und alles neben der kleinen Feuerstelle aufreihte. »Die Reihenfolge muss stimmen.« Mit einem raschen Seitenblick auf Gavril fügte er, an Alexandra gewandt, hinzu: »Den genauen Ablauf erkläre ich dir später.«

Alexandra nickte, und während Gavril weiter Mondragons Vorbereitungen beobachtete, ging sie zu Bothwell und ließ sich von ihm das Kreuz geben. Gavril ließ seinen Blick zwischen ihr und dem Vampyr hin und her schweifen und sah, wie sie einen in ein Tuch gewickelten Gegenstand aus ihrem Stiefel zog. Als sie den Stoff zurückschlug, offenbarte sich darunter der Splitter. Sie zögerte noch einen Moment, ehe sie danach griff und ihn in die Vertiefung des Kreuzes presste. Das Schwarze Kreuz war wieder vollständig.

Mondragon war mit seinem Werk ebenfalls fertig, kontrollierte noch einmal alles und verglich es mit der Niederschrift, ehe er aus dem Kreis trat und sich daranmachte, zwölf Stumpenkerzen am äußeren Kreisrand aufzustellen.

»Die Kerzen«, sagte er an Alexandra gewandt, »symbolisieren das Licht und sollen helfen, das Dunkel zu besiegen. Sie sind kein Teil des Rituals. Ich habe sie weihen lassen und hinzugefügt – wegen Andrej.«

»Werden sie das Ritual nicht beeinflussen?«, wollte sie wissen.

»Deshalb stehen sie außerhalb des Kreises. Dort können sie ihre schützende Wirkung entfalten, ohne die Abläufe innerhalb des Kreises zu stören.«

Während Gavril seinen Worten lauschte, kam er zu dem Schluss, dass der Vampyr all das niemals in seiner Gegenwart offenbaren würde, wenn er sich nicht sicher wäre, dass – ungeachtet Gavrils Wissen – nichts passieren konnte. Über das, was er darüber hinaus plante, hatte er bisher kein Wort verloren. Gavril wusste weder wie das Ritual ablaufen noch was passieren würde, sobald er Vladimir hierherbrachte.

Als Mondragons Vorbereitungen abgeschlossen waren, wandte er sich an Gavril. »Es ist Zeit«, sagte er ruhig. »Robert wird Sie nach unten geleiten. Bei Ihrer Rückkehr werden Sie die Turmtür verschlossen vorfinden. Eine offene Tür würde Andrej nur misstrauisch machen.«

Gavril nickte. Er wollte sich von Alexandra verabschieden und ihr Glück wünschen, doch jedes Wort hätte ihm nur deutlich gemacht, in welche Gefahr sie sich begaben. Statt etwas zu sagen, nickte er ihr lediglich knapp zu und ging zur Treppe.

»Wir werden alles daransetzen, Ihren Bruder zu retten«, sagte Mondragon hinter ihm. »Kann ich mich darauf verlassen, dass Sie uns nicht in den Rücken fallen?«

Gavril drehte sich noch einmal zu ihm herum. Sein

Blick richtete sich kurz auf Alexandra, ehe er zu Mondragon zurückkehrte. »Das können Sie.« *Zumindest bis der Unendliche dem Leib meines Bruders entrissen und vernichtet wurde. Was danach kommt, werden wir sehen.*

Als er den Turm verließ und in die Nacht hinaustrat, um sich auf die Suche nach Vladimir zu machen, schloss Bothwell hinter ihm die massive Eichentür.

Gavril beschleunigte seine Schritte immer mehr, rannte die Straßen und Gassen entlang, spähte in Hinterhöfe und schmale Sackgassen und hastete von Close zu Close. Immer weiter arbeitete er sich die Royal Mile hinunter in Richtung Netherbow, während die Sorge in ihm wuchs.

Dass Vladimir nicht mehr er selbst zu sein schien, war ihm bereits vor einiger Zeit aufgefallen. Er hatte es jedoch darauf geschoben, dass sein Zorn angesichts Alexandras Verrats ihn derart verändert und sein Verhalten beeinflusst hatte. Zu hören, dass er besessen sein sollte, und noch dazu vom Unendlichen, hatte Gavril wie ein Schlag getroffen. Nur zu gerne hätte er sich geweigert, das zu glauben, doch es war offensichtlich. Die Macht seines Blickes, die Veränderung seiner Gestalt – selbst seine Stimme klang mittlerweile anders. Und nachdem er die Gelegenheit gehabt hatte, Lucian Mondragon ausgiebig zu mustern, konnte er nicht umhin, sich eine gewisse Ähnlichkeit zwischen ihm und Vladimir einzugestehen. Mehr äußerliche Gemeinsamkeiten, als Gavril und ihn je verbunden hatten.

Er trat in den Durchgang, der ihn in einen weiteren Close führen würde. Eine Gasse erschien ihm wie die andere. Dunkel, eng und stinkend. Er hatte den finsteren Durchgang noch nicht hinter sich gelassen, als er eine Silhouette ausmachte, die ihm aus den Schatten entgegenkam. Aus zusammengekniffenen Augen starrte Gavril auf die Gestalt, bis er sicher war, Vladimir vor sich zu haben. Noch vor wenigen Wochen hätten seine Umrisse genügt, um ihn selbst in der Dunkelheit zu erkennen. Mittlerweile war seine Veränderung jedoch so weit fortgeschritten, dass er sich zu Anfang nicht sicher war, ob es sich um seinen Bruder oder um einen umherschleichenden Ganoven handelte. Hinter Vladimir trat Mihail in den Lichtkranz einer Laterne. Gavril unterdrückte einen Fluch. Es wäre ihm lieber gewesen, Vladimir allein in den Turm von St. Giles zu locken. Mihails Anwesenheit würde alles nur komplizierter machen.

»Gavril!«, vernahm er die volltönende Stimme, die nicht länger Ähnlichkeit mit dem donnernden Bass seines Bruders hatte, und erschrak, als ihm bewusst wurde, dass Vladimir ihn sah, obwohl er noch immer im Durchgang stand – in vollkommener Finsternis.

Es dauerte einen Moment, ehe Gavril seinen Schrecken überwand, dann rief er: »Endlich! Ich dachte schon, ich finde dich nie.« Er lief Vladimir entgegen, in der Hoffnung, seine Furcht zu überwinden, wenn er nur energisch genug auftrat. Doch das Wissen, wer sich hinter den kümmerlichen Resten von Vladimirs Fassade verbarg, ließ sich nicht mehr abschütteln.

»Hast du sie gefunden?«, erkundigte sich Mihail, als er zu ihnen aufschloss.

Gavril nickte. »Sie ist in St. Giles«, sagte er hastig. Von Mondragon und seinem Begleiter sagte er nichts. Je weniger der Unendliche wusste, desto besser. »Es sah aus, als wolle sie in den Glockenturm.«

Vladimir musterte ihn skeptisch. »Und das soll ich dir glauben?«

Gavril senkte den Blick. »Ich habe einen Fehler gemacht, Vladimir. Das weiß ich jetzt. Wie oft muss ich dich noch um Verzeihung bitten, damit du mir glaubst, dass ich es aufrichtig meine?«

»Du liebst diese Frau«, sagte der Unendliche. »Aus Liebe wird häufig das größte Unheil geboren.«

»Ja, ich liebe sie, aber du bist mein Bruder!« *Zumindest warst du das.* »Blut ist dicker als Wasser.«

»Ja«, sagte Vladimir mit einem eigenartigen Unterton, »das ist es in der Tat.«

18

Obwohl sie den Glockenturm durch eine Außentür betreten und das Innere der Kathedrale gemieden hatten, wurden in Alexandra unangenehme Erinnerungen wach. Sie hörte den Schuss und die unzähligen Echos, glaubte den brennenden, alles verzehrenden Schmerz in ihrer Seite noch einmal zu spüren und Lucians entsetztes Gesicht zu sehen, als sie in seinen Armen gelegen hatte.

Ich will deine Augen sehen, wenn ich dich töte! Die Erinnerung ließ sie erschauern. Ihr wurde bewusst, wie knapp sie dem Tod entronnen war und wie viel sie Gavril zu verdanken hatte.

Oben angekommen, hatten sie zunächst die mitgebrachten Laternen entzündet und vor den Wänden verteilt. Nachdem Lucian seine Vorbereitungen getroffen hatte, entließ er Gavril. Alexandra stand ein gutes Stück vom Rand der Plattform entfernt und beobachtete Bothwell und Gavril, die nach unten gingen. Die steile Steintreppe, die an der Wand entlang nach unten führte, hatte ebenso wenig ein Geländer wie das Plateau, auf dem Alexandra stand. In der Mitte war der Turm offen und bot freie Sicht vom Boden bis hinauf zu den gewaltigen Kirchenglocken, die unter der kronenförmigen Kuppel hingen. Eine kleine Leiter am Rande des Plateaus führte auf eine hölzerne Plattform, von der aus die Glocken geläutet wurden. Alexandra hatte sich in großen Höhen noch nie wohlgefühlt. Das fehlende Geländer machte es nicht besser. Zu ihrer Erleichterung hatte Lucian den Kreis für das Ritual in der hinteren Ecke platziert, wo sie in ihrem Rücken und zu ihrer Rechten die Außenmauer des Turms haben würde. Denn obwohl Lucian seine genauen Pläne in Gavrils Gegenwart für sich behalten hatte, war ihr längst klar, dass sie diejenige sein würde, die das Ritual durchführte.

»Erklärst du mir jetzt, was du vorhast?« Das Kreuz noch immer in Händen, wandte sie sich zu Lucian um, der zum wiederholten Mal die Anordnung der Ingredienzien überprüfte.

»Du wirst im Zentrum des Kreises sitzen, vor der kleinen Feuerstelle«, bestätigte er ihre Vermutung. »Ich würde das Ritual selbst durchführen, doch ich muss dafür sorgen, dass dir Andrej nicht zu nahe kommt. Mit ein wenig Glück wird das Lamienkraut ihn aufhalten, auch wenn er nicht in seinem eigenen Körper steckt.«

Nach allem, was Lucian ihr über das Kraut erzählt hatte, war es in der Lage, einen Vampyr zu fesseln. Allerdings war sie nicht sicher, ob der Unendliche noch immer als solcher bezeichnet werden konnte. Doch das musste sie Lucian nicht sagen. An seiner Miene konnte sie erkennen, dass er sich des Risikos durchaus bewusst und darauf vorbereitet war, seinem Bruder im Kampf gegenüberzutreten. Lucian war ein geübter Kämpfer, der es problemlos mit einem ganzen Mob aufnehmen konnte – sie hatte gesehen, wie er in Rosslyn mit den Handlangern seines Bruders fertiggeworden war –, doch zugleich fürchtete sie, dass er sich dabei zu sehr auf seine Unsterblichkeit verlassen und schlicht verdrängen würde, dass er diesmal nicht unbesiegbar sein würde.

»Robert wird Gavril im Auge behalten und dafür sorgen, dass er keine Dummheiten macht«, fuhr Lucian fort. »Falls Mihail ebenfalls bei ihm ist, wird er sich auch um ihn kümmern.«

»Was ist mit dem Lamienkraut?«, wollte Alexandra wissen. »Wird überhaupt etwas geschehen, wenn der Unendliche die Linien des Kreises verwischt?«

»Sobald er den Kreis berührt, und sei es auch nur an den äußersten Linien, tritt die Wirkung in Kraft.«

»Und wie willst du ihn dazu bringen?«

»Während du mit Gavril das Lamienkraut geholt hast, haben Robert und ich Kaminasche gesammelt. Wir werden also mehrere Kreise auf den Boden streuen. Unmittelbar am Treppenabsatz einen aus Asche. Andrej wird ihn sehen und darüber hinwegsetzen. Direkt dahinter werden wir das Lamienkraut auslegen, daneben noch einmal einen Kreis aus Asche.«

»Woher willst du wissen, dass er nicht in den zweiten Aschekreis tritt?«

»Das Lamienkraut befindet sich hinter der Asche, auf

dem Weg zwischen der Treppe und dir. Er wird davon ausgehen, dass wir es genau dort einsetzen werden. Mein erster Impuls war, dort noch einmal Asche auszustreuen und das Lamienkraut rechts davon auszulegen, doch Andrej kennt mich. Er weiß, dass ich das tun würde, und deshalb wird er den direkten Weg wählen – und uns in die Falle gehen.«

Ich hoffe, du irrst dich nicht. »Was passiert, wenn du deinen Bruder nicht vernichten kannst?«, sprach sie ihre größte Sorge aus. »Wenn einfach gar nichts passiert?«

Lucian blickte grimmig entschlossen drein. »Ich habe Gavril mein Wort gegeben, dass ich alles versuchen werde, um Vladimir zu retten. Wenn sich jedoch abzeichnet, dass das Ritual keinen Einfluss auf Andrej hat, kann ich kein weiteres Risiko eingehen. Dann werde ich ihn töten, bevor das Ritual vollendet und das Kreuz zerstört ist.« Er griff nach ihrer Hand. »Was auch immer geschieht, konzentriere dich allein auf das Ritual und achte nicht darauf, was um dich herum passiert. Robert und ich werden dich beschützen.«

»Lucian –«

»Wenn alles gut geht, wird Andrej aus dem Körper des Jägers gerissen und ich kann ihn töten, lange bevor das Ritual vollendet ist. Ganz gleich, was auch passiert: Du musst die Zeremonie ohne Unterbrechungen abhalten. Wir brauchen das Ritual, um ihn aus seinem Versteck zu zwingen. Hör nicht auf, bis ich dir sage, dass du aufhören kannst. Ich will nicht, dass du Rücksicht auf mich nimmst, hörst du?«

Und ich will dich nicht umbringen. Obwohl ihr die Worte auf der Zunge lagen, sprach Alexandra sie nicht aus. Dies war nicht der geeignete Zeitpunkt, um ihn mit ihren

Ängsten zu belasten. Lucian musste sich auf den bevorstehenden Kampf konzentrieren. Jede Ablenkung wäre Gift für ihn. »Was muss ich tun?«

»Auf mein Zeichen hin entzündest du das Reisig unter der Schale. Vor jeder zeremoniellen Handlung ist ein Abschnitt der Formel zu rezitieren. Sie ist auf Latein. Sprich die Worte einfach, wie sie auf dem Papier stehen – langsam und deutlich. Nach dem ersten Abschnitt füllst du den Inhalt des ersten Tiegels in die Schale, dann folgt der nächste Absatz und danach der nächste Tiegel. Es ist alles in der korrekten Reihenfolge aufgestellt. Am Ende kommt das Weihwasser hinzu. Den dazugehörigen Abschnitt darfst du erst zu sprechen beginnen, wenn du das Weihwasser in die Schale schüttest, und musst ihn immer wieder wiederholen, bis die Mischung bereit ist.«

»Bereit?«

»Ich nehme an, du wirst es erkennen, wenn es so weit ist. Zumindest hoffe ich das. Sobald die Mischung fertig ist, musst du sie über das Kreuz schütten und dabei die abschließenden Worte sprechen. Mit ein wenig Glück kommt es gar nicht erst so weit.« Er sah sie lange an, ehe er sagte: »Du siehst müde aus. Schaffst du es?«

Abgesehen von ihrer Flucht aus dem Kloster war dies der erste Tag, seit Vladimir sie niedergeschossen hatte, an dem sie das Bett für mehr als ein paar Schritte verlassen hatte. Die zurückliegenden Stunden waren anstrengend gewesen und hatten den Schmerz in ihrer Seite aufs Neue geweckt. Doch all das war erträglich, solange die Nacht mit der Vernichtung des Ersten Vampyrs zu Ende ging und Lucian nichts zustieß.

»Ich komme schon zurecht«, beruhigte sie ihn.

»Bist du sicher?«

Alexandra nickte und wich seinem Blick aus, der mit einemmal so intensiv war, dass er ihr durch und durch ging. Lucian zog sie in seine Arme. Mit einem Seufzer lehnte sie sich an ihn. Sie wusste nicht, wie lange sie so dagestanden hatten. Zumindest lange genug, um Bothwell die Zeit zu geben, Gavril nach unten zu geleiten und wieder nach oben zu kommen.

»Wir müssen weitermachen«, hörte sie Bothwell hinter sich sagen.

Lucian küsste sie auf die Stirn. »Wir schaffen das«, flüsterte er und gab sie frei. »Ich gehe noch einmal alles mit Robert durch. Wir müssen noch die Kreise auslegen. Du begibst dich am besten gleich an deinen Platz und machst dich mit allem vertraut.« Er zog ihre Hand an seine Lippen und hauchte ihr einen Kuss auf die Fingerspitzen, ehe er sich abwandte, um zu Bothwell zu gehen.

»Pass auf dich auf«, formten ihre Lippen lautlos, sobald er ihr den Rücken zuwandte. Ihre Angst um ihn wuchs mit jedem Atemzug. Lucians Gelassenheit machte es nur noch schlimmer. Immer wieder fragte sie sich, ob ihr – falls es zur Zerstörung des Kreuzes kam – genügend Zeit bleiben würde, um ihn zu verlassen, oder ob die Prophezeiung sofort eintreten würde. Dann jedoch wurde ihr klar, dass es womöglich gar keine Prophezeiung brauchte, um ihnen allen heute Nacht den Tod zu bringen. Als ihr das bewusst wurde, beschloss sie, sich über die Weissagung erst wieder Gedanken zu machen, wenn es tatsächlich zur Vernichtung des Splitters kam. Andernfalls wäre sie niemals imstande, sich auf die vor ihr liegenden Aufgaben zu konzentrieren.

Einen Moment blieb sie noch stehen und beobachtete, wie Lucian seinem Freund ein Säckchen zuwarf und die beiden sich daranmachten, die Pulverkreise zu ziehen. In all der Eile hatte sie sich nicht einmal danach erkundigen können, ob die beiden Männer ihren Streit beigelegt hatten. Die Antwort musste warten.

Schließlich löste sie sich von Lucians Anblick und ging in die Turmecke. Mit einem großen Schritt trat sie über das Rund aus Kerzen und roten Schriftzeichen in den rituellen Kreis und kniete darin nieder. Obwohl ihr Blick immer wieder nach Lucian suchen wollte, legte sie das Kreuz neben sich auf den Boden und zwang sich, die Pergamente zur Hand zu nehmen und die eng beschriebenen, lateinischen Zeilen zu studieren. Sie bewegte stumm die Lippen und versuchte herauszufinden, wie sich die Worte anfühlen würden, wenn sie sie aussprach. Blatt für Blatt ging sie die Papiere durch. Sie verstand nur wenig Latein und hoffte, dass Lucian recht behalten würde, wenn er sagte, sie solle alles so aussprechen, wie es geschrieben stand. Bald schon war sie so sehr in ihre Vorbereitungen vertieft, dass sie erschrocken zusammenzuckte, als am Fuße des Turms ein Hämmern erscholl.

Lucian wandte sich zu ihr um. »Es ist so weit. Er kommt. Bist du bereit?«

Sie nickte und zwang sich zu einem zuversichtlichen Lächeln, obwohl ihr ganz und gar nicht danach zumute war.

Unten rüttelte der Unendliche an der Turmtür. Aus dem Rütteln wurde ein Rumpeln und Donnern, als er sich gegen die Tür zu werfen begann. Alexandra versuchte sich auf das Ritual zu konzentrieren, doch es fiel ihr immer schwerer. *Reiß dich zusammen!*, rief sie sich selbst zur Ordnung. *Wenn er erst oben ist, darf ich mich von nichts mehr ablenken lassen!*

Aus dem Augenwinkel bemerkte sie einen Schatten. Als sie aufsah, ging Lucian vor ihr in die Hocke. »Du kannst jetzt anfangen.« Er deutete in Richtung der Leiter, die auf die Holzplattform führte. »Robert und ich werden uns dort oben verstecken – je später uns Andrej entdeckt, desto leichter wird es uns gelingen, ihn zu überrumpeln. Alexandra, ich –«

»Sag nichts, bitte.«

Er respektierte ihren Wunsch, beugte sich stattdessen vor und hauchte ihr einen zärtlichen Kuss auf die Lippen, ehe er aufstand und Bothwell auf die Plattform folgte. Dann entschwand er ihren Blicken. Obwohl Alexandra wusste, dass die Männer noch immer da waren, fühlte sie sich plötzlich allein. Als wäre sie im Kampf gegen den Unendlichen ganz auf sich gestellt. *Das bin ich nicht. Ich bin nicht allein!*

Während das Donnern an der Tür heftiger wurde, nahm Alexandra den Zunder zur Hand und setzte das Reisig in Brand. Sobald die ersten Flämmchen daraus emporzüngelten, griff sie nach dem Pergament. War es ihr zuvor noch leicht erschienen, die einzelnen Worte abzulesen und auszusprechen, so war sie sich dessen plötzlich weit weniger sicher. Stockend verließen die ersten Worte ihren Mund. Anfangs fiel es ihr schwer, die Geräusche auszublenden, die von unten an ihr Ohr drangen. Sie zwang ihre Augen auf die vergilbten Zeilen und folgte ihnen Buchstabe um Buchstabe, bis sie nichts anderes mehr vernahm als ihre eigene Stimme.

Endlich fand sie ihre innere Mitte. Die Welt um sie herum begann zu schwinden und zu schrumpfen, bis sie nur mehr aus den alten Schriften und den Ingredienzien vor ihr zu bestehen schien.

Am Ende des ersten Abschnittes, als sie nach einem der Tontiegel griff, die Lucian bereitgestellt hatte, bemerkte sie eine Bewegung. Den kleinen Tontopf in der Hand, hob Alexandra den Kopf und sah Vladimir auf der Treppe. Er hatte sich während der vergangenen Stunden noch mehr verändert und schien inzwischen mehr Ähnlichkeit mit Lucian zu haben als mit seinem einstigen Selbst. *Wie kann es sein, dass Mihail ihm noch immer folgt, ohne etwas von den Veränderungen zu bemerken?* Doch die Antwort lag auf der Hand: Der Unendliche zwang ihn mit seinem Blick unter seinen Bann und suggerierte ihm, den Freund vor sich zu haben, den er seit so vielen Jahren kannte.

Ohne den Blick vom Unendlichen – und dem, was von Vladimir geblieben war – zu lösen, brach Alexandra die Versiegelung des Tongefäßes. Der Unendliche blieb auf der vorletzten Stufe stehen: Erst da sah sie die Doppelläufige in seiner Hand. Er hob den Arm, um auf sie anzulegen, und ließ ihn wieder sinken, als sein Blick auf den ersten Pulverkreis fiel.

»Du gerissenes kleines Miststück!« Er runzelte die Stirn, dann schüttelte er den Kopf. »Das ist nicht deine Art. Das sieht nach meinem Bruder aus. Wo ist er?«

Statt zu antworten, entfernte Alexandra die Reste des Wachsrandes, der den Deckel auf dem Gefäß hielt. Mit einem leisen Knacken löste er sich, fiel herab und offenbarte den Blick auf einen zähen Sud, der kaum den Boden bedeckte.

Der Unendliche hob die Pistole und legte auf sie an.

Alexandra, die den Tiegel bereits über die Schale hielt, erstarrte. Ein dumpfer Laut zu ihrer Linken riss sie jedoch sofort wieder aus ihrer Lähmung. Lucian war von der Plattform gesprungen und rannte auf sie zu. *Er wird mich nicht rechtzeitig erreichen!*, schoss es ihr durch den Kopf. Da wurde der Unendliche zur Seite gestoßen. Gavril stürmte an ihm vorbei, auf Alexandra zu. Er hatte sie beinahe erreicht, als der Unendliche sein Gleichgewicht wiedererlangte und die Doppelläufige erneut anlegte. Gavril fuhr herum. Im selben Augenblick, als der Erste Vampyr die Waffe abfeuerte, warf er sich vor Alexandra. Sie schrie auf, als er sich an die Brust fasste und zu Boden stürzte.

»Mach weiter«, keuchte Gavril, das Gesicht vor Schmerz verzogen. Seine Lider flatterten und senkten sich herab, dann regte er sich nicht mehr. Alexandra vermochte nicht einmal zu sagen, ob er noch atmete.

»Das Ritual!« Lucians Stimme riss sie aus ihrer Starre. »Schnell!« Er hatte sie endlich erreicht und baute sich zwischen ihr und der Treppe auf, als der Unendliche erneut die Waffe hob.

Alexandra schüttete den Sud in die Schale. Zäh rann er über den Rand des Tontopfes und floss in einem einzigen Tropfen heraus. Es zischte, als die Flüssigkeit das heiße Gusseisen berührte. Ein scharfer Geruch stieg ihr in die Nase, so beißend, dass sie Mühe hatte, den Niesreiz zu unterdrücken. Als sie das Pergament zur Hand nahm, um den nächsten Vers zu lesen, sah sie aus dem Augenwinkel, wie der Unendliche das Pulver betrachtete, das vor ihm den Boden bedeckte.

»Denkst du wirklich, das wird dir etwas nutzen?«, fragte er Lucian. Sein Blick schweifte von einem Pulverkreis zum nächsten, dann zu Lucian und wieder zurück zu den Kreisen. Ein boshaftes Grinsen verzerrte seine Lippen, als er über den vorderen hinwegsetzte und noch im Sprung die Pistole hob und sie auf Lucian richtete.

Alexandra hielt den Atem an.

Der Unendliche schoss im selben Augenblick, als seine Füße den Steinboden berührten. Ein Flirren erfüllte die Luft, ähnlich einem Hitzeflimmern. Die Luft um den Unendlichen herum funkelte silbern und sandte ein leises Klirren über das Plateau, das sich anhörte, als würden zwei Weingläser sanft aneinandergeschlagen. Die Kugel, die Lucian hätte treffen sollen, zischte an ihm vorüber und schlug neben Alexandra in die Mauer ein. Steinsplitter und Staub senkten sich auf sie herab. Hastig hielt sie die Hand über die Schale, damit nichts davon in die Mischung fallen konnte, während sie beobachtete, wie sich ein Netz aus Silberfäden über den Ersten Vampyr legte. Alles zornige Kreischen änderte nichts daran, dass sich die Fäden mehr und mehr zusammenzogen, ähnlich wie damals in der Bibliothek, als Lucian darin gefangen gewesen war. Immer weiter krümmte sich seine Gestalt unter wütendem Gebrüll, bis er jegliche Bewegungsfreiheit verlor.

Erleichtert, dass das Pulver ihn tatsächlich gefangen hielt, richtete sie ihren Blick wieder auf das Pergament und begann den neuen Abschnitt zu rezitieren. Am Ende jeder Zeile machte sie eine kurze Atempause, die sie dazu nutzte, einen Blick auf das Plateau zu werfen.

Der Unendliche war noch immer außer sich vor Zorn. Er brüllte und fluchte und kämpfte gegen das silberne Netz an, das ihn gefangen hielt, doch die Fäden hielten all seinen Bemühungen stand und verhinderten jede Bewegung. Es wäre für Lucian ein Leichtes gewesen, ihn jetzt zu töten, er hatte Gavril jedoch sein Wort gegeben, alles in seiner Macht Stehende zu tun, um Vladimirs Leben zu retten. Im Augenblick ging keine Gefahr von ihm aus. Wenn alles gut ging, würde es ihnen womöglich tatsächlich gelingen, den Unendlichen aus Vladimirs Leib zu reißen.

Alexandra las eine weitere Zeile. Als sie an deren Ende erneut aufsah, setzte Bothwell mit großen Schritten über das Plateau hinweg. Im ersten Moment war sie überrascht, dann jedoch sah sie Mihail, der dem Unendlichen gefolgt war und seine Pistole im Anschlag hielt. Bothwell sprang ihn an und riss ihn zu Boden. Ein Schuss löste sich, dann schlitterte die Waffe über den Boden, knapp an der äußeren Linie des Kreises vorbei, der den Unendlichen gefangen hielt. Während Bothwell und Mihail miteinander rangen und Lucian seinen Bruder im Auge behielt, las Alexandra die nächsten Zeilen. Sie zwang sich, das Geschrei des Unendlichen und jegliches Kampfgeräusch zu ignorieren. Anfangs fiel es ihr schwer, sich auf das geschriebene Wort zu konzentrieren. Immer wieder zuckte sie zusammen, wenn ein weiterer Laut die Stille durchdrang, die sie um sich aufzubauen versuchte. Bald jedoch war sie wieder vollständig in die lateinischen Zeilen vertieft. Am Ende des Absatzes angelangt, griff sie nach dem nächsten Säckchen. Als ihr der Geruch von Pfirsich in die Nase stieg, wusste sie, dass ein Bestandteil dieser Mischung getrockneter und gemahlener Stechginster sein musste. Vorsichtig leerte sie seinen Inhalt in den brodelnden Sud. Gelbe Flecken, die von den Stechginsterblüten stammen mochten, mischten sich mit einem silbern schimmernden Pulver, versanken in der zähen Flüssigkeit und schienen sich darin aufzulösen.

Während sich das Pulver mit dem Sud vermischte, riskierte Alexandra einen Blick auf das Plateau. Bothwell rang weiter mit Mihail. Obwohl er den Jäger an die Wand gedrängt hatte, musste er sich noch immer seiner Schläge und Tritte erwehren. Alexandra wollte ihre Aufmerksamkeit gerade wieder auf das Pergament richten, als sie ein Zischen vernahm. Ihre Augen folgten dem Geräusch und blieben an Lucian hängen, der einen Schritt zurückwich, als Nebel zwischen den Silberfäden hervorquoll, die den Unendlichen umfangen hielten. Entsetzt beobachtete sie, wie einzelne Schwaden durch das silberne Netz drangen und sich außerhalb zu einer hellen Wolke verdichteten. Etwas Ähnliches hatte sie im Kloster beobachtet, als die Schwaden sich unter der Tür hindurchgeschoben und den Raum erkundet hatten. War das die Essenz des Unendlichen? Die bloße Vorstellung, er könne seinem Gefängnis entflohen sein, versetzte sie in Panik. Doch genau das war es, was sie erreichen wollten!

Der silberne Glanz, der Vladimirs Leib einhüllte und den Unendlichen festgesetzt hatte, erlosch. Noch immer war das leise Klirren zu vernehmen, doch diesmal klang es weniger nach aneinandergeschlagenen Gläsern. Vielmehr erinnerte es Alexandra an ein boshaftes Kichern.

Vladimir kippte zur Seite und blieb reglos liegen, den Blick starr ins Nichts gerichtet, während über seinem Leib die Wolke langsam emporstieg und sich zu einer wirbelnden Nebelsäule verdichtete. Der Unendliche war schon in seiner Vampyrgestalt schwer zu bekämpfen gewesen, doch wie sollten sie gegen einen Gegner angehen, dessen Erscheinung nicht länger materiell war?

Konzentriere dich allein auf das Ritual und achte nicht dar-

auf, was um dich herum passiert! Die Erinnerung an Lucians Worte rissen sie aus ihrer Erstarrung. Sie musste weitermachen! Schnell! Aber wie lange noch? Würde die Erscheinung des Unendlichen an Substanz gewinnen, wenn sie mit dem Ritual fortfuhr? War das der Moment, auf den Lucian wartete? Sie hob das Pergament, um sich erneut darin zu vertiefen, als sie sah, wie ihr die Wolke in atemberaubender Geschwindigkeit entgegenschoss.

Entsetzt starrte sie auf den Nebel. Er würde in sie fahren und verhindern, dass sie das Ritual fortsetzen konnte! *Der Kreis aus Kerzen schützt mich*, versuchte sie sich zu beruhigen. Ein eisiger Hauch löste sich aus dem Nebel und strich über sie hinweg. Das Feuer unter der Schale flackerte heftig. Die Flammen leckten über den Rand des Gefäßes, ehe sie sich wieder beruhigten. Dann erloschen die Kerzen. Alexandras Finger krampften sich um das Pergament. Jeden Augenblick würde der Unendliche ihren Leib in Besitz nehmen, wie er es zuvor mit Vladimir getan hatte. Womöglich würde er sie auch einfach nur töten.

Das Pergament in der einen Hand, tastete sie mit der anderen nach dem Schwarzen Kreuz. Sie wusste nicht, ob sie dem Nebel damit etwas anhaben konnte, doch sie wollte verdammt sein, wenn sie es nicht zumindest versuchte.

Sie hob das Kreuz, bereit, das spitze Ende ins Herz des Nebels zu treiben, sobald er die Linien des Kreises durchbrach, doch ehe das geschah, trat Lucian dazwischen. Ein Ruck durchfuhr ihn, als die Wolke gegen seinen Leib prallte und in seine Brust drang. Er taumelte keuchend zurück und brach in die Knie, ehe er vornüber kippte und mit dem Gesicht nach unten liegen blieb.

Konzentriere dich allein auf das Ritual!

Wie sollte sie das tun, solange sie nicht wusste, was Lucian zugestoßen war? Hatte der Unendliche Besitz von ihm ergriffen oder hatte er ihn umgebracht? *Mach weiter!* Sie schob jeden Gedanken an Lucian von sich und richtete ihren Blick wieder auf das Papier. Ihre Hand zitterte so sehr, dass sie kaum in der Lage war, etwas zu entziffern. Sie legte das Pergament vor sich auf den Boden, beugte sich darüber und begann den nächsten Vers zu sprechen. Die andere Hand hatte sie nach wie vor um das Schwarze Kreuz geklammert.

Vor ihr setzte sich Lucian auf. Alexandra konnte nicht umhin, ihn anzusehen. In seinem Blick lag eine Eiseskälte, die sie bisher nur ein einziges Mal gesehen hatte: in den Augen seines Zwillings.

Die lateinischen Worte blieben ihr im Hals stecken. Stockend fuhr sie fort, kaum noch imstande, die Augen von Lucian zu wenden. Sie verhaspelte sich und begann den Abschnitt noch einmal von Neuem zu lesen, während sie aus dem Augenwinkel sah, wie Lucian – der Unendliche! – sich langsam erhob. Sobald er stand, zog er die Pistole aus seinem Gürtel. Alexandra rief nach Bothwell, doch dieser rang noch immer mit Mihail.

Ihre Finger klammerten sich um das Kreuz. Wenn sie aufstand und sich nach vorne warf, gelang es ihr vielleicht, dem Unendlichen die Spitze ins Herz zu treiben, ehe er sie erschoss. Doch dann hätte sie auch Lucian getötet! Es musste einen anderen Weg geben! Aber welchen?

»Sieh mich an!«, verlangte er in einem Tonfall, der sich jeden Widerspruch verbat.

Er versucht nur, Macht über mich zu erlangen! Sieh nicht hin! Doch sie konnte nicht anders, als den Kopf zu heben. Er richtete die Waffe auf sie. Sie wusste, dass sie mit dem Ritual fertig sein musste, ehe er den Abzug drückte. Doch wie sollte sie das schaffen? Es waren noch drei Verse zu lesen und ebenso viele Ingredienzien in die dampfende Schale zu gießen. Das Ganze würde noch mehrere Minuten in Anspruch nehmen. Ihr blieben aber bestenfalls noch einige Atemzüge.

Der Unendliche kam näher. Am Rande des Kreises blieb er stehen. Die Mündung seiner Pistole starrte Alexandra entgegen, schwarz und endgültig. Ein Anblick, der jeden vernünftigen Gedanken in ihr erlöschen ließ.

»Schau mir in die Augen!« Es war Lucians Stimme, doch es war nicht seine Seele, die aus den Worten sprach. Etwas in ihr sträubte sich dagegen, seiner Aufforderung zu folgen. Zugleich bereitete es ihr körperlichen Schmerz, es nicht zu tun.

»Tu, was ich dir sage!« Sein Ton war nun weicher, beinahe schmeichelnd, und noch immer erfüllt von einer Macht, der sie nicht länger widerstehen konnte. Unfähig, sich zu widersetzen, saß sie da, den Blick auf seine kalten, blauen Augen gerichtet. Tief in ihrem Innersten wusste sie, dass er seine Kräfte benutzte, um sie zur Reglosigkeit zu zwingen. Sah er denn nicht, dass sie es ohnehin nicht über sich bringen würde, ihm das Kreuz ins Herz zu stoßen, solange er sich in Lucians Körper befand?

Du musst es tun!, schrie alles in ihr. Doch sie konnte sich nicht einmal bewegen.

»Du verfügst über einen starken Willen. Zu schade, dass dir das auch nichts mehr nutzen wird.« Sein Finger krümmte sich um den Abzug. Doch ehe er schießen konnte, stürzte sich Bothwell auf ihn. Der Unendliche lachte nur und schüttelte den Mann ab, als sei er lediglich ein lästiges Insekt. Die Wucht seines Schlages reichte aus, Bothwell gegen die Wand zu schleudern. Mit einem dumpfen Laut stürzte er zu Boden und blieb neben dem reglosen Mihail liegen.

Der Unendliche ließ seinen Blick über das Plateau schweifen. Seine Augen streiften über Gavril, Vladimir, Mihail und Bothwell, ehe sie sich erneut auf Alexandra richteten. Es war nicht länger nötig, sie unter seinen Bann zu zwingen. Die Furcht, die sich eisig kalt in ihrem Innersten ausbreitete, lähmte sie ohnehin.

»Es sieht ganz danach aus, als wäre das nun eine Sache zwischen dir und mir«, bemerkte der Unendliche in einem Ton, als würde er über das Wetter plaudern. Seine Worte täuschten nicht darüber hinweg, dass er noch immer eine geladene und entsicherte Pistole in Händen hielt. »Dieser Körper ist um so vieles besser als der des Jägers. Er gibt mir die Fähigkeit zurück, meine Fangzähne zu benutzen. Endlich kann ich meinen Durst wieder stillen, ohne mich eines Hilfsmittels bedienen zu müssen, um die Adern zu öffnen.« Er grinste und entblößte messerscharfe Reißzähne. »Ich werde dich nicht erschießen«, fuhr er fort. »Viel lieber möchte ich dein Blut kosten. Du hast die Wahl: Willst du hier ausbluten wie deine Mutter? Oder soll ich dir das ewige Leben schenken und dich zu meiner Gefährtin machen?«

Alexandra kämpfte gegen die Erinnerungen an, die in ihr aufstiegen. Sie verdrängte das Bild ihrer Mutter, die schlaff in den Armen des Unendlichen hing, während er sich an ihrem Blut labte, und wehrte sich dagegen, in seinen vertrauten Zügen Lucian zu sehen. Vor ihr stand nicht länger der Mann, den sie liebte, sondern eine Bestie! Wenn es auch nur die geringste Hoffnung geben sollte, gegen ihn zu bestehen, musste sie ihn auch als solche behandeln. Ihre Finger schlossen sich um das Kreuz.

»Leg es weg!«, verlangte der Unendliche und kam näher.

Alexandra packte noch fester zu und machte sich zum Sprung bereit, als plötzlich ein Ruck durch den Unendlichen ging. Er blieb stehen. Etwas in seinen Augen hatte sich verändert, die Kälte war gewichen, doch seine Züge waren angespannt.

Das Kreuz noch immer umklammernd, fragte sie vorsichtig: »Lucian?«

*

Der Kampf gegen Andrej hatte Lucian einen Großteil seiner Kraft gekostet. Es verlangte ihm einiges ab, den Unendlichen, dessen Essenz sich noch immer in seinem Leib befand und danach trachtete, erneut die Oberhand zu gewinnen, unter Kontrolle zu halten. Alexandra anzusehen war grausam. Er sah die Erleichterung in ihren Augen. Ein Anblick, der ihn zutiefst berührte, denn das Gefühl war aus der Hoffnung geboren, ihn – Lucian – nicht verloren zu haben. Zugleich schmerzte es ihn, sie so zu sehen, wusste er doch, dass er ihr die Zuversicht wieder nehmen musste.

In seinem Innersten drängte Andrej an die Oberfläche. Er tobte und wütete und versuchte sich aus dem Winkel seines Verstandes zu befreien, in den Lucian ihn gezwungen hatte. Dabei setzte er all seine Kräfte ein, so gewaltig, dass sie Lucian beinahe einknicken ließen. Dennoch zwang er sich, die Barriere aufrechtzuerhalten, hinter die er seinen Bruder verbannt hatte. Allerdings wusste er nicht, wie lange er dazu noch imstande sein würde.

Bei vollem Bewusstsein ein Gefangener in seinem eigenen Körper zu sein, alles zu sehen, was um ihn herum geschah, ohne etwas ausrichten zu können, war die schlimmste Folter gewesen, die er je erlebt hatte. Er hatte mit ansehen müssen, wie sein Bruder Alexandra bedrohte und Robert niederschlug. Zornig hatte er an den Gittern seines Gefängnisses gerüttelt und vergeblich versucht, sich zu befreien. Die Vorstellung, Andrej könne erneut die Oberhand gewinnen und ihn womöglich auf ewig in dieses Gefängnis zwingen, war kaum zu ertragen. Was ihn jedoch beinahe um den Verstand brachte, war der Gedanke, was Alexandra dann zustoßen würde. Andrej würde sie töten, denn einer Sache war er sich sicher: Sie würde niemals zulassen, dass er sie zu seinesgleichen machte. Doch selbst wenn es Andrejs Wille war, der ihr das Leben nahm, so wären es Lucians Hände, die es ihr aus dem Körper rissen.

»Du musst mich töten!«

Die Worte waren kaum ausgesprochen, da ließ Alexandra das Kreuz fallen. »Niemals!«

»Nimm das Kreuz und stoß es mir ins Herz!«, verlangte er. »Schnell! Solange ich ihn noch kontrollieren kann!«

Alexandra wurde bleich. »Du musst ihn halten, bis das Ritual vorüber ist!«

»Das kann ich nicht.«

»Du *musst*!«

Ohne auf seinen Widerspruch zu achten, senkte sie den Blick auf das Pergament.

»Töte mich!«, brüllte Lucian in einer Mischung aus Hilflosigkeit und Angst um Alexandras Leben. Wenn sie es tat, wäre Andrej keine Bedrohung mehr, und sie konnte gefahrlos das Ritual beenden und das Schwarze Kreuz zerstören. Vampyre gehörten dann für immer der Vergangenheit an. Doch Alexandra achtete nicht auf seinen Befehl.

Seine Sorge schwächte ihn. Er spürte, wie Andrej gegen ihn ankämpfte und versuchte, erneut die Oberhand zu gewinnen – oder zumindest seinen Körper zu verlassen. Beides konnte Lucian nicht zulassen, denn entweder würde der Unendliche in Alexandras Leib fahren und sich ihrer bemächtigen oder er würde sie – in Lucians Gestalt – töten.

Andrej versuchte weiterhin, Lucian seinem Willen zu unterwerfen, und es schien ihm mehr und mehr zu gelingen. Es kostete Lucian immense Kraft, zu verhindern, dass sein Bruder Alexandra erneut unter den Bann seines Blickes zwang. Die Worte – Andrejs Worte – lagen ihm bereits auf den Lippen. Er würde ihr befehlen, aufzustehen und zu ihm zu kommen. Wenn das geschah, war alles zu spät.

Dann jedoch kam ihm ein Gedanke. Womöglich gab es doch noch einen Weg, Alexandra zu retten. Er musste nur schnell genug sein, ehe Andrej bemerkte, was er vorhatte.

»Was auch immer jetzt geschieht«, sagte er zu Alexandra. »Bring es zu Ende! Zerstöre das Kreuz!«

Er sah die Furcht in ihren Zügen. Sie ahnte, dass er etwas im Schilde führte, und wenn er sich nicht beeilte, würde sie ebenso versuchen, ihn davon abzuhalten, wie Andrej. Lucian machte auf dem Absatz kehrt und stürmte auf den Rand des Plateaus zu. Hinter ihm stieß Alexandra einen gellenden Schrei aus, als er sich über die Kante in die Tiefe stürzte.

*

Heftig atmend und vor Entsetzen wie gelähmt, saß Alexandra da und starrte auf die Kante, über die Lucian ihrem Blick entschwunden war. Ihre Hände zitterten und ein grauenvoller Schmerz ergriff von ihrem Innersten Besitz und drohte sie zu zerreißen.

»Machen Sie weiter!« Aus weiter Ferne drang Bothwells Stimme an ihr Ohr. Sie hörte seine Schritte, doch sie sah ihn nicht an, konnte den Blick nicht von der Stelle wenden, an der sie Lucian zuletzt gesehen hatte. Dann stand er plötzlich vor ihr und versperrte ihr die Sicht. »Bringen Sie es zu Ende! Zerstören Sie das Kreuz!«

Sie hatten recht, wollte sie sagen, doch ihre Stimme versagte. *Die ganze Zeit über haben Sie gewusst, dass ich ihn umbringen würde.* Jetzt war es geschehen. Niemals zuvor hatte sie sich derart leer gefühlt. Die einzige Empfindung, die sie noch verspürte, war Schmerz. Eine Qual, die weit über das Körperliche hinausging und ihre Seele berührte.

Er ist ein Vampyr! Eine Bestie! Doch die Worte, mit denen sie stets versucht hatte, ihn von sich fernzuhalten, zeigten schon lange keine Wirkung mehr. Sie trauerte um den Mann, nicht um die Kreatur.

»Himmel, reißen Sie sich zusammen!« Ohne die Linien des Kreises zu übertreten, beugte sich Bothwell nach vorne, packte sie bei den Armen und schüttelte sie. »Wir brauchen Sie!«

»Wir?«, echote sie tonlos. »Es gibt kein *wir* mehr. Nur noch Sie und mich.«

»Wovon reden Sie überhaupt?« Er runzelte die Stirn, dann schien er zu begreifen. »Sehen Sie mich an, Alexandra«, verlangte er und verstärkte den Druck seiner Finger, bis sie seiner Aufforderung nachkam. Wie durch einen

Schleier nahm sie seine Züge wahr, milchig und verschwommen. Sie blinzelte, doch es wurde nicht besser.

»Sie glauben doch nicht ernsthaft, dass er tot ist!«

Natürlich glaubte sie das! Oder sollte sie glauben, dass er sich aus dreißig Metern in die Tiefe stürzen konnte, ohne Schaden zu nehmen? *Er ist unsterblich*, meldete sich die Stimme der Vernunft zurück. Unwillkürlich schüttelte sie den Kopf. Seine Unsterblichkeit endete in der Gegenwart des Kreuzes. *Wenn ihm jemand eine Silberkugel ins Herz schießt oder ihn enthauptet*, beharrte die Stimme. *Aber doch nicht durch einen Sturz. Noch ist das Kreuz nicht zerstört!* Natürlich! Kein Vampyr würde dabei umkommen – schon gar nicht Lucian Mondragon!

»Er hat uns Zeit erkauft«, sagte sie leise, und als Bothwell nickte, fiel die Starre endgültig von ihr ab. »Dann sollten wir sie nutzen.«

Sie griff nach dem Pergament und begann den nächsten Vers zu rezitieren. Anfangs stockend, flossen die Worte bald sicher und deutlich aus ihrem Mund. Am Ende des Abschnitts griff sie nach dem vorletzten Tiegel und entkorkte ihn. Der Geruch von Minze überlagerte ein darunterliegendes, bitteres Aroma. Schnell kippte sie das grobkörnige Pulver in die Schale, und noch während die Mischung darin zischte und dampfte, blickte sie erneut auf das Pergament.

*

Fühlte es sich so an, im Fegefeuer zu schmoren und auf ewig Qualen zu erleiden? Aber wenn dies die Hölle war, warum war es dann so finster? Wo waren die Feuer? Womöglich war er der Verdammnis noch nicht anheimgefallen – allerdings fühlte es sich so an, als sei er nahe daran.

MACH ENDLICH DIE AUGEN AUF! Andrejs zorniges Brüllen hallte in Lucians Geist wider und zwang ihn, der Aufforderung Folge zu leisten. Doch als Lucian schließlich die Augen öffnete, war es so finster wie zuvor. Lediglich am Rande seines Gesichtsfeldes glaubte er einen schmalen Streifen Helligkeit zu erkennen.

Als er den Kopf zur Seite drehte, wusste er nicht, ob er es aus freien Stücken tat oder ob Andrej ihn dazu drängte. Kalter Stein schrammte über seine Wange und brachte ihm seine Erinnerung zurück. Dies war nicht die Hölle, sondern der Glockenturm von St. Giles!

Selbst die geringste Bewegung seines Kopfes sandte einen kaum zu ertragenden Schmerz durch seinen Körper. Er bezweifelte, dass es auch nur einen Knochen in seinem Leib gab, der beim Aufprall nicht zerschmettert worden war. Als es ihm endlich gelang, den Kopf zu drehen, entdeckte er das Licht einer Laterne, die Robert bei ihrer Ankunft am Fuße der Treppe zurückgelassen hatte. Wie lange war das her? Schlagartig wurde ihm bewusst, dass er keine Ahnung hatte, wie lange er schon hier lag. Es konnte noch nicht viel Zeit verstrichen sein, andernfalls wären seine gebrochenen Knochen längst geheilt. Dann erinnerte er sich jedoch an die Gegenwart des Schwarzen Kreuzes. Die Reliquie machte ihn nicht nur verwundbar, sie verlangsamte auch den Heilungsprozess auf qualvolle Weise. Er glaubte zu spüren, wie sich die Knochen verschoben und dabei den Schmerz ins Unermessliche anwachsen ließen.

In den Tiefen seines Verstandes vernahm Lucian das schadenfrohe Gelächter seines Bruders, der nur darauf wartete, die Oberhand zu gewinnen. Er blinzelte gegen die Schwärze an, die ihn von allen Seiten zu umzingeln schien und ihm die Besinnung zu rauben drohte. Wenn er den Kampf verlor, würde Andrej sich einmal mehr seiner bemächtigen. Alexandra brauchte Zeit! Er musste ihn so lange wie möglich hier halten.

DU BIST NOCH VERRÜCKTER, ALS ICH DACHTE, hörte er Andrej sagen. EIN KLUGER ZUG, DICH MIT MIR IN DIE TIEFE ZU STÜRZEN. DOCH ES WIRD DIR NICHT HELFEN. WAS HAST DU JETZT GEWONNEN – ABGESEHEN VON DEM LÄCHERLICHEN BISSCHEN ZEIT? DU BIST ZU SCHWACH, UM MICH LÄNGER IM ZAUM ZU HALTEN.

Lucian kämpfte darum, nicht die Besinnung zu verlieren und sich zu konzentrieren, doch Andrej hatte recht – er war zu angeschlagen, um länger gegen ihn bestehen zu können. Er spürte, wie sein eigenes Bewusstsein mehr und mehr zur Seite geschoben und in einen Winkel seines Verstandes gedrängt wurde, während Andrej immer mehr Raum einnahm.

DAS MUSS WIRKLICH WEHTUN, bemerkte dieser hämisch. WAS FÜR EIN GLÜCK, DASS ICH DICH ZWAR KONTROLLIEREN KANN, ABER NICHT FÜHLEN MUSS, WAS DU FÜHLST. ZUMINDEST NICHT, WENN ICH ES NICHT WILL – UND IM AUGENBLICK MÖCHTE ICH DAS BESTIMMT NICHT!

Andrejs Wille zwang Lucian auf die Beine. Die Schreie, die er ausstieß, als er sich langsam hochstemmte, entstammten Lucians Seele, doch die Gnadenlosigkeit, die ihn zwang, sich in Bewegung zu setzen, war die seines Bruders. Seine gebrochenen Handgelenke knickten ein, als er sich abzustützen versuchte. Brüllend vor Qual stürzte er zu Boden. Beim Aufprall ging eine weitere Welle des Schmerzes durch seinen Körper. Seine Sinne schwanden, und er hätte das Bewusstsein verloren, hätte Andrej ihn nicht mit seinem Gebrüll in die Wirklichkeit zurückgezerrt.

STEH AUF!, trieb er ihn an. SEI NICHT SO EIN WEICHLING!

Die Macht, die nach seinem Geist griff, zwang ihn erneut aufzustehen. Wieder stützte er sich auf die Arme, und trotz der Schmerzen stemmte er sich nach oben. Als er das Gewicht jedoch auf seine Beine verlagern wollte, loderte nackte Pein durch seinen Körper. Die zertrümmerten Knochen fühlten sich an wie eine breiige Masse, die bei jeder Bewegung durch seinen Leib wogte, wie Gallert. Wieder sackte er zu Boden – und wieder zwang Andrej ihn hoch. Doch sobald er die Beine belastete, gaben die zerschmetterten Knochen unter ihm nach. Lucian wusste nicht, wie oft Andrej ihn dazu brachte, es immer und immer wieder zu versuchen. Ein gewöhnlicher Mensch wäre dabei längst zugrunde gegangen. Für Lucian hingegen bedeutete es eine nicht enden wollende Folter. Womöglich war dies doch die Hölle.

Endlich musste Andrej einsehen, dass er zwar die Kontrolle über Lucians Verstand und damit auch über seinen Körper übernehmen konnte, ihn jedoch nicht zu Handlungen zwingen konnte, zu denen er in seinem Zustand nicht in der Lage war.

ES SIEHT SO AUS, ALS KÖNNTEST DU MIR IM AUGENBLICK NICHT LÄNGER VON NUTZEN SEIN, BRUDER! DANN IST ES WOHL AN DER ZEIT, DASS WIR UNS TRENNEN – ZUMINDEST VORERST.

Lucian wusste, was Andrej im Schilde führte. Er wollte seinen Leib verlassen, um nach oben zurückzukehren und Alexandra davon abzuhalten, dass Ritual zu vollenden.

»Nicht doch«, presste er angestrengt hervor. »Wo wir uns gerade so nahe sind. Bleib doch noch ein Weilchen.«

Andrej lachte, und Lucian spürte, wie er versuchte, seinen Leib zu verlassen. Es war, als dränge eine Sturmflut aus seinem Innersten nach außen. Aber Lucian war nicht bereit, ihn gehen zu lassen. Nicht jetzt! Mit aller ihm noch verbliebenen Kraft verflocht er seinen Geist mit dem seines Bruders und hielt ihn fest – ein Anker, der einem Sturm zu trotzen versuchte, der alles mit sich zu reißen drohte.

*

Alexandra wollte schon mit dem nächsten Abschnitt beginnen, als ihr bewusst wurde, dass nur noch das Weihwasser übrig war. Was hatte Lucian gesagt? Sie musste das Weihwasser in die Schale schütten, während sie den Vers aufsagte. Mit zitternden Fingern griff sie nach der Lederflasche und öffnete sie. Die Flasche in der einen, das Pergament in der anderen Hand, atmete sie noch einmal durch, als aus den Tiefen des Turms derart qualerfüllte Schreie an ihr Ohr drangen, dass sich ihr die Nackenhaare sträubten.

»Lucian«, flüsterte sie und wäre um ein Haar aufgestanden, als die Schreie erneut durch den Turm hallten, doch Bothwell hielt sie fest.

»Es gibt nur einen Weg, ihm zu helfen«, sagte er stur. »Sie müssen das Kreuz zerstören – danach können wir nur noch darauf vertrauen, dass uns genügend Zeit bleibt, sie von ihm fortzubringen.«

Die Angst, Lucian könne sterben, und die Hoffnung, dass Bothwell recht haben und Lucian überleben würde, kämpften in ihr um die Oberhand. Obwohl es ihr schwerfiel, sitzen zu bleiben, ohne zu wissen, was dort unten mit Lucian geschah, nickte sie und schob alle Gefühle von sich. Einzig ihre zitternden Hände zeugten davon, wie aufgewühlt sie war. Langsam schüttete sie das Weihwasser in die Schale und begann zugleich, die letzten Zeilen des Rituals vorzulesen. So wie sie jedes Gefühl in ihrem Herzen verschloss, das sie an Lucian erinnerte, bannte sie auch jede Emotion aus ihrer Stimme. Wenn sie auch nur das geringste Empfinden zuließe, würde sie sich nicht länger unter Kontrolle haben.

Das Weihwasser mischte sich mit den übrigen Bestandteilen. Längst war der angenehme Pfirsichgeruch des Ginsters verflogen, während die stechenden Gerüche anderer Ingredienzien geblieben waren und ihr in Nase und Augen stiegen. Wieder und wieder rezitierte sie den letzten Abschnitt, ganz wie Lucian gesagt hatte. *Bis die Mischung bereit ist.* Würde sie wirklich erkennen, wenn es soweit war? Noch schien die Zeit nicht reif zu sein, deshalb las sie den Vers noch einmal von vorne. Die Flüssigkeit brodelte in der Schale, schlug immer größere Blasen, die mit einem leisen *Plopp* zerplatzten und dabei ein durchdringendes Aroma verströmten.

Wann?, fragte sie sich und begann noch einmal mit dem Abschnitt.

Als sie beinahe am Ende des Verses angelangt war, stieg plötzlich weißer Rauch aus der Schale empor. Ein beißender Geruch erfüllte die Luft und drang ihr in die Nase. Der Qualm wurde zunehmend dichter. Mehr und mehr raubte er ihr die Sicht, nahm ihr den Atem und brannte in ihren Augen, bis sie tränten.

Alexandra hoffte inständig, dass dies der richtige Augenblick war. Als sie bei der letzten Zeile angekommen war, griff sie nach der Schale. Das heiße Eisen brannte sich in ihre Hand. Sie biss sich auf die Lippe, bis sie Blut schmeckte, um nicht laut zu schreien und das Ritual womöglich zu durchbrechen. Keuchend stieß sie die letzten Worte hervor und wiederholte sie ein ums andere Mal, während sie den Inhalt der Schale über das Kreuz goss. Es zischte und dampfte, knisterte und rauschte, als der Sud mit der schwarzen Oberfläche in Berührung kam.

Ein gellender Schrei hallte von den Mauern des Glockenturms wider und ließ die Luft vibrieren. Alexandra ließ die Schale fallen. War das Lucian? *Du musst weitermachen!* Nur noch eine einzige Zeile – jene, die ein wenig abgesetzt von den übrigen Versen am Ende des Textes stand –, dann war es vollbracht! Sie presste die verbrannte Hand an ihren Leib, in der Hoffnung, der Druck könne ihr den Schmerz nehmen. Als sie dazu ansetzte, die Worte zu sprechen, schoss eine weiße Wolke über den Rand des Plateaus und raste ihr entgegen. Der Unendliche! Die Finger um das Pergament geklammert, wich Alexandra an den hinteren Rand des Kreises zurück. Den Blick auf das Papier gerichtet, stieß sie die Worte hervor, in der Hoffnung, das Ritual abschließen zu können, ehe der Unendliche in ihren Leib fuhr.

Als das letzte Wort des Rituals gesprochen war, brüllte sie: »Stirb endlich, du verdammte Bestie!«

Dann durchbrach die Wolke die Linien des Kreises und

fuhr in das Schwarze Kreuz, dessen Oberfläche noch immer unter dem Sud zu brodeln und sich darunter aufzulösen schien. Es gab einen dumpfen Schlag, dem ein ohrenbetäubender Knall folgte, als das Kreuz vor ihren Augen explodierte. Die Druckwelle schleuderte Alexandra gegen die Mauer. Der Aufprall riss ihr den Atem aus den Lungen. Keuchend sackte sie in sich zusammen. Ein stechender Schmerz durchfuhr ihre verletzte Seite, erfasste nach und nach ihren ganzen Körper und raubte ihr die Sinne. Obwohl sie kaum Luft bekam und schwarze und rote Punkte vor ihren Augen auf und ab tanzten, zwang sie sich auf die Knie. Sie wankte und wäre gestürzt, wenn Bothwell nicht nach ihrem Arm gegriffen hätte.

Alexandra wollte aufstehen, doch er hielt sie zurück. »Nicht bewegen«, mahnte er. »Setzen Sie sich und kommen Sie erst einmal wieder zu Atem!«

»Ist es ... vorbei?«

Bothwells Blick wanderte zum Zentrum des Kreises, in dem Alexandra eben noch gesessen hatte. »Ich denke schon.«

Sie musste sich mit eigenen Augen davon überzeugen! Mühsam beugte sie sich nach vorne. Das Innere des Kreises war verkohlt. Dort, wo sich vor wenigen Herzschlägen noch das Schwarze Kreuz befunden hatte, kündete nur mehr ein Häufchen Asche davon, dass es je existiert hatte.

Einen Moment lang schloss sie die Augen, riss sie jedoch sofort wieder auf. »Lucian.« Mit Bothwells Hilfe kam sie auf die Beine. Ihre Knie zitterten und die Schmerzen ließen sie beinahe wieder einknicken, dennoch wollte sie sich nicht länger davon abhalten lassen, sich endlich Gewissheit zu verschaffen.

Auf Bothwell gestützt, ging sie zu der Stelle am Rande des Plateaus, an der Lucian sich in die Tiefe gestürzt hatte, und blickte nach unten. Lucian lag im Zentrum des Turms, das Gesicht nach unten, die Glieder auf grauenvolle Weise verrenkt. Bei seinem Anblick geriet sie ins Wanken und drohte das Gleichgewicht zu verlieren. Hätte Bothwell sie nicht festgehalten, wäre auch sie über den Rand gestürzt.

»Ich muss zu ihm«, presste sie hervor.

»Lassen Sie sich Zeit. Sie können sich ja kaum auf den Beinen halten.«

»Zeit?« Alexandra starrte ihn an, als hätte er in einer vollkommen fremden Sprache zu ihr gesprochen. »Was, wenn er keine Zeit hat? Vielleicht haben Sie sich geirrt und das Ritual hat ihn genauso umgebracht wie den Unendlichen! Womöglich –«

Bothwell schüttelte den Kopf. »Es hat ihn nicht umgebracht«, sagte er entschieden. »Nicht seine Essenz war an das Kreuz gebunden, sondern die seines Bruders. Vertrauen Sie mir.«

Vertrauen? Dem Mann, der sie ohne weiteres zum Sterben zurückgelassen hatte? Doch zu ihrem eigenen Erstaunen tat sie das tatsächlich. Bothwell bereute, was er getan hatte. Der Mann, der sie den Jägern auf die Schwelle gelegt hatte, war ein anderer gewesen als der, der sie jetzt stützte. »Ich muss wissen, wie es ihm geht.« *Danach werde ich gehen.* Sie konnte nur hoffen, dass das genügen würde, um zu verhindern, dass die Prophezeiung in Erfüllung ging. »Bitte, Robert.« Es war das erste Mal, dass sie ihn beim Vornamen nannte, und zum ersten Mal erschien er ihr nicht wie ein Feind.

»Also gut«, stimmte er endlich zu. »Gehen wir.«

Alexandra schüttelte den Kopf. »Ich gehe allein. Bitte sehen Sie nach Gavril.«

Sein Blick wanderte über den Boden. »Vermutlich sollte ich auch zusehen, dass ich die anderen fessle, ehe einer von ihnen eine Dummheit begehen kann. Kommen Sie, ich bringe Sie noch zur Treppe.« Er führte Alexandra bis zum Treppenabsatz. Statt ihr seinen Arm zu entziehen, musterte er sie noch einmal kritisch. »Muss ich fürchten, dass Sie mir die Treppen hinunterfallen?«

»Ich stütze mich ab und gehe langsam. Versprochen.«

Bothwell nickte und gab sie frei. Dann sah er nach Gavril. Einen Moment noch hielt Alexandra inne und beobachtete, wie er neben dem jungen Jäger niederkniete. Erst als er aufblickte und langsam den Kopf schüttelte, wandte sie sich ab. Gavril hatte seine Liebe zu ihr mit dem Leben bezahlt. War Lucian der Nächste? Würde sie auch ihm den Tod bringen, wie es die Zigeunerin vorhergesagt hatte?

An die Wand gestützt, machte sie sich auf den langen Weg nach unten. Bei jedem Schritt konnte sie Lucian daliegen sehen. Reglos, mit zerschmetterten Gliedern.

*

Stöhnend öffnete Lucian die Augen, nicht in der Lage, auch nur einen Finger zu rühren. Etwas war anders. Es war still. Nicht nur in seinem Kopf, wo Andrejs Stimme verstummt war, sondern auch um ihn herum.

Mit seinen Sinnen kehrte die Erinnerung daran zurück, wie Andrejs Essenz aus seinem Leib gerissen worden war.

In dem Augenblick, als es niemanden mehr gab, der versuchte, die Kontrolle über seinen Körper zu erlangen, hatte er endgültig das Bewusstsein verloren. Was war geschehen? Die Frage quälte ihn ebenso sehr wie der Schmerz, der ihn bis in die letzte Faser durchdrang. War die Stille ein gutes Zeichen oder verhieß sie das Ende?

Warum war er überhaupt zu sich gekommen? Die Qualen, die ihm das Bewusstsein geraubt hatten, tobten noch immer durch seinen Körper, und der Schmerz hätte ihn noch länger von der Welt fernhalten müssen. Doch das tat er nicht. Es dauerte einen Moment, ehe er begriff, warum dem so war. Seine Knochen bewegten sich weitaus schneller als zuvor. Das war es, was ihn aus seiner Ohnmacht geweckt hatte! Splitter fügten sich knirschend zusammen, wurden zu fester Knochenmasse, die seinen Körper schon bald wieder tragen würden. Alles ging erstaunlich schnell. So schnell, als ... *als wären das Kreuz und der Splitter nicht mehr hier.*

Da begriff er, dass Alexandra es geschafft hatte. Es musste so sein! Andere Gedanken, die ebenfalls erklären konnten, warum sein zerschmetterter Leib nun schneller heilte, ließ er ebenso wenig zu wie die Bilder, die ihm Alexandra als tot vorgaukeln wollten, während Andrej mit dem Kreuz entkommen war.

Ungeachtet der Schmerzen, die ihn noch immer umklammert hielten, setzte er sich auf und beobachtete, wie sich seine Hand veränderte. Hatte sie wenige Augenblicke zuvor noch in einem vollkommen falschen Winkel schlaff vom Gelenk gehangen, so korrigierte sich der Winkel jetzt. Plötzlich konnte er die Hand wieder bewegen, ebenso seinen Arm und das linke Bein. Auch die übrigen Knochen wuchsen in atemberaubender Geschwindigkeit zusammen. Ein Anblick, der ihn für den Schmerz entschädigte. Schließlich war er so weit wieder hergestellt, dass er aufstehen konnte. Noch ein wenig unsicher kam er auf die Beine, als er Alexandra erblickte. Sie war am Fuß der Treppen stehen geblieben und betrachtete ihn voller Sorge.

»Es geht mir gut«, sagte Lucian sofort, um ihr die Angst zu nehmen.

Da nahm sie die Hand von der Wand und wankte auf ihn zu. Mit jedem Schritt wurde sie schneller, bis sie ihm schließlich in die Arme fiel. Lucian hielt sie fest und zog sie an sich. Sie roch nach Rauch und den Extrakten verschiedenster Kräuter, darunter jedoch fand er ihren vertrauten, natürlichen Duft und sog ihn ein.

»Du bist wirklich unglaublich«, flüsterte er und küsste sie auf die verrußte Stirn.

Alexandra schloss die Augen und lehnte sich an ihn. Er spürte ihre Erschöpfung, ihren Schmerz und die Erleichterung. All das übertrug sich auf ihn und veranlasste ihn, sie nur noch fester in die Arme zu schließen.

Erst viel später, als die Qualen, die in seinem Körper gewütet hatten, längst der Vergangenheit angehörten, gab er sie wieder frei – und das nur widerwillig. Die Schritte jedoch, die von der Treppe an sein Ohr drangen, ließen ihn aufhorchen. Schlagartig erinnerte er sich an die Jäger, und als er die Augen öffnete, sah er tatsächlich Mihail und Vladimir die Stufen herunterkommen. Vladimir trug seinen Bruder. Lucian erkannte schon von Weitem, dass Gavrils Körper kein Leben mehr innewohnte. Auch wenn der Mann niemals sein Freund geworden wäre, bedauerte er doch seinen Verlust und bewunderte ihn für seine Größe.

Gavril hatte alle Feindseligkeiten hintangestellt, um ihnen im Kampf gegen den Unendlichen zur Seite zu stehen. Er hatte sein Ziel erreicht und nicht nur Alexandra gerettet, sondern auch seinen Bruder befreit. Dafür hatte er einen hohen Preis bezahlt.

Vladimir hingegen schien die Ereignisse unbeschadet überstanden zu haben. Nichts an ihm deutete auf das hin, was mit ihm geschehen war. Er war wieder derselbe gedrungene Jäger mit den moosgrünen Augen, der er gewesen war, bevor Andrej von ihm Besitz ergriffen hatte.

Hinter den Jägern ging Robert, in jeder Hand eine Pistole, mit der er die Jäger in Schach hielt. Seinen Freund am Leben und unversehrt zu sehen, erleichterte Lucian. Sein Blick kehrte zu Alexandra zurück. Jetzt gab es nur noch eines, was er sich wünschte. Doch die Mischung aus Trauer und Erleichterung, die ihre Züge prägte, machte ihm deutlich, dass er es nicht bekommen würde.

»Du verdammter Bastard!«, fuhr Mihail ihn an, kaum dass die letzten Stufen hinter ihm lagen. Er blutete aus einer Wunde an der Stirn, schien sonst aber unverletzt. »Dafür wirst du bezahlen!«

Lucian schüttelte den Kopf. »Es ist an der Zeit, Frieden zu schließen.«

»Frieden? Pah!« Der Jäger spuckte aus. »Niemals!«

»Sind die Pistolen mit Silber geladen?«, fragte Lucian Robert, und als dieser nickte, sagte er: »Gut. Dann gib ihm eine.«

»Was?«

»Du sollte ihm eine der Pistolen geben«, wiederholte Lucian. »Lass ihn auf mich schießen, vielleicht kapiert er dann, dass es besser ist, Waffenstillstand zu schließen.«

Alexandra schnappte nach Luft. »Du kannst doch nicht –«

Mit einem entschiedenen Ruck zog er sie hinter sich und baute sich so vor ihr auf, dass sie kein Ziel für Mihail bot. Endlich gab Robert dem Jäger die Waffe.

Mihail spannte den Hahn und trat näher. »Du bist größenwahnsinnig, nicht wahr?«

Er legte an und hielt inne. Sein Blick wanderte zu Vladimir, streifte Gavrils Leichnam. »Es ist vorbei«, sagte er leise, ließ die Pistole fallen und ging zur Tür. Vladimir folgte ihm, den Leichnam seines Bruders auf den Armen. Vor Alexandra und Lucian blieb er noch einmal stehen und bedachte die beiden mit einem langen Blick. »Wenn keiner von euch jemals wieder in unsere Nähe kommt, werden wir vergessen, dass es euch gibt.«

19

Obwohl die Jäger längst fort waren, hatte Robert darauf bestanden, nach draußen zu gehen und vor der Tür Wache zu halten. Lucian mochte unverwundbar sein. Alexandra war es nicht.

Sie saß neben Lucian auf den Stufen und war froh, dass der Schmerz, der noch immer in ihrem Körper wütete, ein wenig nachließ. Nur allmählich begriff sie, dass der Kampf tatsächlich vorüber war.

»Denkst du, dass er diesmal wirklich vernichtet ist?«, fragte sie Lucian. »Für immer und ewig?«

»Er war an das Kreuz gebunden. Was von ihm übrig war,

wurde mit der Zerstörung des Kreuzes ein für allemal ausgelöscht.« Er griff nach ihrer Hand und strich mit dem Daumen sanft über ihren Handrücken. »Mach dir keine Sorgen, er wird nicht noch einmal zurückkehren.«

Eine Weile saßen sie schweigend nebeneinander. Lucian streichelte noch immer ihre Hand, als er sie plötzlich freigab und sich erhob. »Es ist an der Zeit, dass wir einander Lebewohl sagen.«

Seine Worte hätten sie nicht überraschender treffen können. Erschrocken starrte sie ihn an. Sie hatte immer geglaubt, dass sie diejenige sein würde, die den Zeitpunkt des Abschieds bestimmte. Damit, dass er es tun könnte, hatte sie nicht gerechnet. »Du gehst?«

»Du brauchst meinen Schutz nicht länger«, sagte er bemüht gelassen. »Abgesehen davon wolltest du die Stadt doch ohnehin verlassen.«

Das wollte sie. Sie konnte nur beten, dass das genügen würde, um ihn vor den Auswirkungen der Prophezeiung zu schützen. »Du hast einmal gesagt, dass ...«

»... dass ich dich niemals im Stich lassen würde?«, vollendete er ihre Frage. »Dass du meine Seelengefährtin bist, und dass ich dich liebe?« Er nickte. »Das alles habe ich gesagt, und ich meine jedes Wort davon ernst – und genau deshalb werde ich dich nicht länger belasten. Ich weiß, wie sehr dir meine Gegenwart zu schaffen macht.« Er legte ihr eine Hand auf die Wange und strich sanft darüber. »Gib auf dich acht.«

Dann wandte er sich ab und ging langsam davon.

Der Gedanke, ihn niemals wiederzusehen, schmerzte mehr, als jede Verletzung es jemals getan hatte. Sie hatte sich so sehr an seine Nähe gewöhnt, dass sie sich nicht vorstellen konnte, plötzlich ohne ihn zu sein. Dieser Mann berührte ihr Herz tiefer, als sie sich einzugestehen wagte. Er hatte ihr die Einsamkeit genommen, und jetzt stieß er sie in ihre Isolation zurück. *Nicht er – eine Prophezeiung, ausgesprochen vor fünfhundert Jahren!*

Sie hatte ihre Eltern und ihren Bruder verloren, die einzigen Menschen, die ihr je etwas bedeutet hatten. Sie war damit fertig geworden. Bei dem Gedanken, jetzt auch noch Lucian zu verlieren, spürte sie zum ersten Mal seit dem Tod ihrer Familie Tränen in sich aufsteigen. Nur mit ihrem Weggang konnte sie ihn retten! Doch sich das ins Gedächtnis zu rufen, linderte den Schmerz nicht, der sie innerlich zu zerreißen drohte. Sie blinzelte gegen den Schleier an, der ihr den Blick auf Lucians Rücken vernebelte, doch es half nichts. Die Tränen quollen über und rannen brennend heiß über ihre Wangen, als die Welt, die sie kannte, über ihr zusammenstürzte.

Entschlossen wischte sie sich die Tränen aus dem Gesicht, doch es folgten immer neue. »Könntest du dir vorstellen ...« Die Worte kamen so leise aus ihrem Mund, dass sie sie selbst kaum zu hören vermochte. »Würdest du ...«, setzte sie an, und wieder erstickte ihre Stimme. Als er schließlich die Tür erreichte, flüsterte sie: »Lass mich nicht allein. Bitte.« Entsetzt stand sie da und hielt den Atem an. Wie konnte sie so etwas sagen! Sie musste ihn gehen lassen! Obwohl die Worte unsicher und kaum verständlich aus ihrem Mund gestolpert waren, hatte Lucian sie vernommen. Er blieb stehen. Noch immer wandte er ihr den Rücken zu, die Hand an der Türklinke, doch statt sie hinunterzudrücken und die Tür zu öffnen, zog er die Hand zurück.

»Vielleicht hast du ja recht, und wir sind wirklich ...« *Hör auf!*, schrie alles in ihr. *Versuch nicht, ihn zurückzuhalten! Schick ihn fort, bevor es zu spät ist!*

Noch immer wandte er sich nicht zu ihr um, schüttelte nur den Kopf. »Ein *vielleicht* genügt mir nicht.«

Wieder streckte er die Hand nach der Klinke aus. Da sagte Alexandra: »Du siehst nicht aus wie er.« Zumindest das sollte er wissen, ehe er ging.

Nun drehte er sich doch zu ihr um, die Züge erfüllt von offenem Erstaunen. Ohne Unterbrechung, aus Furcht, er könne sich doch noch abwenden und gehen, fuhr Alexandra fort. »Du hast kleine Fältchen um Mund und Augen. Ich weiß, dass du nicht alterst. Du musst sie also schon als Mensch gehabt haben. Solche Fältchen kommen vom Lächeln – das hast du nicht verlernt. Ich habe es oft genug gesehen. Die Züge deines Bruders waren glatt. Als hätte er niemals wirklich gelacht. Dir fehlt auch der grausame Zug um den Mund, den er hatte, und dein Blick ist nicht kalt, sondern voller Wärme, und ... und ...« *Liebe.*

Bei jedem ihrer Worte war er ein Stück näher gekommen. Jetzt stand er wieder vor ihr und betrachtete erstaunt die Tränen auf ihren Wangen. »Wann hast du mich so genau angesehen?«

»Es ist schwer, es nicht zu tun«, gestand sie leise. »Ich habe mich lange gezwungen, diese Unterschiede nicht zu sehen, aus Angst, mir eingestehen zu müssen, dass du nicht bist wie er.«

»Du hattest Angst, dass ich *kein* Monster sein könnte?«

Sie schüttelte den Kopf und senkte den Blick. »Ich habe Angst, dich zu lieben und dann zu verlieren. Diese Prophezeiung – ich will dich nicht umbringen!«

»Ich lebe seit mehr als einem halben Jahrtausend«, sagte er. »Denkst du, mein Tod würde mir etwas bedeuten? Glaubst du wirklich, ich will weitere Jahrhunderte existieren – ohne dich?«

Noch immer wich sie seinem Blick aus. »Du nimmst deinen Tod in Kauf, nur um …«

»… um mit dir zusammenzusein.« Er legte ihr eine Hand unters Kinn und hob ihren Kopf, sodass sie ihn ansehen musste. Mit dem Daumen wischte er ihr die Tränen von den Wangen. »Willst du wirklich weitermachen wie bisher? Willst du auf ewig einsam und allein bleiben, aus Furcht, dein Glück könne dir wieder genommen werden? Ist es nicht besser, wenige glückliche Augenblicke gehabt zu haben als gar keine?«

Die Tränen nahmen ihr den Atem, dennoch flüsterte sie: »Bitte bleib bei mir.«

Als sie sein Lächeln sah, wusste sie, dass er genau das tun würde. Er zog sie in seine Arme und hauchte ihr einen zärtlichen Kuss auf die Lippen. Zum ersten Mal seit langer Zeit empfand sie nichts anderes als Glück. Sie schmiegte sich in seine Arme und genoss das Gefühl, nicht länger allein zu sein, als ihn plötzlich ein Ruck durchlief. Erschrocken sah sie auf. Taumelnd fuhr er zurück und brach in die Knie. Seine von Natur aus helle Haut schien plötzlich bleich wie der Tod. In seinen Augen lag ein Ausdruck, der sie in Panik versetzte. Begann es bereits? War das der Anfang vom Ende? So rasch?

»Lucian!«

Statt zurückzuweichen, ging sie vor ihm auf die Knie. Lucian zog sie an sich und legte ihr eine Hand auf die Wange. Seine Berührung fühlte sich warm an.

»Deine Haut.« Verbrannte er? Würde er vor ihren Augen in Flammen aufgehen und zu Staub zerfallen?

Ohne sie aus seinen Armen zu lassen, griff er erneut nach ihrer Hand und legte sie flach auf seine Brust. Sie spürte ein leichtes Wummern unter ihrer Handfläche. Das regelmäßige Pochen eines Herzens. *Seines* Herzens.

»O Gott«, flüsterte sie. »Ist das wahr?«

»Ich habe dir doch schon einmal gesagt, dass mein Herz nur für dich schlagen würde.« Bei jedem Wort strich sein warmer Atem über ihr Gesicht. Tränen rannen über seine Wangen und hinterließen schimmernde Spuren auf seiner Haut, gleichzeitig lächelte er. »Wir werden zusammen alt werden. Ich werde graues Haar und Falten bekommen – noch mehr, als du ohnehin schon in meinem Gesicht entdeckt hast. Wenn ich mich verletze, bleibt eine Narbe zurück und wenn ich ins Sonnenlicht trete, wird meine Haut nicht zu brennen beginnen. Aber weißt du, was das Beste daran ist?«

Alexandra konnte nur stumm den Kopf schütteln, während sie spürte, wie sich sein Brustkorb unter seinen regelmäßigen Atemzügen hob und senkte.

Sein Lächeln wurde breiter. »Ich weiß jetzt, dass du mich wirklich liebst.«

»Das habe ich nie gesagt.«

»Das musst du auch nicht.« Plötzlich begann er so heftig zu lachen, dass ihm die Tränen immer schneller über die Wangen liefen. Noch immer hielt er Alexandra fest, und als er sich wieder beruhigte, sagte er: »Die Alte hatte recht! Deine Liebe wird mir den Tod bringen. Sie vergaß nur, einen wichtigen Teil zu erwähnen.«

Alexandra konnte ihm kaum folgen. Die Verwirrung

musste ihr ins Gesicht geschrieben stehen, denn ohne Unterbrechung fuhr er fort: »Ich werde sterben – nachdem du mir mein Leben zurückgegeben hast! Deine Liebe hat mich vom Fluch des Vampyrismus' befreit und ins Leben zurückgeholt. Eines Tages werde ich sterben. Davor jedoch will ich mit dir alt werden und unsere Kinder und Enkel aufwachsen sehen.«

Ein Nachwort zum Schwarzen Kreuz

Als ich für »Vampyr – die Jägerin« nach einem mächtigen Artefakt suchte, mit dem sich der Unendliche vernichten ließ, hätte es nahe gelegen, einfach eines zu erfinden. Bevor ich das jedoch tat, wollte ich zunächst einmal durch die Suchmaschinen im Internet streifen, um zu sehen, ob es nicht in irgendeinem Museum oder einer Kirche einen Gegenstand gab, der für meine Zwecke geeignet war und der möglichst dem schottischen Raum zugeordnet werden konnte. Kirchlich sollte er sein und natürlich möglichst alt.

Schon nach kurzer Zeit stieß ich auf das sogenannte »Holy Rood«, auch »Black Rood« genannt: Das Schwarze Kreuz – von dem man sagt, dass darin tatsächlich ein Splitter jenes Wahren Kreuzes eingearbeitet sein soll.

Ich hatte mein Artefakt gefunden, denn was könnte besser geeignet sein, um den mächtigsten aller Vampyre zu bezwingen, als dieses Kreuz?

Die Beschreibung und Geschichte des Kreuzes, wie sie in »Vampyr – Die Jägerin« und »Vampyr – Die Wiedergeburt« vorkommen, entspricht im Wesentlichen dem, worauf ich im Laufe meiner Nachforschungen stieß.

Die erste Erwähnung fand es im Zusammenhang mit der angelsächsischen Prinzessin Margaret of Wessex, die in Schottland Zuflucht suchte und dort um 1070 König Malcolm III. Canmore heiratete. Damals soll sie das kostbare Relikt bei sich gehabt haben.

Nachdem ihr Mann und einer ihrer Söhne in der Schlacht von Alnwick gefallen waren, starb Margaret vor

Kummer. Nach ihrem Tod ging das Kreuz in den Besitz ihrer Kinder über.

Der Legende nach hatte ihr Sohn, König David I., einen Traum, der ihn drängte, eine Abtei zu errichten und diese dem Schwarzen Kreuz zu widmen. Auf diese Weise entstand die Augustinerabtei Holy Rood – Das heilige Kreuz (im frühen 16. Jahrhundert wurde das dazugehörige Gästehaus zu einem großen, königlichen Palast umgebaut, dem Holyrood Palace, der sich auch heute noch am Fuße der Royal Mile findet).

Das Kreuz selbst wurde später im Edinburgh Castle aufbewahrt, ehe es Ende des 13. Jahrhunderts König Edward I. von England übergeben wurde. Mitte des 14. Jahrhunderts gelangte König David II., ein Sohn von Robert the Bruce, bei seiner Invasion von England wieder in den Besitz des Kreuzes. David wurde in der Schlacht von Neville's Cross von den Engländern geschlagen und gefangen genommen. Das Kreuz wurde dem Schrein des Heiligen Cuthbert in der Kathedrale von Durham übergeben. Zur Zeit der Reformation wurde die Kathedrale geplündert. Seither gilt das Schwarze Kreuz als verschollen.

Angeblich jedoch befand sich ein Simon Sinclair unter den Plünderern, der das Kreuz an sich nahm. Seine Spur führte nach Rosslyn ...

Wenn das nicht ein genialer Zufall ist!

Welche Teile dieser Geschichte nun wahr sind und welche lediglich dem Reich der Legende entstammen, kann ich nicht sagen. Über das Schwarze Kreuz kursieren unzählige unterschiedliche Geschichten im Internet. Ich habe mich für diese Version entschieden, da sie sich beinahe nahtlos in meine Handlung einfügt.